名家通识讲座书系

通俗文学
十五讲

□ 范伯群　孔庆东　主编

北京大学出版社
PEKING UNIVERSITY PRESS

图书在版编目（CIP）数据

通俗文学十五讲/范伯群、孔庆东主编.—北京：北京大学出版社，2003.1
（名家通识讲座书系）
ISBN 978-7-301-06043-8

Ⅰ.①通…　Ⅱ.①范…　Ⅲ.①通俗文学-基本知识　Ⅳ.①I0

中国版本图书馆 CIP 数据核字（2002）第 106350 号

书　　　名	通俗文学十五讲	
	TONGSU WENXUE SHIWU JIANG	
著作责任者	范伯群　孔庆东　主编	
责 任 编 辑	高秀芹　艾　英	
标 准 书 号	ISBN 978-7-301-06043-8	
出 版 发 行	北京大学出版社	
地　　　址	北京市海淀区成府路 205 号　100871	
网　　　址	http://www.pup.cn　新浪微博：@北京大学出版社	
电 子 邮 箱	编辑部 wsz@ pup.cn　总编室 zpup@ pup.cn	
电　　　话	邮购部 010-62752015　发行部 010-62750672	
	编辑部 010-62756467	
印 刷 者	三河市北燕印装有限公司	
经 销 者	新华书店	
	965 毫米×1300 毫米　16 开本　22.5 印张　320 千字	
	2003 年 1 月第 1 版　2023 年 10 月第 11 次印刷	
定　　　价	69.00 元	

《名家通识讲座书系》
编审委员会

《名家通识讲座书系》总序

本书系编审委员会

　　《名家通识讲座书系》是由北京大学发起,全国十多所重点大学和一些科研单位协作编写的一套大型多学科普及读物。全套书系计划出版100种,涵盖文、史、哲、艺术、社会科学、自然科学等各个主要学科领域,第一、二批近50种将在2004年内出齐。北京大学校长许智宏院士出任这套书系的编审委员会主任,北大中文系主任温儒敏教授任执行主编,来自全国一大批各学科领域的权威专家主持各书的撰写。到目前为止,这是同类普及性读物和教材中学科覆盖面最广、规模最大、编撰阵容最强的丛书之一。

　　本书系的定位是"通识",是高品位的学科普及读物,能够满足社会上各类读者获取知识与提高素养的要求,同时也是配合高校推进素质教育而设计的讲座类书系,可以作为大学本科生通识课(通选课)的教材和课外读物。

　　素质教育正在成为当今大学教育和社会公民教育的趋势。为培养学生健全的人格,拓展与完善学生的知识结构,造就更多有创新潜能的复合型人才,目前全国许多大学都在调整课程,推行学分制改革,改变本科教学以往比较单纯的专业培养模式。多数大学的本科教学计划中,都已经规定和设计了通识课(通选课)的内容和学分比例,要求学生在完成本专业课程之外,选修一定比例的外专业课程,包括供全校选修的通识课(通选课)。但是,从调查的情况看,许多学校虽然在努力建设通识课,也还存在一些困难和问题:主要是缺少统一的规划,到底应当有哪些基本的通识课,可能通盘考虑不够;课程不正规,往往因人设课;课量不足,学生缺少选择的空间;更普遍的问题是,很少有真正适合通识课教学的教材,有时只好用专业课教材替代,影响了教学效果。一般来说,综合性大学这方面情况稍好,其他普通的大学,特别是理、工、医、农类学校因为相对缺少这方面的教学资源,加上很少有可供选择的教材,开设通识课的困难就更大。

这些年来,各地也陆续出版过一些面向素质教育的丛书或教材,但无论数量还是质量,都还远远不能满足需要。到底应当如何建设好通识课,使之能真正纳入正常的教学系统,并达到较好的教学效果?这是许多学校师生普遍关心的问题。从2000年开始,由北大中文系主任温儒敏教授发起,联合了本校和一些兄弟院校的老师,经过广泛的调查,并征求许多院校通识课主讲教师的意见,提出要策划一套大型的多学科的青年普及读物,同时又是大学素质教育通识课系列教材。这项建议得到北京大学校长许智宏院士的支持,并由他牵头,组成了一个在学术界和教育界都有相当影响力的编审委员会,实际上也就是有效地联合了许多重点大学,协力同心来做成这套大型的书系。北京大学出版社历来以出版高质量的大学教科书闻名,由北大出版社承担这样一套多学科的大型书系的出版任务,也顺理成章。

编写出版这套书的目标是明确的,那就是:充分整合和利用全国各相关学科的教学资源,通过本书系的编写、出版和推广,将素质教育的理念贯彻到通识课知识体系和教学方式中,使这一类课程的学科搭配结构更合理,更正规,更具有系统性和开放性,从而也更方便全国各大学设计和安排这一类课程。

2001年底,本书系的第一批课题确定。选题的确定,主要是考虑大学生素质教育和知识结构的需要,也参考了一些重点大学的相关课程安排。课题的酝酿和作者的聘请反复征求过各学科专家以及教育部各学科教学指导委员会的意见,并直接得到许多大学和科研机构的支持。第一批选题的作者当中,有一部分就是由各大学推荐的,他们已经在所属学校成功地开设过相关的通识课程。令人感动的是,虽然受聘的作者大都是各学科领域的顶尖学者,不少还是学科带头人,科研与教学工作本来就很忙,但多数作者还是非常乐于接受聘请，宁可先放下其他工作，也要挤时间保证这套书的完成。学者们如此关心和积极参与素质教育之大业，应当对他们表示崇高的敬意。

本书系的内容设计充分照顾到社会上一般青年读者的阅读选择，适合自学；同时又能满足大学通识课教学的需要。每一种书都有一定的知识系统，有相对独立的学科范围和专业性，但又不同于专业教科书，不是专业课的压缩或简化。重要的是能适合本专业之外的一般大学生和读者，深入浅出地传授相关学科的知识，扩展学术的胸襟和眼光，进而增进学生的人格素养。本书系每一种选题都在努力做到入乎其内，出乎其外，把学问真正做活了，并能加以普及，因此对这套书作者的要求很高。我们所邀请的大都是那些真正有学术建树，有良好的教学经验，又能将学问深入浅出地传达出来的重量级学者，是请"大家"来讲"通识"，所以命名为《名家通识讲座书系》。其意图就是精选名校名牌课程，实现大学教学资源共享，让更多的学子能够通过这套书，亲炙名家名师课堂。

本书系由不同的作者撰写，这些作者有不同的治学风格，但又都有共同的追求，既注意知识的相对稳定性，重点突出，通俗易懂，又能适当接触学科前沿，引发跨学科的思考和学习的兴趣。

本书系大都采用学术讲座的风格，有意保留讲课的口气和生动的文风，有"讲"的现场感，比较亲切、有趣。

本书系的拟想读者主要是青年，适合社会上一般读者作为提高文化素养的普及性读物；如果用作大学通识课教材，教员上课时可以参照其框架和基本内容，再加补充发挥；或者预先指定学生阅读某些章节，上课时组织学生讨论；也可以把本书系作为参考教材。

本书系每一本都是"十五讲"，主要是要求在较少的篇幅内讲清楚某一学科领域的通识，而选为教材，十五讲又正好讲一个学期，符合一般通识课的课时要求。同时这也有意形成一种系列出版物的鲜明特色，一个图书品牌。

　　我们希望这套书的出版既能满足社会上读者的需要,又能够有效地促进全国各大学的素质教育和通识课的建设,从而联合更多学界同仁,一起来努力营造一项宏大的文化教育工程。

目录

第一讲

俗文学概说

俗文学之内涵

俗文学：从蔑视到肯定

雅俗文学的特色及其分界

一 俗文学之内涵

文学巨树，拔地参天。在它的母体上，又分叉为"雅"、"俗"两大支干，双双生长繁衍。但是，这棵巨树在胚芽状态时，却是俗而又俗的。文学就其本质而言，是以"通俗"起家的。鲁迅说：

> 我想，在文艺作品发生的次序中，恐怕是诗歌在先，小说在后的。诗歌起于劳动和宗教。其一，因劳动时，一面工作，一面唱歌，可以忘却劳苦，所以从单纯的呼叫发展开去，直到发挥自己的心意与感情，并偕有自然的韵调；其二，是因为原始民族对于神明，渐因畏惧而生敬仰，于

是歌颂其威灵,赞叹其功烈,也就成了诗歌的起源。至于小说,我以为倒是起于休息的。人在劳动时,既用歌吟以自娱,借它忘却劳苦了,则到休息时,亦必要寻一种事情以消遣闲暇。这种事情,就是彼此谈论故事,正就是小说的起源。——所以诗歌是韵文,从劳动时发生的;小说是散文,从休息时发生的。[1]

那就是说,诗歌在起源时,所谓诗人都只是"杭唷杭唷"派——在劳动中发出协调的有节奏的呼声而已;至于小说,也决不会是"之乎者也"的长长一大篇。可以想见,人类刚有了简单的语言,不过是记叙一件有趣的小事,借以释放劳动时之疲劳而已。这岂不都是俗而又俗的"作品"?但自人类社会进展到脑力劳动与体力劳动有所分工时,雅文学就有了从文学母体上发芽分叉的可能性了。但即使是分了叉,雅文学在自身发展过程中,还是时时吮吸俗文学的乳汁而使自己茁壮的。《诗经》中原有不少作品就是古代的民歌、民谣,经过文人的搜集、删订和编纂,将它们升格为雅文学。诗三百篇竟被后人视为诗之源,诗之巅,好像与俗文学毫无关系似的。《楚辞》中的一部分也是来自民间;古代的五言诗最初也是在民间生发的。汉代的乐府,唐五代的词曲,元代的杂剧等等称誉千秋的当年的新兴文体,莫不是萌发于民间。唐宋的讲经、讲史、说话的本子,均称为话本,则是小说体裁的远祖。中国文学史上的"拟"字,就带有学习、摹拟、模仿之意。乐府之于拟乐府,话本之于拟话本,弹词之于拟弹词,就意味着文人吸取民间大地的养料,学习民间的形式与体裁而脱胎的品种。可是一旦雅文学以正统自居时,就往往居高傲视俗文学,俗文学就往往受到歧视和被冷落,为一些学士大夫所鄙夷,甚至不屑一顾,于是也就跨不进文学史的门槛,终于被拒之于大雅之堂之外,因此,有人称俗文学是"文学的不登大雅之堂之母"。

在文学之树上,雅文学固然枝繁叶茂,而俗文学亦郁郁苍苍。它如水银泻地般无孔不入地深深渗透于民间,像血液循环于大众的血脉之中,成为市井下里巴人的主要精神食粮。雅俗文学虽是文学母体上的分支,但它们也各有着自己的一个庞大的家族。就俗文学而言,在它的大家族中有着自己的嫡裔子系。从古至今,它们日积月累,流变发展,逐渐形成了四大子系。概述如下:

其一是通俗文学子系,如通俗小说、通俗戏剧等等。鲁迅说:"至于宋之平话,元明之演义,自来盛行民间。"[2]此后,中国的章回小说,更是浩如瀚海。有的作品已成为小说中之名著,甚或经典,如《三国演义》、《水浒传》、《西游记》和《金瓶梅》等等。前三者在民间口头文学和书面文学中早有流传,而后分别由施耐庵、罗贯中和吴承恩集其大成,并进行提炼加工,运用其丰富的阅历和想像,以及他们各自的文学功力、文学才华,甚至对原型进行脱胎换骨的改造,而成为不朽的巨著。《金瓶梅》可说是中国第一部由文人独立创作的长篇说部,它运用了《水浒传》中潘金莲与西门庆的苟合关系的情节梗概加以繁衍生发,写成了一部洞察世情的"愤书",虽是文人之作,但《金瓶梅》却属市井文字。它也是通俗小说。

其二是民间文学子系。主要是指群众集体口头创作,经过口头流传,并不断地集体修改、加工的口头文学作品,嗣后才进入记录和整理阶段,凝固成为有形的文字。这里要特别指出的是,中国是多民族国家,各民族的民歌、民谣就是我国通俗诗歌取之不尽的珍奇宝库。在这个领域中也不是没有文人的撰作,例如,那种既来自民间,又常有文人涉猎其间的参与创作的通俗易懂的"竹枝词",它们为文化史与民俗学提供了丰富的形象资料,让人们知道某一时期的社会面容。而像《马凡陀山歌》等文人创作的政治讽刺通俗诗歌,在数量上倒是有限的。

其三是曲艺文学子系,或叫做讲唱文学、说唱文学。这种曲艺文学是古代民间说唱经过长期发展演变而凝成的独特的艺术形式,是民间艺人口头创作和部分文人拟作互相结合、互为提高的曲艺说唱底本。这些"文本"的语言往往具有相当高的文学价值。当"文本"通过艺人的演唱诉诸人们的听觉时,能给受众以很高的艺术享受和娱乐效应。例如王少堂将《水浒传》中仅500字的一段情节,扩充成上万字的《斗杀西门庆》,那些扣人心弦的悬念,跌宕起伏的情节,庄谐妙趣的人物,绘声绘色的表演,令听众感到这位名艺人不仅是出色的艺术家,而且也是一位语言大师。我国之所以要成立"王派水浒学会",就是为了继承和弘扬这笔丰硕的俗文学遗产。就曲艺文学中的曲种而言,在明代,我国的曲种只是数以 10 计,可是由于我国是 56 个民族的大家庭,又加上幅员辽阔,各民族曲种和地方曲种繁衍交汇,新曲种不断破土,并在民间得以茁壮,到近代已发展为将近 400 种曲种,这是俗文学中的一彪军马,简直可称为一个庞大的军团。

其四是现代化的音像传媒中属于大众通俗文艺的部分,包括电视这个有空前影响的传播媒介。"活版印刷引起了西方第一次信息革命,而有了电视,我们正处于第二次信息大革命中。"[3]现在还有网络,网络也是一次信息大革命,在网络文学中也有大量的通俗文学作品;但是我们也不得不承认,在目前电视却更有广泛的群众性。它每天面对亿万观众,而其中的文艺作品,极大部分是属于通俗范畴,大量的连续剧的选材与构思方式以及总体设计及语言特色,皆面向市井;有的甚至长达 100 集以上,西方对有些作品称之为肥皂剧,颇有贬义,却也有观众乐此不疲。许多通俗唱法的歌曲中的歌词,也具通俗诗文的特色,有的呼唤出了爱情的甜蜜或是烦恼,有的则是抒发人生的某种见解,虽不一定是传扬了哲理,却也代表了市井俗众的一种"活法"……。由于电视是一种深入到每家每户的客厅甚至卧室的传播媒介,因此,不仅俗众喜爱,将周末和八小时以外的时间慷慨地献给了它;就是若干过去不屑于阅读通俗文学的知识分子也通过它或多或少地接触通俗文学,于是也对它的娱乐消遣性功能产生了一定的理解情绪。

以上四大家族就是俗文学分支的大体内涵。而我们这本教科书要着重讲述的则是通俗小说,也旁及通俗戏剧。民间文学与曲艺文学另有它们独立的学科体系,我们在这本教科书中就不再涉及了。

文学母体	雅文学	分支 略
	俗文学分支	通俗文学子系:包括通俗小说、通俗戏剧等。
		民间文学子系:指民间口头文学,集体创作、集体修改、经收集雅文学分支整理而成的文本。
		曲艺文学子系:或称讲唱文学,说唱文学子系。它是民间艺人或文人拟作的说唱、曲艺的底本。
		现代音像传媒和网络中属于大众通俗文艺的文学文本。

二　俗文学:从蔑视到肯定

文人学士以雅文学的创作者和捍卫者自居,轻视甚至蔑视通俗文学。这不仅过去在中国是如此,可以说,它曾经是一个世界性的普遍现象。当然,对通俗文学的价值的肯定与重视,各国或各民族有着不同的"觉醒时刻表"。就美国而言,大约是在"二战"之后:

> 通俗文化又称大众文化,作为贬词也称"商品化文化"或"文化垃圾",通常为评论家所不齿,不受学术界的重视。……美国学术界对通俗文学的渐加重视并加强研究,是与"美国学"的兴起与发展有密切联系的。第二次世界大战以后……在世界上大部分国家中掀起了研究美国的热潮。世界要了解美国,美国也要进一步了解自己,就这样兴起了"美国学"。……在研究美国文化的各种专题中,对通俗文化的研究便被提上了日程。[4]

当然,在此以前,有的美国学者对于通俗文化,也抱着猎奇的态度赏玩过,上面所说的"二战"以后,是指在总体上对通俗文化有了全新的认识。

下面我们就中国文学史中对通俗文学所采取的态度作一简略分析,在古代,一般是采取了"总体蔑视"与"分体升格"的对策。当他们觉得有些俗文学作品已成为影响广远的传世之作时,雅文学对它们也到了无法不予正视的地步,于是往往采用"怀柔"手段,一种类似"招安"的策略:招来并使之安宁。似乎它们本来就是经典,而不是属于通俗文学的古典名著,如《三国演义》、《水浒传》、《西游记》;或者用几大奇书的排名,冲淡它们的俗文学本质;而大量的同类的俗文学作品却仍被排斥在文学史研究的客体之外。对历史上在俗文学领域中做出过最突出贡献者,觉得对其成就已无法讳避者,也只好让他们进入文学史之林,如冯梦龙,以聊备一格。而对其他也有若干突出贡献的俗文学家,其成就可与进入文学史的雅文学作家媲美者,就略而不论了。也就是说他们在文学史上,是并不"同工同酬"的。其原因也就在于俗文学在文人学士眼中其整体地位是低下的。我们认为,将"风"、"雅"、"颂"中的"风"——古代的民歌、民谣升格为诗的典范之作,纯属正常;一批古代通俗小说名著,作为文学创作的楷模也是很必要的。但以"怀柔"手段,并冲淡其俗文学的本质,是文学史上无法持久的片面垄断行为。在现代文学时段,新文学作家对继承中国白话小说传统的通俗文学作家是一概予以否定的,我们将在以后的章节中加以详述。但在抗战时,由于服从政治上的统战政策,才对通俗文学予以宽容。但这也并非是对通俗文学价值的全面肯定,否则就无法解释为什么在 20 世纪 40 年代末至 50 年代初,采取行政或半行政的手段,又将通俗文学重新打入冷宫这一文学史现象。不过我们也应清醒地看到,在这一时段内,一批对俗文学的价值具有一定真知灼见的文人,也在正统的雅文学史之外,另写《中国小说史略》、《白话文学史》、《平民文学概论》、《中国俗文学史》等等,以补雅文学——正统文学史之不足或缺失。对中国通俗文学的生存权的讨论,直至 20 世纪 80 年代,才提到了议事日程上来。当时有些文学工作者,将雅文学与俗文学比作文学母体的两翼,提出要"找回另一只翅膀",以使文学母体展双翼而翱翔。直到 20 世纪 80 年代,我们的文学史工作者才开始对通俗文学的价值做出了初步的肯定。

三　雅俗文学的特色及其分界

既然文学母体分为雅俗两大分支，或称雅俗文学为文学母体之双翼。那么这两者的分界线又何在呢？这是一个经常引起讨论的课题，而又至今尚无明晰答案的。文学作品除了大雅大俗、雅俗分明者外，对于某些偏重于雅，或侧重于俗的较为"中性"的作品，有时是很难去精确做出界定的。鲁迅在《又论第三种人》一文中说：

> 人体有胖和瘦，在理论上，是该有不胖不瘦的第三种人的，然而事实上却并没有，一加比较，非近于胖，就近于瘦。文艺上的"第三种人"也一样，即使好像不偏不倚罢，其实是总有些偏向的，……。[5]

鲁迅在那种政治环境中，他一定要坚持分清左右，非左即右，这是完全可以理解的。他认为在理论上"中间派"是存在的，而实际上是不存在的，人总是有偏向的。人的胖瘦有时是一目了然的，但对有些偏于胖或偏于瘦的人，就难于论定了。但它毕竟不是政治上的左右必须分明，也不是"选美"，说某人略胖或略瘦，也无伤大雅。同样的道理，在我们今天很宽松的环境下，并不因为某一作品属雅文学，它就是优秀的；而另一作品属俗文学，它就是低劣的。所属与优劣无关。在雅俗之间一定要分得毫厘不差，泾渭分明，也是没有必要的。我们认为事实上是存在某些"中性"的作品，它们有着一种相对的不确定性。这种不确定性有时又由于时代的不同或地域的有别或环境的相异而更增加了复杂性。这种复杂性主要是表现在一种不稳定的流变之中。例如上文已提及的古今的流变：古代的民歌、民谣成了今天的高雅文学；另一种是中外的流变，外国的通俗名著如《飘》等等译介到中国就被视为高雅文学。这种事例是不胜枚举的。至于"环境相异"，就更有许多难于言状的习惯性因素了。鲁迅早年译介《月界旅行》，这是一部科幻读物，当然是属通俗文学类的。鲁迅的初衷是想用白话翻译。在当时——清末,倡导白话文也已显示出一定的力度了。早在 1876 年,由《申报》馆出版的《民报》,就是一张白话报。其中编辑《无锡白话报》的裘廷梁对"崇白话而废文言"的倡导最为热心。可是鲁迅出于自己的习惯,还是将通俗科幻小说译成了文言,让这篇通俗小说穿上了高雅的外衣。鲁迅在《〈月界旅行〉辨言》中说:"初拟译以俗语,稍逸读者之思索,然纯用俗语,复嫌冗繁,因参用文言,以省篇页。"[6]在"稍逸思索"与"以省篇页"之间,鲁迅选择了后者。其实还有一个最主要的原因鲁迅没有道出,那就是他当时对运用白话写作,还不大娴熟。这是一种自幼环境的熏陶产生的习惯性因素。也就是说在近现代的交错点上,要知识分子用白话作文,曾被视为畏途,这要有一个改变自己积习的过程。关于这一点,我们今天的知识分子是难于体会的。但姚鹏图在《论白话小说》一文中为我们说出了当时的实情:

> 凡文义稍高之人,授以纯白话之书,转不如文话之易阅。鄙人近年为人捉刀,作开会演说、启蒙讲义,皆用白话体裁,下笔之难,百倍于文话。其初每请人执笔,而口授之,久之乃能搦管自书。然总不如文话之简捷易明,往往累牍连篇,笔不及挥,不过抵文话数十字、数句之用。[7]

这席话,对我们找到鲁迅译《月界旅行》时选择文话还是白话的真正原因,是很有参考价值的。正如今天如果请一位对古典文学不无修养的学者,用文言撰文,大概也会觉得下笔之难,远胜于白话。何以故? 自幼环境熏陶使然。因此,对中国近现代转型期时的通俗小说用文言译介或创作,也会抱着一种理解的态度。

虽然我们在上面提到了许多划分雅俗文学中的不规则难点,或出于流变,或囿于习惯,但是雅俗之间,总需有一个大体的界线。我们在区分古代的雅俗文学时,一般是以作品使用的语言为标准。如将文言视为雅文学之标志,以白话视为俗文学通常运用的语言工具。但有了上文的许多说明,我们也不难理解,《聊斋志异》虽用文言,但它仍是通俗小说;而在近现代之交出现的用四六骈俪体写的《玉梨魂》也应划入通俗小说的类别中去。这是因为语言只是一方面的因素,而作品的题材内容也是一个衡量的尺度。就《聊斋志异》来说,它主要写平民百姓小儿女的爱情生活,花妖狐魅皆有人情,蔼然可亲,使你忘其为异类,作家所反映的内容是能与俗众相通的。这只不过是用文言"包装"的通俗小说。即使以语言论,在当时环境中,有些市民对文言的通晓程度,也因为在书塾中从开蒙识字起,在一些初级课本《百家姓》、《三字经》《千字文》中就领受文言的熏陶,即使粗通文字,对文言的阅读能力,也要比今天的知识青年强些,所以当时有人在评价半骈半散的《玉梨魂》时,说它"恰好适合一般浅学青年的脾胃"[8];而在今天,即使是大学文科的学生,也觉其相当艰深。

文学革命之后,文学以白话为正宗了。不论雅俗都以白话为表情达意之载体,连那个古代用来大致区分雅俗的"并不很硬的杠子"(文白分界)也难于框范了。那么雅文学与俗文学的区分就要看做家的文艺思想和流派归属来加以定性了。例如文学研究会我们认为是归属于"雅"文学的,在《文学研究会宣言》中就宣称:

> 将文艺当作高兴时的游戏或失意时的消遣的时候,现在已经过去了。我们相信文学是一种工作,而且是于人生很切要的一种工作:治文学的人也当以这事为他终身的事业,正同劳农一样。[9]

而被文学研究会猛烈攻击的所谓"鸳鸯蝴蝶派"或《礼拜六》派则侧重强调文学的"休闲"功能。在王钝根的《〈礼拜六〉出版赘言》中,他和盘托出了办刊的宗旨:

> 或问:"予为小说周刊,何以不名礼拜一、礼拜二、礼拜三、礼拜四、

礼拜五、而必名礼拜六也?"余曰:"礼拜一、礼拜二、礼拜三、礼拜四、礼
拜五人皆从事于职业,惟礼拜六或礼拜日,乃得休暇而读小说也。""然
则何以不名礼拜日而必名礼拜六也?"余曰:"礼拜日多停止交易,故以
礼拜六下午发行之,使人先睹为快也。"或又曰:"礼拜六下午之乐事多
矣,人岂不欲往戏园顾曲,往酒楼觅醉,往平康买笑,而宁寂寞寡欢,踽
踽然来购读小说耶?"余曰:"不然! 买笑耗金钱,觅醉碍卫生,顾曲苦喧
嚣,不若读小说之省俭而安乐也。且买笑觅醉顾曲,其为乐转瞬即逝,
不能继续以至明日也。读小说则以小银元一枚,换得新奇小说数十篇,
游倦归斋,挑灯展卷,或与良友抵掌评论,或伴爱妻并肩互读,意兴稍
阑,则以其余留以明日读之。晴曦照窗,花香入坐,一编在手,万虑都
忘,劳瘁一周,安闲此日,不亦快哉。故人有不爱买笑,不爱觅醉,不爱
顾曲,而未有不爱读小说者。况小说之轻便有趣如《礼拜六》者乎?"[10]

正因为它宣扬的是休闲,强调的是趣味性,因此,被"正同劳农一样"工
作的严肃对待人生的新文学界,视为文学史上的一股"逆流"。直到粉碎"四
人帮"后,才逐渐承认它是一个通俗文学流派,是承传中国宋元以来白话小
说传统的通俗小说流派,才将它的"逆流"的帽子摘掉。这在今天是很容易
理解的事。现在报刊上的"周末"版何其多,其实"周末"就是"礼拜六",娱
乐、休闲本也是文学的功能之一。

但在中国现代文学史中,如果一定要将文学研究会和创造社等等属于
新文学的社团流派称为"雅文学",似乎又不甚妥帖。他们作品的内容和语
言也是明白易晓的,也不是不能与"俗众"相通的。如果说,鲁迅的《狂人日
记》、《伤逝》和《孤独者》还不能使一般市民所理解,那么他的《孔乙己》、《故
乡》和《祝福》还是能为他们所了解和体会的。至于巴金的《家》、《春》、《秋》
则更是脍炙人口,为老百姓所熟知。于是有人就以"纯文学"来称呼它,或者
称它为"严肃文学"等等。新文学界的很多作家的确是很严肃地对待人生
的,他们企望发挥"揭出病苦,引起疗救"的启蒙文学的作用。但是"严肃"不

是新文学界的统一的标志;另外,说他们是从事严肃文学的,那么相对而言,通俗文学似乎就是不严肃的文学,甚至有"玩世文学"之嫌。再者,他们中的有些作家,对"严肃"二字,也有自己的领会。例如朱自清在《论严肃》中就告诫说:"但是正经的作品若是一味讲究正经,只顾人民性,不管艺术性,死板板的长面孔教人亲近不得,读者恐怕更会躲向那些刊物里去。"(指一些粉色的软性刊物——引者注)[11]我们体会朱自清的意思是,"严肃"与板着面孔"说教"有混淆之嫌,所以他并不喜欢用这一词汇。至于说是"纯文学",对某些新文学作品也不甚贴切,例如有些作家与某种政治目的贴得太紧,成为一种工具或齿轮与螺丝钉,要说是"纯文学"似乎也不太"纯"了。鉴于上述的种种理由,我们认为,在古代可以雅文学和俗文学称呼之;在现代文学时段中,称新文学界的作品为"知识精英文学"为妥。这里有两层涵义:一是新文学各流派的作家大多是时代的知识精英,他们以各自的人生观与文学观对自己从事的文学事业有所追求,以自己的敬业精神为自己的文学信仰奋斗不息;二是他们的作品主要是在中国的知识阶层中广泛流传。对现代通俗文学作家而言,我们并非说他们是"非精英",但他们大多是站在都市市民的认识基点上,去表达市民大众的喜怒哀乐,以市民大众的情趣为自己的作品的底色与基调。在台湾将民初的通俗小说称之为"都市通俗小说",因此,相对"知识精英文学"而言,它是一种"市民大众文学"。在粉碎"四人帮"后,中国内地的通俗文学在沉寂了30年后,又开始复苏,而新的一代通俗小说家的题材也大大拓展了,再也不限于市民题材,甚或只在几个大都会中"兜圈子",农村、部队都有着他们捕捉题材的广阔空间,因此,可以称之为"大众通俗文学"。(下文我们论及解放前的现代通俗文学时,还是以"市民大众文学"称之,以突出当时它是一种站在市民阶层的立场上去反映客观世界的"都市通俗小说")

"知识精英文学"和"大众通俗文学"是相对应而存在的。如果不去追求一槌定音的"精确的分水岭",倒可以说出它们各自追求的侧重点——也即各自的特色来。

知识精英文学重探索性、先锋性，重视发展性感情。他们对世界风云的变幻、阶级关系的趋向、政局的动荡更迭以及社会大势对各阶层的感情上的冲击，特别是知识分子的敏感反馈等态势，是特别感兴趣的，并常常在这个大前提下寻找自己的题材落脚点。而大众通俗文学作家则满足于"平视性"，也即站在市民的立场上"平视"芸芸众生中的民间民俗生活的更序变迁。他们不善于像茅盾一样去高屋建瓴、高瞻远瞩地探索"中国向何此去"等大问题，以其先锋性写出《子夜》这样的作品。通俗作品往往是市民集体心理在情绪感官上的自娱、自赏与自我宣泄。他们崇仰人的基本欲求。他们也并非不写社会政局等大事，但他们往往偏重于平民百姓在这大动荡中备尝的酸甜苦辣，有时在他们的作品中能曲折地看出这些大动荡之所以发生的民间深层动因。他们小说中的"国计"往往是通过"民生"来呈现的。他们的作品以"食色"等人性的基本欲求作为他们社会小说和言情小说的母题。

知识精英文学重自我表现，主体性强；而大众通俗文学则是一种贴近读者——消费者的期待视野的文学。在20世纪80年代，文坛上为了给"纯文学"下定义，流传过一句"名言"：纯文学就是作家在写作时脑子里没有读者的文学。用这样的话去强调重自我表现，作家的主体性极强是无可厚非的，但以此来概括知识精英文学的特色，未免只及一点而不及其余了。知识精英文学作家既重视倾听时代的呼声，而这呼声中就凝聚和饱和着广大读者的企求，而作家响应这时代呼声的召唤也就是与广大读者心心相印了。至于通俗小说，作为一种商品性文学，当然要深知读者的希求，要应答读者的期待，只有这样，才能有风行一时的发行量，因此，通俗小说作家特别注意读者的反馈信息，特别关心文化市场的行情，再结合自己的特长之所及，看看对读者能贡献些什么体裁或什么题材的作品，以满足读者的胃口。当时虽还没有什么排行榜，但书商约你写何种稿件，或书商正在大量收购何种类型的题材，愿出价钱的大小，这些作品对读者的魅力能维持多久……凡此种种，都是一种测评他们的文化商品是否紧俏的指数。这样去透视通俗作家，并不是意味着他们可以任意或廉价出卖自己的灵魂。现代通俗作家有着自己的道德规范和行为准则，在后面的几讲中我们可以看到他们在民族大节大义面前，还是毫不含糊的。我们认为，在大多数的情况下，过去的知识精英作家可比作是"志愿军"，他们可以为自己的信仰奉献出自己的辛劳，甚至可以为自己的主义牺牲自己的生命；但大众通俗文学作家则是"职业兵"，他们的写作是一种职业行为。他们是中国第一代职业作家。他们是靠发表自己作品的多寡和质量优劣换取稿费与版税，去养活自己和他的全家，正如张恨水所说：流自己的汗，吃自己的饭。

知识精英文学作家是时时企望作品能有一种前所未有的创新，文体和语言的实验性是他们要攀登的制高点。鲁迅在小说创作中就显示了他是这方面的最有创意的典范。例如在他在谈及《狂人日记》创作时，就提到"格式特别"和"忧愤深广"这两点，说明他在内容和形式上皆在创新方面下功夫。鲁迅对有一位评论家指出他是一位小说创作上的"体裁家"而感到满意。那就是说，这位评论家看出了鲁迅创作中对文本体式的刻意的创新追求。例如，他的《头发的故事》是尝试一种近乎"独白体"的小说文本；而他的《长明灯》就与之截然相反，是尝试一种对话体的小说文本，无论是故事的轮廓还是小说情节的推进，全赖人物的对话加以拓展；至于《白光》，它基本上只有一"独角"在小说舞台上"表演"；而《示众》却在小说中涌现了 18 位没有姓名的人"围观"一个不知犯了什么罪的示众者，这显然是"群像体"小说，这群围观者麻木得连问个为什么也成了多余，这是乌合的呆若木鸡的雕塑群像。鲁迅的小说，一篇有一篇的设计，一篇有一篇的韵味。但大众通俗文学则是模式化的。社会、言情、武侠、侦探……皆不同程度上去遵循一个模式。它们只是在某一模式的框子中显示自己对故事的独特构思。例如，在侦探小说中，曾经盛行的一个程式是"发案—侦查—歧途—破案—总结"的情节链，在人物结构上是"福尔摩斯—华生"式的主从搭档。而在言情小说中，也有几种模式，如"才子佳人"—"小人拨乱"—"大团圆"结局；或者是"三角选择"—"时代风云"—"离散悲剧"等等的排列组合。但正如张恨水所说："世界上之情局,犹如世界上之山峰。山峰千万万,未有一同者。情局千万万,亦未有一同者。"[12]所以通俗小说即使是模式化的,但作家还是有着自己的回旋余地。我们经过两相对比后,知道知识精英文学很注意叙述形式上的创新,而有些知识精英作家认为娱乐、故事、悬念等等不过是小技而已;但大众通俗文学则视趣味性、情节性等等是自己作品的生命线。它们的叙述形式虽是流于模式,但却善于制造叙述内容上的陌生化效果,也即故事要出奇制胜,情节要别出心裁。

知识精英文学崇尚永恒,而大众通俗文学祈盼流通。因为前者重永恒,所以他们往往(特别是他们中间的现实主义作家)以塑造典型作为自己创作中不倦的追求目标——要塑造出文学史画廊中不朽的典型。阿Q是中国现代文学史上的第一典型,因此鲁迅的小说是伟大的,《阿Q正传》是永恒的。通俗作家笔下也有成功的典型人物,可是通俗作家并不以塑造典型为自己的追求目标。他们所追求的是作品的"趣味性"能对读者产生强大的不可抗拒的磁场。要使读者对他们的作品达到痴迷的程度。天天要读他们刊载在报上的连载小说,一天不读,就会产生一种失落感。读者中有《啼笑因缘》迷、《金粉世家》迷,张恨水成为家喻户晓的作家。一部《春明外史》在报上连载了57个月,许多市民形成了"天天读"的习惯。程小青的《霍桑探案》也培养了一批"霍迷"。高额的发行量——流通的重要标志,是他们莫大的荣耀。通俗作家善于在故事性上下功夫,无论如何也要使读者"手不释卷"、"欲罢不能",甚至达到"废寝忘食"的程度。至于读后是否引起深沉思索,或举一反三地去认识世界,他们倒是不大顾及的。总之,知识精英文学看重"塑造典型",大众通俗文学则偏爱"叙事传奇",正如《文心雕龙》所说:"然俗皆爱奇。"[13]可见,知识精英文学与大众通俗文学各有自己的审美要求。可是这种审美要求也绝不是划分雅俗的精确界线。因为精英文学有时在"塑人"过程中也道出了千古奇事,而通俗文学在"传奇"时也塑造出能百世流传的"典型"。叶昼对《水浒传》的人物的评点,就是对它的典型性的高度评赞:"描画鲁智深,千古若活,真是传神写照妙手。且《水浒传》文字妙绝千古,全在同而不同处有辨。如鲁智深、李逵……等众人都是性急的，渠形容刻画来各有派头，各有光景，各有家数，各有身份，一毫不差，半些不混，读去自有分辨，不必见其姓名，一睹事实，就知某人某人也。"[14]

上述分析的是知识精英文学与大众通俗文学的各自的特点，就各自的特色来看，它们的界线是基本上可以分清的；但是此二者在其本质又皆是文学，因此也有其相通之处。有"两可"的作品，即所谓"过渡地带"是不足为奇的。《辞海》上为"通俗"释义时，认为它是给成人阅览的浅显易懂的读物。可是在美国谈到通俗文学时，其包括的范围是"如畅销书、西部文学、儿童文学、历史小说、科幻小说、浪漫小说、哥特式小说、侦破小说、通俗诗歌等"。[15]其中竟然将儿童文学也包括在内，是否因为儿童文学浅显易懂，就划入通俗类，但这不符合中国的划分习惯。

以上我们只谈相互间侧重的特色，没有着重去划出其分界线，因为精确的界线是很难划出的。但通过上面的概论，我们至少有了一个综合评估标准，如要评估某篇(部)作品是否是通俗文学，我们不外乎从三方面去加以考察，即：一、是否"与世俗沟通"，二、是否"浅显易懂"，三、是否有"娱乐消遣"功能。有些知识精英的文学也是浅显易懂的，但它在与世俗沟通这点上可认定它不是通俗文学。古代认为小说是小道，甚至是"刍荛狂夫之议也"。刍荛即"割草打柴"的人，在这里是泛指"庶民"，通俗小说是写俗人俗事给俗众作为茶余酒后的谈助的。通俗，通俗，就是要与俗众相通。在作品的语言表达上，也要求作家以俗语道俗情："以俗言道俗情，正格也；以文言道俗情，变格也。"[16]那就是说，通俗文学就要做到"明白晓畅，语语家常"。"以俗言道俗情"就将我们上述的第一与第二点结合了起来：即以明白晓畅的语言反映俗众感兴趣的事情。而像《聊斋志异》和《玉梨魂》就属于"变格"，它们的内容与题旨虽然"适俗"，但它们用的不是"俗言"。在娱乐消遣功能方面，说明通俗文学是面向文化市场的消费性文学，它重视趣味性、知识性、可读性。通俗作家认为读史"易欲睡"——也即是说读历史比较枯燥，只有读历史演义小说，才能令人"捧玩不能释手"。因此，明代写历史演义小说的甄伟认为,从演义的趣味性出发,人们会在他的书中得到其他许多有益的收获:"然好事者或取予书而读之,始而爱乐以遣兴,既而缘史以求义,终而博物以通志,则资读适意,较之稗官小说,此书未必无小补也。"[17]缘史以求义,就是从兴趣出发而进一步探究历史的经验教训,然后是博物以通志,那就是能获得许多有益的知识,开阔了自己的视野与眼界。

了解知识精英文学与大众通俗文学各自的特色以及如何区分的综合评估标准是必要的。但是我们也应看到目前文学因循文化市场的制约的规律,使许多知识精英文学的作家在适应市场化的操作上采取一系列对策,其策略之一就是向大众通俗文学作家学习能够吸引"俗众"的经验。"媚俗"对知识精英文学与大众通俗文学都是不可取的,但"适俗"而因势利导,则对知识精英文学和大众通俗文学都是必须的。加之近年来对通俗文学流派的恢复名誉,使知识精英文学作家与大众通俗文学作家在感情与理智上皆有了靠拢的趋向,你中有我,我中有你的文学现象正悄悄地在作品中体现出来甚至同一作家,两付笔墨,也不足为奇。这一新的动向是很值得注意的,它所得的结果是对中国广大读者非常受益的。

注 释

〔1〕 鲁迅:《中国小说的历史的变迁》,《鲁迅全集》第 8 卷 315 页,人民文学出版社 1963 版。

〔2〕 鲁迅:《中国小说史略》,《鲁迅全集》第 8 卷 10 页,人民文学出版社 1963 版。

〔3〕 拉什沃思・基德:《电视文化的影响》,转引自《美国通俗文化简史》编者前言》,漓江出版社 1988 年版。

〔4〕〔15〕 施咸荣:《〈美国通俗文化简史〉编者前言》,出处同〔3〕。

〔5〕 鲁迅:《又论第三种人》,《鲁迅全集》第 4 卷 534 页,人民文学出版社 1981 年版。

〔6〕 鲁迅:《〈月界旅行〉辨言》,转引自《20 世纪中国小说理论资料》第 1 卷 50 页,北京大学出版社 1989 年版。

〔7〕 姚鹏图:《论白话小说》,《广益丛报》第 65 号。

〔8〕 杰克:《状元女婿徐枕亚》,载《万象》(香港)第 1 期,1975 年 7 月出版。

〔9〕 《文学研究会宣言》,载《小说月报》第 12 卷第 1 期,1921 年出版。

〔10〕 《礼拜六出版赘言》,载《礼拜六》第 1 期,1914 年 6 月出版。

〔11〕 朱自清:《论严肃》,载《中国作家》创刊号,1947 年出版。

〔12〕 哀梨:《情的描写》,北平《世界日报》1927 年 5 月 27 日。

〔13〕 刘勰:《文心雕龙〈史传第十六〉》。

〔14〕 叶昼:《水浒传 第三回回末总评》。

〔16〕 吴曰法:《小说家言》。

〔17〕 甄伟:《西汉通俗演义有序》。

【思考题】

　　1.中国文学史上的不同时期对俗文学所持的态度。

　　2.雅文学与俗文学各自的特色。

　　3.雅俗文学为什么只能划出相对的分界。

【知识点】

　　1.俗文学四大子系。

　　2.划分雅俗文学的综合评估标准。

【参考书】

　　1.孔庆东:《超越雅俗·第一章·通俗小说的流变与界定》,北京大学出版社,1998 年。

第二讲

通俗文学的源流

古小说之孕育

唐之传奇小说

宋之话本小说

明清章回小说

一 古小说之孕育

中国是一个具有五千年历史的文明古国,通俗文学的发展史也源远流长。犹如沿着一条漫长的铁路线作观光旅游,我们这一讲只能"停靠"几个大站。由于时间和篇幅的关系,我们只能选择几个主要景点,作我们的学术漫游之旅。

在中国现代文学的时段中,论述我国通俗文学的源流的有两部名著,是我们作这次学术漫游的"导游指南"。那就是鲁迅的《中国小说史略》和郑振铎的《中国俗文学史》;还要提到的是鲁迅在 1924 年 7 月,在西安暑期讲学时的一个讲稿,即《中国小说的历史的变迁》,共分6讲,在《鲁迅全集》印行时,它是作为《附录》编入全集中的。《中国小说史略》是文言,而《中国小说的历史的变迁》是白话,它也好像是《中国小说史略》的简编本,是史略的史略,也只"停靠"几个大站。我们也将它列为重要的参考书。郑著在他的目录中就说明,他讲的俗文学史是除小说、戏曲之外的诗歌与曲艺等方面的俗文学的发展轨迹,这倒正好是与鲁著有所分工。我们这一讲主要是讲中国通俗小说的源流,其中与郑著所论述的某些内容也颇有关系,特别是曲艺文学与通俗小说的关系。至于,通俗戏剧的源流我们就留待通俗戏剧的专讲中去考察了。

要讲古小说的孕育,首先会想到的是神话对古小说的影响。在欧洲,古希腊的神话演化为史诗,再哺育他们的传奇与小说。中国也有神话,但不像西方的神话那样系统化和系列化,缺乏有影响的大著作。用鲁迅的话来解释是中国先民繁育的黄河流域自然条件不佳,我们的祖先为谋生实在太劳苦,"因之重实际,轻玄想,故神话就不能发达以及流传下来。"[1]中国的神话虽对小说有影响,但主要是一种精神上的承传,如黄帝与蚩尤之战的正邪冲突,对民族正义精神的培育和正统观念的确立显然是有影响的,而对以后的神魔小说也是会有启迪;可是中国的神话对古小说的文体影响却很难用例子来说明。

中国的神话虽不发达,但中国的史传却有超常的优势。《尚书》、《国语》、《战国策》、《春秋》、《左传》,一直到司马迁的《史记》这一史传的巍巍高峰。《史记》的文学性也是高山仰止的。司马迁自述要:"究天人之际,通古今之变,成一家之言。"[2]但所得的结果岂是"一家之言"? 其影响是深刻而久远的。鲁迅也给以高度的评价:"史家之绝唱,无韵之《离骚》";说他是"发于情,肆于心而为文"[3]。"发情肆心"是指他在写历史时,运用了文学创作的规律;使它成为与《离骚》可以媲美的无韵散文,这对司马迁的《史记》的文学性是何等的赞颂。史传文学的发达,使我国的古小说常在它的荫庇之下,难于独立。像一个能干的母亲,常常包办女儿应该独立去做的事情,这反使女儿有了依赖的情绪,终成她的附庸。史传讲究真实,而小说的生命在于想像与虚构。中国古代所谓的文史不分家,使文学缺乏自立门户的机缘,因此中国古小说老是在"实录"的轨道上学步。除了史传文学对小说发生影响之外,中国春秋时代的诸子百家的叙事散文与寓言散文也给古小说以影响。诸子百家的散文和寓言是很有灵气的,但重写意与哲理而缺乏丰富的情节性。我们从小就知道"揠苗助长"和"刻舟求剑"等的风趣、机智的寓言,灵气十足而缺乏曲折丰富的故事情节。我们的古小说就是在这种氛围中成长的。

讲到中国小说的起源,最常引用的,而也最早与小说有直接关系的记载是《汉书·艺文志》中的一段话:

> 小说家者流,盖出于稗官,街谈巷语,道听涂说者之所造也。孔子曰:"虽小道,必有可观者焉,致远恐泥。"是以君子弗为也,然亦弗灭也。闾里小知者之所及,亦使缀而不忘,如或一言可采,此亦刍荛狂夫之议也。[4]

细米为稗,稗官即小官;街谈巷语,也是细小琐碎之言。"王者欲知闾巷风俗,故立稗官,使称说之。"(本注)也就是说,统治者想了解民间的风俗,设小官搜集之,并向他汇报。因此,小说的起点就不高,它是与"小道"、"语皆琐碎,事必丛残"等民间小事联系在一起的;又由于是一种下情上达给天子的民情报告,因此也是一种实录。它缺少文学的基因。可惜的是《艺文志》中收录的"小说"十五家,现在皆失传了。我们已无法看到这些"丛残小语"的原貌。鲁迅还说过:"现存之所谓汉人小说,盖无一真出于汉人……"[5]那么我们只能从六朝的志人小说和志怪小说谈起,从中可窥探古小说的风貌。

汉代选拔官吏,其重要渠道之一,是靠推荐。保举者是当时的官吏或当地的豪绅、名士。因此,形成了一种品评人物的风尚,也即是现在的为某人写评语。后来就由此风而形成了一种有文学性的"志人小说"。这种小说不求情节的完整,甚至不去写某人的"全人",只写其"独立特行"的一个镜头,也即是"写意",但因为是"志人",所以也求其真实,它倒是将史传文学的"真实"与诸子散文的"写意"融会贯通在一起了。这志人小说的代表作是《世说新语》。例如鲁迅在论及魏晋南北朝的文人风习时就引过一则:

> 刘伶恒纵酒放达,或脱衣裸形在屋中。人见讥之。伶曰:"我以天地为栋宇,以屋室为裈衣,诸君何为入我裈中?"(卷下《放诞篇》)

这是典型的魏晋放诞不羁的风度。这一短镜头就将刘伶的为人品貌显现出来了。除了志人,那就是志怪了。鲁迅讲过六朝风行鬼神志怪小说的社会背景:"中国本信巫,秦汉以来,神仙之说盛行,汉末又大畅巫风,而鬼道愈炽……"[6]但六朝人记述鬼怪的书,并非是有意做小说,而是抱着一种"记实"的坦然的态度。在他们看来,无论是人事还是鬼事,皆实有,他们言鬼事,就像今天记述新闻一样。"盖当时以为幽明虽殊途,而人鬼乃皆实有,故其叙述异事,与记载人间常事,自视固无诚妄之别矣。"[7]这些记述的书而又富文学性的就是我们所说的志怪小说了。志怪小说的代表作是干宝所作的《搜神记》,他的写作动机是为了"发明神道之不诬"(自序中语)。后来又有续集《搜神后记》,还伪托是陶潜所撰,这当然是不可靠的。《搜神后记》中还记了荒诞不经的干宝的家事:

> 干宝字令升,其先新蔡人。父莹,有嬖妾。母至妒,宝父葬时,因生推婢著藏中,宝兄弟年小,不之审也。经十年而母丧,开墓,见其妾伏棺上,衣服如生,就视犹暖,舆还家,终日而苏,云宝父常致饮食,与之寝接,恩情如生。家中吉凶辄语之,校之悉验,平复数年后方卒。宝兄常病,气绝积日不冷,后遂寤,云见天地间鬼神事,如梦觉,不自知死。(卷四)

这是一个神灵感应的超自然的幽深的神鬼世界,但是六朝人竟笃信不疑。志怪小说不像志人小说,它开始注重情节,今天看来其中有很精彩的文言小说。志人小说、志怪小说向前发展就是后来的笔记小说和野史笔记,这在中国小说史上是很值得重视的一种体裁,直到清朝还绵延不绝,并出现了蒲松龄的《聊斋志异》和纪昀的《阅微草堂笔记》等佳作。志怪小说重视恢奇的情节性,同时增强了记叙时的文学性,实际上是中国小说推进到传奇的先声。自此后,中国小说揭开了唐之传奇文之新的一页。

二 唐之传奇小说

"小说亦如诗,至唐代而一变,虽尚不离于搜奇记逸,然叙述宛转,文词华艳,与六朝之粗陈梗概者较,演进之迹甚明,而尤显者乃在是时则始有意为小说。"[8]鲁迅将唐代的传奇小说看成是中国小说脱离古小说的境域而踏入了一个崭新的纪元。他特别强调唐传奇是作者"始有意为小说",也就是说,中国小说宣告脱离史传文学的荫庇而自立门户,进入了一个自觉的年代。在这里我们不得不佩服冯梦龙在"三言"的第一部《喻世明言》的序言中,开宗明义就说了一句非常有分量的话:"史统散而小说兴。"[9]在传奇小说中,一方面是宗教意识的逐渐淡薄,一方面是娱乐性的加强,再加上大胆虚构,驰骋想象,铺张扬厉,文采斑斓,它再也不是史传的附庸了。

开始,唐传奇文主要是作为士大夫的高雅的消遣而流传在他们的"沙龙"中的,以后才逐渐俗化。当时唐朝的士人在考试前,很看重"行卷",举子一到京城,就先将自己认为得意的诗篇抄成卷子,作为进见礼去拜谒当时的名人,如果一旦得到名人的称赞,那就身价十倍,今后就有及第的希望。唐代的考卷上的姓氏大概不是密封的。有时举子觉得一次还不足以引起注目,过几天再去呈献,称为"温卷",也即加深印象之意。先开始是呈诗文,后来也有送上小说的,就是当时在士大夫的沙龙中作为高雅消遣的传奇。传奇不仅能显示其文学才能,而且在传奇中可嵌入诗赋,言志抒情,各擅其长。

传奇小说是发展在前,小说行卷流行于后,但"考试指挥棒"也的确进一步推动了传奇小说的繁荣。

传奇的创作宗旨当然是在一个"奇"字上,所谓"人不奇不传,事不奇不传,其人其事很奇,无奇文演说之亦不传"。[10]"今以陶情养性之诗词,寄诸才子佳人之吟咏,凭空结撰,兴会淋漓,既足以赏雅,复可以动俗,其人奇,其事奇,其遇奇,其笔更奇,愿速付之梓人以公之同好,岂仅破幽窗之岑寂,而消小年之长日也哉。"[11]这些话里,有若干是属传奇小说的审美准则,例如,凭空结撰,即提出"作意"、"幻设"的有意识的创作,这是传奇与古小说的重要区别;而传奇的"恢奇"也是一种美的享受,既可赏雅,也可动俗,这就要情节曲折而跌宕多姿;同时还强调了创作传奇的首要宗旨——娱乐消闲。

关于传奇的作者,鲁迅着重介绍了两位。其一,此人只写了一篇传奇,但影响极大,谈到传奇小说代表作就绕不过他的这一篇作品。那就是元稹和他的《莺莺传》。这篇《莺莺传》起初的题目就叫做《传奇》,因此,有的学者认为,这传奇两个字是始于元稹。元稹是诗人,与白居易齐名。他并不太善于写小说,但崔莺莺与张生的故事影响太大了,当时就有许多人赋诗赞扬它,名气就非常大。以后"宋赵德麟已取其事作《商调蝶恋花》十阕(见《侯鲭录》),金则有董解元《弦索西厢》,元则有王实甫《西厢记》,关汉卿《续西厢记》,明则有李日华《南西厢记》,陆采《南西厢记》等,其他曰《竟》曰《翻》曰《后》曰《续》者尤繁,至今尚或称道其事"。[12]鲁迅只好用"煊赫"两字形容,并感叹不已了。另一位是作品很多,但影响却不及元稹大,那就是李公佐,他的传奇后世还存留四篇,有名的是《南柯太守传》和《谢小娥传》。明人汤显祖的《南柯记》就是从《南柯太守传》中演化出来的。鲁迅认为还有李朝威的《柳毅传》也可以"煊赫"称之,后来根据他的小说脱胎的《柳毅传书》也是闻名遐迩的。

三　宋之话本小说

"宋一代文人之为志怪,既平实而又乏文采,其传奇,又多托往事而避近闻;拟古且远不逮,更无独创之可言矣。然市井间,则别有艺文兴起。即以俚语著书,叙述故事,谓之'平话',即今所谓'白话小说'者是也。"[13]这是由于唐代政治比较宽松,而宋代的讳忌渐多,且小说趋于理学化,教训色彩浓厚。但宋代的手工业与商业繁荣造成了城市人口的迅速增长,民间的娱乐需求使都市中出现了许多"瓦舍"、"勾栏"。这些平民的游艺场所是"说话人"卖艺的地方,而他们演述故事的底本,就称为"话本"。但这些民间的说话伎艺,并非始于宋朝,它们早就萌发于唐代。郑振铎在《中国俗文学史》中阐明了宋代的"平话"及其底本"话本"皆发源于唐代的"变文",而"变文"一度失传,直到敦煌宝库的发现,我们才探清了"平话"这股中国白话小说的"活水"的源头:

> 在敦煌所发现的许多重要的中国的文书里,最重要的要算是"变文"了。在"变文"没有发现以前,我们简直不知道:"平话"怎么会突然在宋代产生出来?"诸宫调"的来历是怎样的?盛行于明、清二代的宝卷、弹词及鼓词,到底是近代产生的呢?还是"古已有之"的?……发现了"变文"的一种文体之后,一切的疑问,我们才渐渐的可以得到解决了。我们才在古代文学与近代文学之间得到了一个连锁。如果不把"变文"这一个重要的已失传的文体弄明白,则对于后来的通俗文学作品简直有无从下手之感。[14]

> 所谓"变文"之"变",当是指"变更"了佛经的本文而成为"俗讲"之意。……后来"变文"成了一个"专称",便不限定是敷演佛经之故事了。……"变文"是"讲唱"的。讲的部分用散文;唱的部分用韵文。这样的

文体,在中国是崭新的,未之前有的。故能够号召一时的听众,而使之"转相鼓扇扶树。愚夫冶妇乐闻其说。听者填咽寺舍。"……"变文"所用的韵式,至今还为宝卷、弹词、鼓词所保存。真可谓源微而流长了。[15]

郑振铎为我们讲清了"变文"与"平话"的源流关系。原来"变文"是将佛经的经文通俗化,编成了很有吸引力和可听性的故事,是向中国老百姓阐扬佛教的一种通俗文体。这大概是经文太难懂,且枯燥。僧侣用"经变"来使老百姓易于理解。这种又说又唱,故事性极强的"俗讲"新文体,当然受到听众的普遍欢迎,其热闹的场面达到了沸点。"转相鼓扇扶树","听者填咽寺舍"。宣传的力度加大,布施的财源也增多,僧侣当然是乐意为之的。可见唐时的庙宇,不仅是顶礼摩拜佛祖的地方,它其实也是一个游乐场所,它不仅是百姓听"经变"的地方,有时甚至是百戏杂陈的所在。"愚夫冶妇",简直是挤得水泄不通。后来大概是"经变"听多了,产生了厌倦情绪,于是又将民间流传的故事传说加以改编,称为"俗变"。到了宋真宗时,一道禁令将庙宇里的"俗讲"的热潮扑灭了。但是老百姓要娱乐的需求是扑不灭的,于是他们将热情转移到"瓦舍"与"勾栏"中去。这样,"变文"的一支就发展为"平话",出现了说话人的底本,即后来的白话小说。

"变文"的另一支就是鼓子词、诸宫调、宝卷与弹词,其结果就是促使了伟大的元杂剧的诞生。郑振铎说:

> "诸宫调"是宋代"讲唱文"里最伟大的一种文体,不仅以篇幅的浩瀚著,且也以精密、严饬的结构著。……她是宋代许多讲唱的文体里的登峰造极的著作,……有专门的班子到各地讲唱"诸宫调";讲唱的时间,不止一天两天,也许要连续到半月至三、两月,然而听众并不觉得疲倦。……如果没有宋、金的诸宫调,世间也不会出现着元杂剧的一种特殊的文体的。[16]

郑振铎对"变文"的发现与对"变文"本身的估价是非常恰当的。而根据胡士莹的考证,在瓦舍和勾栏里的演艺可分四家,即一、小说(即银字儿):烟粉、灵怪、传奇、说公案(银字儿是一种银字管伴奏乐器);二、说铁骑儿:士马金鼓之事;三、说经:演说佛经或说参请:参禅悟道之事,(宝卷的宝字也是指佛经,至今民间还有"宣卷"之说,也就是宣讲宝卷之意);四、讲史书:讲说前代兴废争战之事。[17]

宋平话的说话人的队伍发展得很迅速。在《东京梦华录》中提及汴京瓦舍的艺人仅 6 人,但到南宋时,据《梦梁录》和《武林旧事》记载,临安的说话艺人已近 60 人了。说话人还有称之为"雄辩社"的组织。说话人的行业谓之"舌耕"。这个名词实在是太形象化了。我们写文章,谓之"笔耕",他们以说话谋生,当然是凭三寸不烂之舌去耕作了。罗烨对他们的本领极为称赞:"夫小说者,虽为末学,尤务多闻。非庸常浅识之流,有博览该通之理。"又说:"有说者纵横四海,驰骋百家,以上古隐奥之文章,为今日分明之议论。或名演史……皆有所据,不敢谬言。"[18]这里就涉及到当时的讲史了。那时在瓦舍、勾栏中就已有说"三分"的专家。"三分"之所以受欢迎,除了它的内容精彩之外,又因这段"三角"之争的历史,繁简得当。如说楚汉之战,不过是两军对垒;如说春秋列国,又因头绪太多,而使听者觉得杂乱而不得要领。历史小说是世字间一本大账簿,而有了讲史书,长篇小说这种体裁也就呼之欲出了。中国皆名其为"演义",就是"敷陈义理而有加以引申"。这七分真实,三分虚构的"三国",听得俗众们似醉如痴,动了真感情:

> 东坡(《志林》六)谓"王彭尝云,涂巷中小儿薄劣,其家所厌苦,辄以钱,令聚坐听说古话,至说三国事,闻刘玄德败,频蹙眉,有出涕者,闻曹操败,即喜唱快。以是知君子小人之泽,百世不斩。"[19]

在宋代"三分"已有专科,而宋元间,《大宋宣和遗事》和《大唐三藏法师取经诗话》等"拟话本"也已出现,那就是说《三国演义》、《水浒传》和《西游记》皆已初露端倪,这三部来自民间的伟大的"积累型"通俗小说都已在说话人的舌耕中孕育;而话本中的短篇小说《京本通俗小说》也在等待着冯梦龙和凌濛初的"三言"、"二拍"的超越。

四　明清章回小说

鲁迅说,章回小说始于《大唐三藏法师取经诗话》,这部拟话本是出现于宋元之间的,那么说章回小说是元代的产物是没有什么疑问的了。但是我们这里只提"明清章回小说"是我们无法考定《三国演义》和《水浒传》成书于元末还是明初,因此,我们还是将《三国演义》、《水浒传》、《西游记》这三部"积累型"的名著和《金瓶梅》这部文人"独创型"的名著都看成是明代章回体长篇小说成熟的标志。除了这四部书外,在明清两代还诞生了《红楼梦》、《儒林外书》等长篇章回体杰作、"三言"、"二拍"和《聊斋志异》、《阅微草堂笔记》等优秀短篇小说或笔记小说集,它们都是我们民族文化的骄傲。

《三国演义》是我国第一部长篇小说,也将我国的历史小说创作推进到一个崭新的阶段,大大推动了我国历史演义小说的发展:"自罗贯中氏《三国志》一书,以国史演为通俗演义,汪洋百余回,为世所尚,嗣是效颦日众,因而有《夏书》、《商书》、《列国》、《两汉》、《唐书》、《残唐》、《南北宋》诸刻,其浩瀚几与正史分签并架。"[20]《三国演义》的典范意义是在于为历史演义的创作提供了成功的经验,特别是如何处理历史事实与艺术虚构的关系。

历史小说最难作,过于详实,无异以正史。读《东周列国志》,觉索然无味者,正以全书随事随时,摘录排比,绝无匠心经营于其间,遂不足刺激读者精神,鼓舞读者兴趣。若《三国演义》,则起伏开合,萦佛映带,虽无一事不本史乘,实无一语未经陶冶,宜其风行数百年,而妇孺皆耳熟能详也。[21]

《三国演义》又是民间艺人和文人的集体创作,罗贯中是集其大成的代表。它是经唐、宋、元三代,还可能直至明初……在民间流传,几代说话人,也包括几代戏曲艺人的不断的艺术加工,其间也有不少文人的创造性发挥,使其臻于完美的集体成果。这里既要充分估价文人的才华,又要充分肯定艺人的智慧。

《水浒传》是中国第一部长篇侠义小说。它塑造了一批性格饱满、形象生动的顶天立地的英雄好汉。金圣叹说:"别一部书,看过一遍即休。独有《水浒传》只是看不厌,无非为他把一百八个人性格,都写出来。""叙一百八人,人有其性格,人有其气质,人有其形状,人有其声口。"[22]《水浒传》反映了下层人民的愿望、情绪与美学趣味。这些民间的英雄好汉与政府采取不合作的态度,构成了对皇权的潜在的威胁。因此有"老不看《三国》,少不读《水浒》"的说法。在封建社会中,对通俗小说常扣的帽子是"诲淫诲盗"。《水浒传》的版本很多,其中有一些版本就是要处理"盗"的下场;甚至还有《结水浒传》(亦名《荡寇志》)等续书。即是向众宣告,对正统构成威胁者是不得好下场的。但《水浒传》的反政府色彩的影响是巨大的,为了抵消这种"诲盗"的影响,就出现一种侠义小说与公案小说合流的品种,其代表作是清代的《三侠五义》。

> 凡此流著作,虽意在叙勇侠之士,游行村市,安良除暴,为国立功,而必以一名臣大吏为中枢,以总领一切豪俊,其在《三侠五义》者曰包拯。[23]

> 其中所叙的侠客,大半粗豪,很像《水浒》中底人物,故其事实虽然来自《龙图公案》,而源流则仍出于《水浒》。不过《水浒》中人物在反抗政府;而这一类书中底人物,则帮助政府,这是作者思想的大不同处,大概也因为社会背景不同之故罢。[24]

鲁迅称这类小说是《水浒》精神在民间的消灭。以后的《施公案》、《彭公案》更是愈写愈恶滥。这无非一定要将民间正义的化身与正统皇权的法治代表合流，而在这合流中又要由清官——正统皇权的法治代表总领一切，以便消解小说中的所谓"海盗"问题。

　　志怪是神魔小说的先声，而《西游记》是中国第一部长篇白话神魔小说。这也是在民间长期流传而由吴承恩集大成的积累型作品，吴承恩的成功既在于他的艺术才华，又复决定于他的个性："又作者禀性，'复善谐剧'，故虽述变幻恍惚之事，亦每杂解颐之言，使神魔皆有人情，精魅亦通世故，而玩世不恭之意寓焉(详见胡适《西游记考证》)。"[25]吴承恩的"谐剧"性格使他在处理"幻"与"真"关系上，达到了举重若轻的自如境界。关于这一点早已引起了古代评论家的注意，而将它作为《西游记》的重要创作经验。袁于令说："文不幻不文，幻不极不幻。"[26]这"幻"是神魔小说的基础，但在极幻的"恍惚"中要通过"解颐"而归结到"真"："虽极幻妄无当，然亦有至理存焉。"[27]"至理"就是"真"。有了这些"神魔人情"与"精魅世故"才能读后更有余味。至于《西游记》的写作宗旨，鲁迅说："然作者虽儒生，此书则实出于游戏，亦非语道……尤未学佛。"[28]它给读者带来的是在世事烦杂压抑中因读《西游记》而享受一份自由无极的超人般的快意。

　　明代中叶的小说有两大主潮，其一就是上述已略述的神魔小说，以《西游记》为代表；其二则是世情书，最有名的就是文人"独创型"小说《金瓶梅》。中国古代的小说三元素是英雄、儿女和神魔，可是从《金瓶梅》开始，我们看到这部世情书，除了写西门庆的家庭，他的妻妾之外，也容纳了广阔的社会的图象。一个闲游浪荡的商人在敛财之余，勾结官府，取得了更大的暴利。而在这种钱权交易中，他就成了清河一霸。作者不仅写了这个社会的关系网，而且揭示了在这个网下为所欲为的暴发与纵欲。这实际上是中国商业手工业社会初兴时的社会小说。这是一个很了不起的开端。它写出了封建商业市侩向勾结官府的商业豪绅过渡的暴发道路。鲁迅说：

作者之于世情,盖诚极洞达,凡所形容,或条畅,或曲折,或刻露而尽相,或幽伏而含讥,或一时并写两面,或使之相形,变幻之情,随在显见,同时说部,无以上之,……至谓此书之作,专以写市井间淫夫荡妇,则与本文殊不符,缘西门庆故称世家,为晋绅,不惟交通权贵,即士类亦与周旋,著此一家,即骂尽诸色,盖非独描摹下流言行,加以笔伐而已。[29]

鲁迅对《金瓶梅》的"间杂猥词"是有公允的评价的。他不赞成这种"颓风",但是他认为它的"其他佳处自在",不能因有"猥词"而否定整体的价值;同时也指出这在明代"实亦时尚",而这种"颓风渐及士流",而作者也不能免俗,也去"叙床笫之事也"[30]。对于《金瓶梅》的艺术性,张竹坡在《〈金瓶梅〉读法》就有非常精到的分析,例如李瓶儿死后,在哭李瓶儿时,作家写出各有各的心态:"西门是痛,月娘是假,玉楼是淡,金莲是快。"而作者在塑造人物时,用笔也颇有功力:"《金瓶梅》于西门庆,不作一文笔;于月娘,不作一显笔;于玉楼,则纯用俏笔;于金莲,不作一钝笔;于瓶儿,不作一深笔。"[31]细细想来,皆是极妙的评点。评点、批注实是我国小说评论与鉴赏的优良传统,其独到见解,中肯点拨,神来之笔,往往令读者顿悟而三颔其首。

除了以上的四部作品之外,在明清长篇章回小说中,还有《儒林外史》这部被鲁迅称为清代有名的也是惟一的讽刺小说。他的标准是定在"贵在旨微而语婉",要能"烛幽索隐,物无遁形","戚而能谐和,婉而多讽",才是讽刺之佳品。看来鲁迅特别注重讽刺小说的含蓄与深刻兼备。但鲁迅也指出了作品的不足,那就是"惟全书无主干,仅驱使各种人物,行列而来,事与其来俱起,亦与其去俱讫,虽云长篇,颇同短制"[32]。在以后的通俗讽刺小说中对《儒林外史》的优长学到手的并不多见;但它的结构上的不足却成了以后许多通俗小说中的通病。

《红楼梦》是清代的人情小说,也被称为情爱小说。它是中国古代小说的巅峰,也是中国古代小说的终结。曹雪芹对情爱小说是有自己的见解的,他对自己胸中储存的几个女性形象,能在众多情爱小说中脱颖而出是有充分信心的:

> 至若才子佳人等书,则又千部共出一套,……且婢开口,即"者也之乎",非文即理,故逐一看去,悉皆自相矛盾,大不近情理之说。竟不如我半世亲睹亲闻的几个女子,虽不敢说强似前代所有书中之人,但事迹原委,亦可以消愁破闷也。……至若离合悲欢,兴衰际遇,则又追踪蹑迹,不敢稍加穿凿,徒为哄人之目,而反失其真传者。……〔33〕

其实他不仅写好了几个女性形象,而且塑造了一个没有被封建教规的毒氛所污染的男性形象。贾宝玉以他的真、善、美的深情与真挚的人性,去温暖这个冰冷的世界中的众多女性的心。这个形象是如此独特,以至世上无双,我们在古今中外的小说中,很难找到这么一个温柔多情,又毫不妥协的叛逆者的形象。试想曹雪芹在茅椽蓬牖、瓦灶绳床的潦倒境遇中,像梦魇一样地重温他的目睹与亲历的往昔的生活,去写那"满纸荒唐言",去洒那"一把辛酸泪";以自己融入人物中的"痴情",以这群女性与这个男子的形象及其深邃的内涵,将《红楼梦》推上了古代小说的巅峰,它有资格成为中国古代小说的"终结",终结乃精彩的压轴戏也。

在简介了明、清两代的长篇白话小说之后,也须看到当时的短篇小说的卓越成就。那就是冯梦龙的"三言"和蒲松龄的《聊斋志异》等杰作。"三言"是《喻世明言》、《警世通言》、《醒世恒言》。冯梦龙是收集、整理、加工、编刻者,其中甚至也包括他自己的作品在内。这是一个宋、元、明三代的话本小说的宝库。"其文必通俗,其作者莫可考。"〔34〕它不仅是说话艺人长期进行集体艺术加工的结晶,也是几代对民间文艺有兴趣的文人参与合作的产物。在宋代已有一种文人与艺人的共同组织,名曰"书会",其任务就是对话本进行编辑、整理。这样累积下来,到冯氏手中,又经过遴选,用一种精品意识去进行加工、提炼,弃芜存精,完成了集大成的伟绩。而从唐到宋,小说中的语言的天平,愈来愈向通俗倾斜:"大抵唐人选言,入于文心;宋人通俗,谐于里耳。"[35]宋代以后,在商业、手工业繁荣,市民人口迅速增长的都市中,新兴的市民阶层要求以他们的人生观与价值观去透视世界,要求将目光从"传奇"转向"世俗"。李贽说:"世人厌平常而喜新奇,不知言天下之至新奇,莫过于平常也。……是新奇正在于平常,世人不察,反于平常之外觅新奇,是岂得谓之新奇乎!"[36]他的意思是在平常中发现新奇才是真正的新奇。这种对"常"与"奇"的辩证看法,正是市民阶层要说话人将目光转向俗人世界的理论根据。正因为站在市民的立场上,所以冯梦龙才能在"三言"中"生机灵气泼泼然"地"借男女之真情,发名教之伪药"[37];才能在作品中宣扬应以"诚信不欺"作为商品交换的准则;才能以话本为娱乐的工具,使市民在阅读中,享受生活的欢愉,同时也潜移默化地发挥褒贬劝惩效应。他所编纂的"三言"就是"明者,取其可以导愚也;通者,取其可以适俗也;恒则习之而不厌,传之可久。三刻殊名,其义一耳"[38]。这是通俗、褒贬、娱乐三融会的产物。

鲁迅称《聊斋志异》为清之"拟古派",也就是说它是继承志怪与传奇而加以更新发展。《聊斋志异》"描写委曲,叙次井然,用传奇法,而以志怪,变幻之状,如在目前;又或易调改弦,别叙畸人异行,出于幻域,顿入人间;偶述琐闻,亦多简洁,故读者耳目为之一新。……《聊斋志异》独于详尽之外,示以平常,使花妖狐魅,多具人情,和易可亲,忘为异类,而又偶见鹘突,知复非人。"[39]在鲁迅的这段评价中,《聊斋志异》的高度艺术性尽在其中了。它真不愧是文言短篇小说的极品。

清末,尚有"狭邪小说"和"谴责小说",但这已是从古代小说向现代小说转型的过渡产物了,我们将纳入下一讲加以论述。

注 释

〔1〕 鲁迅:《中国小说的历史的变迁·第一讲·从神话到神仙传》,《鲁迅全集》第8

卷,第316页。本讲所引的鲁迅著作均出自《鲁迅全集》第8卷,人民文学出版社1963年版,以下就不一一注明,只注页码。

〔2〕〔3〕 转引自鲁迅《汉文学史纲·第十讲·司马相如与司马迁》,第307—308页。

〔4〕 班固:《汉书·艺文志》。

〔5〕 鲁迅:《中国小说史略·第四篇·今所见汉人小说》,第22页。

〔6〕〔7〕 鲁迅:《中国小说史略·第五篇·六朝之鬼神志怪书(上)》,第31页。

〔8〕 鲁迅:《中国小说史略·第八篇·唐之传奇文(上)》,第54页。

〔9〕 冯梦龙:《喻世明言·叙》。

〔10〕 寄生氏:《争春园·序》。

〔11〕 何昌森:《水石缘·序》。

〔12〕 鲁迅:《中国小说史略·第九篇·唐宋传奇文(下)》,第64页。

〔13〕 鲁迅:《中国小说史略·第十二篇·宋之话本》,第85页。

〔14〕〔15〕 郑振铎:《中国俗文学史(上)》,分别为180—181页、190—191页,上海书店1984年版。

〔16〕 郑振铎:《中国俗文学史(下)》154页,版本同〔14〕。

〔17〕 胡士莹:《话本小说概论》第3章第2节,中华书局1980年版。

〔18〕 罗烨:分别见于《小说开辟》、《醉翁谈录·舌耕叙引》。

〔19〕 鲁迅:《中国小说史略·第十四篇·元明传来之讲史(上)》,第103页。

〔20〕 可观道人:《新刻列国志·叙》。

〔21〕 觚庵:《觚庵漫笔》,载《小说林》第1卷。

〔22〕 金圣叹:分别见《读第五才子书法》、《水浒传·序三》。

〔23〕 鲁迅:《中国小说史略·第二十七篇·清之侠义及公案》,第230页。

〔24〕 鲁迅:《中国小说的历史的变迁·第六讲·清小说之四派及其末流》,第352页。

〔25〕〔28〕 鲁迅:《中国小说史略·第十七篇·明之神魔小说(中)》,第134—135页。

〔26〕 袁于令:《西游记·题辞》。

〔27〕 谢肇制:《五杂俎》。

〔29〕〔30〕 鲁迅:《中国小说史略·第十九篇·明之人情小说(上)》,第146—149页。

〔31〕 张竹坡《〈金瓶梅〉读法》之(三十一)(四十六)。

〔32〕 鲁迅:《中国小说史略·第二十三篇·清之讽刺小说》,第181—182页。

〔33〕《红楼梦》戚本第一回。

〔34〕〔35〕 冯梦龙:《喻世明言·叙》。

〔37〕 李贽:《焚书·复耿侗老》。

〔37〕 冯梦龙:《叙山歌》。

〔38〕 可一居士:《醒世恒言·序》。

〔39〕 鲁迅:《中国小说史略·第二十二篇·清之拟晋唐小说及其支流》,第171页。

【思考题】

　　1. 中国小说变迁中从古小说—传奇—话本—章回小说的承传关系。

　　2. 为什么说"史统散而小说兴"?

【知识点】

　　1. 志人小说　志怪小说　传奇　话本　章回小说

　　2. 变文　话本　积累型章回小说

【参考书】

　　1. 鲁迅:《中国小说的历史的变迁》。

通俗文学的现代化

一　通俗文学对现代文化市场的培育

现代大都市的兴建与初具规模,是通俗文学必然由古典型转向现代型的社会背景。工商业的繁荣兴盛,城市设施的现代化,人口猛增的速度简直达到了爆炸式的裂变程度,原来在小农经济的村道上蹒跚的上海经济,一下子乘上资本经营之车在柏油马路上迅行,与此同时,也带动了一个新型的文化市场的创建。

上海在1843年开埠以前是一个只有十条小街的蕞尔小邑,农本主义是它生产运作的主要方式,渔业和沙船运输业是它向周边伸出的短短的触须;

居民过着一种近乎日出而作，日落而歇的宁静生活。可是随着南京条约的
签订，从广州一口通商变为五口通商，海禁大开，上海很快超越了广州，成为
中国的第一大商埠。外国商业资本与工业资本、随后是金融资本的输入；广
州的洋行大班和中国第一代广帮买办联袂来沪，使它从一个最多只是近海
作业的小聚散地，一跃成为中国面向世界的窗口，在过去的沙滩上建起了一
个十里洋场。它成了一个最具魅力的移民城市，吸纳着四方的投资者或是
周边破产的乡民，以致那时上海的居民中六分之五是来自外乡。它既是冒
险家的乐园，也是一个出卖劳动力的市场。上海的巨变，简直不是台阶式
的，它真像是坐上了直升飞机：

> 直到 1843 年上海开埠时，城北李家场一带仍是典型的自然经济
> 的田园风光，时人这样描述道："最初的租界是以黄浦江、洋泾浜和今北
> 京路、河南路为四至边界的 150 亩的地盘，这里的土地上大部分是耕作
> 得很好的良田，部分是低洼沼泽地。许多沟渠、池塘横亘其间，夏季里
> 岸柳盖没了低地，无数坟墓散缀其间。"（〔美〕卜济舫：《上海简史》，第 3
> 页）谁也没有想到，短短几年后，这块一直供养几十户人家的土地的价
> 格，会几百倍，几千倍地暴涨，并导致整个社会以一种全新的观点来看
> 待土地的价格与商业的地位。[1]

在这个原本是烂泥滩的"上海滩"上怎么会一下子榨出了亿万的资产
来？这难道有一个魔棒在冥冥之中施展什么法术吗？人们觉得自己的农本
经济的脑袋不够用了。居民和移民们需要大量的信息来告诉他们这个巨变
的内幕，就像小孩子急于要买一本解开魔术奥秘的书一样迫切。开始是外
国人在上海办外文报，可是上海的订户远远不及外国的订户多。中国人对
这种蟹行文字是陌生的，可是海外的读者却可以在这种报上知道如何到上
海来淘金的信息。当时，外国的石印和铅印等印刷术已开始在上海"落户"，
可是这只是外国传教士用来印制中文圣经用的，先进的印刷条件，最初只是

为宗教宣传服务。

可是在 20 世纪初,中国废除了科举制度,堵塞了许多文人学士想靠此去荣宗耀祖和加官晋爵的重要通道,他们迫切需要在社会上找寻新的位置,确立自己的新的社会角色,他们也来到了这个既需要"体能苦力",也需要"知识苦力"的雇员交流市场。这些过去的士人到了上海,很多人开始做"文字劳工",在"实践"过程中将自己历练成洋场才子,他们办报办刊,卖文为生。他们所办的报纸才是给中国的老百姓看的。他们传递着许多中国老百姓想知道的信息,试图解开中国老百姓很想知道的"谜",告诉中国百姓在这个社会环境中的安身立命之道。他们的报刊以娱乐性为前提,以他们的作品进行现身说法。可见他们从士人到洋场才子首先的急务是要大大拓展自己的视野,他们先要改变自己的许多旧有的观念;在自己改变观念的同时也将这些新的认识在报刊上进行宣传,取得读者的认同,许多乡民就是通过这些零星信息的日积月累,使自己渐渐变成一个具有城市自由民式的观念的市民。他们办的报刊的都市性、商业性与娱乐性特强。这些才子们不仅在大报上开辟"副刊",而且办了许多名目繁多的《世界繁华报》、《游戏报》和《消闲报》之类的小报,在这些小报上既有对当时社会的尖锐讽刺,也有对"花柳风月"的品评。这些小报也刊登连载小说,如老报人、著名通俗小说家孙玉声的畅销小说《海上繁华梦》就是在 1898 年起于《采风报》和《笑林报》上陆续连载的。在这些通俗报刊和通俗小说中,为我们如实地记录了上海历来的民心民俗的大变化。

近代的上海,变化之大,令人难于置信。在眼花缭乱之中,最主要的就是如何驾驭这个"变"字,或至少理解这个"变化"的轨迹。

上海介四通八达之交,海禁大开,轮轨辐辏,竟成为中国第一繁盛商埠。迩来,世变迭起,重以沧桑,由同治视嘉庆时,其见闻异矣。由今日视同治时,其见闻尤异矣。更阅数十年,人心风俗之变幻必倍甚于今日。[2]

上海的市民最为看重的就是这个"变"字，人们普遍研究的就是如何去适应这个"变"，以便"适者生存"。如何"应变"，成了人人关心的问题。这里当然包括生活方式上的变化以及人们的观念上的变化。上海在开埠以后，被人称为"万商之海"，不仅商业发达，而且商人的地位也大大提高了。中国过去是"士农工商"，现在在上海"商"已成为四民之首了。随着工商各业的发达，人际关系也变得更复杂和重要了。那就必须重社交和善于社交。于是就带动了娱乐业的迅速跟上。本来娱乐业是为休闲服务的，可是现在它的一个更重要的功能就是为社交提供场所，而且为了社交的成功，要提供高档的场所。戏院、书场、酒楼、茶馆、烟馆、妓院乃至赌场如雨后春笋般拔节疯长。为社交的成功而服务的消费，往往是一种"炫耀性消费"。人们开始懂得，只有拚命的花钱才能更大把地赚钱。因为愈表示自己有钱，在社会上的信誉度也愈高，就愈能赚钱。所以小农经济时代的"节俭"的美德就成了"过时货"了。"节俭是无能者的寒酸"。鲁迅曾讲过，上海人那怕穷得只剩一条西装裤，每天晚上也要压在枕头下面，以表示熨得挺，有"派头"。而上海最早的一些通俗小说就非常及时地反映了种种社会动态和民风的变异。上面提到的《海上繁华梦》以及韩邦庆的《海上花列传》等这一类小说就成了最早一批的都市通俗小说。在1892年开始连载的《海上花列传》中就反映以商人为主的种种社交活动，而且表现了当时的许多炫耀性消费的阔绰生活。美国的苏珊·埃勒里曾说："这些畅销书是一种有用的工具，我们能够透过它们，看到任何特定时间人们普遍关心的事情和某段时间内人们的思想变化。"[3]

1903年这一年，"四大谴责小说"同时与读者见面了，它们好像事先约定似的在同一年中开始在报刊上连载。李伯元的《官场现形记》连载于《世界繁华报》，吴趼人的《二十年目睹之怪现状》连载于《新小说》，刘鹗的《老残游记》连载于《绣像小说》，而金一(松岑)的《孽海花》开始在留日学生的革命刊物《江苏》上连载，次年由曾朴续撰，从政治小说变为谴责小说或历史小说的格局。《官场现形记》出版后，鲁迅称，"《官场现形记》乃骤享大名"；而《二十年目睹之怪现状》出版后，吴趼人"名于是日盛"，而这部小说"尤为世间所称"[4]；据统计，从 1905 年到 1911 年，以"官"或"官场"命名的小说，至少有 16 部；而以"现形记"命名的小说，也至少有 16 种。[5]《孽海花》由曾朴撰写后，他花了 3 个月写了 20 回，先期出版，一二年内再版达 15 次，印行了五万多部。[6] 1903 年，孙玉声的《海上繁华梦》第一二集发行单行本，以后"年必再版，所销已不知几百万册"[7]。这些书的畅销与这一类"文字劳工"所编印的报刊（包括他们所主持的"休闲小报群"）在上海等地形成了一股热潮，为中国现代化的文化市场的打造与开拓，贡献了自己的一份力量。

中国过去是没有稿费制度的，也就是这批"文字劳工"的出现，这批实际上是中国的第一代的职业作家的出现，现代化的稿费制度就非得建立起来不可了。中国过去虽然没有稿费制，但精明的撰文者也会有自己的经济上的考虑，不过它不可能形成一种制度。反映了当时若干名公巨卿生活和行状的《品花宝鉴》在 1852 年刻印之前，作者陈森利用人们想窥探名人私生活的好奇心理，就"挟钞本，持京师大老介绍书，遍游江浙大吏间，每至一处，作十日留，阅毕，更至它处。每至一处，至少赠以二十金，因时获资无算"。[8] 在没有稿费制度之前，很有经济头脑的陈森创立了一种脑力劳动的特殊的支付方式。《海上花列传》的作者韩邦庆的支取方式就现代化一点了。1892年，他自办杂志《海上奇书》，全部由他个人撰稿，自任编辑，每期刊登两回《海上花列传》，采取刊物连载的方法，《海上奇书》上也发表他的短篇小说。杂志委托《申报》馆代售。这是颇有商业头脑的举措，杂志"遍鬻于市，颇风行"[9]。再发展下去就是《新小说》等刊物的明码标价——以千字计算的稿费制度了。作为"文字劳工"，他们就是靠卖文为生的，也凭着自己的创作的多寡，获取他们相应的劳动报酬。作为中国第一代的职业作家，他们走上历史舞台，中国的稿费制度的现代化就势在必行了。过去那种学士大夫为登载他们的唱和之作，而向报馆付费买版面的做法是行不通了，因为文字劳工没有财力从家中挟巨资到上海来作"自我表现"，他们是资本社会的"脑力苦力"。

现代大都市的兴建,物质手段的初具,也就必然会推动现代化的文化市场的开拓与成型,现在,印刷和纸张的现代物质基础是具备了,一大批的迫切需要加大信息量的居民在等待着合乎自己胃口的报刊和书籍诞生,许多市民在八小时的劳作后,也需要在工余阅读娱乐性的小报或书刊,这时又因科举制度的废除而大量的知识者涌进大都市,他们开始发现他们大有施展余地,他们所办的报刊很有读者,他们所写的"现形记"、"怪现状"没有"炒作"却非常热销,鲁迅看出其中的奥秘是他们"特缘时势要求","以合时人嗜好"[10]。既然称得上"嗜好",犹如嗜烟与嗜酒,俗众就会自掏腰包,买他们的报刊和作品。他们就在给自己重新定位的同时,在"获资无算"的同时,也在共同培育着一个现代化的文化市场的成型。

二 通俗小说现代化的萌蘖

"狭邪小说"和"谴责小说"是鲁迅在撰写《中国小说史略》时首创的两类小说的"学名",得到学界的认同以后,沿用至今。鲁迅对这两类小说评价并不高,他取的名字也不无贬义,但我们要讨论通俗小说的现代化,却要从这两类小说谈起。

"狭邪小说"顾名思义是写妓家的小说。鲁迅说:"唐人登科之后,多作冶游,习俗相沿,以为佳话,故伎家故事,文人间亦著之篇章。"但是唐代的习俗,在清代也因"谈钗黛生厌"而"别辟情场于北里",竟然也风行一时:

> 《红楼梦》方板行,续作及翻案者即奋起,各竭智巧,使之团圆,久之乃渐兴尽,盖至道光末而不甚作此等书。然其余波,则所被尚广远,惟常人之家,人数鲜少,事故无多,纵有波澜,亦不适于《红楼梦》笔意,故遂一变,即由叙男女杂沓之狭邪以发泄之。……特以谈钗黛而生厌,因改求佳人于倡优,知大观园者已多,则别辟情场于北里而已。[11]

鲁迅说出了这类作品与《红楼梦》的"所被尚广远"的关系。鲁迅提到的此类小说中的《品花宝鉴》、《花月痕》、《青楼梦》与小说的现代化尚无关联。但到了《海上花列传》的出版，情况就不同了，它不仅是一部将镜头对准上海的都市通俗小说，而且这部作品的观念也与其他小说有异，而我们上面还谈到，它的传播的操作方法也是极具现代意识的。《海上花列传》的作者也许是不自觉的，小说有一个很具现代化的开端，那就是小说的主人公之一赵朴斋从乡下到上海来谋生，开始了他作为"移民"的艰难历程，他在生活无着的情况下，只好脱下长衫以拉黄包车为业，结果给他的势利熏心的娘舅洪善卿看到了，以为有失他的面子，就叫自家的店伙押着赵朴斋上回乡的航船；等店伙回去复命，而船即将离岸的一瞬间，赵朴斋又一跃上了"上海滩"，上海对他真是有法力无边的诱惑力。写乡下人进城，这在中外小说中是屡见不鲜的。但中国现代通俗小说反映上海的移民生活，却以此为开端，以后的通俗小说颇多效法，如《歇浦潮》、《黑幕中之黑幕》、《上海春秋》、《人间地狱》、《人海潮》……等等，真是不胜枚举。"外乡人到沪（或移民，或游历，或经商等）"这一模式，成了当时通俗小说的一条"文字漫游热线"，否则当时的上海六个人中怎么竟有五个是外乡人的呢？这其实是一个"历史性"的镜头。上海的现代化倒是建筑在外乡人劳动力的基础之上的，正如我们今天的民工潮涌进城市一样，许多苦、脏、累、险的活儿全由他们去承担了。过不了几十年，他们的子孙俨然成了足以骄人的"阿拉老上海"。《海上花列传》的重商观念也是很明显的。其实过去小说中，光顾妓院的主要客人是"士"，文人一写妓院就喜用才子为男主角，登科以后的冶游，才能成为"佳话"。但这部小说中冶游的主角却是商人群体，文人在其中往往是以清客的身份出现的。现实的变化，观念的变化，小说中的主角也有了新的变化。

　　现在的人常有一种误解，以为写妓院的小说，一定是卑下的，甚至是黄色的。其实是不懂当时的一些"时尚"。在清末民初，高等妓院的主要功能是一种社交场所，当然不排除有性行为，但也有一定的规矩与手续，甚至要有一定的感情。正如古代的庙宇一度曾是百戏杂陈的娱乐场所一样，这也不易为我们所理解。清末民初只有下等的野鸡堂子才是"性交易所"。在《海上花列传》中,妓院还是一个谈恋爱的地方。张爱玲为我们作过很精辟的分析:

> 盲婚的夫妇也有婚后发生爱情的,但是先有性后有爱,缺少紧张悬疑、憧憬与神秘感。就不是恋爱,虽然可能是最珍贵的感情。恋爱只能是早熟的表兄妹,(在知识精英文学中经常描写的是梅表妹们与觉新们、觉民们与琴表妹们之恋——引者注)一成年,就只有妓院这脏乱的角落还许有机会。再就只有《聊斋》中狐鬼的狂想曲了。
>
> 直到民初也还是这样。北伐后,婚姻自主、废妾、离婚才有法律上的保障。恋爱婚姻流行了,写妓院的小说忽然过了时,一扫而空,该不是偶然的巧合。
>
> 《海上花》第一个专写妓院,主题其实是禁果的果园,填写了百年前人生的一个重要的空白。(这里显然是指《红楼梦》付印后的一百年——引者注)
>
> ……"婊子无情"这句老话当然有道理,虚情假意是她们职业的一部分。不过就《海上花》看来,当时至少是上等的妓院——包括次等的幺二——破身不太早,接客也不太多……女人性心理正常,对稍为中意的男子是会有反应的。如果对方有长性,来往日久也容易发生感情……
>
> 恋爱的定义之一,我想是夸张一个异性与其他一切异性的分别。书中的这些嫖客的从一而终的倾向,并不是从前的男子更有惰性,更是"习惯的动物",不想换口味追求刺激,而是有更迫切更基本的需要,与性同样的必要——爱情。过去通行早婚,因此性是不成问题的。但是婚姻不自由,买妾纳婢虽然是自己看中的,不像在堂子里是在社交的场合遇见的,而且总要来往一个时期,即使时间很短,也还不是稳能到手,较近通常的恋爱过程……

琪官说她和瑶官羡慕倌人,看哪个客人好,就嫁哪个。虽然没有这么理想,妓女从良至少比良家妇女有自决权。[12]

张爱玲将《海上花列传》的主题定为"禁果的果园"是非常精当的。就是说,这虽是一个禁果的果园,但是还有不少人想来品尝这些禁果,这大概是人性的爱的需求鼓动他们去作勇敢的冒险吧?为人一生,不甘以盲婚终结自己的爱的权利,在封建礼教的禁锢下,他们只有到这脏乱的角落里去偷尝禁果,甚至不惜冒着抱恨终身的风险。既然这部小说中的高等妓院是一个特定的社交场所,通过这个"海上花海"必然会为我们展示广阔的社会画面——以商人群体为主的大都会的众生相,而在这众生相中,又以尝禁果的后遗症为痛心的教训,那么这部艺术性极高的小说就是用狭邪题材为外衣的现代社会言情通俗小说。

张爱玲在她的暮年花了十年的时间,先是将《海上花列传》译成英文,接着又将这部吴语小说"译"为普通话,也即"国语本《海上花》"。她真是这部小说的知音。以她的艺术品位,对这部书如此情有独钟,是值得我们深思的。其实,早在20世纪20年代,鲁迅就对它有所肯定。但鲁迅对它的最高评价并非是"近真"、"平淡而近自然者"[13]。鲁迅对它的高度评价是"则固能自践其'写照传神,属辞比事,点缀渲染,跃跃如生'(第一回)之约者矣"[14]。这段话是韩邦庆的自评,口气是不小的,但鲁迅承认他已"自践其约"。而胡适不仅称它为"吴语文学的第一部杰作"[15];而且认真地考证了作者的生平。刘半农说韩邦庆笔下的人物是"立体"的;作为一位语言学家,他认为此书在"语学方面,也可算得很好的本文"[16]。鲁迅、胡适、刘半农和张爱玲这四位文学大师级的人物,如此一致赞扬,在通俗小说中是很少见的。作为"红楼"之后一高峰,又以它的时代的开拓性而言,复以它的艺术高度立论,《海上花列传》可以称得上是一部现代都市通俗小说的开山之作。

如果说《海上花列传》是披着狭邪外衣的社会言情小说的话,那么有几部我们熟悉的清末谴责小说也应该被视为现代都市社会小说,我们所指的是《官场现形记》和《二十年目睹之怪现状》等。由于"谴责小说"是稍含贬义的名词,认为达不到讽刺小说的水准,才进入了谴责小说的行列,所以从来也不去认定它们是中国古代型社会小说转型为现代型社会小说的早期代表作。其实,这是一目了然的。只要看《官场现形记》的开头,官吏们为了定购外国的机器,一到上海就将货款大把大把地花在妓女身上,上峰一旦发现漏洞,又因患"恐洋症"而踌躇不前。像这样的内容着实是充满了现代感的,是冯梦龙们不可能遇到的问题。至于《二十年目睹之怪现状》,吴趼人长期在"上海制造局"做小职员,他描写这个中国最早也是最大的机器铸造中心,更是惟妙惟肖。他们作品中的情节与古代小说的社会问题,可说是完全不同的格局。

鲁迅在评价它们时,既给予了相当的肯定,同时也指出了它们的根本性的弱点:

> 光绪庚子(1900)后,谴责小说之出特盛。盖嘉庆以来,虽屡平内乱(白莲教,太平天国,捻,回),亦挫于外敌(英,法,日本),细民暗昧,尚啜茗听平叛武功,有识者则已翻然思改革,凭敌忾之心,呼维新与爱国,而于"富强"尤致意焉。戊戌变政既不成,越二年即庚子岁而有义和团之变,群乃知政府不足以图治,顿有掊击之意矣。其在小说,则揭发伏藏,显其弊恶,而于时政,严加纠弹,或更扩充,并及风俗。虽命意在于匡世,似以讽刺小说同伦,而辞气浮露,笔无藏锋,甚且过甚其辞,以合时人嗜好,则其度量技术之相去亦远矣,故别谓之谴责小说。其作者,则南亭亭长与我佛山人名最著。[17]

在这段话中,鲁迅一方面肯定小说是"特缘时势要求"而作,是维新与爱国思想在小说创作中的表现,而且将"细民"从喜听平叛武功的习惯性思维轨道上拉出来,开始懂得清政府的"不足于图治",而同声"掊击"、"纠弹"。这实际上也是一种对俗众的"启蒙"。可是鲁迅认为他们的技巧太差,与《儒林外史》等佳作相去甚远。可是,在这些作品中,"特缘时势要求"与"以合时人嗜好"是一个问题的两个方面,这是通俗社会小说的立足点,通俗社会小说远离时代的热点、焦点,它就不会有强劲的吸引力;而通俗小说不合俗众的胃口,也就丧失了它的启蒙力度;也只有将自己的作品"调适"到成为群众的嗜好时,才能使群众觉得须臾也离不开它们,他们爱读这些作品已经成"瘾",不读就无以释怀。这种作品产生的"高温",是建成现代文化市场的最好的铺路"柏油"。当时的情况是,群众对清廷极度不满,觉得政府已病入膏肓,不可救药。但痛斥政府是要受到镇压的。这时,李伯元与吴趼人们却利用上海租界的"缝隙效应"(清政府管不着的一块"飞地"),大胆地骂,痛快地骂,对这种淋漓尽致的痛斥,俗众感到大快人心,如久旱之逢甘霖,以宣泄心头之愤火。既有可以痛骂的场所,也有敢骂与会骂的作者,更有想听骂、喜听骂的读者,李伯元与吴趼人生逢其时。否则他们不会"骤享大名",他们的作品也不会"为世间所称"。只有了解他们是把准了时代热点和焦点的脉搏,只有了解到他们的作品红火了当时文化市场,才能知道社会上需要他们的社会小说,才能承认他们社会小说的现代性。但这些都不妨碍对他们作品的"直"、"露"和"杂集'话柄'"等缺点提出更高的要求。

对《老残游记》和《孽海花》,鲁迅的评价较高。如认为《老残游记》"叙景状物,时有可观";《孽海花》则"惟结构工巧,文采斐然"等等。但总觉得它们有着谴责小说"张大其词"、"时复过度"[18]等通病。但同样是超一流的学者蔡元培和胡适,对这两部小说的评价就高得多了。胡适认为:"《老残游记》最擅长的是描写技术;无论写人写景,作者都不肯用套语滥调,总想熔铸新词,作实地的描画。在这一点上,这部书可算是前无古人了。"[19]蔡元培说:"《孽海花》出版后,觉得最配合我的胃口了,它不但影射的人物轶事的多,为从前小说所没有,就是可疑的故事,可笑的迷信,也都根据当时的一种传说,并非作者捏造的。加以书中的人物,大半是我所见过的,书中的事实,大半是我所习闻的,所以读起来更有趣。"[20]如果对当时的历史轶事和对外国文学、外国习俗没有高度的知识修养,《孽海花》的世界性视野是不可能这么宽广的。蔡、胡两位超一流的学者用"前无古人"、"为从前小说所没有"这样的评价,是很值得我们注目的。清末的谴责小说作为我国的现代型社会通俗小说的启端是值得大书一笔的。

三 知识精英文学与市民通俗文学之争

大众通俗文学是清之狭邪小说、谴责小说和侠义公案小说的最直接的承传者。在清末民初,这些小说将自己的镜头主要对准大都市的形形色色的生活场景,因此也曾称它为市民通俗文学,而且它在当时也的确是以都市市民为其主要读者对象的。知识精英文学与市民通俗文学之争是酝酿于"五四"文学革命之前,剧烈冲突于"五四"文学革命之后。

在20世纪初,梁启超发表《论小说与群治之关系》,在他的启蒙新民宗旨的指导下,将历来被视为"小道中的小道"的小说的地位提到"经国之大业,不朽之盛事"的高度:

> 欲新一国之民,不可不先新一国之小说。故欲新道德,必新小说,欲新宗教,必新小说;欲新政治,必新小说;欲新风俗,必新小说;欲新学艺,必新小说;乃至欲新人心,欲新人格,必新小说。何以故? 小说有不可思议之力支配人道故。[21]

他创导"新小说",将原本被作为"小道"的小说提高为"文学之最上乘"。他创办《新小说》杂志,为了实践他的译印和创作政治小说的宏愿,他在创刊号上就开始连载他的《新中国未来记》。可是这篇小说并没有写完,在他的杂志上影响最大的倒是吴趼人的《二十年目睹之怪现状》、《痛史》等通俗小说。但是当时新小说创导者们,并没有和市民通俗小说发生争论,也许在他们看来,这些"怪现状"之类的书也很猛烈地抨击清政府的不足以图治,也是从一个角度触及了政治,也是从一个方面使民众觉醒,大方向是没有背离的，也就能相安无事。可是在"五四"前夕的文学革命兴起，"文学为人生"的理念在许多先进的青年脑中确立了，而这种理念的对立面必然就是文学的游戏说。他们开始对 1912 年连载在《民权报》上的四六骈俪体的《玉梨魂》等小说感到不满，认为是鸳鸯蝴蝶、无病呻吟之作。周作人于 1918 年 4 月 19 日在北京大学演讲时就说："现代的中国小说，还是多用旧形式者，就是作者对于文学和人生，还是旧思想；同旧形式，不相抵触的缘故。"他在举例时，提到了"《玉梨魂》派的鸳鸯蝴蝶体"[22]。在 1919 年 1 月 9 日，钱玄同在《"黑幕"书》一文中指出："其实与'黑幕'同类的书焉复不少，如《艳情尺牍》、《香闺韵语》及'鸳鸯蝴蝶派的小说'等等。"[23]接着在 1919 年 2 月 2 日，周作人在《中国小说里的男女问题》一文中说："近时流行的《玉梨魂》，虽文章很是肉麻，为鸳鸯蝴蝶派小说的祖师，所记的事，却可算是一个问题。"[24]在这些文章中我们就能看到，知识精英文学与市民通俗文学的营垒已经轮廓划定，论争是必然要发生的。若干通俗文学作家先被他们认定为"《玉梨魂》派的鸳鸯蝴蝶体"，后来就定名为"鸳鸯蝴蝶派"。这个通俗文学作家的"派别"的名称是由知识精英作家为他们"加冕"的。后来，通俗作家平襟亚做了一篇《"鸳鸯蝴蝶派"命名的故事》，虽然"故事性"很强，但却与命名先后的实际情况有出入。平襟亚写道：

> 记得在 1920 年(五四运动后一年)某日，松江杨了公作东，请友好们在上海汉口路小有天酒店叙餐。……正欢笑间，忽来一少年闯席，即刘半侬也。……
>
> 刘入席后，朱鸳雏道："他们如今'的、了、吗、呢'，改行了，与我们道不同不相为谋了。我们还是鸳鸯蝴蝶下去吧。"杨了公因此提议飞觞行令，各人背诵旧诗一句，要含有鸳鸯蝴蝶等字。逢此四字，满饮一杯……合座皆醉。
>
> 刘半侬认为骈文小说《玉梨魂》就犯了空泛、肉麻、无病呻吟的毛病，该列入"鸳鸯蝴蝶小说"。朱鸳雏反对道"'鸳鸯蝴蝶'本身是美丽

的,不该辱没它。《玉梨魂》使人看了哭哭啼啼,我们应当叫它眼泪鼻涕小说。"一座又笑……

这一席话隔墙有耳,随后传开,便称徐枕亚为"鸳鸯蝴蝶派",从而波及他人。……后来某一次,姚宛雏再遇刘半侬时说:"都是小有天一席酒引起来的,你是始作俑者啊!"刘顿足道:"冤枉呢,我只提出了徐枕亚,如今把我也编派在里面了。"(按,刘半农在"跳出鸳鸯蝴蝶派"之前,也是写此类小说的,所以过去的名字为"半侬"——引者注)……又说:"左不过一句笑话,总不至于名登青史,遗臭千秋,放心就是。"姚说:"未可逆料。说不定将来编文学史的把'鸳蝴'与桐城、公安一视同仁。"刘说这是笑话奇谈。但后来揆之事实,竟不幸而言中。[25]

故事虽然生动,但定名非由此而起。周作人与钱玄同为市民通俗文学定名时,也就是两者因对文学功能观的不同,"道不同不相为谋",预示着一场论争即将展开。接着是周作人起草"文学研究会宣言",其中的"将文艺当作高兴时的游戏或失意时的消遣"等语是针对市民通俗文学而言的。在"五四"前,市民通俗文学界还是庞然大物,他们手中是掌握着大量的报刊的发表阵地的。鲁迅在20世纪30年代回顾说:"到了近来是在制造兼可擦脸的牙粉了的天虚我生先生所编的月刊杂志《眉语》出现的时候,是这鸳鸯蝴蝶式文学的极盛时期。"[26](鲁迅记忆有误,《眉语》杂志不是天虚我生办的,而是许啸天的夫人高剑华主编)《眉语》是1914年10月至1916年3月出版的刊物。与《眉语》同时,市民通俗文学期刊特盛。这与现代化文学市场的初步形成是很有关系的,一整套印刷、出版、发行的渠道已经铺就,只要有自己的读者,生存也就不成问题。据不完全统计,1914年市民通俗文学出版24种刊物,1915年又新出13种。两年就办了37种刊物,这是一个惊人的数字。中国1917年文学革命后,新文学一定要在这样的庞然大物的包围中开辟自己的道路,抢占到属于自己的阵地。

当文学研究会成立后,阵地的争夺战就开始了。第一个占领的阵地就是市民通俗文学的重要刊物《小说月报》，随着《小说月报》改刊而由沈雁冰接编，文学研究会又新办了《文学旬刊》，在此刊物上比较集中地批判"鸳鸯蝴蝶派"。但是"鸳鸯蝴蝶"指的应该是言情小说，那么，市民通俗文学中的社会小说、武侠小说和从外国引进而又为他们加以中国化的侦探小说等等又如何能概括到鸳鸯蝴蝶派中去呢？于是茅盾认为：

> 我以为在"五四"以前，"鸳鸯蝴蝶"这名称对这一派人是适用的。（何以称之为"鸳鸯蝴蝶"，据说是他们写的"爱情小说"，常用"卅六鸳鸯同命鸟，一双蝴蝶可怜虫"这个滥调之故。）但在"五四"以后，这一派中有不少人也来"赶潮流"了，他们不再老是某生某女，而居然写家庭冲突，甚至写劳动人民的悲惨生活了，因此，如果用他们那一派最老的刊物《礼拜六》来称呼他们，较为合式。[27]

因此，鸳鸯蝴蝶派又被称为《礼拜六》派，顾名思义，就是以"休闲"为写作宗旨的。但前者的名字在文学界已用得比较广泛，甚至是用得比较习惯了，而他们的作者在题材上又大多数是"一专多能"的，即写言情的也兼写社会、武侠等等，所以这两个"派别的称谓"是很难分清的，某一具体的作家也很难指认他是"鸳"派，还是"礼"派，因此不如统一简称为"鸳礼派"。综观新文学家们对他们的批判，在"鸳礼派"头上是扣上了三顶大帽子，使这些作者觉得沉重得抬不起头来。这三顶帽子是：一、地主思想与买办意识的混血儿；二、半封建半殖民地十里洋场的畸形产物；三、游戏的消遣的金钱主义。其中前两项具有极强的政治性，带有极大的指控性，发挥过巨大的孤立作用，至少使许多知识精英再也不敢去看这一流派的作品；而后一项帽子则是出于文学功能观的"以偏概全"。这三顶帽子从总体而言，是不符合市民通俗文学作家的头颅的尺码的。市民通俗作家的作品中并非没有封建思想。他们的代表作家之一的包天笑曾经说过，他写作品的宗旨是"拥护新政制，保守旧道德"[28]。也就是说，他对孙中山的反清廷、反帝制、反民族压迫的民主主义革命是拥戴的,在"五四"前后也不失为一种进步的立场;而他们对传统道德的过分"保守"也不能视为封建道德的不贰忠臣,传统道德与封建道德之间是不能划上等号的。在中国的传统道德中既有封建思想的糟粕,也有民族美德的精华。在他们的创作实践中,我们可以知道,他们在"保守"的同时,也以世界潮流为参照,进行过若干改良,世称"改良礼教",他们不是一成不变的花岗岩头脑。对传统道德必须进行细致而审慎的分析,千万来不得半点简单粗暴。至于"买办意识",更是与他们无缘。相反,反帝爱国则是他们的一贯具备的主要品质之一。这在他们的许多作品中都有清晰的表露。他们的又一代表人物周瘦鹃在"五四"——1919 年 5 月出版的抒写亡国之痛的小说《亡国奴日记》的封面上还镌刻着"毋忘五月九日"。他自叙"自从当年军阀政府与日本帝国主义签订了二十一条卖国条件后,我痛心国难,曾经写过《亡国奴日记》、《卖国奴日记》、《祖国之徽》、《南京之围》、《亡国奴家里的燕子》等好多篇爱国小说,想唤醒醉生梦死的同胞,同仇敌忾,奋起救国……"[29]而这一流派的作家们在抗日战争的岁月中的表现,也使我们知道,他们是遵遁了传统道德规范中的民族气节、民族大义的准则处世为人。

所谓"半封建半殖民地十里洋场的畸形产物"也同样是一个"冤假错案"。过去有些文学理论家对中国近现代之所以会兴起"通俗热",皆归之于辛亥革命失败以及袁世凯的称帝,导致了民众的意志的消沉,于是"颓废文学"乘机抬头。否则为什么在 1914 至 1915 年间会创办 37 种杂志呢?这种单纯从政治角度找寻原因的思维方法并不一定能反映事物的本质。近现代通俗文学的繁荣与兴盛,是和超级大都市的形成,工业的发展与商业的旺热,人口的爆炸,科举的废除……诸多因素有极大的关系,有的外国学者在谈及中国鸳鸯蝴蝶派小说的起步时,曾把它放在世界文学现象中去加以考察,他们说:"五四"作家认为,鸳鸯蝴蝶派这一种"坏"文学是中国特有的病态产物,对它的能真正做到普及化感到困惑不安。其实不然,在英国,跟鸳鸯蝴蝶派风格相差无几的通俗小说也随着工业革命而大量产生,它们也乘着工业主义之帆,传到西欧的其他国家和美国去。在东亚,日本(主要是东京与大阪)最初出现了新兴都市阶层为消遣而翻译和模仿英法的通俗小说。20世纪初,上海作为中国第一个"现代化"的都市,也涌现出大量娱乐性的小说。这样,外国学者就将此作为一个带有全球性的规律来烛照中国近现代通俗小说热的内在成因,无论是物质条件的准备,读者群的形成和作者群的诞生,都需要工商业兴盛和大都会的建成这两个先决条件,否则在任何国家都无法想象会有这样一股热潮的掀起。附带应说明的一点是,这一"拥护新政制"的作者群体中有不少人也是反袁的斗士。刊登徐枕亚的《玉梨魂》和吴双热的《孽冤镜》的《民权报》就是因为它是反袁的"大本营"之一,在宋教仁被刺殒命等事件中,报纸反应更是激烈,也有同人因此锒铛入狱。该报曾提出"以暴易暴,惨无人道,欲真共和,重新改造"和"报纸不封门不是好报纸,主笔不入狱不是好主笔"的愤慨言论。遭袁世凯的嫉恨,而袁又无法将手伸到上海租界中去查封这个报纸,于是就不准它在上海租界以外的全国各地发行与邮寄,使它的发行量骤减,终于达到了扼杀这个报纸的目的。徐枕亚当时是编新闻稿的,为附刊写小说《玉梨魂》,只是尽义务的"副业"。报纸因经济无以为继而停刊后,这批《民权报》的老班底,就另外办了几个杂志,其中就有徐枕亚和吴双热编的以发表言情小说为主的《小说丛报》。今天有人想当然地说,袁世凯称帝时,民众意志消沉,才出现了鸳鸯蝴蝶派的泛滥。用这种"政治套话"来解释一切问题恐怕是上世纪的遗风了。

不过中国与英国、日本也有不同之点。中国没有英国的工业革命,中国的现代工业是随着帝国主义的炮舰输入国门的,而中国的大都市的形成也与帝国主义划定通商口岸有关联。于是"张冠李戴"的错位就发生了:那股于世纪之交在上海等大都市兴起的通俗文学热很"自然"地被有些理论家视为是"半封建半殖民地的畸形产物"。但是"通俗热"与"畸形胎儿"在性质上是不能划上等号的。反映了什么样的生活绝不等于是就是何种势力的产物。正如藤本植物"爬山虎",以它的卷须附着于墙壁或岩石,而它的根是深深地植于土壤之中的。近现代都市通俗小说主要是继承了传统白话小说章回体形式,去反映大都会生活的"琳琅满目",但它是以都市的"市民视角"观察外在世界的,而不是以殖民者视角去解释这种社会结构的合理合法性。它并非是什么"畸形胎儿",而是中国小说传统在新的时代律动下的一种应对。

至于"游戏的消遣的金钱主义",上述已经说过,这是属于文学观之争了。新文学社团各有它们自己的追求与信念。新文学界的第一个社团文学研究会,已在它的宣言中表达了。文学研究会的"文学功能观"是无可厚非的。但文学流派除了表达一个群体的共同的文学功能观与艺术信念之外,容易出现的一个先天性的痼疾——往往将自己的信仰的"之一"功能观夸大为"惟一"功能观。流派靠自己的信念与风格为支柱而存在,也容易因它们而产生排它性的偏颇。其实,文学的功能是非常宽泛的,例如有战斗功能,有教育功能,有认识功能,有审美功能,有娱乐功能等等。我们不能一味地反对文学的艺术功能或蔑视文学的趣味性。鲁迅说:"说到'趣味'那是现在确已算一种罪名了,但无论人类底也罢,阶级底也罢,我还希望总有一日驰禁,讲文学不必要'没趣味'."[30]鲁迅还认为:"在实际上,悲愤者和劳作者,是时时需要休息和高兴的."[31]娱乐性和趣味性是通俗文学的本色之一。日本有些文学理论家对通俗文学的理解是非常直率和干脆的:指以娱乐为目的的小说类。优秀的通俗文学会包蕴教化功能,但他们看重的是"寓教于乐"。我们不能因为它崇尚娱乐功能 而对它嗤之以鼻。通俗文学除了娱乐消遣的本色之外 ,"金钱主义"恐怕也该算是它的本色之一。我们对"金钱主义"的理解当然是局限于通俗文学的"商品化"与市场机制。既然知识精英文学与市民通俗文学犹如志愿军与职业兵之比,那么将知识之本求生存之利,按质论价,凭发行量抽版税吃饭,也是天经地义的。今天,对知识精英文学的作家说来,文学的商品性的观念,也已经为他们所接受,更不可能作为一种罪状来加以罗织了。

三大"罪状"既不能成立,为近现代通俗文学中的重要流派"鸳礼派"恢复名誉的问题也就提到文学史研究者的日程上来。鸳礼派就应该像文学研究会、创造社、新月派一样,是中国近现代文学史上的一个有过自己一定贡献的文学流派,而将它们视为"逆流",则是过去文学史研究中的一种"左视眼"的错误观点,应该予以纠正。其实,过去在新文学界(包括文学研究会的成员)也有作家具有非常清醒的看法,知道鸳礼派是一个继承中国文学传统的文学流派,但是这样的意见并没有引起人们的注意。例如在 1947 年,朱自清就说过鸳礼派其实是中国文学的"正宗"这样的话:

> 在中国文学的传统里,小说和词曲(包括戏曲)更是小道中的小道,就因为是消遣的,不严肃。不严肃也就是不正经;小说通常称作"闲书",不是正经书。……鸳鸯蝴蝶派的小说意在供人们茶余酒后的消遣,倒是中国小说的正宗。中国小说一向以"志怪"、"传奇"为主。"怪"和"奇"都是不正经的东西。明朝人编的小说总集有所谓"三言二拍"。"二拍"是初刻和二刻的《拍案惊奇》,重在"奇"很显然。"三言"是《喻世明言》、《警世通言》、《醒世恒言》,虽然重在"劝俗",但是还是先得使人"惊奇",才能收到"劝俗"的效果,所以后来有人从"三言二拍"里选出若干篇另编一集,就题为《今古奇观》,还是归到"奇"上。这个"奇"正是供人们茶余酒后消遣的。[32]

朱自清所讲的不过是再一次强调了一个文学史上的常识:鸳礼派是"继承改良派",可是在那时候听起来却是非常新鲜的,这是因为我们当时的社会状况比较特殊,斗争的需要竟使我们忘记了一个"常识";但时过境迁,今天应该去面对这个常识,认识过去将他们拒之于文学史大门之外,也决是不公允的做法。我们今天撰写的文学史应是雅俗两翼展翅齐飞的文学史。

四 文学史的格局与文学现状

雅俗两翼展翅的现代文学史的格局应该是由互补的两大块构成。

知识精英文学的大多数作家以自己的文学功能观和对文学的信念构成了一个"借鉴革新派"。这借鉴是指按照他们的功能观和文学信念向世界文学的精华学习,翻译引进并尝试自己创作,从而在本民族掀起一个文学革命运动,使本民族的文学与世界文学接轨。胡适的《尝试集》就是诗歌革新的初步尝试;而鲁迅的《狂人日记》则是借鉴果戈里作品的原生态,针砭本民族的锢弊的革新之作,乃至成为新文学巨人起步的划时代丰碑。

市民通俗作家的大多数则构成了一个"继承改良派",所谓"继承改良"就是承传中国古典小说中的志怪、传奇、话本、讲史、神魔、人情、讽刺、狭邪、侠义、谴责等等小说门类与品种,加以新的探索和时代的弘扬,在 19 世纪末至 20 世纪初,它们是以反映大都会生活为主轴的,又以消遣为主要功能而杂以惩劝目的的文学。在我们的词典里,一直将"改良"这个词贬得太低。如果以"改良"之名去消解"革命"的力量,阻止"革命"的步伐,我们是必须反对的;但在若干情况下,"改"的目的是为了"良",在特定的情况下也不失为前进的一种方式,它与激进的"革"是为了要对方的"命"的方式相应而存在。在不同的时代、对不同的对象是可以采取不同的方式而获得相应的前进效果的。在今天,我们的改革开放大业,实际上是在制度的优越性的前提下,进行必要的改良;而绝不是推翻了重新来过。从中国近现代文学发展的具体历程来看,我们认为借鉴革新是必需的,而继承改良也是必要的。有一批作家去继承与弘扬民族古典小说的传统,从而满足广大市民读者的阅读要求是好事而绝不是坏事。

对知识精英文学的不少作家说来,"遵命文学"的写作目的往往侧重于强调了政治性与功利型;而以"传奇"为目的,对在消遣前提下生发教诲作用的市民通俗文学来说,它们在客观上强调了文化性与娱乐型,两者都在侧重地发挥文学的"之一"功能。我们认为两者是互补的,而不是你死我活的。这文学母体的两大子系都给我们以及我们的后代留下可以存续和研究的东西。就知识精英文学中持革命态度的作家而言,他们崇尚"前瞻",以改造世界为己任;在知识精英文学中还有一批膜拜艺术为己任的"为艺术而艺术"

者,他们倾向"唯美"而以"美的使者"自居;而市民通俗文学作家在党派性上大多是"超脱"的,他们所考虑的是要使自己的"看官们"读小说时感到非常有兴趣,达到消遣和休闲的目的。因此,他们非常愿意找寻一些社会众生相中的新异事物,以使看官们读得津津有味,眼界大开。在描写这些事物时,并不想为它们"定性",他们只想不偏不倚地去细致描摹,因此,他们的作品往往"存真性"特强。过去把这种存真性看成是"低层次的真实",是"生活的真实"而非"艺术的真实"。我们比较欣赏被作家的先进世界观改造过的"高层次的真实",这种"真实"有时会将一棵幼苗按照社会发展规律而"预支"为一棵"参天巨树"。这种所谓真实,曾经出现过若干偏差,而且将来会使我们的子孙无法知道当年的现实究竟是个什么样子;相反,"低层次的真实"却令人比较放心,因为它为历史"存真",是原汁原味的原貌。我们的子孙不在乎作品一定要有前瞻性,他们觉得比我们——他们的祖先更聪明,他们将自己身边的现实与祖先的"前瞻"一比较,或许会"哑然失笑":"差之毫厘,失之千里"——他们会说,这就是我们祖先的"局限性",正如我们现在指手画脚地说我们的祖先的局限性一样。我们的子孙相信自己去作历史的回顾更能吸取历史的经验与教训。那时,他们就要靠祖先的"存真"而不是靠"前瞻"来得出自己的结论。"存真"的可贵处也许就在这里。

这种为消遣娱乐而客观上又能"存真"的文学是一种继承中国传统风格的大众都市通俗小说,它与古代的通俗文学也有所不同。如果我们要为这种近现代市民通俗文学作一界定,可作如下表述:中国近现代通俗文学是指以清末民初大都市工商经济发展为基础得以繁荣滋长的,在内容上以传统心理机制为核心的,在形式上继承中国古代小说传统模式的文人创作或经文人加工再创造的作品;在功能上侧重趣味性、娱乐性、知识性与可读性,但也顾及"寓教于乐"的惩恶劝善效应;基于符合民族欣赏习惯的优势,形成了以广大市民层为主的读者群,是一种被他们视为精神消费品,也必然会反映他们的社会价值观的商品性文学。

这种文学的价值是多方面的,从社会学的视角去阅读这派的小说,我们能看到一幅清末民初社会机体急遽变革的画像;旧的机体正在衰朽,新的路线正在作探索性的改道与敷设。我们若要研究清末民初的社会,在他们的作品中一定可以获得许多有用的资料。如果从民俗学的角度去窥探,我们可以得到许多民俗沿革的瑰宝,特别是欧风美雨登陆与固有传统习俗相对抗相杂交时,民俗细致的变异过程。凡是从研究文化学的视角透视通俗文学,就会发现它是一座蕴藏量极为丰富的高品位的富矿。我们还可以列举通俗文学的其他价值,如从经济学的视角去衡定,它提供了若干中外"商战"的交锋和中国近现代经济关系、结构的变性图像;从地域史的视角去追踪,我们会感到,要写上海、北京、天津等大都会的历史,要写苏州、杭州、扬州等文化名城的地方志,编撰中国的租界史,不去阅读市民通俗文学的小说,就会缺乏起码的感性知识。而它作为文学的文学性,我们在上文谈及一些狭邪小说和谴责小说时,已经作了初步的涉猎。

但是这种通俗文学的生存权,在中国一直没有得到很好的解决,这主要是主流文学对它不予承认,它主要是靠广大市民读者层的喜爱而得以存在。上文已提到 20 世纪 20 年代初《小说月报》的改刊,但很快商务印书馆又另外请该派主持《小说世界》;在 20 世纪 30 年代初另一个重要的阵地《申报·自由谈》被知识精英文学作家所接编,可是很快报馆又请他们另辟副刊《申报·春秋》。这说明出版商和报社主管一方面要应顺时代先进潮流,另一方面又不愿放弃广大的市民层读者。用这种"接编"——"另办"的模式从中取得平衡与保持利润。双方的对峙一直到抗日战争前才因政治上的统一战线而得以缓解。正如鲁迅所表达的:"我以为文艺家在抗日问题上的联合是无条件的,只要他不是汉奸,愿意或赞成抗日,则不能叫哥哥妹妹,之乎者也,或鸳鸯蝴蝶都无妨,但在文学问题上我们仍可以互相批判。"[33] 在《文艺界同人为团结御侮与言论自由宣言》上,左翼作家也接纳了市民通俗文学作家中的代表性人物包天笑与周瘦鹃的参与签名。在抗日战争中,市民通俗文学作家也做出了自己的贡献。例如张恨水的《八十一梦》等作品得到了好评,延安也翻印了这部作品,而其他作家的许多"国难小说"也发挥了一定作用。张恨水五十寿辰,文艺界不仅集会庆祝,重庆《新华日报》也发表了赞扬的文章。可是这并不等于从根本上认识了这种小说也是文学母体上的一个分支,否则就不可能发生以下的事实,也即是在20世纪40年代末到50年代初,以行政或半行政的手段,将市民通俗文学在中国内地范围内予以"终止"。一直到20世纪70年代末到80年代初,销声匿迹了30年才又得以复苏。这一现象说明了一个问题:文学到头来不能借助于行政手段。归根结底是民众选择文学,而不是文学强迫民众。我们在文学史上有过几次相当规模的"大众化"问题的讨论,甚至谈及关于"旧形式"的利用,即所谓"旧瓶装新酒",但讨论的目的主要是想用大众化的形式使大众接受其政治概念,而对大众通俗文学中的要素如娱乐性与趣味性等并没有好好触及,并认真加以研讨。直到"文革"中,八个样板戏总算是用行政手段推行而达到了极致,可以说达到了全民"大普及",但这些作品的创作既不符合创作的内在规律,也无法进入民众的心灵。通俗文学的复苏,再一次说明具有民族传统魅力的文学,是"野火烧不尽,春风吹又生"的。任何人不能消灭大众的文学,除非先消灭大众。

这次"复苏"很快形成了一个"通俗热"。其原因是复杂的:八个样板戏使中国内地成为一个最单调不过的文艺格局,几近文化沙漠,民众的文化饥渴感使通俗文学有了潜在的生机;市场经济与开放政策将台、港的一些所谓政治上"无害"的作品开放了进来,使与通俗文学久违了的民众读得津津有味,那就是我们所说的"引进热";一部分人的疏离政治以及经济大潮的快节奏呼唤文艺的娱乐功能;"文化大革命"革掉了一代人学习文化的机会,造就了只能接受浅近文化教育的青年一代;通俗文艺通过大众传媒(主要是电视的迅速普及)闯进了千家万户……上述的种种原因,在中国内地构成了一个"反弹的合力"。而台、港的通俗文学在中国内地通俗文学沉寂的30年中,做了三件有意义的事。一是中国内地发生了通俗文学30年断层时,台、港的通俗文学却绵延不绝,而且出现了像金庸、古龙、高阳、琼瑶等璀璨群星;二是在这30年中,台、港的通俗文学作家向知识精英文学学习,甚至在通俗小说中引进外国现代派的创作手法,使通俗小说既保持民族风格,同时又能适合青年读者的口味,使新派武侠等小说常盛不衰;三是他们的这些成就,在中国内地"引进热"之后,掀起了一个"重印热"。当中国内地读者为台、港的优秀通俗小说所陶醉时,他们发现,台、港通俗小说的老祖宗却在中国内地,台、港通俗小说不过是对中国内地的 20 世纪 20 年代、30 年代,乃至 40 年代的通俗小说加以继承和发展而已,因此,寻根与重印是势所必然的。于是 30 年没有露面的通俗文学在一夜间忽然大行其道,使曾经对它不屑一顾的人也惊呼,文化市场几被大众通俗文学占领了。那时一部知识精英文学的长篇小说一般印几千册,而台、港通俗小说与"重印热"中出现的二三十年代的通俗小说动辄百万以上。在 20 世纪二三十年代把通俗文学不加分析地视为"洪水猛兽"的"鲧"先生们,在 40 年代末和 50 年代初,以为完成了他们治水大业,可是一夜之间大堤倒塌了,眼前是一片汪洋。1983—1986 年间,中国内地上的通俗文学期刊达到了 270 种,有的刊物一度发行量达到270 万份,还没有将许多报纸的"周末版"统计在内。记得台湾出版过一本通俗文学评论集,书名耐人寻味:《流行天下》。的确,通俗文学就像水一样,到处流动在民众之中,抽刀断水水更流!堵得不好就会出问题,那就是洪水泛滥。只能用大禹的"因势利导"的办法。堵,形成水患;导,共享水利。历史的经验与教训应该记取,人们开始懂得共建通俗文学"水利工程"的重要性。

30 年沉寂,30 年断层,"通俗热"陡然高温,也必然带来量多而质差的问题。作者的断层使中国内地缺乏相应的人才应付这样的局面,而匆促上阵的新出炉的作家对通俗文学的特点还缺乏足够的了解,而对题材的开掘与准备也是极不充分,于是出现一个"鱼龙混杂,泥沙俱下"的境况:言情的失控下坠就会滑向色情;而武侠的走火入魔就会堕入暴力。这是反弹初期容易出现的消极现象。这里有个优胜劣汰的过程。而过去的市民通俗文学作家一直没有去解决一个大问题:他们的作家群中一直没有人从事理论建设,因此,30 年断层后,通俗文学的创作规律无法得到有效承传。这时,一部分现代文学史研究工作者觉得应该开展必要的文艺批评以治标;同时,从总结近现代通俗文学的历史经验与教训出发,建立通俗文学理论以治本;如果知识精英文学的理论队伍的素养优越于通俗文学作家的话,那么就应该与通俗文学作家一起,建立起一套中国通俗文学的理论体系,以指导通俗文学的创作实践。这种正常的文学批评和理论建设初见成效,到 1989—1990 年间,270 种通俗文艺期刊在优胜劣汰过程中降至 90 种,一种精品意识也在大众通俗文学领域中传播,这有利于大众通俗文学的健康成长。学术观念的更新使文学史研究工作者正在形成一个共识,应该将近现代通俗文学摄入我们研究的视野;知识精英文学与大众通俗文学是我们文学的双翼,今后编撰的文学史应是双翼展翅的文学史,这种将大众通俗文学整合到中国现代文学史中去的整体观的文学史目前已开始出现。在整个文坛,大多数的文艺工作者正在接受一个观点:过去将近、现代文学史上的通俗文学重要流派——鸳礼派,视为"逆流",是极左思潮和反人民的正统观念在文学史中的一种表现;知识精英文学与大众通俗文学是可以互补的,而且应该相互学习,取长补短;实践也证明,近些年的很多作品就很难分清是知识精英文学还是大众通俗文学,因为双方的优长已非常娴熟地融化在一起了,"雅俗共赏"的前景是非常乐观的。

注　释

〔1〕　熊月之主编:《上海通史·第 5 卷·晚清社会》,上海人民出版社 1999 年版。

〔2〕　吴馨等修、姚文丹等纂:《上海县续志》,转引自黄苇、夏林根编:《近代上海地方志经济史料选辑》,上海人民出版社 1984 年版,第 330—331 页。

〔3〕　苏珊·埃勒里:《美国通俗文化简史·畅销书》,漓江出版社 1988 年版。

〔4〕〔10〕〔17〕〔18〕　均见鲁迅《中国小说史略·第 28 篇·清末之谴责小说》。

〔5〕　林瑞明:《〈官场现形记〉与晚清腐败的官场》,见《晚清小说研究》,台湾联经出版社 1988 年版,第 236 页。

〔6〕　张赣生:《民国通俗小说论稿》,重庆出版社 1991 年版,第 43 页。

〔7〕 孙玉声:《退醒庐笔记》,山西古籍出版社 1995 年版。

〔8〕 觉罗炳成:《冉罗延室笔记》。

〔9〕〔11〕〔13〕〔14〕 均见鲁迅《中国小说史略·第 26 篇·清之狭邪小说》。

〔12〕 张爱玲:《国语本〈海上花〉译后记》,皇冠杂志社 1983 年版。

〔15〕 胡适:《海上花列传·序》,《胡适文存》第 3 集,远东图书馆 1930 年版。

〔16〕 刘半农:《读〈海上花列传〉》,《半农杂文》,收入上海书店《中国现代文学史参考资料丛书》1982 年重印版。

〔19〕 胡适:《老残游记·序》,《胡适文存》第 3 集,亚东图书馆 1930 年版。

〔20〕 转引自《〈孽海花〉资料》,魏绍昌编,上海古籍出版社 1982 年版。

〔21〕 梁启超:《论小说与群治之关系》,《新小说》创刊号,1902 年出版。

〔22〕 周作人:《平民文学》,载《中国新文学大系建设理论集》。

〔23〕 钱玄同:《"黑幕"书》,载《新青年》第 6 卷第 1 号。

〔24〕 周作人:《中国小说中的男女问题》,载《每周评论》1919 年 2 月 2 日。

〔25〕 魏绍昌编:《鸳鸯蝴蝶派研究资料》,上海文艺出版社 1962 年版。

〔26〕 鲁迅:《二心集·上海文艺之一瞥》。

〔27〕 茅盾:《复杂而紧张的生活、学习与斗争(上)》,载《新文学史料》第 4 辑,人民文学出版社 1979 年出版。

〔28〕 包天笑:《钏影楼回忆录》,大华出版社 1971 年版。

〔29〕 周瘦鹃:《我的经历与检查》,摘自"文革"中周瘦鹃亲笔原稿。

〔30〕 鲁迅:《集外集·〈奔流〉编校后记》。

〔31〕 鲁迅:《花边文学·过年》。

〔32〕 朱自清:《论严肃》,载《中国作家》创刊号,1947 年出版。

〔33〕 鲁迅:《且介亭杂文末编·答徐懋庸并关于抗日统一战线问题》。

【思考题】

1. 中国现代化的文化市场是怎样建立起来的。

2. 为什么说谴责小说是中国现代社会通俗小说的早期代表作。

3. 知识精英文学与市民通俗文学之争的历史经验与教训。

【知识点】

现代化文化市场　　《海上花列传》　　四大谴责小说

鸳鸯蝴蝶派　　　　《礼拜六》派

【参考书】

1. 鲁迅:《中国小说史略》第 26 篇,第 28 篇。

第四讲

承继谴责遗风的通俗社会小说

从谴责到黑幕

为中国现代政治经济画像

问题小说与反战小说

文化小说与地域小说

一 从谴责到黑幕

清末的狭邪小说把镜头聚焦于大都会后,一方面产生了浓重的言情味,写品尝"禁果"中的种种纠葛与风波;而另一方面也会产生强烈的社会小说的效果,通过其中的高等妓院——当时的高级社交场所,看大都市的社会众生相。而清末的谴责小说,它本身就是通俗社会小说。总之,这两类清末的小说都对现代通俗社会小说有极大的影响,但相对而言,中国现代通俗社会小说更侧重于承传谴责小说的衣钵。既然这些通俗小说家不尚"前瞻",那么他们就往往以谴责为能事了。因此,写黑幕小说,也是被他们视为谴责的一种手段。据文学史资料记载，"1916年10月10日，上海《时事新报》开辟'上海黑幕'专栏，自此黑幕小说开始风行。"[1]但鲁迅则认为黑幕小说乃谴责小说之"堕落"：一些自命学步谴责小说的人。"徒作谯呵之文"，"其下者乃至丑诋私敌，等于谤书；又有谩骂之志而无抒写之才，则遂堕落而为'黑幕小说'。"[2]当然，这种堕落也是有一个过程的。叶小凤作为通俗流派的圈内人，曾略述过这一过程：

> 黑幕二字，今已成一海淫诲盗之假名。当此二字初发见于某报时，小凤奉之若神明，以为得此慈悲广大教主，将地狱现状，一一揭布，必能令众生目骇惊心，见而自戒。及见其渐近于淫亵，则喟然叹曰：洪水之祸发于此矣。[3]

他在列诉诸般"罪状"后，劝告说："而作俑者，于此亦可告一段落矣。"行文中的从"奉之若神明"到"渐近于淫亵"实际上就透露出堕落的趋向与过程，乃至到了不可收拾的地步。

在黑幕类中最有代表性的是1918年2月1日路滨生编辑的《绘图中国黑幕大观》初集上下、续集上下（共四大卷），由中华图书集成公司发行，纂辑170位作者的黑幕笔记742则，内分政界、军界、学界、商界、报界、家庭、党会、匪类、江湖、翻戏、优伶、娼妓、僧道、拆白党、慈善事业、一切人物等16个门类的黑幕。第一页上是一封蔡元培的亲笔手书（影印件），抄录如下：

> 谨复者，前于各报广告栏见黑幕大观，意为近世写实派小说一流，已函订预约券。今奉惠书益谂诸君子救世苦心深所钦佩。惟作序则诚未敢。因未读全书，率尔发言，不特自轻兼亦轻大著也。如必欲鄙人列名，即以此函代序，未识有当尊诣否？手此祗颂著祺！

> 蔡元培敬复12月26日（1917年）[4]

从信的内容看来,蔡元培是客气的,也是审慎的,有保留的,但没有蔑视或鄙薄的成分。他还从邮局汇上2元2角款项预订此书,也看不出预订之后准备"批判"之用。由此可知,在他回信时,黑幕笔记也还没有堕落到鲁迅大加斥责的地步。其实,黑幕小说一度之会如此红火,是迎合了市民感到在这个千奇百怪、瞬息万变的大都市中,有一种常遇陷阱和捕机的不安全感。他们在日常生活中如临深渊、如履薄冰,因此想以这种揭露种种黑幕的书籍增加他们在都市生活中的安全度,就像今天有人想学点"防身术"一样。我们现在常用"曝光"这个词汇,就是因为有黑箱操作而恐其中有弊,缺乏透明度就易于使腐败分子有机可乘,所以要将这一黑暗的角落暴露于光天化日之下。可是当年的黑幕小说却从"曝光"始,一直堕落到有"教唆"之嫌的质变。这就应受到严正的抨击。

在蔡元培的信后,《礼拜六》的编者王钝根的《绘图中国黑幕大观·序》中说:"故黑幕大观,学校外之教科书也,使天真烂漫之少年,忠厚朴实之君子,读而知所戒备;尤使贫困之士,勿歆小利而堕其身家,厥功伟哉。"[5]黑幕有如此"丰功伟绩",即使是提倡写揭黑幕小说的初期,也是夸大了的;而叶小凤则斥责黑幕是"开男盗女娼之函授学堂……学生之黑幕程度,继长增高,进而教之,且将与流氓拆白颉颃"[6]。这对许多渲染作案的详情细节,有教唆之嫌的文章说来,倒是值得大声疾呼的。不过有一点要肯定,黑幕小说确有其两面性。包天笑在1918年7月1日发表了一个短篇,题目就叫《黑幕》,倒是大家在争论黑幕小说功过时的一帖清醒剂。小说中写"我"的老友精心编撰了一部高等数学的稿子,可是送遍大小书局都碰壁归来。其中一个书局的经理兼编辑主任对他说,现在只收黑幕的稿件,还向他传授经验:赌场、烟窟、堂子、姨太太、拆白党……皆有写不完的黑幕。自己没有题材,可在本埠的小新闻中去找,例如某公馆姨太太逃走了,这一则三数行的新闻,你可以无中生有、移花接木,扩充成一万多字。当那位朋友问及这对人心道德将产生什么效果时,那经理还说他太迂。现在出书是"吗啡针政策",只要读者感到"刺激"，有毒与否是出门不认货的；我们这些小书局也靠跟潮流，卖"热门货"，读者抢得快才能生存，黑幕小说对我们书局也是一针起兴奋作用的"吗啡针"。那老朋友向"我"讲述上述经过后，沉痛地说"我这著作做了个死后殉葬物了"。"我"将这席沉痛的话"写了下来，自己读了一遍，不觉叫声阿呀，可怕得很。这黑幕是有传染性的流行病。我这篇东西，不很像讲的黑幕吗？ 我朋友没有传染，倒传染了我"[7]。包天笑这篇小说可以令人更"理智"地看问题的两面性。黑幕需要曝光；但以黑幕为赚取暴利而像贩卖鸦片和吗啡一样，那就该做"缉毒"工作了，而看见黑幕两字，就一概加以迎头痛剿，也是"弓杯蛇影"心理。《海上繁华梦》的作者孙玉声写过一部小说《黑幕中之黑幕》[8]，虽称不上内容、技巧都佳，但的确提出了都市现代化的过程中很需要注意的几个问题。

《黑幕中之黑幕》最主要的情节是三个来自崇明的青年到上海求发展，有的被女色所勾引，有的经营商业又被骗，这些黑幕似乎又是老一套，可是作家却提出一个新问题，这些骗子均是会钻法律空子的人。崇明青年被骗以后，骗子还恶愿他告上法庭，可是骗子早已做好"伪证"。男拆白党拿出与女骗子的结婚证书，反说那青年诱拐良家妇女；为女骗子所买的家具等等的东西，他们早已趁男方不注意时将发票偷到了手，到法庭上就说这些贵重的东西全是女方买下的，当着众人的面堂而皇之的全数搬走了。上海租界行的是西法。在法庭上就是原告、被告、律师在"法官"的主持下摆开阵势，拿出"真凭实据"来辩论。在事先设计好的"天衣无缝"的"伪证"面前，真是有口难辩。狂呼"冤枉"也无用，"青天大老爷"只重证据，拒绝喊冤。结果是反判崇明人坐牢。骗子又说可以保外就医，又不得不费了极麻烦的手续，更重要的是这一道道手续皆是骗大钱的好机会。一旦保出了西牢，还要对骗子千恩万谢呢。这真是叫"黑幕中的黑幕"了。作品的另一个重要情节更有意思，那就是崇明人开珠宝店。骗子就对他说，请一个外国人做靠山，人家就不敢来欺侮你了。像当时的一些中国轮船，花了钱挂上外国国旗一样，可以省掉许多麻烦，还可以逃税和运违禁品之类；于是拉来一个外国浪人，叫他做什么"出面东家",还在开业时登了报,挂上了这个外国浪人的名字。不久,外国人就来"鹊巢鸠占",说这家珠宝店是他开的,还有报纸为证,而骗子又与外国浪人"狼狈为奸",弄得连官司也没法打。

《黑幕中之黑幕》实际上是通过小说在 20 世纪 20 年代给读者上"法律启蒙课"。在当时,这真是新鲜事,钻法律空子行骗,这是方兴未艾的新的犯罪手段。这些高级骗子在上海还是有身份的头面人物,善于利用西法设计"连环套"式的骗局。但是这部小说反没有他的《海上繁华梦》受欢迎,这大概是上海的普通市民对"法制观念"还不大感兴趣,觉得对自己缺乏实用价值。但我们真不得不佩服孙玉声很有点超前意识。《黑幕中之黑幕》不失为是一部较好的通俗社会小说。

二 为中国现代政治经济画像

古代小说以英雄、儿女、神魔为三元素,而现代通俗小说则以社会、言情、武侠、侦探为四大门类。现代社会的复杂性、广阔性、多样性、多元化与古代社会已不可同日而语,社会小说就自然被提升到了一个显著的地位,一跃而为"四类之首"。而中国现代通俗社会小说又在反映的层面上,以其领域的宏阔和深入市井三教九流等优势而见称于世;别说是知识精英文学所没有顾及的社会层面与角落,即使是在勾勒政、经的主流题材上,也为后代读者留下珍贵的历史画面。

吴趼人的《发财秘诀》为我们提供了中国经济变性图像的一个重要侧影——半封建半殖民地中国第一代买办的起家史。一个乡村愚民区丙因偶然的机缘向香港的外国人贩中国"小土产"而发财,后又见利而"卖国",在鸦片战争前夕给英军提供广州的有关情报。他开始意识到不懂洋话而被"中介"克扣许多钱财是很窝囊的,可是他已缺乏学洋话的"年龄优势",于是他寄期望于自己的儿子。他儿子向外国洋行中的小跑腿陶庆云学,可是陶庆云又奇货可居。这就是小说前半部(前 5 回)的主要情节,背景是中国"一口通商"时的广州。从第 6 回到第 10 回,区丙的一家被作者丢掉了;专写陶庆云跟着洋大班到上海的情景。这在结构上是个大缺点,可是小说从写"一口通商"到"五口通商",而中国的买办也只有到上海这个新兴的第一大商埠中去活动,似乎更能透视其本质。到了上海,陶庆云从一个小伙计一跃而成了副买办,是一帮跟洋人来上海的广东人中最春风得意的。他在洋洋自得时传播了他发迹的三条经验,一是要会揣摩洋东家的脾气,二是要诚实,三是要精通洋话。不懂洋话即使有前两条,也是白搭:"根本就在懂洋说话。你想,如果不懂说话,就有本事也无从干起,就会看颜色,也轮不到你看。"而诚实也是指对洋东家像狗一般的忠实,而对本国人是不在其列的。只要三者俱备,就能大大的发洋财。于是他们一帮人在上海移民潮的"房荒"中做地皮生意发横财;贩卖人口到外国去做猪仔;在洋人沿长江各内地口岸逐一开发时,就以汉口为聚散地控制茶叶出口生意,他们可以操纵价钱,使中国内地的茶农大亏血本,直到悬梁自尽的惨境。陶庆云一听到曾国藩与李鸿章要选取 190 个聪明子弟到花旗去读书,就拍手欢呼:"我把我陶家子侄,不问年纪大小,一律都送了去。"在他看来,中国书不读,中国字不识都是无所谓的,洋话才是一个人的立身之本。而他的同行魏又园的话就更彻底了:"情愿饥死了,也不要就中国人的事……还是情愿做外国人的狗,还不愿做中国的人呢!"连祖宗与祖国也是可以卖,这就是他们的"发财秘诀"。作者用江湖术士知微子给人算命时的一句话为全书作结:"你若要发财,速与阎罗王商量,把你本有的人心挖去,换上一个兽心。"吴趼人这位"我,佛山人",既懂家乡广东的生活,而到上海闯世界时,又扩大了自己的眼界:中国的第一代买办主要是洋人于"一口通商"时在广东培养的,新辟上海为商埠了,广州的洋大班就携广帮买办来沪,还带着一批"咸水妹",捷足先登。这个中国经济变性的图像是吴趼人所熟知的,他能描绘出他们的面容和内心世界。

接下来就是鸦片买卖的猖獗和中国的军阀混战的局面了。这在《黑狱》与《政海》有较为真实的反映。作者张春帆(1872—1935),笔名漱六山房,江苏常州人。他的成名作是《九尾龟》。阿英评价说:

漱六山房张春帆所著小说,最为人称道者,为写清妓院生活之《九尾龟》。实则张氏所著之《黑狱》,其价值乃高过《九尾龟》十百倍,乃真可称,然绝不为人所知。《黑狱》系写鸦片战争前夜的小说……所描写的,都是鸦片输入后,在广东所造成的种种恶果,自官吏以至小民。此书之写实性甚强。即书中之事实,足见官民间因鸦片所引起的种种纠纷之日趋严重,而必然引起大的"激变",此"激变",即清醒之官民,必有一日起而拒鸦片之再输入,而不惜种种牺牲以完成之。读此册再阅其它鸦片战争小说,可知中英鸦片之战,其发生实有悠久之前因。[9]

张春帆的《九尾龟》被胡适称为"嫖学指南"[10],而复被鲁迅称为"嫖学教科书"[11],而《黑狱》则被阿英列入"国难小说",这样的"两面人"在市民通俗小说作者群中并不是稀罕的现象。《黑狱》反映了广东的官吏吸上了鸦片,就伤天害理,在地方上酿造出许多奇灾异祸;百姓吸上了鸦片,就倾家荡产,如染麻风,遂成废物,乌黑的烟膏竟熬出了一个黑暗地狱。作者所写的官吏就涉及两广总督、广州府太尊、县衙知县、海关关督……鸦片毒化了衙门上下,把整片官场熏得更黑,染上毒瘾的官吏,更加为所欲为,草菅人命,弄得官逼民反,盗贼蜂起;遭抢而不报案尚可,一旦报案,所剩的家产也会被官府刮尽。因此有民谣说:"强盗官,一般般,不报案,留一半。"老百姓视"强盗"与"官"已是一路的货色。其他如财主富户、殷实名医、花农、屠夫,乃至花子,凡与鸦片结缘者,莫不有意想不到的灾患。而有的人之所以离不开鸦片,不是因为自己意志不坚,而是从娘胎里带来的烟瘾。瘾君子的儿子哭闹,只要对着他喷几口烟,就笑逐颜开。梁十五就是这样的"先天瘾君子"。他抽尽了祖产,被迫卖了妻子。他儿子问他,妈妈到那里去了?他指指烟枪说,钻进这里去了。儿子说,我也能进去玩玩吗?他说过几天带你进去。过几天儿子也"钻"进了烟枪。他只能凭他的膂力去做强盗。后来成了首领,就抢回了妻子和儿子。那妻是卖给一个巨绅作妾的,儿子是卖给一个著名的讼师作义子的。这两家硬逼县官史朴破案,梁十五就老实不客气劫了县衙,将这个平时会想出各种苛刑来残害百姓的史朴割了双耳,脸上还刺上"赃官"二字。史朴回衙后哭得死去活来:"我从此不好做官了。苦呵!"他们的为买官也是花了大本钱用银子铺路的。这就是鸦片输入后的广东的现实。而种下祸根的罪魁祸首,就是将输出鸦片作为它们巨额国库收入,不惜嫁祸于人的英帝国主义。小说的结尾写道:"林制台得了代表广东百姓的意见,禁烟的心越发坚定。便同将军抚提司道商量,要实行他的主意。不想招人嫉忌,诖误了功名,还几乎丧了性命,却因此开个亘古未有的局面,也是林制台初时万想不到的事。"《黑狱》是与《九尾龟》一二集同在1906年出版的。1909年张春帆写过《宦海》,但超不过《官场现形记》和《二十年目睹之怪现状》。而他在1923年发表的连载小说《政海》[12]却独树一帜,揭露北洋军阀对外投降,对内镇压,自己则倾轧内哄,使民国"国将不国"的种种罪行。

《政海》是以一位新闻记者陈铁舫的眼睛看中国的政局的剧烈动荡。他虽是上海报社的记者,但因他负有报导北京新闻的职责,所以不仅对北京熟稔,而且在小说中的几个关键性时刻,他皆在北京。小说选择的时代背景正是"五四"前后、巴黎和会与直皖战争等紧锣密鼓的时刻。在他的小说中覃志安(段琪瑞)、齐作仁(徐世昌)、国玉璋(冯国璋)、虎昆吾(曹锟)、伍玉芝(吴佩孚)、庄作楫(张作霖)、铁中铮(徐树铮)、陆威林(陆徵祥)等政要的身影频频出镜,将那尔虞我诈,纵横捭阖,争权夺地,置民于水火的紊乱政局也算写得"井然有序"。特别是作者几乎是同步反映政坛诸丑,当时那些军阀政客不仅还在人世,有的甚至还身居要津,如此贴近现实的曝光,也算是颇有胆识的了。

这正是袁世凯逝世、张勋复辟后,各派军阀割据一方,演出"恶虎村"的时节,将个衣冠傀儡齐作仁(徐世昌)捧上台,而段琪瑞则操纵福民俱乐部(即历史上臭名昭著的安福系)要巴黎和会上的中国代表屈服于日本帝国主义的压力,放弃青岛主权而在条约上签字。另一方面却是学生组织救国会到统领府请愿,"这班学生都是青年爱国的志士","在新华门外等了一天一夜,无故的给警察厅逮捕了几个人去,又打伤了好几十个学生。这一下子的风潮可闹得大了。始而是京城里各学堂罢课,各苦力罢工,渐渐的这罢课罢工的风潮,推广到南方来。"而中国的全权代表"陆威林在巴黎,因为自己的外交政策完全失败,却又完全是本国政府弄糟的,正在一万分的不高兴,怎禁得全国学生同团体的电报,就如雪片的一般,来得络绎不绝,都是叫他不要签字的。这个当儿,政府的电报也同雪片一般的飞来,叫他签字。陆代表着实踌躇了一回,又和胡代表密密的商量了一天。竟毅然决然拒绝签字,立时回国。只把个覃督办同一班福民俱乐部的人都气得目瞪口呆,做声不得。"从第 12 回至 14 回,是写直皖之战,政治角逐与军阀矛盾已经到了白热化的程度,非到兵刃相见不可了,这是覃志安与伍玉芝(吴佩孚)的对台戏。这几章里写得更是有声有色。一会儿是覃志安演出逼宫戏,他派兵包围统领府,挟天子以令诸侯。可是伍玉芝作为军界后起之秀,他很有指挥艺术,在当时的军阀部队的指挥官中也算是佼佼者,连覃志安部队中的洋顾问也无奈地对他称赞一番:

> 国防军所受的教育,同所用的军械,实在可以无敌于中国。无奈伍玉芝的战略高妙非常。始而延长阵线,虚张声势,动摇我们这一方面的视听,他却自己统着极精锐的队伍,忽东忽西的四面策应,叫人捉摸不定他的主力军队的集中地,以至于我们的炮兵骑兵都失去了效用。像这样的以少击众的战略,不但你们贵国军人中少得很,就是东西各国的有名宿将,战略也不过如此。

于是伍玉芝以胜利者的姿态进了北京。大概是要"仇人相见,分外眼红"了,可是出乎读者意外的是,这是一场彬彬有礼的"晤面",伍玉芝还恭恭敬敬地向覃志安行了个礼,一口一声"老师"。作者是要告诉读者,军阀混战的目的主要是为了抢地盘,地盘到手后,倒是"对事不对人"的,只要敌方交出兵权,宣布下野,或是出国考察之类,也就不计前愆了。现在覃志安满足了上述的要求,下野到天津租界上去"听候处理",即使再让伍玉芝多叫几声"老师"也是无所谓的。作者看透了军阀家们的游戏规则。至于老百姓的流离失所,士兵的充作炮灰,那不过是他们"游戏"中的工具与筹码而已。接下来是写他们赌局后的分赃。而齐大统领则用袁世凯的故智,挑拨封疆大吏的不和来保持自己的御座。作者只能在小说结尾借一个二流政客之口发出浩叹:"我到今天才明白,咳!这政海的风波,真是万分险恶,好好的一个人,一卷进这里头去,良心也没有了,人格也可以不要了。可怕得很啊!"

姚宛雏(1893—1954)是通俗文学中杰出的社会小说家。他是"南社"中坚。柳亚子在《南社纪略》中介绍说:"江苏松江人。京师大学高材生,与林庚白有太学二子之目。后任江苏省长公署秘书,南京市政府秘书,江苏省政府秘书。"上海解放后,为文史馆馆员,又由陈毅元帅之提名推荐,当选为松江县副县长。

1915 年,他的长篇《恨海孤舟记》在《小说画报》上连载,自辛亥革命写起,止于袁世凯逝世。它的主旨是写"狐鼠凭城,豺狼当道"时,一个知识者像一叶"恨海中的孤舟",在"朝局尽翻,民生憔悴"中漂流着,无法找到心灵的家园。小说中不乏名人行状轶事,宋教仁、陈其美、蔡锷、章太炎、刘师培、杨度、何震、柳亚子、苏曼殊、陈去病……等一一在书中出场,使读者重温许多历史性的镜头,弥足珍贵。而《龙套人语》[13]则写于 1929 年,以龙公的笔名连载于上海《时报》,背景是南京、上海,扩而大之则旁及江浙。是"记载南方掌故,网罗江左轶闻"。老新闻工作者、戏剧评论家、小说家冯叔鸾并不认识作者,却为之写序,给予高度评价:"不佞服务新闻界,橐笔海上,盖已十有三年,仅忆其涯略如此。更廿年后,必将无人能悉,且无人能述。沦于末寮者,故能巨细靡遗,滔滔不尽,若数家珍。虽曰诙谐以出之,而言外余音,固含有无限感慨,殆所谓伤心人别有怀抱者耶?"不论是"恨海孤舟"也好,抑或"伤心人别有怀抱"也好,作者对旧社会的政坛是有揭暴与针砭的。小说的技巧与格调也高出于《官场现形记》和《二十年目睹之怪现状》。

在《恨海孤舟记》一开场,就写了辛亥革命时的北京与北大,这部小说和作者的笔记《饮粉庑笔语》，是有若干北大早期校史的回忆资料的。在京师风声鹤唳，教授乞假，学生遣散中，主人公就到上海参与办报。报社的同仁是于右任、邵力子、柳亚子、叶小凤、胡朴安等后来皆是政界和学界名流，所遭逢到的是陈其美、宋教仁遇刺；蔡锷秘密出京，到云南做义军总司令；杨度、刘师培的筹安会，起草劝进表；章太炎的被袁世凯软禁等等，现在看来大多是历史性事件。而《龙套人语》重在写江浙与上海的政局更迭，有些历史人物的轶事也娓娓道来，引人入胜。单就一位"江南无冕皇帝"张謇的轶事就写了5章；鲁迅曾谈到孙传芳演出投壶古礼与章太炎之关系，我们已不甚了了，可是小说中写这出"古装戏"就整整一章有余，简直是《鲁迅全集》的一个活注解；至于那些军阀为什么要如此大捧章太炎，一度似乎红得发紫，作者在小说中解析得头头是道，鞭辟入里，令人信服；而章太炎与梁启超在南京讲学的盛状，也写得呼之欲出，音容笑貌，宛在眼前。更可贵的是作者能将中国知识阶层中的"民族的脊梁"写得有声有色，有时也使作品呈现出"一派亮色"。如他写松江前辈名士杨了公，原来是个富户人家，硬是搞各种公益和慈善事业，使家产告罄。每次办此类事业，总是自己先捐出一笔大款项，然后再到各富户家募集，弄得财主们对他恨之入骨。在辛亥革命时，他老先生独自跑上松江城楼，竖起两面白旗，将龙旗打倒，以迎民军入城。光复后，他也"功成不居"，还是做他的诗，参他的禅，还办了孤儿院，家财虽早已散光，硬是靠卖文鬻字的收入，充作孤儿们的用度。小说中还写孙子才平息萧山"教案"，这是当时常有的民教冲突，五六千乡民包围县城，扬言要杀尽外国教士与本国教民。这里既有正义的反抗，也有排外主义的盲动。孙子才不带一兵一卒，以"诚心救我萧民"为出发点，以大气魄大腕力，平息了这椿一触即发的流血事件。作者笔下出场的都是一个个活的有个性的人物，就以他写章太炎为例，章被袁世凯软禁在北京，有日本友人帮他化装出逃，写得可谓精彩绝伦：

　　正是火车将开的当儿，站上搭客一拥而出，那日本朋友正招呼他上车,猛见人丛中挤出一个人来,穿着件蓝布大褂儿,像个店家伙计打扮,看到他也和颜悦色走上前来,对乘伯(章太炎在书中的名字——引者注)弯了弯,说道:"庄大人,久违了啊!你老一向好?怎么不请过来。"乘伯一愣,不觉冲口说道:"你是谁?"那人满面堆下笑来,说道:"庄大人,你真是贵人多忘事啦!小的便是琉璃厂德古斋里的。大人,你往常没事的时候,总到小店里来逛逛的,小的也侍候你好几回啦。"说着一边向袋里摸出一扣折子,乘伯听了也只是模模糊糊的,便道:"你想是认错人了,我又不姓庄,我有要事到天津去,也没有功夫与你多拌嘴。"说着举步想走,却被那人双手拦住,笑道:"且慢!庄大人要到天津去,我也不敢拦你的驾,不过有一笔账,请大人就算算。"说着就递过那折子来。乘伯惊道:"我几时欠你家的钱,你这人好没道理,只顾胡缠。"说时车已将开,汽笛呜呜的响了,他的日本朋友急得只是用眼来睃着他,又见索账的事,不好来管,早见有几个军官装束的人走了进来,见了乘伯,还举手行了个敬礼。笑道:"庄大人在这里什么事?"又向那人道:"你这人好不睁眼,扯着大人做什么?府里有要事要请大人去啦。"说着便去扯开那伙计,那人只自笑,也不争辩。此时车站站长也走了进来,对着乘伯只自打恭作揖说道:"不晓得庄先生驾到,没有招待,失礼得很!"庄乘伯急得暗暗顿足,说道:"你们不知,我有急事到天津去。无奈那个人胡言乱语地打搅人。"站长笑道:"先生别怪,别的事小可不敢管,先生是大总统命令我们保护着的人。到天津去的事,没有公府里吩咐,小可却不敢斗胆叫先生去。"乘伯大怒道:"我偏要去,你们又该拿我怎样?"站长只顾笑,也不回答。几个军官,做好做歹,把那伙计拖了开去,便道:"马车已套好了,请大人就去。"乘伯嗔目道:"哪里去?"军官笑道:"公府里一早传出话来。叫请大人进去,有面谈的公事。我们四处都找到了。却不晓得大人要到天津去。"说到这里,笑了一笑,便也不由乘伯分说,半拖半扶,把乘伯簇拥入马车里,加上一鞭,风驰电掣般,直向总统府去了……乘伯到了公府,总统却给你一个不见,任乘伯在府里客座上大跳大骂,只是个不见不闻,足足挨了三四个钟头,乘伯火气也挫了些下去,才见步军统领、巡警总监两个人,一先一后走了进来,对乘伯陪话,跳了个三花脸儿,劝着乘伯回去。乘伯一面走,一面说道:"你们别太高兴了!这压力不是可以常用的,你们现在果然是狐假虎威,张牙舞爪,我看冰山一倒,你们还有这样势力吗?到那时,我还要来抚你们的没头尸体,凭吊一回哩。"

化装的小特务、军官、站长、统领、总监,演出一台"多簧戏",章太炎影响太大,又杀不得,只好软禁软磨。而章太炎也书呆子气可掬,却又正气凛然,性格跃然纸上,但也不懂斗争策略,他只会拿袁世凯给他的勋章做扇坠,一摇一晃地站在总统府门前,大骂袁世凯,得了一个"章疯子"的雅号。姚宛雏的小说倒是深得古典小说的神韵的。他真是不朽而又被尘封多年的通俗社会小说家。

政海风波险恶,商海汪洋汹涌。在这方面比较可称的是 1922—1923 年连载在包天笑主编的《星期》上的《交易所现形记》,作者江红蕉(1898—1972),苏州人。赵苕狂在《江红蕉君传》中说:"红蕉则自谓作社会小说似较有把握。"[14]小说写上海商界闻人郁谦伯与日本浪人龟三郎勾结,按照日本"取引所"的规则,开办中国第一个支那交易所,发行股票,不到半年股票价格飞涨,其他巨头也纷起效尤。于是上海的交易所就像雨后春笋般的疯长,股票也随之大起大落、暴涨暴跌。持股票者破产后,吃生鸦片者有之,吞金者有之,跳黄浦者有之;竟然还有商业学校的学生亏了 160 元,被人家逼得上吊而死;也有人在半夜里吊死在交易所中的。正如作品中所说,这"哪里是做生意?委实是一种赌博。这种赌法完全是把身家性命做孤注一掷"。小说中还写了上海交易所经纪人同盟罢工的风潮,交易所职员又随意"跳槽",任意另立山头,后来弄得你中有我,我中有你,毫无商业秘密可言。1921 年夏秋间,仅几个月,上海即成立交易所一百四五十家,信托公司十多家,一场在中国经济史上留下印痕的金融业大风波正在酝酿着。在大量股票上市,投机狂潮迫使市面上银根日紧,股票价格暴跌,交易所与信托公司纷纷倒闭,在风雨飘摇中能渡过这次倒闭浩劫者仅有6家。这是在中国经济史上有名的"上海信交风潮",使上海的经济大伤元气,好久才得以缓过气来。《交易所现形记》就是这场使上海经济受到大挫折与大凋敝的忠实记录。这部小说的优点是在于"忠实记录",而它的不足,也在于仅仅是"忠实记录"。它没有像《子夜》中吴荪甫这样的典型形象,但它使读者了解这次大风暴的全过程,参与者的行为与心态,以及这一事件的波及面,这些典型的细节,不可能为经济史所记载,那么这部商界小说也就算是补了经济史不能顾及的另一面了。

三　问题小说与反战小说

知识精英文学和市民通俗文学中都有"问题小说"之目。周作人对"问题小说"作界定前首先要读者分清"教训小说"与"问题小说"之不同:"教训小说所宣传的,必是已经成立的、过去的道德。问题小说提倡的,必尚未成立,却不可不有的将来的道德。一个重申旧说,一个特创新例,大不相同。"[15]也就是说,问题小说是有异于封建陈规而需要探索的新道德,当然问题小说不一定要有答案,那种认为没有答案的问题小说就是作者局限性的表现之类的理论,是很错误的。一种新道德的确立不是一蹴而就或靠某个人的意志可以决定的。

知识精英文学的问题小说更多的是接受了易卜生的问题剧的影响。市民通俗文学提倡问题小说早于知识精英文学。它是1916年由恽铁樵与张舍我共同提出的,此后,张舍我就成了写这类小说的代表人物。他在自己的小说《博爱与利己》的"作者附识"中说:

> 问题小说(Problem Story),创自美国之小说家施笃唐氏(Prank Stockton),其小说《女欤虎欤》(The Lady or The Tiger)。【某君译之为《炉

之研究》，见《小说月报》七卷。[16]恽铁樵先生尝悬赏征文以论其究竟，颇饶兴味。】氏以二千金售之《独立周刊》，披露后极为一般哲学家与心理学家所称许。而氏之名亦遂大噪。问题小说之作，原由于哲学上或社会上之一种重大问题。著者以为非一二人所能武断解决，亦非一二人之思想识力所可解决，故演之于小说，以求社会上之共同解决，意至善也。故今日欧美小说界中，从事于此种作品者渐多。首期之《父子钦夫妻钦》一篇为社会的，此篇则为哲理的。然粗率疏散，无当大雅，愿读者诸君有以教之。

市民通俗文学的问题小说也是受外国作家的影响，但它倒是要寻求答案的文学，但这答案是必然会引起讨论、研究，甚至引起辩论的，或者可以各执一词而莫衷一是的。这就符合了他们要求小说有趣味的宗旨，甚至在研究时得到一种论辩的娱乐。施笃唐的《女钦虎钦》是写某蛮族之王有一种特别的判决罪犯的方法。将罪犯置于大斗兽场中，场内有两扇绝然相同的门，一扇门内是一猛虎，另一门内是一美女。罪犯必须开启一门。如是猛虎，他就被吞噬，说明犯人罪有应得；如是美女，则说明他是受了冤屈，此美女就赏其为妻。蛮王的爱女乃掌上明珠，但她却爱上了宫中的一个仆役。蛮王盛怒中就将这个青年置于斗兽场中宣判。其爱女用巨贿得知哪个门是猛兽或美女，只要举手示意，仆役即可免死而得美女为妻，而这个美女又正好是公主的情敌。这就是译作《嫉之研究》的原因，那么公主会示意仆役开哪个门呢？"一生一死煞费苦心，总难两全，或死或生，无非一散。然则公主胸中欲其所欢施身于何方乎？想其辗转踌躇，魂梦缭绕，芳心一寸，回辘无穷。有时念及所欢，将饱虎腹……碧血四飞，丰肌立尽……时或想情人，启门而睹彼美……欢也既庆更生，又偿凤愿，轻怜缓惜，笑见新人……凡此诸端，萦回不已。"施笃唐再三描绘与假设公主的内心斗争之后说："诸君于茶余酒后，试各审思而裁度之，美人钦，猛虎钦？"而《小说月报》编者恽铁樵在这篇小说的后面附言作悬赏征文："欧美盛行辩论会，常分团体为两组，拟题互诘。

……本题命意,取义于此。爱读诸君……对于本篇,定多隽论,倘录其往反辩驳之词见示,当择优刊录,以公同好。"这是读者们揣摩公主内心斗争后的"互诘",可以各执一端,恐怕是永远也不会"定于一尊",于是这就是一种游戏,或是一种智力测试,也可以提高到一种研究性的论辩,是一种要求有答案而不可得的局面。但读者的兴趣是肯定会被吊起来的,而且是高高的。

张舍我(1896—?)江苏川沙县人(今属上海市),家清贫,15岁时就毛遂自荐,考取上海某报社做记者,开始接触五光十色的社会。由于工资微薄一再变换职业,在商务印书馆觅得校对工作,有更多机会埋头于书本。他求知若渴,后入沪江大学,在图书馆的中外书籍的海洋中"欢泳",并开始从事创译。恽铁樵对他的译笔,击节赞赏。张舍我的问题小说的代表作《博爱与利己》,写胡汝刚误伤孙金标致死,其弟孙鸣歧决心为兄报仇,但不知仇人的下落;其时胡汝刚在国外受基督教教义之感化后回国传教,在孙鸣歧有难时,救其大难不死;后孙鸣歧知道了这位牧师就是多年要寻觅的杀兄仇人,他现在也有机会用举手之劳报仇雪恨。小说提出的问题是孙鸣歧还是抱着"人若害我,我必取偿"的人类利己主义去报仇呢,还是因人性本善,加之胡又有恩于他而用博爱主义去宽恕胡汝刚。作者在小说结尾写道:"试问这结局到底是博爱思想占胜呢,还是利己思想占先,著者没有仔细研究过人类的心理,不敢下一个断语,还请诸君的赐教。"作者认为这篇小说是一个哲理的探讨,但这篇小说似乎达不到哲理的深度,比起《女欤虎欤》的兴趣性要差得多。但张舍我后来的许多问题小说还是提出了一系列社会问题:诸如恋爱、婚姻、家庭、就业、生死价值观、国家主权、信仰与宗教等等问题,但由于他们在党派性上的超脱态度,革命问题是不在他的视野范围之内的。总的说来,他们的问题小说的启迪作用是不能望知识精英文学问题小说之项背的。

与张舍我一起提倡问题小说的恽铁樵(1893—1935,江苏武进人)是位资深编辑,也是最善于奖掖青年作者的虚怀若谷的忠厚长者。1913年,他写过《工人小史》,对具有宁折不弯的高尚人格与维护捍卫自己尊严的工人,进行了歌颂。而鲁迅的第一篇小说《怀旧》就是在他手中发表的,而且加了许多嘉评;张恨水早期的习作也得到他的鼓励,对张以后走上文学创作的道路也有催生的作用。一位是精英文学的泰斗,一位是通俗文学的大师,在他们起步时,他都起了良好的作用,这倒是在编辑史上可以记载一笔的。而这次与张舍我共同提倡问题小说,那时张不过是一个 20 岁的青年,但他与张合作撰文时,总将张的姓名置于他之上,这不得不令人肃然起敬。后来他的子女数人均误于庸医而先后死亡,他悲愤中竟自学医术,既然成名,因他耳朵重听,人称"神聋医"。他的医学著述声名在文学作品之上。

在"五四"时期,市民通俗文学中也有像知识精英文学所倡导的问题小说那样的作品出现,如包天笑的《谁之罪》与姚宛雏的《牺牲一切》。

包天笑(1876—1973,苏州人)的《谁之罪》写贫穷小摊贩王国才为东洋杂货商代销杂货,但"五四"抵制日货风潮中学生们砸了日货,他生活无着,最后服毒自杀了。作者在结尾中问道:

> 看官们啊! 我做这篇小说,确是写实。你说王国才的死,是人家害了他吗? 人家何尝害他,也是光明磊落,一国国民到此地步应有的举动。你说没有害了他吗? 王国才到底为了什么死的。……所以我请读此篇小说的人掩卷想一想,到底是谁人的罪。我所以取名叫《谁之罪》。

其实小说中的罪魁祸首是指没有出场的日本帝国主义侵略者。

姚宛雏的《牺牲一切》是写日本洋行中的一位中国职员,他一方面是怕失业而家庭生活无着,一方面却有爱国心而不愿为侵略者的主子服务。经过思想斗争,还是一封辞职信投入邮筒,从此不踏入这个洋行的门限。

何海鸣也是一个写短篇问题小说的好手。《一个枪毙的人》写"生当为豪杰,死亦为鬼雄"者的一番演说。他在赴刑场的三叉路口,遇见一队排场浩大的送丧队伍,又有一队是旧式婚礼的仪仗,三支队伍争道各不相让。死囚发话了:

朋友们呀！那一边是一个已死的人，睡在棺材里，这一边是一个将死的人，坐在囚车上。……那已死的朋友，有这许多仪仗送他的死，可惜他藏在棺材的深处，看不见他死后的光荣了。我这将死未死的人，也有这一群人来送我去死，这可算得是我的大出丧。然而我能亲眼看见这场热闹，我比他还满足呢……

她被父母之命，媒妁之言，送给一个不相识的人，供人家的蹂躏，她的自由何在？不自由，毋宁死！这不是明明去送她的死吗？……可怜的女子，我是视死如归，你还求生不得啊！……

于是人马渐渐的又移动了，枪毙犯人的囚车，在前面走；送殡出丧的，降作了第二队；送亲出嫁，委屈着殿了后了。于是一个将死的人，一个已死的人，一个半死半活的人，都被各人的孝子贤孙、亲族朋友、仪仗队伍强行簇拥了去，谁也没有抗拒的法子。

像这样的小说倒是属于哲理的，可容读者去沉思默想。

1924年江浙军阀齐卢大战。在军阀混战年代，逐鹿中原，鏖战北方，是司空见惯的事，可是号称东南首富的沪苏杭地区沦为战区，那还是太平天国时才有的事。叶圣陶写出名篇《潘先生在难中》，而市民通俗小说家中写作反战小说者也特盛，如俞天愤、严独鹤、程瞻庐、范烟桥、顾明道、江红蕉等。特别是过去一直写侦探小说的俞天愤，还是红十字会救济队队员，深入前线，帮助难民，救死扶伤，以目击之惨状为原料，控诉军阀之罪行。他除了将战场的实况予以报导外，曾将两封在焦土中拾到的溅满鲜血的家信——《连长的家报》——一个已经为军阀卖了命的连长控诉"军阀家"的罪恶。而顾明道的《避兵记》则写："各地人民咸知大难将临，呼吁不应，纷纷携家避难至海上，租界中几有人满之患，托庇外人，亦大可怜也。苏城富家于前数日已捷足先走，城内颇形恐慌，街市寥落，风声鹤唳，一夕数惊。"而此类反战小说，当以包天笑在1924年底到1925年底在《半月》上连载的《甲子絮谈》为代表作。所谓"絮谈"也就是与读者轻声细语而又滔滔汩汩地谈这场战乱中悬

民于水火的惨象,还有是这场战乱中的上海租界中奇形怪状的社会百态,市民通俗作家也习惯于用这种社会百态为其"卖点"的:

> 小泉渐渐的来到北火车站了,那一条界路和火车站只隔着马路旁边的一带铁栏干,栏干以南却是租界,栏干以北就是华界的火车站。这时火车站已纷扰得不成样子了,那租界上沿铁栏干一带,不但华捕、印捕加派双岗,连外国商团也在巡防,界路这一边,看热闹的人实在不少,好似自己站在租界里瞧着华界里的人,别有一种境界,就像在两个国土里一般。

把那种"隔岸观火"的旁观者的"置身事外"或"幸灾乐祸"的国民劣根性也流露出来了。小说中"拉夫"的种种惨象也写得跃然纸上。包天笑通过人物的对话说出这次战乱的动因:"上海地方,就是那不正当的营业容易发财……现在最时髦的就是贩土,其次就是办发财票,再其次就是开赌,再其次就是卖假票欺骗人家,开游戏场引诱良家。你想这一次打仗,却是为什么打的?谁也知道为了鸦片烟土的事,大家要争一个鸦片地盘呢!"拿当年他所写的这些话,对照今天的一些历史读物,我们就能知道其可靠的程度:对军阀来说"军队是主要的因素,但不控制地盘也难维持。地盘提供可靠基地,再加上税收、物资与士兵……加之许多军阀把他们辖区的权势看成很可能是暂时的,他们不能总是依靠获得税收的传统做法。他们以他们所能采取的任何手段急切地想搜刮钱财……销售鸦片赚得大宗款项;这种毒品的税收中心在禁烟局的伪装下日益增多。在有些地区,合法化了的赌博提供了大笔收入,例如在广东,1928 年的赌博税每月收入1,200,000元,而且是许多高级官吏为私用而瞒过大笔款项以后的数字。卖淫等行业也受到支持并由军阀抽税。"[17]以此对照,包天笑笔下的当年老百姓的话,也可说是洞若观火了。

四 文化小说与地域小说

市民通俗小说以其反映大都市的民间民俗风情为其特色,特别以西方欧风美雨在东方老大中国登陆后的道德规范的相碰撞或合理吸收,以及民间民俗的相冲克或相融会,乃至社会价值观的从不同到有所变异的微妙过程为其描摹的重点,因此,它本来就有很浓厚的文化意韵。也许作家们并不自觉以此为"看家术",可是历史地反顾它们的作品,却埋藏着许多文化渐变的曲折历程的详图。当以大城市为登陆滩头,而又向内地辐射时,这种所谓时尚又悄悄地为中国民众所接受。但是本节首先要着重介绍的是文化市场和教育事业在这场变革中的阵痛与分娩的艰难进程。

平襟亚(1894—1980),江苏常熟人,笔名网珠生、秋翁。家贫,17岁到上海闯世界,除写小说外,也涉足出版业,对上海的现代化文化市场开拓之后的畸形竞争,了如指掌,对上海"文字劳工"市场之外的文化蠹鱼也极为了解;对20世纪20年代的电影潮、诗谜潮、"海派高僧"、靠"慈善事业"发财的"善棍"等等,在他的《人海潮》中均有描绘。小说共50章,有意思的是前10章写苏州农村,表现了出一派古老的农村自然经济的风光;后40章则是写这些苏州人到了上海,一个一个或多或少地对新的价值观开始认同。由于他对出版业的熟稔,对出版潮汐的起伏,给我们以眼花缭乱的奇观:

> 上海出版潮流千变万化,这并不是书贾的欢喜变化,是阅者的眼光变化。书贾无非想赚几个钱,不得不随阅者眼光转移,迎合阅者心理,投其所好,利市十倍,像这种"恨"、"怨"、"悲"、"魂"、"哀史"、"泪史"的名目,还在光复初年,哄动过一时,以后潮流转移到武侠一类,有人说武侠小说足以一扫萎靡不振之弊,于是大家争出武侠书。甚么《武侠丛谈》、《武侠大全》、《勇侠大观》,没有一部书不出风头,后来越出越多,闹翻了,做的人也实在太拆烂污,甚么一根烟杆子刺杀一百廿八个好汉,

两柄宝剑鼻子里进去,屁股里出来。简直像说梦话一样,看的人也就没有兴味了。书业潮流便移到黑幕上去。大家说,黑幕不比武侠小说向壁虚构,这是揭破社会的秘密,实事求是,很有来历,因此坊间大家争出黑幕。说也奇怪,上海洋场十里,百千万言也揭它不尽。甚么《黑幕大观》、《黑幕汇编》、《黑幕里的黑幕》,这是笼统的,还有分门别类,甚么《姨太太黑幕》、《大小姐黑幕》后来越出越多……从此不到几时,那张牢不可破的幕也就揭穿,后来潮流又转达到财运上面去,财是大家贪的,见报上登着广告说,看了这种书,立刻可以发财,有那一个阿木林不欢喜发财,因此,甚么《财运预算法》、《财运必得法》风行一时,上海地方差不多瘪三叫化子手各一编。

书商的借口总是说迎合读者心理,似乎他们都是被动的。其实市民读者仅是喜新厌旧而已,一类作品看多了,看厌了,就想换换口味。那时书商就会窥探、诱导、迎合、炒作,书商的炒作与被调动起来的读者"阅读心理"永远是相互促进的,一旦新胃口被吊了起来,就争先恐后地大批炮制,然后是走火入魔,在衰退之前,又赶快去窥探新的一轮的行情。在利润的引诱下,不正当的经营与竞争几乎可以令人瞠目结舌。书中写编辑马空冀与苏州来的沈衣云合办大公书店,虽然也有盈利,但却敌不过上海的一些投机书商:

> 其尤甚者,影戏剽窃,统做得出,你新出一种书,风行一时,他们连忙赶出一部大同小异的来抢你的生意。譬如你出一部单行本,叫做《中国文学史》,他便放大范围,出一部《中国历代文学大观》把你罩住。假如你出的大部著作《中华全国名胜志》,他摘取菁华出一部《中华名胜要览》,你卖三块钱,他只卖三毛小洋。……这还算是正当的竞争。……更有你叫"公民书局",他叫"百姓书社",你叫"上海书局",他叫"海上书局";……你先出版多时,他跟着你出了,登报时反而郑重声明说:"近有无耻之徒,出版同样书籍,在市上鱼目混珠,务请阅者注意。"你的原本

给他抄袭了,他们登报翻说:"请注意翻版抄袭,在外混售,男盗女娼,雷殛火焚。"

小说所反映的上海出版界的怪现状全是很有根据的。后来平襟亚写《六十年前上海出版界怪现象》时,还提供了更详尽的材料,而且还有那些人的真实姓名;因此,这部"潮起潮落"的《人海潮》倒是提供了旧上海的不少信史。像上述所引,就为上海出版史留下若干史料。

平襟亚对文化界的另一个贡献是在上海"孤岛"和沦陷时期,他与陈蝶衣合作编了一本杂志《万象》,那是一个知识精英作家与市民通俗作家们的共同的发表阵地;后来柯灵接编《万象》,他仍然是合作者。作为出版界的一员老将,他出任发行人是很有助于杂志诸种事宜的。这也可算是统战和联合的第一本刊物。

严独鹤(1889—1968),祖籍浙江桐乡乌镇人,生于上海。精通英语,曾为中华书局编译员。他与周瘦鹃齐名。周是《申报·自由谈》编辑,而他则是《新闻报·快活林》(后改名《新园林》)编辑,两个大报的两个天天与读者见面的著名副刊的编者,使他们在上海舆论界与文坛上有举足轻重的地位。人称"一鹃一鹤"。严是大忙人,因此创作以短篇为主,他写过一部长篇《人海梦》,提供了许多教育界和留学生的生活片段,也极有价值,还有许多篇章涉及到日本留学生回国参加革命活动的情景。可惜没有写完,不过从情节上看来,大概也只缺尾声了。小说开端写华国雄和同学钟温如从宁波到上海来考学校,寄居在叔父华寿卿家,此人是个鲁迅笔下的四铭式的人物,一开口就是"如今邪说朋兴,士风日坏"。非要"绍古代之遗规,承先圣之道统"不可了。他介绍二人去考的学校当然就可想而知了,校长是"科甲出身","平日专讲保存国粹,提倡风雅,所以他这个学校,尽脱时下恶习,专重国学,旁参西籍,声光化电无所不包,算得是体用俱备的了。"而写他们去参加考试的那天情景就更是精彩了:

　　但见人头攒动,来考的倒也足有三四百人,都挤立在校门外,那两扇门却紧紧的闭着,门外有许多公差一般的人,在那里伺候。还有几面虎头牌挂在那里,牌上却写着不准抢替,不准怀挟等字样。等了好一会,里面跑出一个戈什哈来说道:"点名了。"顿时校门大开,有十几个人每人捆着一块高脚木牌,整整齐齐的走出来,每一面牌子上写着三十个名字,应考的人须自己认清名字在那一块牌上,就跟着那一块牌进去。唱名,接卷……就放炮封门,……只见大厅上设着公案,一个人蟒袍补挂红顶花翎,端端正正的朝外坐着……旁边站着一个人,戴着空梁红缨帽,穿着灰色布袍,在那里唱着名。

　　这就是当时上海的所谓"将科举、学校冶为一炉"的"一时矜式",也可以看到在转型期间改革中的蹒跚步履。当年的一些社会的动态真不是我们未曾亲历其境的人所能想像的。例如当时革命书籍的传播,我们一定会想像有若干地下印刷厂,还有一些绝密的传递网络,这在内地也许是如此的。但在上海,许多印刷所对这些革命书籍是很乐于承印的,因在 20 世纪初,革命是很时髦的事,要看要买的人很多,而且这些书在茶馆里就有人来悄悄兜售。书中写一个绰号叫作"野鸡大王"的书贩,专在茶馆里做这种买卖,他与你闲谈几句,就能摸准你是那一路的人,你要向他买随便那种革命书籍,他明天就可以给你拿来。这是他的职业。因此,上海的学生看革命书籍的就非常普遍,华国雄也就是因看革命书籍,被那位将学校当"科举"办的校长查到后,立足不住,才出国到日本去读书的。

　　像这样的文化小说在市民通俗文学中是比比皆是的,而有些生活面却又是知识精英作家所不易接触到的。如汪仲贤(1888—1937,安徽婺源人)的《歌场冶史》是专写戏剧艺人生活的杰作。作者自己对文明戏的编剧、导演、理论、策划件件皆能,而且在表演上又是生、旦、丑、末无所不工,人称"戏剧界之全才"。以戏剧家的身份写戏剧艺人生活,当然细腻熨帖,脍炙人口。孙玉声为他写序时说:"至于描写歌场事实,不特处处多行家语,且能曲曲传来,丝丝入扣,使书中之人,跃然纸上,令读者为之心折,时时急于欲看下文。"而手法上又"纯以写实法出之……诚社会小说中之杰作也。"[18]小说先连载于《社会日报》,1935年出版单行本。小说主要写杨柳青、杨小红姐弟二人或意志不坚,或身不由己而被旧社会所吞噬。杨小红属意志不坚,被妓女与贵妇人当作玩物,终被诬为盗匪,瘐毙狱中。而姐姐杨柳青则守身如玉,她知道自己虽大红大紫,但"吃得好是戏饭,吃不好是气饭"。后为救弟弟出狱,委身作妾。身不由己地堕落直至求乞,在民国20年1月11日一个特大冷汛中,在上海的一条深巷里,成了一个冻毙的女尸:

> 原来在一号门口的墙脚边,半横半竖地倒着一个女子,面孔上横七竖八地挂着几条冷晶晶的冰片,头侧垂在一边,眼角与嘴唇下面挂着几根细冰柱……再细细看她,眉头虽然紧蹙,鼻窝里两条纹路望左右掀开,却微微地露着几分笑意。

也许是过去的正气与天良又回到杨柳青身上,她为自己能离开这个世界而庆幸。至于验尸所几句判词则说:"验得无名女尸一口,年约三十余岁,委系冻饿而毙,并无别情。查无尸属,饬堂掩埋。"可是汪仲贤却将"并无别情"的"情"写了一部长篇痛悼这个被害的纯洁善良而又呼冤无门的灵魂。这《歌场冶史》的"冶"并不是时代冶炼之"冶"。而是把姐弟二人放在焚尸炉里冶为灰烬。那时的社会,不就是一只将人化为鬼的通天炉吗?

与文化小说密切相联的是地域文化小说这个概念了。市民通俗社会小说是蕴藏着丰厚积淀的地域文化的富矿。夏志清在《夏济安对中国俗文学的看法》一文中曾介绍夏济安对上海的通俗社会小说有着特别浓厚的兴趣,夏济安曾赞叹道:"最近看了《歇浦潮》,认为'美不胜收';又看包天笑的《上海春秋》,更是佩服得五体投地……很想写篇文章,讨论那些上海小说。"[19]提出"上海小说"这个概念是很有意思的。那就是指有地域特色的小说——地域文化小说。现代通俗社会小说与古代的市井小说已有所不同。古代小说写民间民俗大多属于"静定型"的,至少变化是很小的;而现代欧风美雨东袭后的社会小说的民间民俗是"流变型"的,是中西合璧的"杂交型"的。现在学界一般都已承认鸳礼派是一个都市通俗文学流派,那么他们笔下的地域文化小说实际上是一种"都市乡土文学"。"乡土文学"不等于"乡村文学"。它主要的涵义是有地方特色的民间民俗风情浓郁的文学。周作人说,他是常常以"世界民"的立场去思考问题的,"我于别的事情都不喜欢讲地方主义,唯独在艺术上常感到这种区别。……风土的力在文艺上是极重大的。"[20]茅盾也说:"……民族的特性是不可忽视的,比民族的特性范围小而同样明显且重要的,是地方的特性。……湖南人有湖南人的地方特性,上海人也有上海人的,……"[21]这就是我们提出"都市乡土小说"这一概念的理论根据。夏济安想撰文讨论"上海小说"大概也就是为它们的地方特色所吸引了吧?但他逝世得早,没有完成他的夙愿。

上海近商,北京近官,这中国的两大都市就有它们各自的特色。张秋虫在《海市莺花》中很敏锐地告诉人们,上海有着林林总总的都市地方特色的题材:

> 有钱的想到上海来用钱,没有钱的想到上海来弄钱,这一个用字和一个弄字,就使斗大的上海,平添了无数奇形怪状的人物……高鼻子的骄气,富人的铜臭气,穷人的怨气,买办的洋气,女人的骚气,鸦片烟的毒气,以及洋场才子的酸气。……

这是一些富有上海气息的题材。大量的用钱与弄钱的人涌进上海,也就有一个移民社会中的乡民观念有待都市市民化的问题。洋人骄气十足却又人地生疏,他们是要靠买办的媚气来支撑的,而上海的买办先是从广州输入的,然后才由本土自培,或就近取材,这里就有许多乡土故事;女人的骚气是只指那些供人玩弄的卖笑女子而言的,她们是如何从四面八方汇集到这个"人肉超市"中来的?这里又有多少乡土血泪。……《人海潮》中写一户苏

州农村的赤贫人家逃荒到上海,在极度无奈中将女儿银珠卖进了妓院。那老鸨先是施于"安心教育",然后又灌输"前途教育":

> 你心里定定,不要胡思乱想,一个人看风驶篷,运气来,春天不问路,只管向前跑。太太奶奶又没有什么窑里定烧的。一样是泥坯子塑成的。你现在是个黄毛小丫头,说不定一年二年后,喊你太太奶奶的人塞满屋子,你还不高兴答应咧。

> 上海地方堂子里真是你们一只漂白缸,只要有好手替你们漂,凭你黑炭团一般,立时立刻可以漂得天仙女一般,可惜你们心不定,有了这只漂白缸不肯跳进去漂。阿囡啊!像你这副样子,漂一下,一二年,一定弗推板。现在呢,还讲勿到生意上种种过门节目,只要你一定心,我会得一桩一件教导你,学会了种种诀窍,生意上就飞黄腾达,凭你一等一的大好佬,跳不过你如来佛的手心底。你将来正有一翻好戏在后头。

这就是特有的上海老鸨的逻辑。我们认为上海这种场合是漆黑的染缸,她却认为是一只漂白缸。日后,银珠果然漂成了明丽焕发、娇艳无比的红妓。但她遇见同乡沈衣云却没有半点喜色,反而微微叹喟:"我吃这碗饭,也叫末着棋子。养活爷娘是顶要紧。当初爷娘弄得六脚无逃,我没有法想,只得老老面皮,踏进堂子门,平心想想,总不是体面生意经。结蒂归根,对不住祖宗,没有面孔见亲亲眷眷。……想我这样一个小身体,今生今世,再也没有还乡的日子,几根骨头将来不知落在谁手里咧。……我见同乡,真像亲爹娘一般。"真是声声血泪。后来她被卖给一个军阀做妾,可是在新婚中,她的"丈夫"就被人暗杀了。像这样反映民间移民的命运的小说,在都市乡土小说中是俯拾皆是的。

如果将镜头转向北京,那么它的地方特色就与上海有显著的不同了。在这方面,叶小凤的《如此京华》、陈慎言的《故都秘录》、何海鸣的《十丈京

尘》皆有上好的描绘。叶小凤以一个"官"字来概括北京的"特种商品":

> 自古政府所在的地点,原不异官吏贩卖的场所,试睁着冷眼向北京前门车站内看那上车下车的人,那上车的,车从煊赫,顾盼谈笑里边,总带着一脸旌旗,此去如入宝山的气概;那下车的望门投止,有如饥渴,总带着几分苏子入秦不得不已的神情,这就可以略识政治界的结构哩。

这种高度概括的老倒笔墨,真令人折腰。而陈慎言在《故都秘录·序》中说:"故都有三种特殊人物,'满贵族'、'清遗老'、'阔伶官'。"他的长篇就是写民初特殊环境中的三种北京的"土特产",让我们看到北京社会转型期的鲜明特色。下面是钱柏明做寿的场面:

> 钱宅门前,汽车、马车,把一条胡同完全塞满,来宾可说是无奇不有,单就服装说来,有戴珊瑚顶穿团龙马褂的王公贝勒,有朝珠补褂拖小辫子的遗老,有挂数珠穿黄马夹红长袍的嘉章佛,有戴顶帽佩荷包的官门太监,有光头黄僧衣广济寺的和尚,有蓄长须阔袖垂地的白云观的道士,有宽袍阔袖拿大折扇的名流,有礼服礼帽勋章灿烂的总次长,有高冠佩剑戎装纠纠的师旅长,有西装革履八字小髭的官僚,济济一堂,奇形怪状,盛极一时。至于女界方面,福晋、格格、老太太、太太、小姐、少奶奶,一切服装,更是光怪陆离,说也说不尽,若把她们聚在一堂,尽可开一个古今服装博览会。

莫看这是男客打扮上的一番热热闹闹的描写,实际上是民国初年的各种政治势力的大集会,平日里幕前幕后,钩心斗角,今天却趁钱府寿期打恭、合十、作揖、军礼,汇流在一起,活像沉浮于腐气冲天的港湾里的一群浮尸。这样的场面在上海是看不到的。上海另有一番景象。在孙玉声的《海上繁华梦》第2集第5回中,他记录了1893年月11月"上海开埠50周年纪念大游行"的中西合参的场面：

> 耳听得一阵西乐之声，恰好洋龙会来了，冲前几个三道头西捕，两
> 个骑马的印捕，一路驱逐行人让道，后边接连着十几架龙车，那龙车本
> 是扎着无数个绢灯彩，每一架有一班救火西人，一样服式，手里高擎洋
> 油火把，照耀得街上通明，内中有部龙车，扎成一条彩龙，舞爪张牙，十
> 分夺目，又有几部皮带车，装点着西字自来火灯，并有西人沿途施放炮
> 竹取乐，后随着几部食物车，满载洋酒架非（即咖啡——引者注）茶等，
> 预备会中人沿途取食，车上也扎有彩灯，真是热闹异常……

大概这西式救火车在当时是很新颖的东西，就像今天游行队伍里出现
了新式导弹车队一样，但西式的东西上要扎一条中国式张牙舞爪的火龙，再
加上不少绢彩灯，就成了融会的中西合璧了。

上海的善于融会，使它与维新派有较深的渊源。所以人们说，北京有权
柄，上海有舆论。但上海的维新派又有各色人等，在市民通俗文学中对他们
也有非常概括的描写。蘧园（欧阳巨源）的《负曝闲谈》中写道："原来，那时
候上海地方，几乎做了维新党的巢穴。有本钱有本事的办（做）报，没本钱有
（没）本事的译书，没本钱没本事的全带着维新党的幌子，到处煽骗。"后来革
命党又以上海为根据地，所以在朱瘦菊的《歇浦潮》中有不少篇幅写党人利
用租界的"缝隙效应"进行革命活动，而被袁世凯收买的叛徒则千方百计要
将党人诱出租界，然后好进行围捕；而革命党领袖人物陈其美和宋教仁也是
被袁世凯派走狗在上海进行暗杀的。《歇浦潮》中除反映有关当时的革命党
人的若干活动之外，以更大的篇幅写中国保险公司的创办及纵火索赔的阴
谋；民初文明戏由盛至衰，乃至堕落的过程；上海律师业的兴旺及内中的黑
门，以至他在小说中借人物之口说："喝了黄浦江内的水，人人要浑淘淘的。"
而上海的黄浦江又称黄歇浦，《歇浦潮》就是写黄浦潮汐的涨落起伏的，而朱
瘦菊自己的笔名也叫"海上说梦人"。至于写北京有特色的作品还可以推荐

何海鸣的《十丈京尘》,其中写北京的买空卖空的所谓殷实富户就与上海的骗子手法根本不同;而那些满族的没落贵胄也另有一功,写到这些片段时,我们几乎觉得被果戈理焚毁的《死魂灵》的第二部,已在中国发现了。可惜小说中还有写失意政客刘子壮与妓女冰尘的相恋相惜,这样的情节在狭邪中就比较一般化了。而天津的戴庵愚则是写天津特有的"混混小说"的专业户,读了这些小说,对鲁迅杂文中谈到的"青皮精神",也会有更清晰的了解。这种写出大都会从雏形、初建、轮廓、伸展、建成乃至扩张过程中的民情民俗民风的演进的都市乡土小说,恐怕要算是市民通俗文学对我国现代文学的重大贡献了。

注 释

〔1〕 陈鸣树主编:《20世纪中国文学大典》(上)。

〔2〕 鲁迅:《中国小说史略·第28篇·清末之谴责小说》。

〔3〕〔6〕 叶小凤:《小凤杂志》,上海印书馆1935年再版。

〔4〕〔5〕 路滨生编:《绘图中国黑幕大观》,中华图书集成公司1918年版。

〔7〕 包天笑主编:《小说画报》第14期,1918年7月1日出版。

〔8〕 《黑幕中之黑幕》第1、2卷出版于1918年7月,第3、4卷出版于1919年1月,第5、6卷出版于1919年5月,均为文明书局版。

〔9〕 阿英:《小说三谈·国难小说丛话》,上海古籍出版社1985年第2版。

〔10〕 胡适:《海上花列传·序》。

〔11〕 鲁迅:《二心集·上海文艺之一瞥》。

〔12〕 《政海》连载于1923年12月至1924年12月《半月》杂志。

〔13〕 《龙套人语》根据柳亚子所藏三卷手抄本于1984年重印,改名《江左十年目睹记》文化艺术出版社版。

〔14〕 赵苕狂:《江红蕉小说集·江红蕉君传》大东书局1925版。

〔15〕 周作人:《小说里的男女问题》。

〔16〕 《小说月报》第7卷第7号。

〔17〕 《剑桥中华民国史》(上),中国社科出版社1993年版,第322—324页。

〔18〕《歌场冶史·序》,春风文艺出版社 1997 年重印版。

〔19〕夏志清:《爱情·社会·小说》,纯文学出版社 1970 年版。

〔20〕周作人:《旧梦·序》,载《自己的园地》,人民文学出版社 1988 年重印版。

〔21〕茅盾:《小说研究 ABC》,见《茅盾全集》第 19 卷。

【思考题】

1. 黑幕为什么有其两面性及走向消极面大于积极面的必然性。

2. 通俗小说中的文化小说与地域小说的重大价值。

3. 怎样看待像张春帆这样的"两面人"。

【知识点】

1. 知识精英文学与市民通俗文学的问题小说　　恽铁樵

2. 优秀通俗社会小说家　　姚宛雏

【参考书】

1. 吴趼人:《发财秘诀》。

2. 姚宛雏:《龙套人语》(即《江左十年目睹记》)。

第五讲

从哀情到社会言情小说

现代言情小说的先驱者们

狭邪余绪：民国倡门小说的特色

"哀情小说热"的兴衰

奔向社会言情的广阔天地

一　现代言情小说的先驱者们

《红楼梦》打破了明末清初的才子佳人"千人一面，千部一腔"的情爱小说的模式，可是后继模仿它的又钻进了"红楼"的框子，欲挣脱者就"另辟情场于北里"，于是写优伶与妓女的小说又盛极一时。

在清末民初，一方面既想继承《红楼梦》的言情传统，而另一方面又想挣脱宝、黛的巨大投影而卓然自立的是陈栩园（1878—1940）。栩园字蝶仙，笔名天虚我生。他在1900年开始发表的《泪珠缘》就想作此番尝试，那时他是一位20岁刚出头的青年。不过这部小说在1900年只写到32回；到1907年发表至 64 回；1916 年出版至 96 回。这部小说与《红楼梦》相同之处也在于写封建大家庭的衰败的命运，由男主人公宝珠与"女一号"婉香的情爱为主线。天虚我生深得"红楼"技巧之三昧，也有从容调度大场面、驾驭宏大叙事网络的腕力，从近百号人物的出场、退场的有序安排，可以看出作者具有运筹帷幄的把握力度，他学到了"红楼"手法的大家风范。可是在跳出"红楼"巨大投影方面，他的办法并不多。只是在主人公宝珠的性格上作了另一种设计，但却并不算是新颖的巧构。宝玉在情爱上是个至性人，至深至切是他的特色；可是宝珠在爱情上却是个"兼容并包"主义者，但他也不是玩弄感情的人，对他周边几个中意的女性，他不是去进行选择，而是采取泛爱主义的倾向。这样他的爱情问题就与家族意志形不成宝玉式的矛盾；而对婉香的性格设计，则是兼具黛、钗的优点，而淡化黛玉的锋芒与宝钗的世故，如此也就能为宝珠家族所接受。这种构思，当然就与"红楼"不同了，可是它并不新颖，因为中国历来就允许男子对女性的"鱼与熊掌兼得"。大家庭的重担，全由家长秦文一人承负。家族对宝珠的功名也不提任何要求，这位贵公子只知在"众香国"中游弋，从不知家庭责任感为何物，大家庭中的各房兄弟妯娌也从不将他视为对手；倒是书中的若干女性，颇为精明强干，她们成了大家族这个没有硝烟的战场上的斗士和狙击手，或"合纵"或"连横"，在大家族竞技场中发挥超常的胆识与智慧。直到秦文归天，似乎大厦之将倾，可是宝珠肩上还是没有担子。那位平时弱不禁风，常以眼泪洗面的婉香却很有决断，将家族收入分到各房，小家庭的经济就各自承包了。这种"家庭经济承包制"也就使各房小家庭相安无事。可惜"红楼"里的王熙凤还想不出这样的法子，而婉香如生在今天，是可以做"家庭联产承包制"的领导干部的。《泪珠缘》后半的另一精彩处是写现代化的科教仪器与新式服装已辐射到苏杭一带，使我们在小说中看到市民生活的现代化的步伐。而小说的最大的价值是预告中国的现代言情小说又将重新冒头。

说苏曼殊是现代哀情小说的先驱者是有特定的涵义的。他不像后来的哀情小说的作者，小说中的"哀"是来自"严亲"的专制或是封建的律令；他的

"哀"当然也与封建礼教不无关系,但却又偏重于"薄命"。

苏曼殊(1884—1918),广东香山人,父亲是旅日华侨,母亲是日本妇女。他在日本求学时因参加革命活动而被经济资助人断了他的生活来源。不久回国,即削发为僧,曼殊是他的法号。他一方面仍然与一批革命者打得火热,从事种种文化活动;一方面就又要受僧侣的"世外法"的制约。作为一位"情僧",他就在这"世间法"与"世外法"的夹击中,表现了一种特殊的情怀:他皈依佛祖,作为僧人,必须遵守戒律;但作为一个"人",他追求真挚的爱情。他的《断鸿零雁记》就是他的自我写真。主人公三郎与雪梅、静子缠绵悱恻、幽怨哀情也就成为小说最为感人的内容。三郎一方面要"提钢刀慧剑",斩断情丝,逃避静子的爱情;而另一方面又牵肠挂肚,千里归祭雪梅之墓。他"以情绝情","抽刀断水水更流",带给读者的是更强烈的感情冲击。所以他在诗中只能徒呼:"还卿一钵无情泪,恨不想逢未剃时。""裂裟点点疑樱瓣,半是胭脂半泪痕。"周作人谈及鸳蝴派时,称"曼殊在这派里可以称得起大师的名号,却如儒教里的孔仲尼,给他的徒弟带累了,容易被埋没了他的本色"。[1]我们则认为苏主要写的是"世外法"者的悲哀,而鸳礼派的哀情小说侧重的是"世间法"的冷酷,情况是大不同的,因此,不封曼殊为祖师,他不过是先驱而已。

吴趼人则为中国现代社会言情小说开了先河。他对自己在1906年所写的《恨海》颇为自负:

> 作小说令人喜易,令人悲难。令人笑易,令人哭难。吾前著《恨海》,仅十日而脱稿,未尝自审一过,即持以付广智书局。出版后,偶阅之,至悲惨处,辄自堕泪,也不解当时何以下笔也。能为其难,窃用自喜。[2]

小说出版后,果然好评如潮。1931年明星影片公司摄制为同名电影,1947年柯灵又将其改编为剧本。小说主要写了庚子事变中两对青年情侣的悲剧。作品将历史事件融入到男女私情的描写之中,拓展了写情小说的内在含量,也为传统的才子佳人小说带来了新的质素。这种将庚子的兵荒马乱的重大历史事件与场景作为背景,把两对青年恋人步步逼入悲剧的"死胡同"中去,是这篇"写情小说"的特色,从此也启示作家们,"写情小说"因有历史社会背景的衬托,能使其用情更深更切,甚至催人泪下。一位署名新厂的读者评论道:"盖写情小说,大抵总不出悲欢离合四字。今是篇所述,为庚子拳乱中迁徙逃亡,散失遭难之事,荡析流离,疮痍满目,所以有悲无欢,有离无合。用情之深,所以足多者在此;写情之难,所以足多者亦在此……故自有写情小说以来,令予读之匪特不能欣欣以喜,转为戚戚以悲者,此其第一本矣。"[3]他的读后感就已看出了社会背景在写情小说中的作用。

言情、哀情和社会言情小说的先驱者们建起了引桥,过桥后必有一番开阔的景观。

二 狭邪余绪:民国倡门小说的特色

一方面是先驱者在开路,另一方面也有余绪者在创新。民国倡门小说是比清代的狭邪小说在观念上有所拓展的。当市民通俗小说家在用"倡门小说"这个名词时,鲁迅还没有在大学讲堂上教授《中国小说史略》,所以"狭邪小说"的名词还没有"发明"。这里就沿用市民通俗小说家的"旧说"。不过民国倡门小说中的优秀作者是有所作为的,在他们的小说中已经接受了"人道主义"的新观念,而且又将倡门小说"人情化"。作为一个客观存在的"社会问题",他们在呼吁和找寻出路。值得向读者介绍的是何海鸣、毕倚虹和周天籁三人的代表作。

上一讲我们已提及何海鸣的作品,此人有着非常复杂的经历。他主要的笔名是"求幸福斋主"(1891—1945),原籍湖南衡阳,出生在九龙,7 岁时英国强迫租借九龙,他"辄嘘唏向人,谓不知今生尚能重见其复为中国疆土否?"[4]清末投湖北第 21 混成协当兵,参加群治会社,受革命思想影响,后又为报社记者,曾发表《亡中国者即和平也》,黄侃为呼应他的文章,又写了《大乱者救中国之妙药也》,受到清朝官方之严密注意,报社被封,何海鸣被判一年半徒刑。辛亥革命成功即出狱。"革命同志派他陪伴黎元洪,费了一天一夜口舌,黎才说:'只好跟你们小孩子拼上一拼。'"[5]何海鸣也出任汉口军政分府少将参谋。后在讨袁时,黄兴先于 1913 年 7 月 15 日入南京宣布独立,组织讨袁军,"29 日南京革命军总司令援绝遁走"。其时,何海鸣寄寓上海《民权报》馆,撰文骂袁反黎,得悉南京空虚,即向孙中山请命,8 月 8 日抵南京,自任讨袁军司令,与张勋率领之北军鏖战 24 日,浴血拉锯苦战至 9 月 1 日,南京才完全陷落,他也只好东渡日本为亡命客了。他自述其阅历说:

> 予生二十余年,曾为孤儿,为学生,为军人,为报馆记者,为假名士,为鸭屎臭之文豪,为半通之政客,为二十余日之都督及总司令,为远走高飞之亡命客,其间所能又经过者,为读书写字,为演说操枪,为作文骂世,为下狱就审,为骑马督阵,为变服出险,种种色色,无奇不备。[6]

可是这位做过"大将军"的人,在他头上冠以"倡门小说家"的徽号,他也毫无忌讳。大概它觉得政坛太黑了,"予流落江湖二十年,惟妓中尚遇有好人。"[7]后来他在为自己的《海鸣诗存》起草广告时,索性自我介绍说:"作者工于倡门小说。"[8]不仅是工倡门小说,他在这个通俗流派中,也是短篇小说写得最好的作家之一。这个通俗流派原以长篇章回小说为擅长,而他是有意识要写好短篇的人:

> 我很想与小说界几个卖文的同志先将短篇小说认真地作几篇,成一种现代中国短篇小说的完成作品……慢慢地由于抬高现代中国短篇小说的价值,紧挨上世界文坛上去……我们做小说出卖的人倘若肯大大地努力,将小说的价值抬高,国人知道这是一种重要的文学,人生都应该有这种东西来安慰……我既然想做小说界努力的一分子,我此后

的出品,第一、每篇有每篇的用意,不肯毫无所为而做;第二、不肯敷衍多凑字数。[9]

此前,他还写信给周瘦鹃说:"我有一肚子的小说,想要做,叫世人知道我不是没心胸的。"同时他还提及,他的《老琴师》刊出后,"颇得阅者赞许,即新文学家亦有赞可者。我遂决心为小说家矣!"[10]《老琴师》就是一篇倡门小说。写一位老琴师悉心调教一个极有天赋的十二三岁的小女孩,学成后鸨母只知叫她给人陪酒唱曲。成名后,鸨母又将初夜权卖给一个出价最高的军阀。第二天,那女徒弟的嗓音就从清脆变成粗浊,一夜之间就使她失去了人生最宝贵的两件东西——艺术与贞操。但军阀还要逼她唱,那尾声一口气接不上来,哇的一声竟吐出鲜血来。"这老头子老泪交流,下了一个决心,把他恃为生活的一根琴弦,故意弄断了……把胡琴往地上一扔,立起来就走……老琴师跑出院中,还在那里痛哭流涕地直嚷,说他们在那里杀一个无罪的人,我救不了她……我不干这个造孽的事,不吃这门害人的饭了。……便没人知道他的下落。"这是一曲描写真善美被毁灭的哀歌,这是一篇老琴师抗争那些蔑视人的尊严的恶势力的控诉。因此,在何海鸣的作品中,喊出了"妓女也是一个人"的呼声。在 1926 年,周瘦鹃编过一本《倡门小说集》,共收 10 个短篇,何海鸣就占了 5 篇。他还在中篇小说《倡门红泪》中,探讨如何解决这个社会问题,这当然是出于他的乌托邦的幻想。中篇写一位曾经有过夫人而现在独身的小说家,自称是个精神恋者。他认为"可怜中国的人男女社交不许公开,我是向来在平康队中寻些男女交际的乐趣。"但他纯属"清游","只尽义务,不求权利。"他将一个名叫春红的妓女当作一个艺术品去欣赏和雕塑,虽然她很愿嫁给他,可因种种原因他却不能娶她,但劝她早日择善而从,解决人生的终身大事。她看中了一位外交家,就在"从良"的前夕,春红将小说家请去共进"最后的晚餐",饭后她有明显的暗示,今晚要向他献身。那小说家心想道:"我做了四年君子,要傻就应当傻到底。"可是那外交家骗了春红,还将她逼走。她觉得无颜再去见作家,漂流他乡。

她决心自己来解决自己的终身问题。她要出钱买一个不超过 14 岁的穷苦的男孩,这男孩要无父母与六亲,资质要聪敏而又多少读过点书的。选中了这对象后,她专为他请了老师教他学文化,让他生活得很优越,不给他接触外界的龌龊的社会。她以为这孩子长成后一定会感恩于她。"女人家的结果,无非是嫁人。"她"只好自己费力特别制造一个好一点的人来做丈夫了。世界上有一种童养媳……我就仿这个法子,来找一个童养夫。"可是孩子长大后怎么能忍受这种封闭式的"培养",孩子跑了。她的计划只落得成为一个笑柄。结局是她又与这位作家重逢了,他承认春红是经历了一次"有价值有光荣的失败",并鼓励她自己"创造一个命运",不是靠嫖客的钱袋,"而是使自己要有一种自立的能力,取得经济上的独立与自立"。以后他们跳出世俗夫妻的套路,在西山盖了草庐,建立一种新村式的生活。作家写这样的题材就与春红的"丈夫养成所"一样不切实际。可是这位君子兼傻子的作家也就被通俗文坛称为"描写倡门疾苦的第一圣手"。不过据说 1929 年《何海鸣潦倒沈阳城》,[11] 晚节也不佳。1945 年,在他早年轰轰烈烈战斗过的南京,贫病交迫而死。

毕倚虹(1892—1926),江苏仪征人。他的代表作是短篇《北里婴儿》与长篇《人间地狱》。《北里婴儿》[12] 是写妓女蕙娟受无情嫖客之骗而怀孕,当肚子很大时,鸨母还逼她出去陪酒唱曲,她生下那孩子的当天就将那玉雪可爱的婴儿从蕙娟怀中抱走了。四个月后,鸨母喊她到自己的安乐窝中去,说她领养了一个小孩,叫蕙娟与他姐弟相称。蕙娟知道这是她的儿子,但只要能常见面,姐弟相称又何妨? 从此她给这个"假弟"做各种小衣衫之类的事,以宣泄自己的母爱。一天她正预备出堂差时,鸨母急召她去,劈头告诉她,弟弟死了,你见他最后一面吧。

蕙娟正在哭个不住的时候,忽然有人将她拉了一把,蕙娟抬头一看,见是小丫头。小丫头道:"姆妈叫你不要哭了。院里有人来催你赶紧去,说有十几张局票到了,等着你去侑酒。快去罢,琵琶已经替你携来了。"

何海鸣评论道:"《北里婴儿》那篇的煞尾,……倚虹一笔收住了,就留下无限凄惶,供阅者咀嚼。难怪寒云说倚虹的作品,富于余味。"[13]

《人间地狱》连载于《申报·自由谈》1922年1月5日至1924年5月10日,计60回,共53万字。毕也因此闻名于时。在连载时,"友朋知好,盛加推许;艺林评论,时致褒词;更有友人辗转告语,谓时流席上,每以人狱为樽边谈片。余受兹宠,益不敢草草执笔。"[14]严独鹤说:"予事甚冗,于报纸所载长篇小说,未暇一一浏览。独于《人间地狱》则逐日披阅,无或间断,其感人深矣。"[15]严氏的结论是:"予与朋辈,恒推倚虹为文坛惟一健将。"[16]如果用最简短的话介绍《人间地狱》的梗概,那就是"以海上倡家为背景,以三五名士为线索"[17]串连起一个上海的广阔的社会;所以毕自己认为这是一部社会小说。其中有包天笑的身影,书中名姚啸秋;有毕倚虹自己的行状,书中名柯莲荪(可怜生之谐音),还有苏曼殊、叶小凤、姚宛雏等人。中心内容是柯莲荪与清倌人秋波之恋。清倌人即妓中之处女,当然又是一种精神之恋。这秋波是苏曼殊介绍给他的。原先柯莲荪与妓女谢翠红关系不错,那苏和尚将秋波介绍给柯莲荪时的谈吐是极风雅的:

> 苏玄曼见谢翠红去了,忙对柯莲荪道:"我看你快些将倚翠偎红的心思收拾干净罢。这一种翠,这一种红,谢谢吧。大可不必倚,不必偎!"莲荪听着也笑起来道:"你简直在这里将谢翠红三个字,拆散了做文章呢。"玄曼道:"谢翠红我也瞧得出是不生问题了,老老实实一句话,秋波这孩子这般光艳明秀,确是出类的人才,我一见就赏识她。尤其好的是天真未凿,颦笑之间还夹着三分稚气,两分憨态。这种稚气与憨态,女儿家只有十四五岁的时候有。过此以往,光艳有余,娇憨渐去。这个时候正是极好的时代,所谓好花看在半开时。不过有一件可虑而可惜的事。她不幸在婉春老四(鸨母——引者注)的手底下讨生活,所

见所闻全是浮滑轻佻,还学得出什么好样子?娟娟此豸,如不及早振
拔,未免可怜可惜。我是衣钵云游,行踪飘忽,不能常常在此地。你既
常在上海,可随缘调护,也不枉山僧饶舌。"

下面紧接着是秋波的出场,这种场面满溢着名士的"清游"风情。对"烟
花地狱"的揭示,作家主要不是写物质的匮乏,皮肉的痛楚,而是写"人情"的
被扼杀,"终身"的无依托,人生归宿的渺茫无际。当柯莲荪钟情于秋波时,
那婉春老四就想在柯的身上大大敲诈一笔,这是柯的经济实力所不及的,也
不是他"随缘调护"所想达到的目的。但鸨母防"柯"如防贼,处处监视,惟恐
秋波的"情"之泛滥。作品写出了无形的枷锁下和金丝编织的监狱中的压抑
感。但当秋波得了极可怕的传染病时,鸨母避之惟恐不及,这时莲荪冒死救
助,悉心看护。正当秋波九死一生间,柯莲荪还向姚啸秋说了许多愤激而痴
情的话:万一秋波香消玉殒也要向鸨母收买秋波的遗骨:

> 我觉得在青楼中买人,远不如在青楼中市骨。买人的结果,平添
> 了许多烦恼……像我这买骨的痴想:我觉得一抔黄土,郁郁埋香。春秋
> 佳日,屡次低徊,怀想其人,永远不能磨灭。脑筋里有些永久的悲哀,便
> 存了些此恨绵绵之想,岂不甚好。那种意境,远在金屋春深,锦衾梦暖
> 之上。

这是"情"的极致,一切肉欲的皮相的东西,都会在这"情"的激流面前,
自惭形秽。而在曼玄大师重病将离人世时,柯莲荪与秋波去探病,这个场面
的描写,令读者深感寂寞逝去者的永恒的悲哀。《人间地狱》真可谓是通俗
小说中的经典之作。

《人间地狱》没有收尾,毕倚虹就逝世了,年仅 34 岁。他的写作上的引
路人兼好友包天笑又续写了很精彩的 20 回,可是还没有个结局。一直到毕
倚虹逝世将近 70 年,他的另一位好友,天虚我生陈栩园的儿子陈小蝶(定

山)在台湾省写了一部长篇《黄金世界》,将这部书正式续完了。《黄金世界》有两条线索,一条是穆庸(以杜月笙为原型)的发迹史;另一条,也即主线是柯莲荪与秋波之恋。四川来了一个贩鸦片的军阀看中了秋波,婉春老四就将初夜权卖给了这个军阀。秋波向柯莲荪求救。他们在尚公馆(尚宫保是影射盛宣怀)密谈的内容被穆庸的亲信范森听得,义形于色地向穆庸求援。穆以黑社会老大的身份向这个军阀打了招呼,并给婉春老四一大笔钱,才得以将柯莲荪与秋波救出"重围",送到杭州。这时柯莲荪就可以"合法"享受秋波的灵与肉了,但他还是将她的"处子美"视为神圣。当他们双双从嘉兴畅游回杭时,婉春已在旅馆里等待他们了;并趁柯出外时,带着秋波不告而别。到上海火车站后,就直奔十六铺码头,上了去武汉的轮船。秋波为了反抗作为色相女奴的命运,怨恨万分,愤然投江而死。婉春老四派人在上海造谣说秋波嫁给了同船赴汉口的淮海海军副司令,可是这位年轻军官是个南方革命党人的同情者,他不仅与秋波没有瓜葛,而且还趁出差之机,将秋波的灵柩运回上海,在兵荒马乱中找到了柯莲荪,倒是暗合了柯莲荪要"市骨"的凤愿。《黄金世界》就在这样的悲剧气氛中结束了。

一部长篇中的男女主人公,被三位著名通俗小说家(毕倚虹、包天笑、陈小蝶)用了70年时间,才塑造完成,这也算是通俗文坛上的一则佳话。

在现代文学史时段中的倡门小说的压卷之作是1942年出版的《亭子间嫂嫂》,作者周天籁(1906—1983),安徽休宁人。小说从1938年开始在《东方日报》连载。当时的《东方日报》是濒临倒闭的一张小报,日印3000份,可是小说在该报连载三个月后,日销量就猛增至二万几千份。一年后写了五十多万字,作者准备"杀青",报社老板急来陈诉,报纸就赖此小说支撑,请高抬贵手;他又写了三十万字,要求结束,又来阻止;直至写到一百万字,作者才不顾一切,将女主角"饮恨而殁"。

在小说的开端,作者就开宗明义地说:"这里我告诉你一个卖淫妇的斑斑血泪",通过这个私娼的经历,像广角镜一样,将30年代末的都市社会浓缩在它的底片上。"亭子间嫂嫂"自我介绍说:"我叫顾秀珍,清秀的秀,珍珠的珍。"她从嘉兴农村到大上海做女工,失业后生活无着,逼上这条末路。凭着她的"精致美人"的"自然条件",加上聪明的秉性,伶牙俐齿的口才和丰富的社会阅历,对上、中、下三等人她均能应付裕如。她有时静若处子,熨帖温顺;有时又狠如泼妇,一拳来,一脚去,针锋相对。"我秀珍虽不幸沦为妓女,到底一颗心还没有坏。"她生活稍呈宽裕,有时就会规劝嫖客"我这里终究并不是好地方,客人来得总是要花费的……我很不赞成你有这个漏洞,还是劝你守守心吧。"这是一个集"美"、"灵"、"善"、"义"、"邪"与"厉害"于一身的活生生的有血有肉的人物。在她的隔壁,住着一个远离故乡、家累很重、孤身在上海绞卖脑汁的"文字劳工"朱道明。他们也算"同是天涯沦落人",朱道明如果没有家室,经济略为宽裕,他一定会娶这个本质非常善良的女人,而现在他只能同情而爱莫能助。有一个场面感人至深,作家一下子将这个"人尽可夫"的妓女的人格竖了起来。有一天,朱道明想用酒"盖"脸,向这个卖淫妇求欢,顾秀珍婉拒了他。事后,他肃然起敬。他看到了一股从倡门的荆天棘地的峡谷中流出的纯情的清泉,而在这个卖淫妇看来,她虽身处欲海横流中,但还要为自己留下一座人与人之间相互爱护与尊重,而不是互相交易或践踏的绿色的岛屿。

在何海鸣和毕倚虹的笔下,高等妓院还是一种社交场所。待到男女社交公开后,再加上抗战时的经济的萧条与崩溃,这种交际场所的"堂子"很快沦落为"性交易所"。因此,从那种写"清游"、"精神之恋"到写"私娼"、"暗娼"的题材也势所必然。历史认为,狭邪、倡门这一曾经是题材大户至此应该画上一个大大的休止符!

三 "哀情小说热"的兴衰

哀情小说《玉梨魂》的连载与胡适的短剧《终身大事》的登台相差的时间不到 10 年,可见,哀情小说热在中国的文学史上只是很短暂的一股潮头,但它也是中国社会转型期中必然会出现的一种文学景观。鲁迅说:

这时有伊孛生的剧本的介绍和胡适之先生的《终身大事》的别一形式的出现,虽然并不是故意的,然而鸳鸯蝴蝶派作为命根子的那婚姻问题,却也因此而诺拉(Nora)似的跑掉了。[18]

鲁迅这里所指的"婚姻问题"也可理解为"哀情小说"之必然"潮落"。既然陈先生对田亚梅喊出了"此事只关系我们两人,与别人无关,你该自己决断"的声音,而田亚梅也理直气壮地对父母说:"孩儿应该自己决断"。那么哀情的命根子也就"跑掉了",但跑掉的东西并不一定是历史上无用的东西,有时它是在完成了一定的任务之后才隐退的。中国人的民族传统是性喜大团圆的,为什么会让这样一股哀潮"猖獗"一时呢?这本身也"却可算是一个问题"。范烟桥说出了当时大多数青年的较为普遍的心理:

> 民初的言情小说,其背景是,辛亥革命以后,"父母之命,媒妁之言"的传统婚姻制度,渐起动摇,"门当户对"又有了新的概念,新的才子佳人,就有新的要求,有的已有了争取婚姻自由的勇气,但是"形隔势禁",还不能如愿以偿,两性的恋爱问题,没有解决,青年男女为之苦闷异常。从这些现实和思想要求出发,小说作者就侧重描写哀情,引起共鸣。体裁是继承章回小说的传统,文字则着重词藻与典故。徐枕亚的《玉梨魂》就是当时的代表作。[19]

徐枕亚(1889—1937),江苏常熟人。他在1912年出版的《玉梨魂》,正处于青年既想"跃跃欲试"而又"胆颤心惊"的乍暖还寒的早春二月,也是大多数青年因在婚姻上无法伸张个人意志而背人饮泣的时代。他的作品正好引起了这一类青年的强烈共鸣。这是一部具有"自传体"成分的小说。书中男主人公梦霞为小学教师并兼任家教,与这个家庭中的寡媳白梨影互相倾慕热恋,以她8岁的儿子,作传书的青鸟,书信往来,诗词酬答。但碍于礼教的束缚,寡妇再嫁有关名节,而且也为儿子日后的前程计,终于不敢效法司马与文君的"叛逆"行为。于是梨影以李代桃僵之计,千方百计促成小姑筠倩与梦霞的婚姻,自己则殉情以一死报君。结果筠倩也因个人的自由意志未得体现而郁闷殒亡,梦霞亦在辛亥革命中于武昌城下殉国。据郑逸梅回忆:《民权报》副刊"这时文艺篇幅,占很大版面,枕亚撰《玉梨魂》,双热撰《孽冤镜》,都为骈散式的说部,两篇相间登载,仿佛唱着对台戏,因此所称'鸳鸯蝴蝶派',双热亦与枕亚并列,均成'逆流'中人。"[20]而据陈小蝶回忆:"时林琴南用古文来译外国小说,一般读者都感觉艰深,对包天笑、黄摩西用白话来译小说,又感觉到太洋化,对于徐枕亚的四六文言,乃大起好感。"[21]"《玉梨魂》一书,既轰动社会,上海明星影片公司把这部小说,由郑正秋加以改编,搬上银幕……演来丝丝入扣,且请徐枕亚亲题数诗,映诸银幕上,女观众有为之温涕。既而又编为新剧,演于舞台,吸引力很大。那《玉梨魂》一书,再版三版至无数版,竟销三十万册左右。"[22]其他媒体对《玉梨魂》的流布确有推动作用,但其主要的动力还是当时青年对封建婚姻制度的不满,而又在西风东渐中得到了国外的自由参数——那是一个郁积情绪即将爆发的前夜,而《玉梨魂》所提供的生活悲剧在客观上是对封建礼教起了一种严重质疑的作用,这个悲剧向共鸣的青年们提出了一个大"?"——"我们该怎么办?"这种哀情小说至少是一只渡船,引渡那些在封建铁律下感到万分苦闷但还有所犹豫的青年,去听陈先生与田亚梅的声音,感知他们的解决办法的合理与正义。

如果说《玉梨魂》是提供了一个封建礼教制造悲剧的实例,那么《孽冤镜》映出的是当时部分青年的心态:既乞怜父母恩赐,又痛斥父母专制。作者吴双热(1884—1934),江苏常熟人,原名恤,双热即热心热血之意。他在《孽冤镜·自序》中谈及创作宗旨:"欲普救普天下之多情儿女耳,欲为普天下多情之儿女,向其父母之前乞怜请命耳!欲鼓吹真确的自由结婚,从而淘汰情世间种种之痛苦,消释男女间种种之罪恶耳!"作品中男主人公王可青之父对儿子的婚配的标准总是在"财"、"势"两个字上打转。先为儿子娶盐商之女,丑而悍,又未能生育,婚后三年病故。王可青在游常熟尚湖时邂逅薛环娘,由其友"双热"从中撮合,双方赋诗证盟,欣然订婚。回家向父母禀报时,才知其父已于三天前为他聘定他上司的侄女,又逼其成婚,还将其禁闭于家中。此女美而娇,连公婆也不放在眼中,不久竟挟其陪嫁之金箧田册自去。可青在长期被软禁后去找环娘,环娘已在得知其结婚的消息后撞壁而死,可青亦在环娘墓前自缢。作者要读者对照此"镜"而触目惊心:"盖家庭无父母之专制,男女现平权之真像,此则情交之佳朕也。我国有此佳朕乎?鸣呼未也!"作者一方面用"乞怜"的口气,恳请天下父母;另一面也大声疾呼,痛斥父母专制。这是在封建思想盘根错节下许多青年的较为共同的心态。

如果说,《孽冤镜》是展现了当时某些青年的一种心态,那么《霣玉怨》则反映当时某些青年的一种"误读"。作者李定夷(1889—1964),江苏常州人。他是上海南洋公学(交通大学前身)预科毕业后入《民权报》任编辑的。其妻张咏述擅法语,常用"霣红女史"笔名为丈夫的小说撰写评点。《霣玉怨》于1914年7月出版。作品对纯洁、专一、坚贞的爱情予以推崇与肯定。刘绮斋在公园初识史霞卿,听到她正与女友讨论对"不自由毋宁死"的理解:"自由在法律之中,固不容人之干涉;自由在法律之外,必戕害他人之自由,人人而咸得干涉之。……西哲所云,亦就法律以内言之。"一位女子有如此卓越的见解,刘顿生爱慕之心,进而发展至热恋。然刘绮斋家托人向史家求婚却遭到拒绝。于是男的成了现代焦仲卿,女的也就成了刘兰芝。他们是"爱的坚贞者",却又是"爱的行动的怯懦者"。"父母之命"的专制性是不可取的,而作为制度性却又必须维护的:他们将封建陈规误读成是"法律"。而他们没有获取父母之命,也就等于置身于"法律之外",爱情虽坚贞却名不正而言不顺了。即使是李定夷夫妻皆受过新式的教育,但在那时,还在封建思想禁锢下出现如此的历史性的"误读",这真是我们现代的青年所难于理解的。而这却又是当时一部分青年之所以要"乞求父母恩赐"的理论根据。

哀情小说风行一时,但哀情小说也是短命的。在民初,徐枕亚、吴双热、李定夷"三足鼎立",盛极一时,可是到 1915 年 4 月《小说月报》编辑恽铁樵已公然宣布,对此类小说"去年敝报中几于摒弃不用"。他并非拒绝言情题材,但他认为:"爱情小说所以不为识者所欢迎,因出版太多,陈陈相因,遂无足观也……多用风云月露花鸟绮罗等字样,须知此种字样有时而穷。"[23]他还撰文提出《论言情小说撰不如译》,[24]恽铁樵是有真知灼见的,我们既然只能从内容到形式(包括词藻)皆陈陈相因,不如多译国外有新意之爱情小说。不过有一点是我们后辈可以看得很清楚的,即使没有恽铁樵这样坚决的议论与措施,哀情小说也将完成它的历史使命了,因为"诺拉"译介到中国来了,而陈先生与田亚梅也将登台了。哀情小说的退位就指日可待了。

四　奔向社会言情的广阔天地

恽铁樵不是一位只破不立的编辑,他在提出《论言情小说撰不如译》时,还向作者们指出一个"广阔的天地"——"言情不能不言社会"[25]:要写出社会中的言情,也可从言情中去看社会,他提出了这样一个"社会言情小说"的大框架。当时正是中国社会的转型期,在这个大千世界的背景中写言情小说是可以千姿百态的。中国刚进入了一个男女社交公开的时代,男女双方再也不会幽闭在后花园去私订终身了,也不会在同一个大屋顶下,靠一个八岁的儿童来"青鸟传书"了。写社会言情小说正当其时。

李涵秋(1873—1923),江苏扬州人。他是一位出色的通俗社会小说家。他的《广陵潮》原名《过渡镜》,从 1909 年开始连载,至 1919 年才全书完成。历史背景是从英人犯我广东,经上书变法、百日维新、洪宪帝制、张勋复辟、直写到"五四"前的抵制日货、国民演讲大会为其结尾。胡适曾给予较高的评价:"民国成立时,南方的几位小说家都已死了(指李伯元与吴趼人——引者),小说界忽然又寂寞起来。这时代的小说只有李涵秋的《广陵潮》还可读。"[26]不过,李氏的这部小说并不去写宏大的历史场面,也没有那种史诗性的架构。他在书中自认:"我这《广陵潮》小说是稗官体例,也没有工夫记叙他们革命历史,我只好就社会上的状态夹叙出他们些事迹"。作品中塑造了一个"情种"云麟,除写他与青梅竹马的恋人伍淑仪的情感纠葛外,还有与"端庄明礼"的妻子柳氏的相洽生活,还有与"冰姿侠骨"的青楼名妓红珠间的波澜迭起的夙缘。书中还有其他的几对男女。通过他们的婚姻生活的或圆或缺,反衬出社会的动荡与激变,小说被誉为清末民初民俗民情的一块"活化石"。张恨水说:"我们若肯研究三十年前的社会,在这里一定可以获得许多材料。"[27]如此说来,在恽铁樵提出社会言情小说的命题的同时,《广陵潮》不自觉地扮演了"开路先锋"的角色。看来,恽铁樵也没有给通俗作家出难题,他不过是"点拨"而已。言情加一点什么别的,或别的什么加一点言情,这些本是鸳礼派的"几种原色",只要作者酌情自我调配或相加相减就可以了:"社会 + 言情"、"武侠 + 言情"、"侦破 + 生死不渝之相恋"、"旅游 + 一见倾心",总之"言情 + X"或"X + 言情",纷纷扬扬,不过这又可能要走上新一轮的"陈陈相因"。正如陈慎言所说:"自《广陵潮》出,一时章回体小说,以潮为名者,不下数十种……"[28]我们在上文就提到过《歇浦潮》与《人海潮》,不过这两部小说是"潮"中较好的"潮"而已。因此,刘云若提出,作者不必赶潮头,只有深深入世,才能学得《广陵潮》的佳妙处:"泊余涉世日深,阅人日多,所遇之奇形怪状,滔滔者皆《广陵潮》中人也;若扩而充之,亦可言全社会之秦镜,不得以狭义而小之……"[29]刘云若身体力行,他是将社会言情小说写得多姿多彩的大师之一。

刘云若(1903—1950),天津人。他在写作上胸有大志,他时常感慨与自我鞭策,希望有一天能"比肩曹、施,而与狄、华共争短长"[30]。曹是曹雪芹,施是施耐庵;而狄则是却尔司·狄更斯,华是华盛顿·欧文。他虽自叹不如,但文坛上对他的评价也不低。著名老报人徐铸成曾说:

我在天津工作时,看到《商报》和《新天津报》等刊载刘云若的长篇连载,极为惊奇,看到他的笔触极细致,刻划人物极生动,特别是描写天津下层社会的生活,真可说是入木三分。……1949 年 3 月,在由香港赴解放区的船中,曾和郑振铎先生讨论近年出版的章回小说。他对刘云若的作品也极口推许,认为他的造诣之深,远出张恨水之上。我向他介绍所耳闻的关于刘的生活和写作的情况,对于刘同时写几个长篇小说,而又如此仓卒写作,何以能情节、人物互不错乱,也绝少敷衍故事、草率成篇的痕迹,表示很惊讶。振铎先生说,这是首先由于刘对当时的下层社会,各个方面,有深刻的切身体会,在所遭遇的各色人物中,早已抽象出各种典型……[31]

刘云若一生所写的小说,有书名可考的就有 40 多部。由于是连载小说,遇到报纸停刊,有的小说也就夭折了。但他的处女作《春风回梦记》在《天风报》上连载时,曾因事中断,据说"要求赓续之函,在数千封以上"[32]。他才又续写了五六万字,完成了这部小说。

刘云若的《旧巷斜阳》、《小扬州志》、《粉墨筝琶》、《红杏出墙记》等小说,的确可以代表中国现代通俗社会言情小说的经典杰作。《旧巷斜阳》这部 80 多万字的小说以天津南市的一个女招待的生活为切入点,反映了当时都市下层社会的面容及挣扎在其中的人们的爱情生活。璞玉这位贫苦妇女是全书的主人公,她的丈夫双目失明,而她又有两个未成年的孩子,生活的重担压得她喘不过气来,只好到餐馆去做女招待,他偶遇王小二,同是沦落中人,产生了知己之感,从此她的感情徘徊于瞎眼的丈夫和作为情人的王小二之间,而她作为人妇、人母,她的家庭责任感又煎熬着她。这位瞎眼的丈夫的内心是明亮的,他揣透了她的心脉,看清了她的隐情,为了成全璞玉与王小二,独自出走;而王小二的内心也受到了深深的自我谴责,忍痛南下。自此,使璞玉更陷入了一次次的地狱般生活的"轮回":失身于地痞,被卖作暗娼,虽与王小二重逢结婚,可是王小二因身受牵连而再次亡命天涯……生活所能剩给她的只能是永远在孤苦中度过余生。小说中的恶少、妓女、混混、小商贩、残疾人……莫不活生生地出现于璞玉的悲惨世界之中。小说在连载过程中,广大读者无比同情和关怀璞玉的凄凉境况,竟有一位读者写了一篇《关心妇女生活者应大批营救璞玉》的文章,刊登在《新天津报》上。刘云若也为之动容:"璞玉何以人缘如此之佳? 势力如此之大。"[33]《小扬州志》和《粉墨筝琶》可惜都没有写完,但像虎士与大巧儿这样的典型形象却已深烙在读者心中。对虎士这样一个破落户的末世王孙的形象,我们觉得作为一位知识者的刘云若,还不难下笔;可是对那个从关外流落到天津的下层妇女大巧儿,却能描摹到如此令人叫绝的地步,没有一点通透下层社会生活的功底,不可能出现如此出神入化的笔墨。不仅是她的泼泼辣辣、风风火火的个性使读者如见其人,就是她的一言一动,也有妙趣横生的市井风情。她对耷青动了真情,而当耷青陶醉在她特有的爱情的韵味中时,她却捅出一句掏心窝的土得掉渣的市井话:"什么爱情,我不懂。我只觉得自己变成贱骨头了。"那种舍己忘我的情爱就扑面而来。大巧儿后来被日寇强征为"慰安妇"而又获救这一段的情节,也写得发人深思。在社会言情小说中能塑造典型形象的,恐怕要以刘云若为最了。

在徐铸成的回忆中还传达了郑振铎的一段赞许:"振铎对刘的《红杏出墙记》最为赞赏,认为它是这一类小说中最出色的作品。"[34]的确,无论从生活逻辑出乎意料而又合乎情理之中,或是从人物性格逻辑的辩证设计上,或是在"巧合"的"鬼使神差"上,乃至"误会"的"阴差阳错"上,刘云若的这部作品都达到了技巧运用的高度。《红杏出墙记》以男主人公林白萍发现爱妻黎芷华与他的好友边仲膺有苟合行为为开端。林本来一伸手就可以捉奸,但他却"一走了之"。他的思想逻辑是:一个女人,若嫁了甲,同时又爱上了乙,则她在爱情上已对甲失了妻的身份,不过对于乙也未取得妻的资格。但由于爱情的转移,甲已由丈夫的地位退出,乙却向丈夫的地位走进。因此,他就离家出走。以此为起迹,作家写了90万字,直到三人皆以殉"情"而告终。边"投军觅死",林"落水身亡",黎"堕楼自尽"。在夫妻的珠沉玉碎之前,作者以"九连环"一样的情节,一环套一环地展现各种"三角"套"四角"的曲折离奇、循环纠结的巧构。读者觉得根本不可能发生的事情,偏偏发生了;绝对有把握的事情,恰恰倒成了大问题,可是读者在难于置信中却乐意地接受

作家的安排,反倒认为是别出心裁和妙趣横生。在人物性格的设计上,刘云若也有自己的见解:

> 全书皆求近人情,故书中人无极善极恶。以世间人中和者多,难得极善极恶也。又无完人,因世间本无完人也。……固不必如罗贯中之写诸葛亮,聪明终其身;施耐庵之写李逵,卤莽毕其事。岂孔明终身不做卤莽事,李逵毕世不发一聪明语耶? 人之个性,有时亦随思想境遇而偶变。刻舟求剑,于事无当着。……人或怪书中至性人太多,非今世所能有。曰:然。作者虽居闹市,如处荒墟。求人且不易,况于至性之人? 故造作藏于书中,以供晤对。[35]

前半是讲的人物性格的辩证逻辑:"善者"有时亦失检点,"恶者"有时亦发慈心;但"善者"虽或失检点,但不失其好的本质;"恶者"虽偶发慈心,但万变不离其坏的本性。这种见解,与鲁迅评《红楼梦》人物塑造时的观点是相合的:"和从前的小说叙好人完全是好,坏人完全是坏的,大不相同,所以其中所凭借的人物,都是真的人物。"[36]至于后半所论"至性人",这与"世间本无完人"是并不矛盾的,至性人并非"完人",不过是性格淳厚,一往情深,宁可苛待自己,也要成全他人者。《红杏出墙记》中的感人处也往往是出于对至性人的内心与行为的深深开掘。

刘云若在天津沦陷时,闭门写作。《旧巷斜阳》、《小扬州志》等佳作皆是那时的作品。他后来在《粉墨筝琶》中借羴青的嘴说:"我想不出什么好办法,当初本可以到内地去,已经把机会误了。现在做生意,不但没有本钱,没经验,我也不愿发那国难财。做事情更不愿吃汉奸饭,受矮子气。就是当一个号称清高的教员,我不忍看着许多好青年去给日本人修飞机场,运军用品。"如果说,刘云若胸中储满的是不屈的郁闷,那么在秦瘦鸥笔下的《秋海棠》中却充盈着不屈的韧性。

秦瘦鸥(1908—1993),江苏嘉定(现属上海市)人。他的《秋海棠》在《申报·春秋》上连载时,得到了像张恨水当年连载《啼笑因缘》般的轰动。不仅马上出版单行本,还被移植为其他剧种,又搬上了银幕。这部小说虽然也是一个"军阀、戏子、姨太太"的题材,但是它不单是揭露封建军阀的荒淫无耻,作者经过再三的琢磨与构思,加重了抗日爱国的主题。当然就减轻了一般化地去写军阀私生活的糜烂,而加强了对艺人秋海棠的塑造。从一幅象征祖国地图的秋海棠叶子被毛虫(象征日寇)蚕食的图画,再题上"触目惊心"四个大字以自警自励;直到被军阀毁容后,回家乡去做中国人最应该做、而且又是最伟大的工作——耕田,"一面含垢忍辱的抚养他仅有的爱女梅宝——我们的第二代,使她终于重见天日,回到她母亲的怀抱中去,而丑恶的一面,则终于自趋毁灭——秋海棠的自杀。"[37]也许这是一种作者的根深蒂固的美学追求,对秋海棠的死,读者与观众中是有广泛的争论的。虽然毁容在外表上使秋海棠变"丑",但他的象征民族的韧性的内质是更美了。他有必要自杀吗? 作者曾在三个版本上写了秋海棠三种不同的"死"。一种是母女相会后,驰车探病,但秋海棠在母女赶到前已一瞑不视了;一种是跳楼殒亡;一种是母女赶到时,秋海棠那时只能演龙套的角色,他累死在舞台上了,临终前还有一大段控诉;但死的结局是共同的。周瘦鹃曾写《续秋海棠》,内容是秋海棠殒楼未死,结果是个大团圆结局。虽然周作为这部小说的慧眼识良骥的伯乐(他作为《春秋》的编者,先看了秦的故事梗概而在"稿海"中选中它的),但秦瘦鸥还是不客气的说,这种赓续是失败的:"因为人生本是一幕大悲剧,惨痛的遭遇几乎在每一个人的生活史上都有,而骨肉重圆,珠还合浦等一类的喜事,却只能偶然在春梦中做到,所以连梅宝的得以重见罗湘绮已经看来也太 Dramatic,如何能让秋海棠死里逃生做起封翁来呢?"[38]这是作者的美学见解,也是他的美学追求。秋海棠作为一位名艺人,他是美的传播的使者,现在被军阀弄成这副模样,他宁可"不全则无"。他已使母女会面,他可以瞑目,他死而无憾。他的这种韧性是一种很悲壮的绝不妥协、绝不苟且的"美"。读者与观众是不能勉为其难的。在秦瘦鸥的《秋海棠》的写作过程中,我们已能看到一种明显的通俗文学构思"知识精英化"的作法,这种变化在抗战前后的张恨水身上也在逐渐明显起来。

秦瘦鸥把喜事看成是只有春梦中才能与读者见面的 Dramatic,可是拥有广大读者的作家琼瑶却是一位"春梦"的播种者和培育者。琼瑶,1938 年生于四川成都,祖籍湖南衡阳,1949 年随父母迁居台湾。1963 年 25 岁时,发表第一部长篇小说《窗外》,一举成名。这是作者在爱情生活经受挫折后的抒发胸中块垒之作,是带有自传性质的小说。在以后的 20 多年中,她一共写了 42 部小说,几乎平均每半年出产一部长篇。在台湾掀起了一股"琼瑶热";20 世纪 80 年代,"琼瑶热"又渡海热遍了中国内地。台湾与中国内地两岸民众有着共同的民族文化背景,琼瑶的作品在中国内地也像在台湾一样为大众、特别是少男少女所喜爱,是完全可以理解的。琼瑶的言情小说是讲述现代人的婚恋故事,其中有着若干新潮的成分。这新潮的标志并不在于人物的思想感情是西化的或超前的;她的小说的新潮性主要是表现在主人公往往是高学历的,甚至是留学生,他们有着一份很好的工作,甚至是从事尖端技术的白领,特别是小说中的男主人公往往都是这样一类的角色。因此围绕他们四周的生活,也往往是很现代化的。这就缩短了小说与现代读者的距离。其次,她的作品又是很人性化的,那种男女一见倾心的相识过程,就很符合读者的内在的人性需求。人,对于美好的、气质极佳的异性必然会有一种天然的磁力,会具有一种不可抗拒的魅力。而这种一见倾心很快就能使进入角色的男女主人公经受考验,也便于在小说中有更多的时间与空间为男女主人公设置障碍与磨难,使小说情节波澜起伏,跌宕多姿,到最后终于"拨开乌云见青天"。第三,琼瑶的意识中渗透着较为浓重的民族的传统观念,她在小说中营造了一个个东方的传统美德加上古典诗词般的意境凝聚而成的梦幻般的理想世界,使中国的广大读者能荡漾其间。那种爱情是我们民族所能接受的纯洁善良的结晶,是可以久久等待的至死不渝的忠贞,是知其不可为而为之的舍己忘我的爱,即使是婚外的恋情也不愿去损人利己的坦荡荡的爱。男女主人公对家庭中的成员也是采取了一种东方的伦理道德观念。如婆媳关系(《庭院深深》中丝萦与婆婆)、母子母女关系

（《我是一片云》中的男女主人公与家庭伦理纠葛）等之所以会构成一种爱的阻力、情的壁垒，就因为其中有使西方人所难于理解的东方传统文化观念在发挥作用。她即使是为小说中的主人公的命名时，也蕴有一种东方诗词的意境美，如含烟、梦竹、雨薇、宛露……。有时她的小说似乎是一句千锤百炼的浓缩的古诗所化解开来的晶莹剔透的世界。琼瑶说过："我的小说没有使命感，我只渴望和读者沟通，能引起读者的共鸣！"[39]其实她与读者共鸣的内在根据除了爱情是永恒的母题这一点之外，就在于上述我们讨论的三点，即新潮的，人性的，民族的。

琼瑶的第一部长篇是为了宣泄自我情感生活中的创痛而作的，因此用一种悲剧的咏叹调的形式出现的。而它的成功，一度使这种自我宣泄式的格调在她的早期的作品暂时地凝固下来，她似乎习惯于将爱情生活的"不和谐"展示给读者看。可是随着她的爱情与家庭生活的美满与自足，她的言情小说的基调也倾向于民族传统的团圆结局了。生活的转折固然是一个原因；但作者也许是悟到了她的内质更适合于抒写喜剧式的生活："我仍然相信世界的美好，我仍然有满腔急于发泄的东西。我仍然想把我所知道的那个充满了'爱'的、'好'的人生写出来，献给愿意接受它的人们。"[40]像这样的内质是与喜剧色彩一拍即合的。可是还有一个更主要原因，那就是琼瑶的悲剧性的作品缺乏内在的深刻性，而没有那一份深刻，这种悲剧咏叹调是不可能长期唱下去的。不妨想像一下，鲁迅的一篇《伤逝》给了读者多么深沉的思考，悲剧是将有价值的东西毁灭了给人看，它引起了几代读者的凭吊与悲悼。琼瑶的小说却不可能达到这种经典式的境域，她的作品实际上是一种"快餐式"的小说，但知识精英往往追求经典，而普通读者更渴求快餐。如果你不是美食节上评委，也许更宜于用美味的快餐果腹；而一旦会去挑剔快餐的优劣，也许是他们今后会成为美食家的"初级阶段"。琼瑶所经营的如梦似幻、如诗似画的爱的世界，洋溢着一种明朗、乐观、温馨的情调，使在生活中受过创伤的读者有一种"噩梦醒来是朝阳"的期待；使感到生活太平庸的读者切盼有一个"真善美的使者"突然闯进自己的领空。她的气质更宜于使读者对生活产生一种美丽的憧憬,而不是引领人们去苦苦反思,深深挖掘和上下求索。

恽铁樵曾提出"言情不能不言社会"。可是到了琼瑶的手中,又将社会言情小说拉回到比较纯情的路子中去,但与过去的那种陈陈相因的在狭隘的框子中扮演"折子戏"的言情小说相比,她毕竟是生长在现代广阔社会中的奇葩。

注 释

〔1〕 转引自柳亚子编《苏曼殊全集》第 5 册,上海北新书局 1929 年版。

〔2〕 吴趼人:《说小说》,见魏绍昌编《吴趼人研究资料》第 8 页。

〔3〕 参阅《吴趼人研究资料》第 130 页。

〔4〕 赵苕狂:《海鸣小说集·本集著者何海鸣君传》,上海大东书局 1924 年版。

〔5〕 贺觉非:《辛亥革命首义人物传(下册)》第 403 页。

〔6〕 《求幸福斋随笔初集》,此书无版权页。

〔7〕 何海鸣:《我写小说之经过》,载《红玫瑰》第 2 卷第 40 期。

〔8〕 见《家庭》第 8 期《介绍〈海鸣诗存〉出版》。

〔9〕 何海鸣:《求幸福斋主人卖小说的说话》,载《半月》第 1 卷第 10 号 1922 年 1 月出版。

〔10〕 《何海鸣致周瘦鹃信》,载《半月》第 1 卷第 7 号,1921 年 12 月出版。

〔11〕 惜惜:《何海鸣潦倒沈阳城》,载《上海画报》517 期。

〔12〕 载《半月》第 1 卷第 18 期,1922 年 5 月出版。

〔13〕 何海鸣:《评倚虹所撰的〈北里婴儿〉》,载《半月》第 1 卷第 20 号,1922 年 6 月。

〔14〕 毕倚虹:《余之新年回顾谈——敬告读者》载《上海画报》1926 年 1 月 3 日。

〔15〕 严独鹤:《人间地狱·序(四)》。

〔16〕 严独鹤:《挽毕倚虹》,载《紫罗兰》第 1 卷第 13 期《呜呼毕倚虹先生专号》。

〔17〕 陈赣一:《人间地狱·序(七)》。

〔18〕 鲁迅:《二心集·上海文艺之一瞥》。

〔19〕 范烟桥:《民国旧派小说史略》,载魏绍昌编《鸳鸯蝴蝶派研究资料》上海文艺

出版社,1962 年版。

〔20〕〔22〕 郑逸梅:《我所知道的徐枕亚》,载《大成》第 154 期,1986 年 9 月出版。

〔21〕 陈定山(小蝶):《春申旧闻》,世界文物出版社。

〔23〕 恽铁樵:《答刘幼新论言情小说书》,载《小说月报》第 6 卷第 4 号 1915 年 4 月出版。

〔24〕〔25〕 载《小说月报》第 6 卷第 7 号,1915 年 7 月出版。

〔26〕 胡适:《五十年来中国之白话小说》。

〔27〕 张恨水:《广陵潮》改版《序》,百新书局 1946 年版。

〔28〕 陈慎言:《广陵潮》改版《序》。出处同〔27〕。

〔29〕 刘云若:《广陵潮》改版《序》。出处同〔27〕。

〔30〕 刘云若:《酒眼灯唇录·序》。

〔31〕〔34〕 徐铸成:《张恨水与刘云若》,载《旧闻杂记》,四川人民出版社 1981 年版。

〔32〕 见《大公报》1931 年元旦《出版广告》。

〔33〕 刘云若:《旧巷斜阳·作者自叙》。

〔35〕 刘云若:《春风回梦记·著者自叙》。

〔36〕 鲁迅:《中国小说的历史的变迁·第 6 讲·清小说之四派及其末流》。

〔37〕〔38〕 秦瘦鸥:《〈秋海棠〉的移植》,载 1944 年桂林版《秋海棠·代前言》。

〔39〕 琼瑶:《我的故乡》。

〔40〕 琼瑶:《穿紫衣的女人·自序》

【思考题】

1. 清代的狭邪小说与民国倡门小说的异同。

2. "哀情小说热"为什么必然是"短命"的。

3. 提出《言情小说撰不如译》在当时有何意义。

【知识点】

"哀情小说"　　倡门小说　　刘云若　　《秋海棠》　　琼瑶热

【参考书】

　　1.《红杏出墙记》或《旧巷斜阳》。

　　2.《鸳鸯蝴蝶——〈礼拜六〉派作品选》,人民文学出版社,1991 年。

打通雅俗的张恨水

一 张恨水的意义

小说奇才

讲到中国现代的通俗小说,张恨水是天字第一号的人物。

第一、张恨水名气最大。通俗小说最重要的价值标准就是名气,而名气并不是虚无缥缈的空穴来风,名气往往是人心所向的结果。中国近现代通俗小说名家如云,而张恨水只手打出天下,后来居上,独占通俗小说头号宝座数十年,不但在 20 世纪前半叶无敌手,即便到了 21 世纪仍然有"张恨水迷"对他缅怀不已。老舍称张恨水是"国内惟一的妇孺皆知的老作家"[1]，这话至少在张恨水生前是一点不假的。

第二、张恨水作品最多。这位小说大师一生创作了中长篇小说120多部，比巴尔扎克还多，总字数约2000万，而且是按照旧式排版，而且张恨水许多作品都是用毛笔写成。张恨水可以同时写作多部作品，最多时达到七八部，虽然个别其他作家也有这个本事，但张恨水的高明在于多而不乱，多而不滥，手挥目送，自在悠闲。中国南方北方最重要的报纸都以张恨水的小说为主打品牌，就连盗版书商也以张恨水为第一衣食父母，假冒之作铺天盖地[2]，张恨水几乎成了通俗小说的代名词。

第三、张恨水水平最高。通俗小说是大众文学，精品较少，而张恨水以制造精品的态度去创作大部分小说，使得很多作品都脍炙人口。读者不但记住了张恨水的名字，也记住了他的作品的名字和人物的名字。他的读者中有毛泽东、周恩来、张学良这类大政治家，有章士钊、陈寅恪、夏济安这类大学者，有茅盾、老舍、张爱玲这类大作家，学术界越来越重视对张恨水以及"张恨水现象"的研究探讨，张恨水创造了小说史上罕见的奇迹。

仅仅根据上述几点，张恨水就足以成为中国通俗小说最重要的代表人物。古代的通俗小说，不登大雅之堂，作者藏头露尾，不以真面示人，就连伟大如曹雪芹者，也要靠后人的考证。是张恨水第一个以堂堂的通俗小说家的身份成为社会名流。有人拿他比大仲马，有人拿他比狄更斯，但其实这都是委屈了张恨水。张恨水没有大仲马的"小说工厂"，他的每一个字都是自己写出来的。他的每一部作品都力图更新，他在小说的主题、题材、情节、结构、语言、细节、回目乃至人物的小动作上，都花费了大量心血，他把中国的章回体小说不但引入了现代，而且在不知不觉中提高到一个雅俗共赏的新阶段。张恨水为中国传统的通俗小说奏出了绝响。

承前启后

张恨水走上文坛的 20 年代,是中国的通俗小说面临重大转折的时代。当时五四新文学已经占据了文坛的制高点,通俗小说已经失去了民国初年独领风骚的神采。而张恨水在这个时候横空出世,点石成金,使传统的章回体小说再次焕发出旺盛的生命力。张恨水继承了中国古典小说的神韵,他广泛学习《红楼梦》、《水浒传》、《儒林外史》等经典作品的艺术经验,继承了李涵秋《广陵潮》等晚清民国以来的近代小说的衣钵,开创了一条通俗小说的改良之路。

张恨水在文坛上崛起之前,中国的通俗小说基本上是以南方为中心,扬州、苏州、上海、南京、杭州,是通俗小说的大本营,小说风格偏于柔媚婉丽。而 20 年代末张恨水在北京异军突起,开拓出一种深沉悲凉的崭新格调,既有宏大的社会场面,又有深刻的人生感悟,给通俗小说吹来了一股春风。张恨水的小说很快成为北方通俗小说的"霸王"[3],随即又进军南方,使看惯了苏扬风格的南方读者耳目一新。通俗小说自从有了张恨水后,整体上进入了改良时代。张恨水的风格影响了许多新一代作家,如刘云若就被称为"天津张恨水"。张恨水以后,通俗小说再也不能回到以前的老路,包天笑等老一辈作家成了古董,徐枕亚的《玉梨魂》那类骈四俪六之作更恍如隔世。张恨水开启了一个时代,借用严家炎先生评价金庸小说的话,可以说:张恨水给中国的通俗小说带来了一场"静悄悄的革命"。

张恨水在中国通俗小说史上承前启后的作用,"承前"可以说是集大成,"启后"则可以说是开新风。张恨水不但继承了传统通俗小说的艺术手法,并进而发扬光大,更值得重视的是,他努力继承渗透在传统小说中的中国文化精神。儒家的进取、道家的清净,佛家的悲悯,都在他的小说中得到显著的反映。过去的通俗小说是自然地承载着中国文化精神的,而从张恨水开始则是自觉地这样做的,这是时代的潜在要求。此后成功的通俗小说,多具有比较明确的"文化意识"。这是张恨水能够超越时代的最大秘诀。

打通雅俗

张恨水在中国现代文学星座中的坐标不仅是承前启后了通俗小说,他另一个重要的意义在于力图打通雅俗,并取得了相当大的成果。

张恨水虽然创作的是所谓"通俗小说",但是他的自我追求却是非常高雅的。张恨水不是出身于正宗的鸳鸯蝴蝶派队伍,也不是出身于新文学队伍,他开始写作小说并没有明确的"雅俗"成见。当后来他意识到自己是身处通俗文学阵营时,张恨水有一股强烈的"打通雅俗"的意识。他的小说一般都是先在报纸上连载,然后再出版单行本。张恨水没有因此粗制滥造,而是精心构思,精心撰稿。他把自己定位在一个高雅的坐标上。

张恨水的高雅追求是在两个向度上努力的。一个是传统标准的高雅,这包括语言的典雅清丽、趣味的高尚不俗、名士的风范、感伤的境界等。另一个是向新文学看齐,以新文学为时代的高雅标准。张恨水表面上并不愿向新文学低头服输,许多新文学作品的艺术水准他可能也并不佩服,但是他内心里知道新文学毕竟是代表时代发展方向的,新文学的许多主张是正确的。所以张恨水暗中进行的自我改良,就是一步一步向新文学靠拢。在主题上呼应时代,在结构上改"回体"为"章体",在语言上去掉陈词滥调,在环境描写、心理描写等许多具体手法上大胆革新,因此他的作品在雅俗两方都获得了大量读者。章士钊、陈寅恪为他的小说写过诗,而只读通俗小说的鲁迅的母亲最喜欢张恨水的作品,张爱玲说他的作品是"不高不低",这恰是张恨水不懈努力的结果。

张恨水除了在小说方面著作等身外,他的散文和诗歌创作也有骄人的成绩。作为一个传统气息浓重的文人,张恨水内心怀有深深的"诗文乃是文学之正宗"的观念,他的散文朴质冲淡、清新隽永,深得中国古代散文精髓。他的旧体诗创作也功力深厚,是20世纪旧体诗的重镇。此外,张恨水还进行过新诗创作、民间故事改编等多种艺术探索。在每一种探索中，他都既坚持格调高雅，又注意通俗易懂。他的艺术经验，不仅是通俗小说的宝贵财富，也非常值得新文学作家借鉴研究。张恨水孜孜追求的雅俗共赏的艺术境界，正是中国通俗小说的本质精神所在。

二　走遍江湖

书剑门第

张恨水 1895 年 5 月 18 日生于江西广信（今上饶），他的籍贯是安徽潜山。现在的天柱山古称潜山，又名皖公山，曾被汉武帝封为"南岳"，景色奇绝，历代骚人墨客在此留下诗篇无数。潜山近代的名人有一代京剧大师程长庚、杨月楼、杨小楼等，后来由于出了张恨水，被当地人与天柱山合称为"一山一水"。张恨水很重视自己的家乡，有时署名"潜山张恨水"，他还有笔名"我亦潜山人"、"天柱山下人"、"天柱峰旧客"等。

张恨水的祖父自幼练得一身好武艺，以军功做到参将和协镇（旅长），驻防在江西广信。张恨水的父亲也武功过人，在营中襄理军务，他的长子出生后取名"芳松"，字"心远"。张恨水成名前，一直以"张心远"之名行世。

张恨水幼年时，很崇拜武功高强的祖父，曾说"愿学祖父跨高马，佩长剑"[4]。祖父就给他特制了竹刀竹箭，让他骑在山羊上，往来奔驰。这对张恨水日后创作武侠和战争题材的小说有很大影响。

张恨水 6 岁时，祖父病逝。父亲把他送入私塾，习读"三百篇"和四书五经。张恨水天性聪颖，四书五经都背得很好，也会做八股文，但是到 10 岁以后，张恨水开始迷上了《千家诗》和《残唐演义》、《三国演义》等更有文学趣味的书。随着父亲频繁的职务调动，张恨水每到一地，都喜欢饱览各种小说，对《西游记》、《水浒传》、《封神演义》、《红楼梦》、《聊斋志异》等书烂熟于心。他从小说的批注中，悟到了许多"作文之法"。13 岁时，为了给弟弟妹妹讲故事,他在一个小本上连写带画了第一篇无名处女作,内容是一个 14 岁的小孩,使两柄 180 斤的铜锤打虎的故事。这个形象,很可能是张恨水的"英雄自况",不过他后来用的武器是笔,打的则是社会之虎。

1909 年,张恨水 14 岁时,他在南昌插班进入新式学堂,开始接受维新派的新思想。1910 年,张恨水考入"甲种农业学校",学习数理化等现代科学知识和英语,但他仍然醉心于文学,特别是魏子安的《花月痕》那类词章典雅的作品。同时,《小说月报》上的林译小说所呈示的新颖手法,也激发了他的兴趣。受革命思潮鼓动,张恨水剪掉了辫子。辛亥革命后,张恨水本打算出国留学,但是父亲突然因急病去世。父亲一生清廉,家无积蓄,张恨水只好中途辍学,随全家回到潜山。鲁迅曾说:"有谁从小康人家而坠入困顿的么?我以为在这途路中,大概可以看见世人的真面目。"[5]和鲁迅一样,张恨水以长子的身份经历了少年丧父、家道中落的人生打击,然而书剑门第的滋养和文学世界的熏陶,已经在张恨水的心底埋下了远大的志向。这个名叫"心远"的少年,就要到远方去追寻他的梦想了。

走南闯北

1913 年,18 岁的张恨水在亲友帮助下,到上海求学,考入孙中山创办的"蒙藏垦殖学校"。家庭生活的忧虑和学业前程的渺茫,使张恨水多愁善感的气质得到引发。在这里,他用文言和白话各写了一篇小说,署名"恨水"[6],投往《小说月报》,虽然未曾发表,但主编恽铁樵充满鼓励的回札,极大地增强了张恨水的文学自信。然而不久,因二次革命失败,"蒙藏垦殖学校"解散,张恨水回到潜山,接受了母亲为他包办的一门亲事。郁闷之中的张恨水,闭门苦读,吟诗填词,并写了一部未完成的章回小说《青衫泪》,模仿的是《花月痕》的风格。

1914 年,张恨水往南昌求学不成,便又到汉口投亲,为一家小报做补白,仍署名"恨水"。他本有个笔名"愁花恨水生",取自李煜《乌夜啼》中的

"自是人生长恨水长东",这就是"张恨水"笔名的由来。他还有"哀梨"、"并剪"、"旧燕"、"杏痕"等鸳蝴派风格的笔名,但"张恨水"最后成了他的"正名",并引起了许多望文生义的猜测。

不久,张恨水加入了一个演文明戏的剧团,负责文字宣传,剧团生活对他以后的小说创作有很大帮助。张恨水回忆说:"当我描写一个人,不容易着笔的时候,我便自己对镜子演戏,给自己看,往往能解决一个困难的问题。"[7]张恨水小说的戏剧性和许多为人称道的小细节,以及小说中的演艺界人物形象,都与他的亲身观察和体验是分不开的。然而,剧团票房很不景气,加上一场大病,迫使张恨水在 1915 年底又回到潜山。他在孤独中,继续练笔,写出文言小说《未婚妻》和《紫玉成烟》。几个月后,他到上海为一个吃官司的族兄奔走,随后又到苏州跟着一个文明戏班流浪了一段。1917 年,张恨水与一同乡效仿《老残游记》的主人公,卖药浪游,一路观民风、览美景,彼此唱和,对军阀混战的苦难社会现实,有了深切体会。再次回到潜山后,得知《未婚妻》将被发表,遂又鼓起创作勇气。

1918 年,张恨水被推荐到芜湖的《皖江日报》做编辑,从此开始了他长达 30 年的报人生涯。

《皖江日报》是只有 4 名编辑的地方小报,内容大都是"剪刀加浆糊"的抄袭新闻。张恨水到任之后,每天写两个短评,编一版副刊。他在副刊上发表了自己的习作《紫玉成烟》,得到不少好评,于是又创作了一部才子佳人体的白话小说《南国相思谱》,在本报连载,因"偏重于辞藻"和"力求工整"[8],颇受市民喜爱。张恨水一鼓作气又写了两篇小说《真假宝玉》和《小说迷魂游地府记》,发表在上海的《民国日报》,这是今天能够查到的张恨水的最早作品。

1919 年,五四运动爆发,张恨水领导报社工友在芜湖举行了抗日示威。在爱国浪潮中,张恨水燃起了对新文化运动的渴慕之情,他希望能够到北大读书,于是他典衣借钱,辞职北上,闯入了文化古都北京。

文字劳工

张恨水到北京后,先为《时事新报》打工,每天发 4 条新闻稿,业余练习填词,并因此结识正在北大读书的《益世报》编辑成舍我,后者推荐张恨水担任《益世报》助理编辑。为了生活,张恨水每天分 3 段工作 15 个小时,没有完整的睡眠时间。虽然精力充沛,但进北大读书的愿望已成镜花水月。不过张恨水仍然坚持自修,随时随地朗读英语,因为经理夫人嫌吵,1920 年,他被经理调任天津《益世报》驻京通讯员。

1921 年,张恨水又兼任了芜湖《工商日报》的驻京记者,并应邀在《皖江日报》连载长篇讽刺小说《皖江潮》,后被芜湖学生改为话剧公演,这是张恨水作品首次走上舞台。

为了肩负起长子的责任,张恨水建议母亲和全家人由潜山迁居到芜湖,以利于弟妹们的教育。张恨水把自己基本生活费用之外的全部收入寄往芜湖,供养一家人生活和上学。张恨水因此"成了新闻工作的苦力"[9],一连几年,未再创作小说。张恨水当时天天"要写好几千字,笔底下是写得很滑了,只要有材料,我可以把一篇通讯处理得很好,而且没有什么废话"[10]。这种强迫性高速写作,大大锻炼了张恨水的文字功夫,而且使他有了随机处理八面来风的敏锐判断能力,报人生涯是张恨水成为优秀小说家的最深厚的底蕴。

1923 年,张恨水担任过空头的"世界通讯社"总编,后来又为上海《新闻报》和《申报》写通讯。不久,他离开《益世报》,协助成舍我创办"联合通讯社"并兼北京《今报》编辑。1924 年,成舍我创办《世界晚报》,邀请张恨水编新闻,后又编副刊。《世界晚报》从第一天起,连载张恨水的长篇小说《春明外史》,使这份报纸迅速扬名京城。成舍我旋又创办《世界日报》,仍请张恨水编副刊,两大报纸蒸蒸日上,成为北方最有影响的报业集团。

1925 年,张恨水在《世界日报》上,连续发表 10 个短篇小说,这是他发表短篇小说最多的一年。除小说外,他几乎每日均有杂文见报,张恨水用辛勤的写作改善了自己的生活。1926 年,张恨水再次结婚,并把全家从芜湖接到北京。由于一家人的生活费用很大,张恨水说他这时的创作,"完全是为了图利"。但实际上,张恨水虽然为稿酬而写作,但他"抱定不拆烂污主义"[11],不但文字清楚流利,而且立场高尚,正义感强。他所供职的报纸,都由于他的文笔而极受欢迎,张恨水成了报界的摇钱树。1927 年底,张恨水担任《世界日报》总编辑,由于白天写小说、编副刊,夜间编新闻、看大样,兼以家庭负担沉重,张恨水突然病倒,但他 1928 年仍然大量创作,并同时写作6 部长篇小说。张恨水以一支笔"供给十六口之家",以诚实劳动获得四方赞誉,他成了当之无愧的文字劳工。

三 走上文坛

《春明外史》

张恨水的作品汗牛充栋,他自己也难以尽数。但他最得意的作品只有三部:《春明外史》、《金粉世家》、《啼笑因缘》。其中《春明外史》是他的成名作。

张恨水在《春明外史》之前,大约发表过 5 部小说。今天可以看到的,是1919 年发表在《民国日报》上的《真假宝玉》和《小说迷魂游地府记》。《真假宝玉》属于"滑稽小说",设想《红楼梦》中的贾宝玉下凡,与舞台上扮演宝玉的诸位名角逐个对比,用夸张的笔调讽刺这些名角的体型外貌,意趣比较简单。《小说迷魂游地府记》属于讽刺小说,假托一个小说迷的阴曹地府经历,表达了对社会、文化、特别是文学的一些见解。小说对当时的新旧两派文学都进行了尖锐嘲讽,主张既要继承传统,又要顺应潮流,并推《花月痕》为小说样板。小说虽然也很简单,但已经表现出张恨水许多重要的艺术情趣和喜欢以假托影射现实的创作倾向,他后期的《八十一梦》等作品可以在此找到最初的影子。

《春明外史》1924 年 4 月 16 日开始在《世界晚报》连载,到 1929 年 1 月 24 日结束,将近五年,轰动京城。全书约 100 万字,分三集出版。所谓"春明",本是唐朝长安的一个城门,后人以之泛指京城,所以《春明外史》实际就是"北京怪现状大观"的意思。张恨水开始也的确要走《儒林外史》、《官场现形记》的路子,但他又"觉得这一类社会小说犯了个共同的毛病,说完一事,又递入一事,缺乏骨干的组织"[12]。于是张恨水决定借一个贯穿人物的故事来提领全书,即"以社会为经,以言情为纬",他自己号称"用作《红楼梦》的办法,来作《儒林外史》"[13]。这个贯穿人物就是以张恨水自己为原型的新闻记者杨杏园。小说在言情这条线上,描写了杨杏园与纯真的雏妓梨云和高洁的才女李冬青之间缠绵悱恻的动人爱情,显示出张恨水"风流才子"的一面;在社会这条线上则广泛展示了北京三教九流的人情百态,显示出张恨水优秀记者的一面。当时许多读者也确实把《春明外史》当作"新闻之外的新闻"来看,因为小说中的大量人物和情节都有真实的原型和花絮、逸事。即使事过境迁,百年以后的读者也可以把这部小说看做北京当年的风俗画卷。难能可贵的是,作者没有停留在"八卦新闻"的奇观展示上,而是以极大的勇气把社会批判的矛头指向了当时的达官贵人。

《春明外史》在艺术上取得了多方面的成就。一是超越了单纯的才子佳人小说和谴责小说,上承李涵秋的《广陵潮》,为社会言情小说打开了一个新天地。二是塑造了杨杏园这一正直文人的典型形象,写出了近现代转型期知识分子徘徊于新旧之间的巨大内心冲突。三是语言典雅隽秀,充满文学魅力。尤其是回目的构制,极尽工整完美之能事,有人评价已经超过了《红楼梦》,以致几十年后仍有读者能朗朗背诵。不过小说也有一些辞气浮露及顾影自怜之处,张恨水也认为不能算是自己的代表作[14]。

《春明外史》连载的时期,张恨水还在其他报纸连载了《新斩鬼传》、《京尘幻影录》、《荆棘山河》、《交际明星》等中长篇。《新斩鬼传》写钟馗来到现代社会斩鬼,结果斩不胜斩,败兴而归。此书可以看做《八十一梦》的先声。

《京尘幻影录》是社会小说，可以看做是《春明外史》揭露社会部分的延伸，写得前紧后松，水平一般。《荆棘山河》与《交际明星》都没有写完。张恨水还写了一部《春明外史》的续集《春明新史》，发表在沈阳的《新民晚报》上，多少有些敷衍了事，只能说是《春明外史》的副产品吧。

《金粉世家》

《春明外史》一举使张恨水成为通俗小说大家，但他并不满足，他要趁热打铁，再攀高峰。就在《春明外史》连载过半的时候，张恨水推出一部更上层楼的巨著《金粉世家》。这部小说可以看成是张恨水才华横溢的扛鼎之作。

《金粉世家》1927年2月14日至1932年5月22日连载于《世界日报》，百万余字，是张恨水连载时间和篇幅都最长的作品。张恨水有意要超过《春明外史》一筹，他在写作之初，就构思好了整个故事，设计了大致的情节脉络，并且列出了比较详细的人物表，标明了主要人物的性格及相互关系，从而一改《儒林外史》式的"串珠式"、"新闻化"，使一百二十回的百万巨著成为一个结构性极强的整体。这种写作方法与后来的新文学小说大师茅盾极其相似。

《金粉世家》借"六朝金粉"的典故，描写了一个民国总理之家的豪门盛衰史。小说的主人公是北洋政府总理金铨的七少爷——纨绔子弟金燕西和美丽聪慧的贫民姑娘冷清秋，小说以二人的婚恋离合为主线，全方位地展示出金府上下几十个人物的生存状态。金燕西是典型的浪荡公子，在家族败落后，下场凄凉。冷清秋知书达理、洁身自好，在看透了金燕西虚伪浮华的本质后，她深刻反省到"我为尊重我自己的人格起见，我也不能再去向他求妥协，成为一个寄生虫。我自信凭我的能耐，还可以找碗饭吃；纵然找不到饭吃，饿死我也愿意"。冷清秋是一个充满矛盾的悲剧人物，作为一个在大家庭的苦海中顽强挣扎的女性，她与《雷雨》中的繁漪、《北京人》中的愫芳具有同样震撼人心的艺术魅力。书中身居总理高位的金铨也是一个丰满复杂的形象,他既是一位精明的政治家和一个治家严明的父亲,有他威严开明的一面,他又是一个贪图享受和善于伪装自己的俗夫,有他虚诈和矛盾的一面。《金粉世家》在描写中国式大家族方面,上追《红楼梦》,下与巴金的《家》、《春》、《秋》等巨著相比,毫不逊色。

《金粉世家》在结构和手法上,都极富新意。张恨水在小说的首尾,设置了楔子和尾声,采用了一反中国小说传统的倒叙式开头,而结尾则是"准开放式",书中还穿插了大量的内心独白和景物描写。这些艺术改良,随着《金粉世家》的轰动而被广大的中国读者和通俗小说界所接受,可以说《金粉世家》无论在艺术思想的丰富性,还是在艺术手法的革新性方面,都称得上是张恨水最杰出的作品。

《金粉世家》连载期间,张恨水还发表了《青春之花》、《天上人间》、《剑胆琴心》、《银汉双星》、《斯人记》等作品。其中《剑胆琴心》是描写太平天国后人的武侠小说,《银汉双星》是张恨水第一部被改编成电影的作品。此时的张恨水身价倍增,八方约稿,张恨水走向了创作高峰。

《啼笑因缘》

《春明外史》和《金粉世家》是张恨水的双子巨著,然而比这两部作品更有名的却是一部并不很厚的《啼笑因缘》。《春明外史》和《金粉世家》当年影响所及大体还局限于北方,而《啼笑因缘》问世后,立即引起全国性的轰动,一再被改编成评弹、大鼓、评书、京剧、评剧、沪剧、粤剧、话剧等多种艺术形式,截止到20世纪末,小说再版已达20次以上,10余次被搬上影视屏幕。如此盛况在20世纪中国文学史上是独一无二的。

《啼笑因缘》是应上海《新闻报》之邀,创作于1929年,从1930年3月17日至11月30日连载于《新闻报》副刊。《新闻报》本来就是当时中国发行量最大的报纸,随着《啼笑因缘》的连载,销量更直线上升,张恨水的名字响彻了大江南北。

《啼笑因缘》的故事并不复杂，富家子弟樊家树爱上了唱大鼓的少女沈凤喜，而与沈凤喜相貌酷似的豪门小姐何丽娜及江湖侠女关秀姑，则先后爱上了樊家树。樊家树资助沈凤喜读书，但在他回乡探望病重的母亲期间，沈凤喜却因贪慕奢华生活，嫁给了军阀刘将军，后被刘将军摧残致疯。樊家树徘徊在三个性格迥异的女子之间，进退维谷，啼笑两难。

《啼笑因缘》本有生活中的真事为素材，张恨水经过巧妙构思，点铁成金，写成一部融言情、武侠、社会为一体的跌宕起伏、扣人心弦的精彩作品。《啼笑因缘》的巨大成功，除了情节曲折、悬念迭生以外，更重要的是主题思想深刻和人物形象鲜明。樊家树是一位具有五四平等思想的新时代知识青年，他打破门第观念，爱上出身卑微的沈凤喜，并在沈凤喜失身于刘将军后，表示"身体上受了一点侮辱，却与彼此的爱情一点没有关系"。这里表现出的，是与以前的通俗小说迥然不同的现代的性爱观念。在天人共叹的爱情悲剧中，几个时代青年激烈的内心冲突得到深刻展示，这是小说制造出一大批"啼笑因缘迷"的重要原因。线条清晰的多角恋爱描写之外，《啼笑因缘》还真实地刻画出"小市民的精神创伤"[15]，沈凤喜家中长辈面对金钱和权势的态度，几乎与主人公一样具有强烈的典型意义。小说对北京平民社会的风俗性描写和清丽流畅的语言，使南方读者充分领略到"京味"的艺术魅力。[16]《啼笑因缘》的平民观念和明确的社会批判立场，超越了此前趣味性压倒思想性的通俗小说，使得这部作品不但成为民国通俗小说的第一代表作，而且也引起了新文学界的刮目相看。中国的现代通俗小说至此进入了又一层新的境界，尽管张恨水本人并不认为《啼笑因缘》是自己首屈一指的作品，但后人却多把《啼笑因缘》列为张恨水的第一代表作。

发表《啼笑因缘》之后，张恨水已经成为现代通俗小说的无冕"天皇"。"上至党国名流，下至风尘少女，一见着面，便问《啼笑因缘》"[17]，张恨水拿到一笔巨额版税，大大改善了生活，创办了"北华美术专科学校"，自任校长，聘请齐白石、徐悲鸿、李苦禅等美术大师任教，颇有声誉，并于 1931 年再次结婚。30 年代初，张恨水还创作了《满江红》、《落霞孤鹜》和《啼笑因缘》续

集等作品。在惊人的创作高产之余,张恨水还收集古书,研究考据,赏名花,
买古董,充分实现了他少年时代的名士梦。张恨水的辉煌之时,也正是中国
现代通俗小说的鼎盛之日,进入30年代,新文学和通俗文学"两翼齐飞",中
国的现代文学迎来了喜人的丰收季节。

四 走向新文学

艰难改良

张恨水成为全国知名作家后,稿约不断,每日创作五六千字,但张恨水
却对自己文学事业的前程感到茫然。张恨水走上文坛之始,就确立了改良
传统通俗小说的"雅化"立场,但是这条改良之路,是十分艰难的。顺应潮流
也好,花样翻新也好,张恨水的主要目的是希望读者"愿看吾书"[18],他不能
站在新文学的理论高度,把文学创作看成是改造民族灵魂的千秋大业,所
以,名满天下的张恨水也经常有失落感和自卑感。读古书,看佛经,都只能
增添他的消极情怀。而且由于张恨水的巨大名声,新文学界把他当作"鸳鸯
蝴蝶派"的头号靶子进行批判,而通俗小说界又未免觉得他的步伐太快,这
些都使张恨水备感孤独。但奋发进取的思想仍然在张恨水的精神世界中占
据主导。张恨水在红尘滚滚的30年代,不懈地探索着改良通俗小说的各种
途径。

"九一八"事变爆发,激起了张恨水的爱国热情,他奋笔创作了一系列
"国难小说",如《九月十八》、《一月二十八》、《最后的敬礼》、《仇敌夫妻》,与
电影剧本《热血之花》和其他一些诗词、笔记结集为《弯弓集》。张恨水"国难
小说"最出色的作品是《满城风雨》,小说真实描绘了军阀混战和外寇入侵给
国人带来的毁灭性灾难,小说结尾义勇军奋起抵御外寇,表达了张恨水坚决
的抗日立场。正如《弯弓集》中的豪言:"背上刀锋有血痕,更未裹创出营门。
书生顿首高声唤,此是中华大国魂。"

张恨水的言情小说，进一步突破了才子佳人的模式，人物和情节都向下层社会位移，现实关注胜于浪漫气息，具有与新文学接近的现实主义精神，但又比新文学更加生活化。以《现代青年》为代表，张恨水塑造了一系列在现代化物欲横流的社会里沦落的"时代青年"，延续了从杨杏园、冷清秋开始的"人格清白与社会污浊"的悲剧冲突。他的《欢喜冤家》描写艺人的遭遇，《艺术之宫》披露模特的不幸，《夜深沉》则写的是车夫与歌女之间的恋情，对浪漫爱情的幻想转变成对现实情爱的深沉的思考和慨叹。

张恨水对武侠小说也进行了有益的改良，他力图使武侠小说"严肃化"和"现实化"，他抗战前夕发表的《中原豪侠传》就是这样的尝试。他在社会言情小说中加入的武侠成分，也都是绝无"怪力乱神"的现实武术。张恨水说："我作小说，没有其他的长处，就是不作淫声，也不作飞剑斩人头的事。"[19]这一点，对于现代武侠小说的发展倾向，具有良好的影响。

张恨水此期的小说，开始模糊"章体"与"回体"的界限，有的直接采用新文学小说的结构和笔法，如《别有天地》以一封书信开头，《夜深沉》的结尾，故事没有结局，只有充满感叹的一句："夜深深的，夜沉沉的。"这与10年后巴金《寒夜》的结尾何其相似。

张恨水在30年代，仍然注意亲身考察中国社会现实。他1934年自费考察西北，亲眼目睹了西北人民水深火热的生活窘境，根据这次考察，他创作了《燕归来》和《小西天》两部作品。在民族危亡的局势下，张恨水到上海帮助成舍我主编《立报》副刊，后又到南京独资创办《南京人报》。亲身参与大量社会活动，使张恨水的小说创作获得了源源不断的活水，也使张恨水由一个孤芳自赏的传统名士，演变成一个参与现代民族国家建立的新时代的文化工作者。

跟上时代

1937年抗日战争全面爆发后，张恨水的创作跃进到一个崭新的阶段。

1938年，"中华全国文艺界抗敌协会"成立，张恨水被选为通俗小说家中惟一的理事。他放弃了《南京人报》，只身来到陪都重庆，担任《新民报》主笔。抗战时期，张恨水把写作从谋生的意义真正提高到了要为"说中国话的民众"工作的意义。在与新文学的关系上，双方也由对立转变为合作。张恨水在贫困的生活条件下意气昂扬，抗战期间创作了大约20部作品。

张恨水此期的小说可以分为三类。第一类是抗战小说，包括《桃花巷》、《潜山血》、《前线的安徽，安徽的前线》、《游击队》、《巷战之夜》、《敌国的疯兵》、《大江东去》、《虎贲万岁》等。这些小说超越了他以前的"国难小说"，言情已经退居到陪衬的位置，甚至完全消失，张恨水努力用"真实"来代替趣味。另外，他在小说中贯彻了民众至上的思想，有意歌颂非政府组织的游击队，以致引起政府不满，许多作品遭到"腰斩"。张恨水的抗战小说与新文学的抗战小说类似，仓促求成，结构粗放，当时影响很大，但禁不起时间考验，题材上开掘不够，经常用情节巧合来图解观念，这也是"主题先行"类的作品难免的毛病。

第二类是讽刺暴露小说，包括《八十一梦》、《疯狂》、《蜀道难》、《魍魉世界》、《偶像》、《傲霜花》等。这类小说本来就是张恨水和整个通俗小说界的特长，但张恨水超越了民国初年的黑幕小说和自己早年的新闻化的路子，他在讽刺暴露中贯穿着统一的叙事立场，即从人民大众利益出发的正义感和深切的民族忧患意识。这些小说揭露了贪官污吏巧取豪夺、花天酒地，大发国难财，而知识分子却穷得四处乞食，下层百姓饥寒交迫、怨声载道的触目惊心的现实。特别是《八十一梦》，锋芒直指最高统治当局，国共两党要员从不同角度都做出了强烈反应，以致张恨水只写到十四梦就被迫收场。作品出版后，畅销国统区和解放区，成为现代讽刺小说的一个里程碑。

第三类是历史和言情等其他小说，包括《水浒新传》、《秦淮世家》、《赵玉玲本记》、《丹凤街》、《石头城外》等。其中最著名的是60万字的《水浒新传》，写梁山泊英雄招安后抗击金兵、为国捐躯的悲剧，其借古喻今的主题思想与同期的新文学中郭沫若、阳翰笙等人的历史剧是一致的。历史学家陈寅恪和中共领袖毛泽东都对此书高度赞赏。小说在历史背景的考证和人物的性格语言方面都极其注意准确,今日读来仍有催人泪下的魅力。[20]

抗战时期的小说创作表明,张恨水已经跟上了时代的步伐,他的创作宗旨和思想立场已经与新文学大体接轨。1944 年 5 月,重庆文化界隆重发起为张恨水五十诞辰祝寿,新文学界发表重头文章赞誉张恨水"最重气节,最富正义感"[21]等,张恨水从此更加努力进取。不过这一时期在具体的艺术手法上,除了心理刻画更加自觉外,许多作品结构比较粗糙,叙事语言不如战前流畅精美。此中的得失是很值得玩味的。

嬉笑怒骂

张恨水从抗战后期开始,创作重点就由言情转到了社会批判。抗战结束,内战随即爆发,张恨水愤慨时事,忧国忧民,笔调便也越发沉重和尖锐。

由于《新民报》是大后方销量最大的报纸,并发展成全国性大报,抗战胜利后,张恨水回到北平,主持《新民报》北平版创刊。张恨水坚持"超党派"立场,反对内战,反对扰民,特别是针对经济崩溃和物价飞涨以及国民党接收大员的贪得无厌,张恨水进行了辛辣的嘲讽。

张恨水在北平《新民报》期间创作的长篇小说有《巴山夜雨》、《纸醉金迷》、《五子登科》、《玉交枝》。后因物价飞涨,纸张贵如布匹[22],便改写中篇小说,有《一路福星》、《岁寒三友》、《雨霖铃》、《人迹板桥霜》、《马后桃花》、《开门雪尚飘》、《步步高升》等。其中《巴山夜雨》、《纸醉金迷》、《五子登科》是这个时期的代表作。

《巴山夜雨》借用李商隐《夜雨寄北》一诗的典故,描写抗战时期大后方文人的艰苦生活和漂泊感。小说带有自传色彩,以文人李南泉的生活见闻为主线,通过三对夫妇的婚变,展示了国难当头的时代,各种人物的挣扎和命运。小说风格真实而冷静,但贯穿其中的人道主义精神,深深打动了读者。这是一部可与巴金《寒夜》媲美的优秀作品。

长达 50 万字的《纸醉金迷》,再现了抗战胜利前夕,整个后方社会沉湎于声色、赌博和抢购黄金的疯狂现实。小说以通货膨胀造成的"黄金风潮"为主线,刻画了一批贪婪奸诈的投机商人,反映出国统区丑陋、卑琐的人心世态。小说 1946 年 9 月开始在上海《新闻报》连载,到 1948 年 11 月连载结束时,以上海为中心,国统区又一次发生了疯狂的黄金抢购风潮,这真是一个绝妙的讽刺。

《五子登科》是直接抨击国民党接收大员腐败罪行的力透纸背之作。小说化用五代时窦燕山五个儿子全部登科的典故,全面展示了以主人公金子原为代表的接收大员疯狂索取和占有"金子、房子、车子、女子、票子"的一系列荒淫无耻的丑行。写出了国民党政权崩溃前夕的一部"现代官场现形记"。小说引起巨大轰动,"五子登科"也成了被赋予讽刺贪官污吏的新意的时代词语。这是一部充分表现了张恨水嬉笑怒骂风格的现实主义力作。

张恨水这一时期的创作,数量虽然少于以往,但他直面现实的勇猛抨击,大大加重了作品的分量,使得新文学界也非常重视。1948 年末,张恨水在政治高压下,辞去报社职务,结束了他 30 年的报人生涯。经过 30 年的曲折探索,张恨水不仅攀上了通俗小说的艺术顶峰,而且使中国通俗小说在现代化进程中,获得了新的生命。

五 走进新中国
政治立场

张恨水一生坚持自食其力、正直无私的人格立场,他痛恨北洋政府和国民党的腐败统治,但对政治和革命等问题思考很少。张恨水辞职后,北平很快和平解放,《新民报》发表了严厉批判张恨水的文章,加之张恨水的多年积蓄被朋友卷逃,在政治和经济的双重打击下,张恨水突患脑溢血,经过几年的治疗和休养,才恢复生活和写作能力。这场大病恰好象征着现代通俗小说在进入新中国后，从"瘫痪"到"更生"的微妙转折。

张恨水其实是热爱新中国和新社会的，早在重庆时期，他就对毛泽东、周恩来等中共领袖十分敬慕。张恨水这次患病后，全家生活陷入困窘，政府特聘他为文化部顾问，帮他一家渡过难关。张恨水是知恩必报的传统知识分子，他病愈后，从1953年开始，改编了一系列民间爱情故事。《梁山伯与祝英台》、《牛郎织女》、《白蛇传》、《孟姜女》等中国民间四大爱情故事出版后，大受欢迎。他的旧作也得到再版，张恨水投入到了新中国的文化建设事业之中。

张恨水实地考察了北京城的巨大变化，写了一组散文，歌颂在共产党领导下的建设奇迹。他又远游江南和西北，心潮澎湃地感受到新中国的日新月异，为香港《大公报》写了三、四万字的南游杂记。他还写了一组散文《街头漫步》在海外发表。1959年，张恨水再次发病，周恩来得知后，特聘他为中央文史馆馆员，使张恨水晚年的生活有了保证。张恨水表示："老骆驼固然赶不上飞机，但是也极愿做一个文艺界的老兵，达到沙漠彼岸草木茂盛的绿洲。"[23]

忠孝两全

张恨水晚年创作的小说有：《记者外传》、《逐车尘》、《重起绿波》、《男女平等》、《凤求凰》、《卓文君传》等，多由中国新闻社传往海外发表。张恨水努力改造思想，追求进步，他为两个孙女取名张前、张进，并在《示儿》一诗中写道："敬祖才能爱国家。"张恨水的思想，其实与他的早年是一脉相承的，张恨水一生都在不断"追求进步"，只不过他的脚步是改良的、渐进的，多少有些缓慢，这也是大多数传统知识分子的共同特点。所以，尽管建国后他的个人生活不如他创作鼎盛时期优裕，尽管他被视为庸俗的鸳鸯蝴蝶派作家，一些作品受到批判，但他仍然热爱时代、热爱生活。他鼓励子女们不断上进，自己也决心要在暮年发奋读完两千多本的《四部备要》，并计划进行太平天国史料研究。

张恨水还写了很多旧体诗,他的诗作"疏爽慷慨,沉绵健茂"[24],贯穿着一种忠孝两全的士大夫思想。他40年代曾写下"日暮驱车三十里,夫人烫发入城来"的脍炙人口的讽刺诗句,50年代则有"徘徊人静三更妙,一寺花香月满帘"的佳句。寻章摘句本是张恨水的拿手好戏,他在《春明外史》和《金粉世家》时代,常为写好一副工整优美的回目而花费比写一回小说更多的时间。对联界公认"张恨水对联格律严谨,堪为学人典范"。张恨水还专门研究过散曲和套曲,他的《斯人记》就是以几千字的套曲发端的。晚年的诗词创作则信手拈来,愈加成熟。张恨水很像老舍,希望自己在各种文学体裁上都有建树,希望自己不辜负每一个时代,这种奋发向上的追求使他们成为了"大家"。

难得清闲

张恨水晚年的生活轻松悠闲。他再不用为了生计日夜不停地写小说、写新闻。他创作之外的时间,看报、写信,到琉璃厂搜集旧书,还有逛公园、练书法,带领一家去饭店美餐,以及在文史馆里与文友们下棋谈天。张恨水七十诞辰之际,文友们赠他一副对联:"揭春明外史嘲金粉世家刻画因缘堪啼笑,看新燕归来望满江红透唤醒迷梦向八一。"张恨水回首一生创作,最满意的还是《春明外史》和《金粉世家》。[25]那时的张恨水并不清闲,但那两部小说却充满了"清闲"的神韵。中国小说本来就是"闲书",有闲才会出艺术、出意境。但是近代以后文学愈来愈被组织到建设民族国家的进程中,通俗小说也随着新文学一道担负上启蒙的重任,"清闲"的境界就越来越难达到了。

张恨水一生忠厚善良,勤劳刻苦,不参与政治谋划,不卷入人事风波。他在1957年反右运动和1966年开始的文化大革命运动中,都没有受到冲击。1967年2月15日,张恨水因脑溢血辞世。一位读者挽词曰:"生已留名世上,死亦无憾人间。"〔26〕张恨水用几千万字的辛勤劳作,为中国几亿读者描绘了生动开阔又气象万千的人生画卷,他把中国通俗小说推上了时代的高峰,为中国文学的现代化奉献了毕生的精力。他在半个多世纪的报人和作家生涯中,正直清白,侠肝义胆,"坚主抗战,坚主团结,坚主民主"〔27〕,得到社会各界的一致赞誉。张恨水逝世几十年后,他的作品依然风行于华人世界,学术界把他看做是20世纪通俗文学的经典巨匠。这不仅是张恨水本人的荣耀,也是中国通俗小说艺术魅力名至实归的必然。

注　释

〔1〕　老舍:《一点点认识》,重庆《新民报》1944年5月16日。

〔2〕　仅抗战时期沦陷区伪书即超过百种。

〔3〕　姚民哀编:《小说之霸王》,收入张恨水《真假宝玉》和《小说迷魂游地府记》。

〔4〕　张恨水:《剑胆琴心》序。

〔5〕　《呐喊》自序。

〔6〕　张明明:《回忆我的父亲张恨水》之《"我亦潜山人"和"恨水"》。

〔7〕〔8〕　张恨水:《我的小说过程》。

〔9〕〔10〕〔11〕　张恨水:《写作生涯回忆》。

〔12〕　张恨水:《我的创作和生活》。

〔13〕　张恨水:《我的小说过程》。

〔14〕　张恨水:《写作生涯回忆》。

〔15〕　刘扬体:《流变中的流派》,第216页。

〔16〕　张恨水也属于广义上的"京味作家"。

〔17〕　张恨水:《我的小说过程》,《小说画报》672期。

〔18〕　《金粉世家》序

〔19〕　张恨水:《我的创作和生活》之十四。

〔20〕　通俗小说专家陈墨自叙读《水浒新传》"不禁怆然泪下",见《张恨水名作欣赏》,第418页。

〔21〕　老舍:《一点点认识》。

〔22〕 见张恨水:《写作生涯回忆》和《我的创作和生活》。

〔23〕 张恨水:《我的创作和生活》。

〔24〕 刘扬体:《流变中的流派》,第234页。

〔25〕 参见张明明:《回忆我的父亲张恨水》之《成名作与代表作》。

〔26〕 参见张明明:《回忆我的父亲张恨水》之《读者》。

〔27〕 潘梓年:《精进不已——祝恨水先生创作三十周年》,重庆《新民报》1944年5月16日。

【思考题】

1. 张恨水在中国文学史上的地位和意义如何?

2.《金粉世家》有什么艺术特点?

【知识点】

《啼笑因缘》　　《水浒新传》　　《八十一梦》

【参考书】

1. 芮和师、范伯群等编:《鸳鸯蝴蝶派文学资料》(上下),福建人民出版社,1984年。

2. 张占国、魏守忠编:《张恨水研究资料》,天津人民出版社,1986年。

3. 袁进:《张恨水评传》,湖南文艺出版社,1988年。

4. 张毅:《文人的黄昏》,华夏出版社,1991年。

5. 张恨水:《写作生涯回忆》,北岳文艺出版社,1993年。

6. 杨义主编:《张恨水名作欣赏》,中国和平出版社,1996年。

7. 袁进:《小说奇才张恨水》,上海书店出版社,1999年。

第七讲

有礼有力的武侠小说

武侠文化源流

南向北赵

民国武侠小说名家

港台武侠小说

一 武侠文化源流

武侠小说是中国通俗小说的主要类型之一,叙述"以武行侠"的故事是它的典型特征。[1]

"武"与"侠"是武侠小说的基本文化酵母。成为武侠小说基本元素的武、侠并非是客观存在的武功、侠客。武功、侠客的历史形态,历史上关于武功、侠客的观念,史书及野史、笔记对于武功、侠客的叙述及其表现的相关观念,小说(虚构叙事)中对于武功、侠客的叙述及其武侠观等等之间虽有联系,并不等同。先有武、侠,然后有关于武、侠的观念与叙述,武侠观念的出现,意味着对于社会客观存在的选择、规范,必有所彰显有所遮蔽,有所褒扬有所贬抑,体现了特定的武侠观念。作为社会客观存在的历史上的武侠和关于武侠的观念今天已经无法了解,研究者所能依据的只是关于武侠的文字记载,它们不过是历史沧海之一粟的某种叙述。历史记载(比如《史记》之《游侠列传》)与野史和笔记的区别在于,后者更多民间传说的内容,因而也更多阑入民间想象、社会大众文化心理等亚文化内涵。正是关于武侠的历史的、野史和笔记的叙述构成了武侠的文化传统,这一传统是武侠文学、武侠小说得以产生、传播的基础。

武、武术、武功,其源甚古,以至孔子生活的时代,射、御还是教学的内容。[2]武、武术、武功随着社会发展不断变化,但在关于武功的叙述中,剑与剑术却逐渐脱离实用而成为一种象征。先秦的好剑与佩剑之风在《楚辞》"佩长铗之陆离兮"的咏唱中可见一斑。好剑与佩剑之风盛行,关于著名的铸剑师(比如干将、欧冶子)、著名的相剑师(比如薛烛)、名剑(比如干将、莫耶、龙渊、泰阿、工布)以及著名的剑术家(比如越处女)[3]的传说与叙述也应运而生。在这些叙述中,剑与剑术具有了超现实的意义。《越绝书》叙述这样一个超现实的故事:晋、郑王知楚有宝剑,求之不得乃兴兵围楚,三年不解,于是楚王"引泰阿之剑登城而麾之,三军破败,士卒迷惑,流血千里,猛兽欧瞻,江水析扬,晋郑之头皆白"。这样的奇迹据风胡子解释:"剑之威也,因大王之神。"而像干将这类名剑,不仅具神通,而且它们的铸造也异乎寻常。"干将作剑,采五山之铁精,六合之精英;候天伺地,阴阳同光;百神临观",但铸造之际,突然"天气下降,而金铁之精不销沦流"(气温突然下降,炉膛凝结,铁汁流不出来),然后干将"妻乃断发、剪爪,投于炉中,使童女童男三百鼓橐装炭,……遂以成剑"。不仅如此,名剑简直通灵而具有生命。传说汉高祖的佩剑后藏于宝库,"库中守藏者见白气如云,出于户外,状如龙蛇。""及诸吕篡权,白气亦灭。"[4]至于剑道,在《庄子》的《说剑》篇中可见一斑。《说剑》本旨在阐明"王霸之道",并非专论用剑,"剑道"乃是设喻。但此喻透露了时人对于剑道的造诣:"夫为剑者,示之以虚,开之以利,后之以发,先之以至。""十步一人,千里不留行。"这些文字所涉及的剑道"包含欲动先静,既出必速,感而后应,机照物先,后发先至等辩证攻防意识和剑术理论。"[5]

"古布衣之侠,靡得而闻已"。原始的侠早已存在,至《史记》才第一次进入主流史家视野。在此之前只能从一些零星的记载中窥见春秋时侠的面影。如《吕氏春秋》之《士节》与《报更》中记载的北郭骚与鹣桑饿人(此事在《左传·宣公二年》亦有记载,其人名灵辄),不但轻生轻财,而且受小德必以大报,"完全可以视为'原侠'的典型"[6]。北郭骚、灵辄被记载,那是因为他们的行为中,"重交"、"报恩"、"独行"的"侠德"符合论者的价值取向。故侠的被叙述记载,一开始就是与价值取向紧密联系的。

韩非在《五蠹》中对侠的看法,代表了君权本位者的立场:"儒以文乱法,侠以武犯禁。"那些私剑者,"聚徒属,立节操,以显其名而犯五官之禁"。在"公"、"私"的对立中,韩非对儒侠"二者皆讥"。与韩非的立场相对照的,是司马迁的侠观念。

司马迁《史记》多处涉及"侠",有三点值得注意。第一,《史记》中记人常用"任侠"一词,但"任侠"既有负面的,也有正面的,"任侠"不是一个价值判断[7]。第二,刺客与游侠分别列传,《刺客列传》中,通篇不及"侠"字,可见司马迁彰显之侠义与刺客报恩之忠义有别。第三,在司马迁的论述中将"布衣之侠"、"乡曲之侠"、"匹夫之侠"、"游侠"、"闾巷之侠"等等与"暴豪之徒"相区别,也与"四公子"之类的"有士卿相之富厚"而行侠者相区别。其论"游侠",曰:

> 今游侠,其行虽不轨于正义,然其言必信,其行必果,已诺必诚,不爱其躯,赴士之厄困,既已存亡死生矣,而不矜其能,羞伐其德,盖亦有足多者焉。

在《太史公自序》中,司马迁说明了他为游侠立传的动机:

游侠救人于厄,振人不赡,仁者有采;不既信,不倍言,义者有取焉。

任侠者均"不轨于正义",而司马迁择取其中"不爱其躯,赴士之厄困,既已存亡死生矣,而不矜其能,羞伐其德"予以彰扬,显示了他对于侠士的取舍标准。司马迁论侠不同于韩非的君权立场,也不是侠客个人的立场,而是从侠与他人,尤其是那些弱势者、落难者的关系出发,表扬其急人之难,救人困厄而不惜牺牲自己利益乃至生命的精神,故他指出"暴豪之徒""朋党宗彊比周,设财役贫,豪暴侵凌孤弱,恣欲自快,游侠亦丑之。"而特别赞赏朱家之"振人不赡,先从贫贱始。家无余财……。专急人之急,甚己之私。"这里贯穿的本质上是一种以弱势者为本位的利他的伦理精神。司马迁的侠义观基本为后世武侠文学尤其是武侠小说继承,成为后世武侠文化传统的占主流地位的核心观念,影响深远。

《史记》是武侠文学写实时代的代表。从《史记》到唐传奇之武侠小说的出现,其间有700余年。700年间,侠客往往成为诗歌咏唱的对象,诗人也往往对侠的精神作新的阐释。据刘若愚研究,写侠客的诗最早在汉代。[8]张衡的《西京赋》有对于"都邑游侠"的描写叙述,其对于游侠的"眭眦蚉芥,尸僵路隅"的行事方式,颇不以为然。曹植作《白马篇》或者别有怀抱,其"幽并游侠儿"是一种为赴国难,不顾父母妻子乃至牺牲生命的形象,以"国家"(它仍是君主之国,而非现代的民族国家)意识改写了游侠精神。张华有《游侠篇》、《博陵王宫侠曲二首》等,作者赞游侠,既赞四公子("美哉游侠士,何以尚四卿"),也赞"雄儿","宁为殇鬼雄,义不入圜墙。生从命子游,死闻侠骨香"。对雄儿的咏唱中,突出了"雄儿"的"任气侠"的自由精神。不过作者自己的取向并不同,"我则异于是,好古师老彭。"[9]游侠是唐诗的题材之一,王维、李白、杜甫都在诗中歌咏过游侠。诗人或写游侠的无忧无虑的生活和粗率豪放不羁的性格,或借游侠无用武之地寄托自己的感慨("十年磨一剑,霜刃未曾试")。这类诗作是游侠文学抒情时代的代表。

古无"武侠小说"类目,"武侠"成为固定词起于近代,"武侠小说"成为文类概念,则在 20 世纪 20 年代至 30 年代。今之所谓中国古代武侠小说,实际是以现代文类概念对于中国古代小说史的一种重新梳理。据现代小说概念,则"叙述宛转,文辞华艳","有意为小说"的唐传奇正是中国小说的真正开端。中国武侠小说的开端亦在此时。

武侠人物在公元 9 世纪上半叶的唐传奇中已经出现,蒋防的《霍小玉》、许尧佐的《柳氏传》、薛调的《无双传》中,侠客(黄衫客、许虞侯、古押衙)还只是为恋爱中的男女排忧解难的配角,至 9 世纪下半叶的段成式、裴铏、袁郊等人的作品中,侠客则成为小说的主人公。唐人写有武侠小说或类武侠小说的甚多,最著名的作者有段成式、裴铏、袁郊等。段成式有《酉阳杂俎》二十卷,其中较著名的武侠小说有《周皓》、《京西店老人》、《兰陵老人》、《僧侠》四篇。裴铏撰有《传奇》三卷,其中《聂隐娘》、《昆仑奴》、《韦自东》是较著名的武侠小说。袁郊撰有《甘泽谣》传奇集,其中《陶岘》、《红线》是著名的武侠小说。唐人武侠小说中侠客的行动主要有仗义、报恩、武艺三端。仗义者如《无双传》、报恩者如《聂隐娘》、《红线》、《昆仑奴》,而《京西店老人》、《兰陵老人》、《僧侠》都是以显示神奇的武艺为重心。以武行侠的模式也在唐人武侠小说中形成,侠客行侠或以武功,或以道术(聂隐娘与精精儿的斗法,红线、空空儿以及磨勒的飞行绝迹),甚至还出现了化尸药(《聂隐娘》)、死而复苏药(《无双传》),这些都为后世武侠小说之技击武打的铺陈、仙剑一途的神奇和使毒用药的变幻无方开了先河。唐武侠小说的最重要特征还在它们的超越性。它们都叙述人间的故事,但侠客们却都具有超凡的特质,不为现实所拘束牵累,他们身怀绝技却混迹于常人之中,或隐于市井,或隐于佣仆,或隐于胥吏,或隐于方外,身处流俗却超于流俗,一旦现身,举手投足间便创造神奇。超现实的侠客及其世界的创造,正是唐代武侠小说对于后世武侠小说的最为重要的影响。这也就是实录的《史记》对于武侠小说的影响反不及唐武侠小说的根本原因。

唐代之后,宋说话之"公案"("皆是朴刀杆棒发迹变泰之事")与"铁骑儿"("士马金鼓之事")中,当多有今之所谓武侠小说。今天可见的作品多散见于话本、拟话本中。《宋四公大闹禁魂张》、《杨温拦路虎传》、《神偷寄兴一枝梅》、《赵太祖千里送京娘》、《汪信之一死救全家》等是其中较为典型的武侠小说。这些小说中的侠客与唐侠客相比,突出的特征是接近常人,更多市井趣味,而侠义观念方面,也有道学化与市井化的变化。

明代的著名长篇小说《水浒传》,文学史家或归入"讲史",或列为"公案",或曰"侠义",或称"英雄传奇",今之武侠小说史家,则多推为中国古代武侠小说之代表。"讲史"与"公案"侧重故事性质,"侠义"、"武侠",侧重人物行为及其意义,"英雄传奇"则是外来文类概念,侧重小说主要人物形象作为英雄的成长、发展,视角不同,加之中国小说的"公案""侠义"在此时尚未分化成独立类型,故有分类之歧异。作为英雄传奇的《水浒传》对于后世武侠小说影响巨大。《水浒传》中众英雄在成长过程中的"江湖历程",作为富有个性特征的绿林英雄的刻画,与各自性格相关的打斗场景的描写,黑店、山寨、庄子等江湖场景的布置,剪径、劫狱、投名状等等的江湖勾当,排座次等等的江湖组织都给后来的武侠小说提供了模仿、借鉴的范本,驰骋想象的基础。

清代武侠小说《三侠五义》、《好逑传》、《儿女英雄传》则日益形成一个新的模式,即英雄 + 儿女,可视为后代侠情小说的先声。

至清代晚期,随着维新运动的兴起与梁启超对于"新小说"的提倡,武侠小说一度衰落。至 20 世纪初年,梁启超为了弘扬尚武精神,于 1904 年出版《中国之武士道》,希望发掘民族的"武侠精神"。与此同时,不少论者纷纷重评《水浒传》,意不在文学,而在"发现"甚至"发明"符合变革中国的新精神。他们重新阐释的武侠精神,与反瓜分、反专制相联系,又与改造国民性相联系,强调公义,强调国家民族。革命党此时进行的一系列颇具传奇色彩的武装斗争则提供了清末民初武侠小说产生的现实土壤。在这一背景下,产生了一些武侠小说。比如:

孙玉声《仙侠五花剑》(1901)

陈景韩《侠客谈》(1904)

李亮丞《热血痕》(1907)

叶小凤《古戍寒笳记》(1914)、《蒙边鸣筑记》(1915)

罗韦士《刘戈》、《戮蛇》、《雪里红》、《三童传》(1914)

是龙《黑儿》、《烟扦子》(1914)

剑秋《燕子》(1914)

指严《虎儿复仇记》(1914)、《鱼壳外传》(1915)

林纾《技击余闻》(1914)、《傅眉史》(1915)

冷风编《武侠丛谈》(1916)

李定夷《霣玉怨》(1914)《尘海英雄传》(1917)

姜侠魂《天涯异人传》(1917)、《江湖廿四侠》(1918)

陆士谔《八大剑侠》、《血滴子》(1921)

这些武侠小说的共同特征是,作者多为当时的先进知识分子,作品中体现了维新派或革命派的思想,往往取材于反清的传奇故事、人物,在形式上并未继承清代武侠小说的传统,而是或则上窥唐传奇,或则取法于外国小说。

五四新文学在兴起的过程中曾经对鸳鸯蝴蝶派进行批判,鸳鸯蝴蝶派一度"败退",在败退中,武侠小说挣脱了对于它而言过于沉重的教化任务,向娱乐性回归。1922 年《红》杂志创刊,1923 年《侦探世界》创刊,两杂志分别连载平江不肖生(向恺然)的《江湖奇侠传》和《近代侠义英雄传》,在现代文坛上掀起了第一阵"武侠热"。

民国文学习惯上有新文学与旧文学之分,所谓旧文学即是指中国近现代通俗文学。新旧之分同时意味着价值的高下之分,这样的划分与评价不尽科学。在通俗小说中,武侠小说因其传统的超现实性的文类特征,在以改造社会为旨归的现实主义精神主导的 20 世纪文坛,常受指责批判。我们要以现代人道主义精神对武侠小说的不健康的内容进行分析批判,也要充分估价武侠小说给人以愉悦的功能,特别是充分认识武侠小说在通俗地传播中国传统文化方面的作用,充分认识在全球化时代武侠小说这一中国大众喜闻乐见的民族形式在屏蔽外来通俗文学方面的意义。如此分析批判就不是要消灭它，而是要继承、改造、发展，创造出民族的现代的武侠小说。

二　南向北赵

民国时期的武侠小说，有"南向北赵"之说，南向者，即平江不肖生向恺然，一生撰写武侠小说十余种，而以《江湖奇侠传》、《近代侠义英雄传》最为著名。

向恺然(1890—1957)，名逵，笔名不肖生，湖南平江人，故署平江不肖生。青年时代曾两度赴日留学，并撰有长篇小说《留东外史》。向恺然知拳术，对于武林、江湖掌故尤熟稔如数家珍，寓居上海时为世界书局老板沈知方所知，根据其对文化市场的预测，登门求稿，"极力地挖取向恺然给世界书局写小说，稿资特别丰厚。"[10]不肖生遂有《江湖奇侠传》之作，1923 年 1 月《红》杂志 22 期开始连载。杂志连载时，版式即为出单行本而预作设计，连载到一定段落，即推出单行本。1923 年 6 月不肖生同时在《侦探世界》上连载《近代侠义英雄传》。由此可以见出，《江湖奇侠传》的出现，是一个现代商业策划的成功案例；民国武侠小说第一个创作浪潮的到来，实赖市场的推动、驱动。

《江湖奇侠传》流传愈广，平江不肖生名声益震。1928 年春，上海明星电影公司将《江湖奇侠传》改编为《火烧红莲寺》第一集。"五月，正式上映，哄动一时，大收旺台之效；同年拍摄二、三集……十八年(1929)，拍摄四至九集。十九年(1930)，拍成十至十六集。二十年，续拍十七、十八集；《火烧红莲寺》艺术价值不高，开中国电影史武侠神怪片之先河……"[11]《中国电影发展史》中说："据不十分精确的统计，1928—1931 年间，上海大大小小的约有五十家电影公司，共拍摄近四百部影片，其中武侠神怪片竟有二百五十部左右，约占全部出品的 60% 强，由此可见当时武侠神怪片泛滥的程度。武侠神怪片的第一把火是明星影片公司放的，……于是红莲寺一把火，'放出

了无量数的剑影刀光','敲开了侠影戏的大门墙'……"〔12〕

从《江湖奇侠传》和《近代侠义英雄传》的连载起始至《火烧红莲寺》的盛极一时,是作为作家的平江不肖生的黄金时代。

因《江湖奇侠传》、《荒江女侠》搬上银幕的轰动,影业界亦曾自创《马永贞》等武侠片,这又反过来助长着文学界的"武侠风"。以文化市场经济为动力机制,正是现代通俗文学不同于新文学,也不同于古代例如唐传奇时代的文学的主要特点,商品化带来了意识形态方面的"失落"和混乱,带来了平庸、恶滥,但是,它也造就了一批甚受读者欢迎的、艺术功力不平凡的、极为多产的通俗文学作家。它们之受到读者欢迎,往往在于其所具有的特殊社会内涵和文化内涵。

《江湖奇侠传》的特点在于"怪异不经"。书中仙、侠并存,道术、法术、巫术与武功技击并存,世外的超现实世界与世俗的江湖社会并存。所写人物,包括"剑仙"、侠客、乞丐、僧尼、巫师、盐枭、猎户、苗峒法师、茅山道士……,三教九流,五光十色。这样怪异特色,一方面取决于作者以不经之谈娱悦读者的立意、构思,另一方面取决于素材、题材的"民俗"特色;举凡民俗学之所谓"信仰及其行为"("灵魂与他生"、"超人的存在"、"预兆与占卜"、"疾病与民间医方"、"巫术"等),"风习"(包括原始性的制度、仪式、祭祀等),"民话"(包括神话、传说、民间故事稗史等),都被作者组织进这部松散而枝蔓横生的武侠巨著之中。作为创作过程,此书一方面存在着"民俗"被文学"异化"的现象,另一方面又存在着文学被民俗"异化"的现象。

民俗资料特别是神话、传说、民间故事在其流传的过程中,本来都会发生"异化"。这种异化反映着各种思想体系对民俗文化产物的"干预"。而作家选择民俗题材进行创作,则是一种积极的、主动的、个性化的自觉干预,它包括创作主体对民俗资料进行重新阐释,进行自觉的艺术加工,扩其波澜,增以藻饰,贯注以自己的审美评价。这种积极干预的结果,甚至可以使民俗素材原来所含的"集体无意识"内涵,转化为作家的"个体意识",即形成为创作个性的一部分。《江湖奇侠传》写张汶祥刺马故事就是这样一种"异化"过程。不肖生对于稗史、传说是有所取舍的,他扬弃了"贬张"的传说(当时坊间又有《五剑十八义》一书亦写此事,而价值取向恰恰相反)。更重要的是,除了道德评价以外,作者还以曲折离奇的情节,对比鲜明的人物形象,掷地有声的语言,卧薪尝胆式的行为,极力渲染张汶祥重义轻生的大侠气概,使这一部分成为全书中既重情节结构又重性格塑造的"华彩乐段"。这应当是此书斯时受人青睐的原因之一。

《江湖奇侠传》中又存在着取材丰富而融会、消化不足的现象,以致民俗素材对文学性造成了"反干预"。书中所写的赵如海故事就是一例:作者想把赵如海写成一个为害地方、"十恶不赦"的人物,然而叙述他的鬼魂闹公堂、逼立"邑厉坛",却转化成了"道高一尺,魔高一丈"型的故事,致使前后部分颇不统一,这就是民话原型中的集体无意识在被作者引述的境况下的"激活"。就此而言,《江湖奇侠传》又是丰富的民俗资料的载体,这也是它在当时受人青睐的原因之一。但从文学创作的角度考察,这又是它的缺点,反映着创作主体对素材和创作过程"干预"的不足,未能达到后来还珠楼主作品那种广采博征、融于一炉而不著痕迹的境界。无所不能的"剑仙"和有所不能的侠客共处于一个时空,也为此类作品设置了一个难解的矛盾。

《近代侠义英雄传》与《江湖奇侠传》有所区别。此书以其"书品"之高,而成为现代武侠小说二三十年代的峰巅之作。它以清末大侠王五、霍元甲事迹为线索,贯串起数十位武林异人的传奇故事,民族革命观念和爱国主义精神,与武侠情节达到了水乳交融的程度。它同时是第一部反映近代中西文化冲突的武侠小说。作者对西方帝国主义的文化、"武化"侵略持坚决抗击的态度,但对于建立在实证科学基础之上的西方文明、包括医学、体育、技击方面的科学成就,则予以充分肯定:"反帝"而不"排外",肯定"西学"而不"媚外"。另一方面,对于中华民族传统武学中所浸润着的文化精神,作者并不满足于"武艺"表层的描述,而是从"道"与"艺"、"德"与"武"的辩证关系入手,深入揭示了作为"武艺"内核的深层文化内涵。把"武艺"提升到"文化"层次并在中西文化冲突中加以表现和阐释,不肖生实为民国时期武侠小说史上的第一人。作者通过诸如黄石屏与德国医学家"交流",霍元甲、农劲荪与外国拳社较技、"交锋"等情节,既展示了中华传统文化的幽深及其超越实证科学之处,又如实地揭露了它在当今世界所面临的危机。所以,该书生动地表现着不肖生的"现代意识",同时也是一部表现"现代"题材的,不可多得的成功之作。作者的文学语言也几乎达到了"文体家"的水平,十分口语化,而又是十分纯正的书面语,有点类似胡适白话论说文的语感,别人极难模仿。

赵焕亭,即"南向北赵"之"赵"。原名绂章,河北玉田人。约生于光绪四年(1878年),至50年代初去世。赵焕亭出身旗籍,曾师从季清进士,后来官至山东按察使的赵菁衫,旧学功底扎实,对于诗、辞、曲及古文辞均颇精熟,民国时以笔耕为业。其经历和文化素质与向恺然有所不同,作品风格、语言和传统话本小说更为接近,但仍具有时代特征。

赵焕亭20年代初即开始创作通俗小说,其代表作之一《奇侠精忠传》写于1923年,其他重要作品还有《大侠殷一官轶事》(1925)、《马鹞子全传》、《双剑奇侠传》(1926)、《北方奇侠传》(1928)、《英雄走国记》(1930)等。他的武侠小说,多以清代史实为因由加以任意发挥,上述六部著作,即分别以杨遇春平白莲教、同光朝蓟州大侠殷一官事迹、清初大同总镇姜瓖抗清史实、道光间诸暨包村团练抗拒太平军故事、明遗民祁班孙兄弟联络魏耕等义士抗清史实为依托,继承传统的"讲史"遗风而不取"演义"体制,重在杜撰情节写"武"、"侠"。风格以粗犷为主,所以时人或比之为"施耐庵"。

赵焕亭的武侠小说,除了燕赵峭拔之气外,更大的特色在于擅长描绘世态人情,所谓"酒肉争端,细人情状",刻画皆能入木三分;混混儿之口没遮拦,里巷女儿之尖利泼辣,贩夫走卒之爽朗粗豪,荡子浪妇之淫亵俚俗,如闻其声,呼之欲出。就此而言,赵氏得力于《金瓶梅》甚于《水浒》,并且因此而加强了他的作品的写实因素。

《奇侠精忠传》正集8册,128回,1923年至1925年陆续出版,续集8册,共90回,于1926至1927年出版。小说叙述侠客义士杨遇春、杨逢春、于益、叶倩霞等人帮助官军平叛苗族、回族、白莲教起义的故事。相对于正面侠客杨遇春的神奇的成长史，反面人物冷田禄的蜕变史(所谓"写一个罪人的转变之'渐'")更见出作者人物描写方面的功夫。

《马鹞子全传》，描述清初御前侍卫、官至平凉提督的王辅臣(绰号马鹞子)之发迹史。在作者的笔下，王辅臣既是一位大侠，又常有"妇人之仁"、"不忍之心"，并且沉沦于功名利禄，终于卷入姜瓖之变和三藩之乱，在政治漩涡中不能自拔，而以悲剧结局了其一生。人物性格及其发展皆较复杂，作为一部"有缺点的英雄"的传奇，对传统窠臼有所突破。但是，作者又设置一组不食人间烟火的"隐侠"形象，作为王辅臣的对比，以寓"警世"之意，未免新中有旧，旧中有新。以"非神化"的观点写英雄，实乃《水浒》、《七侠五义》已经创立的可贵传统，但民国以来的多数武侠小说忽略了这一传统，每喜将英雄写成文素臣式的人物，《马鹞子全传》之值得重视在于此。

赵焕亭受北方评书的影响是显而易见的，他的小说模拟书场说书表演的叙述格局，常常在小说中以说书人的语气插入一些直接叙述，有时还特意加以强调。赵焕亭的说书语气显示了新的特点，即他用说书语气来袒露自身，他笔端常常流露出的那嘻嘻哈哈的反讽，更与作者对自身存在的自省自剖有关。

赵焕亭小说在当时曾经因笔墨中的男女情欲描写的分寸不当而遭士林批评，以致有"改良重订"版的发行。赵氏小说中叙述反面人物时往往夹杂秽笔，并非个别现象，这固然与其放达恣肆的文风有关，但也未尝没有迎合市民读者的低级趣味一面的商业因素在内。

赵焕亭的长篇小说，有其小说的独特写法，这是一种旧写法。《改良重订〈奇侠精忠全传〉之说明》交代小说的作法："……乃取残缺笔记，穿插联络，以白话章回体演出之"。在《英雄走国记》、《自序》中，赵氏云："排比旧闻，并名家著录，以为斯书。"在《双剑奇侠传》中，又云："综所闻，以成斯书。"他的创作存在以下特点。第一，大框架的自觉性。一方面，赵氏每部作品的大框架都以重大的历史事件为背景，这并非偶然巧合，而是一种自觉。武侠传奇故事一向专属于武林、江湖,复仇、打降、夺镖、较艺,都局限于社会一隅,正所谓草莽野民,不与大道,写起来,格局不大,气势不够;将江湖连接江山,传奇汇入历史,可以获得一个更广阔的空间。在这方面,侠客英雄尚写得不尽突出,像马鹞子、冷田禄乃至张夫子却是突出了显示了祸乱与特殊个性人物之间的关系,超越了采花贼、飞行盗、嗜血如命之类的江湖败类式描写,这应视为赵氏之一大贡献。另一方面,大框架的主要人物,作者都能关注其心性的长成及变化,这方面的成功性笔墨也多集中表现在负面人物的描写上。田红英、冷田禄、马鹞子都有较专注的性格、心理描写。

赵焕亭的创作性第二点表现,是局部描写渲染的绘声绘色。写市井人情、世间俗态,必须写出俗味,大俗亦能大雅。充满俗趣俗味正是赵氏小说中隐指作者的突出特征。自由的叙事人、俗味俗趣的隐指作者,再加上脱胎于古典白话又参以北方评书乃至北方方言的语言,使赵氏作品的描写部分每每生气盎然、人气盎然、村气盎然,自成俗之美,此即是创造性,也是艺术性。

三　民国武侠小说名家

30年代"武坛"的鼎足之势,实是由向、赵、姚三人造成的,虽然姚氏这一"足"比向、赵要"细"一点,但不可或缺。

姚民哀党会武侠说部的"党会"部分有两大特色:一曰:"纪实性",所写及者,调查有据的多系清末民初实有党会及其人物;二曰"资料性","海底"、仪轨、文献等的引述甚为繁丰。这在积极方面,丰富了武侠小说的内容,也推动了它的形式的发展;在消极方面,"党会"、"武侠"两大因素之间时或游离、传奇、纪实的矛盾未得圆满解决,样式尚未臻于成熟。在这个范畴,后来的通俗文学创作遂出现两种走向。一种走向以"党会"从属于"武侠",从武侠小说创作的总体构思出发来处理"党会性",因而不强调纪实性和资料性。

姚民哀(1893—1938),江苏常熟人。作为评弹艺人的艺名是朱兰庵。

姚九岁即已随父往返于江浙乡壤间操弦索生涯。常与父同台鬻艺,人称"大小朱";其弟民愚(菊庵)亦操是业,与兄并称"朱双档"。姚民哀不仅结交过革命党人,也结交过太湖强人,并曾入美商花旗烟草公司任文牍。利用出差机会,自民国十年(1922)起,"北游京、津,东至吉、黑,西入潼关,南越闽、粤,至民国十三年川汉倦游止,共经历了直、鲁、豫、晋、陕、苏、泊、皖、鄂、川、湘、闽、粤、奉、吉、黑、赣、热、察、绥二十个省界"。所至,尽心力探访党会秘史,人物轶事。同时也就开始以上述"所见闻的社会秘密"为素材,撰写"党会说部",相继推出《山东响马传》、《盐枭残杀记》、《龙驹走血记》、《三凤争巢记》、《独眼大盗》、《侠骨恩仇记》、《荆棘江湖》、《四海群龙记》、《箬帽山王》、《南北十大奇侠传》、《生死朋友》等中长篇作品,并陆续发表了一大批标以"江湖秘闻"、"党会秘记"的短篇作品,为武侠小说增添了一个颇具特色的门类。这个门类对后来的武侠文学(包括当前中国内地、港台的"新派武侠小说"和"帮会影视"),产生过深远的影响。

《山东响马传》是以1923年5月山东抱犊崮孙美瑶匪部制造的"临城劫车案"为题材的小说。案发三个月后,作品即在《侦探世界》连载,但是作者未能妥善处理纪实性和传奇性的矛盾,这一矛盾,或多或少也存在于他的其他"党会说部"之中。

《四海群龙记》与《箬帽山王》是姚民哀的代表性作品。[13]

姚民哀在《箬帽山王》"开场报告"中说,从《四海群龙记》开始,他即有意识地把这些作品构思为一套"连环格别裁小说",每部相对独立,而又"彼此互有迹象可寻"。往往"这部书的结局,倒安插在那一部书内",这部书中"无关紧要的一句话",在那部书中"要发生另一件事儿来哩"。这种"系列构思"颇能吸引读者,招徕顾客,至今仍为许多武侠小说作者所采用。

《四海群龙记》以清末镇江"三不社"首领姜伯先因"革命党嫌疑"等罪名受通缉、被逮捕、遭处决和同党为之报仇的经过为"梁子",串连闵伟如(海外立业的"虬髯客"式人物)、沈斗南(道学家式的侠气清官)、周吉(名捕头)、刘六(地痞光棍)诸传而成。《箬帽山王》写姜伯先死后,杨龙海在太湖箬帽山结"箬帽党"图霸之事。这条暗线上又有一个"夺宝争正统"的核心关目，但是此一关目只是与暗线发生关系，并未成为本书的结构核心。《箬帽山王》倒是围绕吴儒生、曾海峰求师学武、行侠江湖、投奔"箬帽党"的经历，以此作为一条明线而展开情节的。这条主线上又串合着秦渔隐由官宦子弟成长为江湖隐侠的故事和马海仑历险行乞、学艺复仇的故事[14]。这些"柁子"往往自成一个回环情节，始于主线又归结于主线，形成颇具特色的链式柁梁结构。

《四海群龙记》里，特别强调"真侠"、"伪侠"的区分明辨，是对正统侠义观念的一种回归。在创作实践中，姚民哀曾把侠分为两大类："心"字门的"剑仙"和"义"字门的"游侠"（《箬帽山王》第十九回）。前者超脱尘世，已入随心所欲境界，实现了天人合一、身剑合一，能知过去未来。此类形象，已非儒学化的侠义观所能规范。后者则人间之侠，入世之侠，而此类游侠，也正是姚民哀描写的主要对象。他的笔下的各种"游侠"，多系党会成员，他们可以分为若干层次，而姜伯先、杨龙海所居位置最高。如果说姜伯先、杨龙海是姚民哀想极力歌颂，而又写得并不成功的"济世之侠"的形象，那么神偷"雪狮儿"（薛四）以及秦渔隐、曾海峰等，则是属于第二层次的"江湖义侠"形象，此类形象的塑造是比较成功的。《四海鲜龙记》还着意刻画了几个江湖"下流末作"的形象，如周吉、王大忠、刘六等。他们也都是党会成员，却或充任捕快卯首，为虎作伥；或身为地痞头目，鱼肉乡里。这些形象的出现，不仅真实地展示了党会作为黑社会的组织的复杂性、渗透性和破坏性，具体地表现了党会成员在构成上的鱼龙混杂的特征，而且为同是党会分子的"江湖义侠"提供了一种比照。作者的用意在于通过比照，而对江湖信义准确、纯正的阐释。周吉挖目以谢薛四的故事（第二十一、二十二回），在这方面颇具代表性。

作为武侠小说，《四海群龙记》《箬帽山王》在样式上也有所发展。更善于展开场面描绘，更注重人物性格的展示，更能够细腻地、生动地、个性化地描绘技击。《四海群龙记》第三十一回，"六更李"因扶养姜伯先后人之需，孤身拦劫姜党为营救伯先而筹集的镖银。一战赵至刚，打得"捷"；再战鲍荩臣，打得"灵"；三战孟氏兄弟；打得"巧"；四战于大林等五虎，打得"洒"，因为是自己人打自己人，所以又打得有节、有情。《箬帽山王》第三十八回曾海峰、丁淑翘的一场开打，从双方"人物眼睛"来写，使技击动作、场面和过程成为物化角色心态，刻画人物性格的手段。同书第十七、十八回写曾海峰在江宁下关望江楼所见恶僧、恶道恶化缘而受惩的场面，波澜迭起，悬念诡奇，烘托有致，招数险毒，暗器精妙。这些笔墨，差可比美不肖生。

李寿民（1902—1961），原名李善基，后名李寿民，四川长寿县人。笔名还珠楼主。从1932年至1949年，以"蜀山"为核心，还珠楼主创作了36部武侠小说，形成了一个庞大的"蜀山系列"。还珠楼主的作品，大多结构散漫，且无结局，但它们具有其他武侠小说所未具备的特征——36部著作，全部纳入于作者脑海中无比恢宏的总体计划，这些著作分为两大部分，其一为"出世武侠"即仙魔小说，叙仙魔二道为抗御490年一遇之"四九天劫"而行动（其中修成"地仙"者，还需抗御1300年一遇之"末劫"）；其二为"入世武侠"，叙"天劫"过后，残留于人世的少数"剑仙"、"准剑仙"与人间侠客共同除暴的故事。《蜀山剑侠传》洋洋500万言，直至停笔，"四九天劫"尚未"降临"，而《蜀山剑侠传》还在连载的同时，作者的多部"入世武侠"作品就已陆续问世了。

还珠楼主的特色在于对中国传统文化，包括儒、释、道、医卜星相、五行、诗画、民俗等的融会贯通，就此而言，他的武侠小说，特别是以《蜀山剑侠传》和《青城十九侠》为代表的仙魔武侠小说，可以视为现代人对传统文化的某种特殊阐释。

还珠楼主的仙魔武侠小说构建的是非现实、超现实的时空，专意描绘的是现实生活中并不存在的"超人"，以其神话建构，展现了生命哲学的幽深，并且使之化为无数或崇高、或壮美、或清丽、或凄婉的花雨缤纷的意象，就表层而言，《蜀山剑侠传》描绘的无非是正派"剑仙"与旁门左道、魔道的一系列斗争,然而,他们双方的头顶上却共同高悬着一柄达摩克利斯之剑——"道家四九天劫":它既非造物主的设定,亦非其他人格神的施为,而是一切"超人"必然面临的"自然命运"。正派"剑仙"行善"筑基"以"避劫",邪派魔道则企图损人利己以"逃劫",正、邪斗争亦因之而连绵不绝。正派"剑仙"的避劫之途,其根柢乃在道家:世界上各种宗教关注的都是"人死以后怎样"的问题,惟有道教所关注的却是"人怎样可以不死"的问题,由之而有"仙学"。它是一种相当独特的生命哲学。

传统武侠小说(包括30年代大量作品)中一再宣扬的"仙侠一途"说,实以此为哲学基础。但是,没有任何作家能像还珠楼主那样以壮美凄绝的众多故事和五彩纷呈、光怪陆离的丰繁意象,来生动而深邃地表现这种生命哲学。而且他还以儒家"知其不可而为之"的入世人生观和释氏的慈悲精神丰富其内涵;它与笼罩全书的向"自然命运"抗争的总氛围交相辉映,呈现着一种亘贯古今的宇宙意识。宝相夫人抗劫故事(《蜀山剑侠传》总134回),忍大师"情关"破化故事(《蜀山剑侠传》,总209回),以至于作为穿插小段的"灵狐"无罪被杀,其"内丹"激射缓飞,聚散明灭,久久飘舞不已的凄艳描绘(《青城十九侠》第8集第2回),都给读者以心灵的震撼。

还珠楼主写正派"剑仙"或仍不脱"归善"倾向,其叙述结构亦仍以情节为中心,而末发展到"性格中心"层次,但是,他在人物性格塑造方面仍为后人留下了丰富的遗产。其一,他的笔下出现了多种多样的性格类型:或正、或邪、或正中有邪、或邪中有正、或狂、或狷、或怪、或奇,或愚而率真、或智而阴毒、或怯而不失其贪、或犷而固存其善、或游戏风尘、或难舍情欲,……人性无常,一人七面,[15]种种性格类型,成为后来港台"新派"武侠小说经常取法的模式。其二,还珠楼主善写"情孽",或者可以说,他的创作思维中存在着一个"孽缘"情结。所谓情,不只是恋情,还包括亲子、朋友之情。以此为切入点,他写人物性格亦能深入内心世界,即使穿插性的小结构中的次要人物,亦能使读者留下深刻印象,例如,《蜀山剑侠传》中熊血儿与施龙姑的"孽缘",即是一出因"事业心"和爱情发生矛盾冲突而酿成的、极为动人的性格悲剧。其三,还珠楼主善于组织曲折离奇的情节,使人物通过充满力度的"动作链"来展示自身的性格。这一经验,对于武侠小说创作尤有普适意义。《青城十九侠》中桑仙姥之集暴戾和慈爱、无情与有情、雄强与脆弱于一身的复杂性格,纪异之极重人伦而凝为"纯孝"的至情、至性,倘离开情节与动作,必将血肉无存。

一个作家,同时构想并撰写驰骋于千百年前和千百年后广阔时空的故事,其构思力度和想象力之恢弘,罕有其匹。神弛八极的想象,正是还珠楼主小说艺术的特征之一。然而这一切又都出之下"即色游玄",使"有""无"、"物""我"能够建立任意联系的玄学思维路线。以"即色"言之,使神话带上了某种科幻色彩;以"游玄"言之,使"物理"转化为"会心所及"、光怪陆离的意象。这是还珠楼主在发展创作思维方面做出的重要贡献。在这个意义上,中国至今还没有一部能与《蜀山剑侠传》比肩的武侠作品或科幻神话作品。

还珠楼主自幼接受传统文化熏陶,巴山蜀水的雄奇和江南风光的秀丽相互交融,陶铸出他独特的审美个性。《蜀山剑侠传》等作品,表现出作者"一种难以遏止的对自然风光美的向往,一有机会就要宣泄出来",这在根本上是为了"宣泄自然风光激发的诗情"。而在我们中国,向有"非胜境不足以显扬神话,非神话不足以渲染胜境"的传统,"且有胜境与神话的结合就必有诗"。正是在这个结合点上,还珠楼主找到了表现自己创作个性和审美个性的最佳途径。

宫白羽(1899—1966),山东东阿人。原名竹心,白羽是其1938年发表武侠小说始用的笔名。宫白羽共出版武侠小说18种,代表作是《十二金钱镖》。[16]

宫白羽的武侠小说的最大贡献在于,他把武侠社会描写为人类社会的一种特定形态。他注意揭示"武林"这个"亚社会"与主体社会的千丝万缕的血肉联系;或者说,他注重于揭示"武林"的"社会性"而不是它的"非社会

性"。宫白羽在其自传《话柄》中有一段文字,可以见出其创作方法的自觉性:

> 一般小说把心爱的人物都写成圣人,把对手却陷入罪恶渊薮,于……那种"归恶"与"归善"的写法,我以为不当。我愿意把小说(虽然是传奇的小说)中的人物,还他一个真面目,也跟我们平常人一样,好人也许做坏事,坏人也许做好事。……

而历史则证明:白羽等将被陈见视为"非武侠"的因素导入武侠小说的结果,不是取消,而是丰富了武侠小说的内涵,提高了它的品位,同时也培养、提高了通俗文学读者层的阅读趣味和鉴赏水平。这是"新文艺"和通俗文学横向互渗的一个范例,这种互渗,是促进现代通俗文学发展的主要动因之一。

必须指出,宫白羽武侠小说中的现实感主要不在于一般严肃小说意义上对于社会政治经济生活的揭示,也不在于对于人物的性格与环境之间的互动关系的注意,武侠小说在本质上是非现实主义的,宫白羽小说的社会现实感非常显著的特点是他充分写出了江湖的勾心斗角与残酷,武侠世界中那些老辣、阴损、狠毒的人物以及那些为报仇雪耻而苦心孤诣卧薪尝胆的人物。

在宫白羽笔下,侠客并不是专做好人好事的道德君子,他们有他们的利益、算计;即便是大侠客,那挤兑人算计人的功夫都是一等一的。十二金钱俞剑平是成名的镖师,但是,他的老朋友胡孟刚向他借镖旗时,自有一番算计。铁莲子柳兆鸿是成名的大侠客,也就有大侠客的机警老辣,在寻婿时,找到杨华以后,第一是用语言敲打,第二是搜寻物证,第三急忙验看床枕,第四偷阅信件,第五是深夜踩探,第六是登门兴师问罪,最后逼着李映霞认了义父。一个老谋深算的老侠客写得令人惊心动魄。而柳兆鸿指挥女儿女婿乘乱取得一尘道长首级,并用它要挟狮林群鸟以换取狮林观的镇寺之宝血滴寒光剑,更是狠辣。……《联镖记》与《大泽龙蛇传》中飞蛇邓潮的不择手段为兄报仇写得最是令人惊悚。邓潮的嫂子高三妗为了激励、坚定其报仇的心,不惜以自己的清白贞操说谎;邓潮为了复仇,忍受嫂子和侄儿的唾骂,苦心降志卧薪尝胆经营了 15 年,为了找小白龙出头拔闯,设苦肉计以市恩,终于请动小白龙出手,一朝发动,赶尽杀绝。这里可以见出作者对于怨毒中人之深的表现。

宫白羽是北派武侠小说家,但小说中每有儿女子气、脂粉气。《十二金钱镖》中杨柳情缘有 36 万字之多,杨柳情缘对于原来的构思,自是骈枝,但作者写杨柳情缘正是舍短用长(作者自云"迨柳叶青仗剑而出,笔墨始纵"),并且大受读者欢迎。杨柳情缘所代表的是宫白羽对于青年男女之间娇妒痴嗔怨的工笔描写,其实,不仅杨柳情缘的描写如此,就是俞剑平、袁振武与小师妹丁云秀(《十二金钱镖》、《武林争雄记》),陈元照与华吟虹(《血涤寒光剑》、《毒沙掌》),小白龙方靖与春芳(《联镖记》、《大泽龙蛇传》),纪宏泽与飞来凤、金慧容(《大泽龙蛇传》),袁振武与红锦女侠,红胡子薛兆与他的妻子小招的破镜重圆的闹剧故事等等皆有类似笔法。这些小儿女之间的恩怨的描写当然不尽是北国风光,颇多南国风姿了。在这些情节之中,就情节的构思而言,以袁振武、俞剑平与丁云秀的恩爱纠葛堪称上乘,在陈元照与华吟虹、小白龙方靖与其妻子春芳、纪宏泽与飞来凤及金慧容等的故事中,江湖侠客与男女情场的故事还是两极,没有有机地融合为整一的情节、统一的行动。在俞剑平、袁振武与丁云秀的纠葛中,争婚与争长的恩怨成为整个劫镖寻镖行动的内在内容,情场成为江湖风波的内核,将儿女情场与江湖侠客的故事情节完美地结合在一起,为后来的港台武侠小说的发展提供了全新的想象空间。

王度庐(1909—1977),原名"葆祥"(后改为"葆翔"),字"王度庐",1930起以"度庐"笔名创作小说,后即以笔名行世。

1938 年 6 月开始在《青岛新民报》连载长篇武侠小说《河嶽游侠传》。接着发表的成名作《宝剑金钗记》与其后的《剑气珠光录》、《舞鹤鸣鸾记》、《卧虎藏龙传》、《铁骑银瓶传》被论者称为"鹤—铁五部曲"。"鹤—铁五部曲"是王度庐侠情小说的代表作[17]。

民国以后，顾明道的《荒江女侠》是较有影响的侠情小说，曾于30年代轰动一时，然而"武侠"与"爱情"游离，写"爱情"流于肤浅，是其弱点。王度庐的侠情小说不仅解决了"侠"与"情"与"武"互相游离的问题，而且与传统的"侠情小说"（包括民国时期其他作家的同类创作）有着本质上的区别。在他的侠情小说中，那些作为主人公的侠士、侠女所捍卫的，主要只是"情"和"义"的价值；特别是对于"爱的权利"的追求，形成了他们行动的主线。所以王度庐能突破传统武侠小说只描写浅层（往往还是概念化的）"善""恶"、"正""邪"冲突的局限，围绕"爱的权利"这一核心的矛盾斗争，升华为"人性"和"反人性"的斗争。这种斗争不但表现为外部力量和主人公的斗争，而且更内化为主人公性格、心理的内部矛盾和斗争，从而展现了人性内涵的丰富、复杂、矛盾。

《鹤惊昆仑》的两条主要线索是江小鹤与鲍阿鸾的爱情故事，江小鹤为报杀父之仇（仇敌正是鲍阿鸾的亲人）的学艺、复仇故事。在规定情境下，作者似乎先肯定小鹤的复仇意志和行动的"合理性"；继而在人物内心的情、仇交战中，逐渐否定了这种"合理性"。爱情失败了，爱情又胜利了。显示着作者思想观念的现代性。《宝剑金钗》宏观结构包括两条线索：一条线索是李慕白、俞秀莲的侠义行动，另一条线索是他们的爱情遭遇。前一条是外部的行动线，它以恶人受诛、正义得到张扬而告终。后一条线索是内部的、心灵的动作线，它以深沉、真挚的爱情不能发展为婚姻而告终。两条线索构成互补的、辩证统一的关系。《宝剑金钗》及其后续作品的成功之处，在于妥善地处理内部动作和外部动作、"文戏"和"武戏"的关系，使与主人公有关的主要"武戏"，多能独具内心逻辑和"性格"。《卧虎藏龙》直承《剑气珠光》，但是，《卧虎藏龙》的人物关系、矛盾冲突远比《宝剑金钗》尖锐复杂，社会背景更为广阔，故事情节更加曲折迷离。其主人公玉娇龙和罗小虎的性格更加富有叛逆性和偏执性,他们的内心动作和外部动作都比李慕白、俞秀莲更具力度;后者那种被压抑的情感,在他们这里得到了火山爆发般的喷放;后者的终身遗憾,在他们这里得到了"补偿";然而,他们也没有进入"自由王国",他们的痛苦,竟比那两位前辈更加深重。《卧虎藏龙》在结构上颇具特色,作者用市井豪杰"一朵莲花"刘泰保作结构角色,全书的主要情节都是经由他的推理和行动而得以层层演进的。在结构的推动中,同时写出了一个生龙活虎的"里巷之侠"的形象。

四　港台武侠小说

台湾香港的武侠小说与中国内地武侠小说的历史背景是不同的。1949年后,武侠小说在中国内地日渐受到压抑以致最终消失

1949 年以后,武侠小说随台湾报刊的发展而发展,迅速崛起成长为台湾最重要的通俗小说门类。

20 世纪后半期的台湾武侠小说,大体可分五个时期:(1)1946 年至 1956年,代表作家有郎红浣(1952,《古瑟哀弦》)、成铁吾(1956,《吕四娘别传》),此时期作者少,影响也不大,是发生期。(2)1957 年至 1961 年,此时重要的武侠小说作家日渐崭露头角,比如卧龙生(1957,《风尘侠影》)、司马翎(1958,《关洛风云录》)、诸葛青云(1958,《墨剑双英》)、以及伴霞楼主(1958,《凤舞鸾翔》)、上官鼎(1959,《芦野侠踪》)、古龙(1960,《苍穹神剑》)、萧逸(1960,《铁雁霜翎》)、东方玉(1961,《纵鹤擒龙》)、柳残阳(1961,《玉面修罗》)等,这一时期可视为发展期。(3)1962 年至 1976 年,发展期诸家,迭有新锐之作发表,陆鱼于 1961 年作《少年行》、司马翎于 1962 年作《圣剑飞霜》、古龙于 1964 年作《浣花洗剑录》,开启了"新派"武侠小说的纪元。(4)1977 年至1990 年,此时虽温瑞安之《四大名捕会京师》(1977),古龙也仍有新作发表,但是多数作家已经引退。(5)1990 年以降,台湾的武侠小说在沉潜中酝酿着变化。

香港的通俗文学，黄维樑谓有所谓"三通"：即框框杂文、武侠小说和科幻小说、爱情小说，"三通"之中，惟有武侠小说超越时间与空间的限制，不仅在本港风靡一时，并且登陆台湾，北上中国内地，周游亚洲的国家与地区（比如日本、越南、韩国、澳门），至于欧美华人世界里，香港的武侠小说更是大受欢迎的文学类型。

香港武侠小说的历史，始于梁羽生 1954 年的连载小说《龙虎斗京华》，后来声名久盛不衰的金庸（查良镛），他创作的第一部武侠小说《书剑恩仇录》的发表，比梁羽生的《龙虎斗京华》晚了一年。长期以来，人们谈论香港武侠小说，差不多就是在谈论金、梁，金梁已经成为香港武侠小说的代名词，而近年，人们谈香港武侠小说，直如谈金庸了。金庸已经遮蔽了其他作家的努力。其实金庸之外，不仅梁羽生的武侠小说有其他人不能及的长处，即使蹄风、金锋、张梦还、牟松庭、江一明、避秦楼主、风雨楼主、高峰、石冲等作家也都有自己的特色，值得一提。

蹄风本名周叔华，上海人，生卒年不详，他的取边疆民族传说而撰的《猿女孟丽丝》、《天山猿女传》带给他的名声，此后发表《游侠英雄传》、《游侠英雄新传》、《龙虎恩仇记》、《清宫剑影录》、《武林十三剑》等武侠小说，则紧紧抓住"反清复明"做文章，形成一个叙事的序列。

金锋本名张本仁，1927 年生，有《西域飞龙传》、《天山雷电剑》、《冰原碧雪录》、《子母离魂记》等代表作，它们将清宫秘史与香妃故事和边疆风情糅为一体合为一炉，当时也是引人注意的作者。

张梦还本名张扩强，1929 年生，原籍四川。较为有名的作品有《沉剑飞龙记》、《青灵八女侠》、《十二女金刚》，张氏武侠创造争夺武学秘籍而导致武林各大门派对立的情节，为武侠小说的情节开了一个新的想象空间，作者同时是最迷还珠楼主——梦还，所以作品中不时出现还珠楼主式的文字，但是作家之作品不是标准线上的机器，不能批量复制，连还珠楼主第二也是多余的。

在香港,被金庸遮尽光彩的武侠小说家,毋庸置疑,那是梁羽生。

梁羽生,原名陈文统,广西蒙山县人,1926 年出生于一个世代书香之家。1949 年大学毕业后,即赴香港《大公报》工作,并开始在报上发表小品随笔和棋评。1954 年梁羽生受《新晚报》罗孚之邀开始写武侠小说,在报上连载的处女作便是《龙虎斗京华》,由此梁羽生也成为新派武侠小说的第一位作者。此后一直至 1976 年封笔为止,梁羽生共发表武侠小说 35 部,千万余字,《萍踪侠影录》(写于 1958)、《女帝奇英传》、《还剑奇情录》、《白发魔女传》、《七剑下天山》、《云海玉弓缘》等是他的代表作。

《萍踪侠影录》共 30 章,47 万言。以明朝之土木堡之变为背景,写忠义之臣于谦抵抗蒙古的壮剧,其间穿插张士诚后裔张丹枫与仇家后代白衣女侠云蕾之间的爱恨情仇故事。小说的特色有三:确切的历史背景作为故事展开的依托,名士型侠客形象的塑造,武之阳刚之气与美丽的山水环境相辅相成。

《女帝奇英传》8 集 32 回。小说以唐代武则天执政为背景,叙述李姓王孙李逸试图推翻武氏而恢复李家王朝,但是在准备颠覆的过程中,发现武氏治国有方而服膺,终于跨出种姓局限,远隐他乡,而适值内外敌勾结欲图中国,李逸遂与之斗乃至献出生命。小说除了梁羽生一以贯之的历史背景外,对于主要人物李逸的启悟历程、发现历程,心性的成长过程都有较深入的叙写,而围绕李逸的三位美丽女性,作者能根据不同性格,写出他们对于李逸的爱情的各自独特的表现方式和色彩。

《云海玉弓缘》以放荡不羁、亦正亦邪的金世遗一心追求名门正派的侠女谷之华,魔女厉胜男却一心追求金世遗,这一错位追求给每个人都带来煎熬和痛苦,金世遗在厉胜男临死前才意识到自己爱的是厉胜男而非谷之华,然而佳人已逝,时间不能倒流。小说的爱情悲剧由此推向高潮。

《七剑下天山》最为突出之处,在于创造性地虚构出一个"天山派"武功系统,这一武功系统,后来成为《塞外奇侠传》、《江湖三女侠》、《冰魄寒光剑》、《冰川天女传》、《云海玉弓缘》、《冰河洗剑录》等小说中贯穿的武功系统,对武侠小说写作提供了积极的意义。

古龙,本名熊耀华(1938—1985),江西人。1964年写作的《浣花洗剑录》是古龙武侠小说创作中的第一部重要作品,标志着古龙开始找寻自己的创作路子,开始要自立门户。这部小说的新可以在三个方面见出:第一,无招破有招的剑之道;第二,从古龙这部作品的打斗中,可以见出,其武打设计受到了日本宫本武藏系列小说的"迎风一刀斩"的影响;第三,哲理化倾向。至1965、1966年间,古龙的小说又增加了新的因素,即侦探、推理与心理分析,体现这一特征的,是《武林外史》、《绝代双骄》等小说。

《多情剑客无情剑》则是将真情、友情、爱情作为中心处理,李寻欢就是这些真挚感情的化身,给陷身于现代社会的利害计算的读者一个想象的喘息的窗口。1970年的《萧十一郎》,带给古龙一种全新的写作意识。这部小说是先有电影剧本,然后再写成小说,如此电影剧本必然有的分镜头意识(场景、人物的动作)、蒙太奇等等,顺理成章地进入了小说,古龙小说的文体至此再变,并渗入了《流星·蝴蝶·剑》、《欢乐英雄》、《陆小凤》系列、《七种武器》系列、《边城浪子》、《天涯·明月·刀》、《白玉老虎》等作品。

注　释

〔1〕 参见陈平原:《千古文人侠客梦——武侠小说类型研究》,人民文学出版社1992年3月版,第1页。

〔2〕 孔子时代的"射"已经具有娱乐性质,但它必是从实用性的技能演变而来。《礼记·射义》云:"古者,天子以射选诸侯、卿、大夫、士。"

〔3〕 以上均见汉·赵晔:《吴越春秋·阖闾内传》、汉·袁康:《越绝书·越绝外传记宝剑》。

〔4〕 晋·王嘉:《拾遗记·前汉上》。

〔5〕 徐斯年:《侠的踪迹——中国武侠小说史论》,人民文学出版社1995年12月版,第21页。

〔6〕 徐斯年:《侠的踪迹——中国武侠小说史论》,第4页。

〔7〕 窦婴"任侠自喜"(《外戚世家》)、张良"为任侠"(《留侯世家》)、季布"为气任侠",季心"为任侠"(《季布栾布列传》)、灌夫"好任侠"(《魏其武安侯列传》)、"郑庄以任侠自喜"(《汲郑列传》)、宁成"为任侠"(《酷吏列传》)、种、代"人民…好气,任侠为奸"、"野王好气任侠,卫之风也"、"其在闾巷少年,攻剽椎埋,劫人作奸,掘冢铸币,任侠并兼,借交报仇,篡逐幽隐,不避法禁,走死地如鹜,其实皆为财用耳。"(《货殖列传》)

〔8〕 刘若愚:《中国之侠》,三联书店 1991 年 9 月版,第 50 页。

〔9〕 此处张华用典,语出《论语·述而》:"述而不作,信而好古,窃比于我老彭。"老彭,或释为殷贤大夫(包咸),或释为老子与彭祖(颜师古),或释为尧臣(王逸),或释为孔子亲密之人(杨伯峻)。

〔10〕 包天笑:《钏影楼回忆录》,大华出版社 1971 年 6 月第 1 版。

〔11〕 参见《民国人物传》,1970 年 8 月台北传记文学出版社版。

〔12〕 程季华主编:《中国电影发展史》,中国电影出版社 1963 年 2 月初版。

〔13〕 《四海群龙记》初载于《红玫瑰》第 5 卷第 1 期至 35 期(1929 年 2 月至次年 1 月)。总三十六回,约二十万字。1930 年 5 月上海世界书局初版单行,后附赵苕狂序。《箬帽山王》初载于同刊第 6 卷第 1 期至 34 期(1930 年 2 月至次年 1 月)。总三十六回,约二十二万字,前有"本收开场的重要报告"一篇,1931 年上海世界书局初版单行。

〔14〕 按"马海仑"原作"赵海流",写到后来,作者把两个人物的名字互换了,此类疏误为姚氏著作所常见。

〔15〕 还珠楼主致徐国桢信中述及《蜀山剑侠传》之写作心情有云:"推以人性无常,善恶随其环境,惟上智者能战胜。忠孝仁义等,号称美德,其中亦多虚伪。然世界浮沤,人生朝露,非此又不足以维护秩序而臻安乐。空口提倡,人必谓之老生常谈,乃寄于小说之中,以期潜移默化。故全书以崇正为本,而所重在一情字;但非专指男女相爱。又:弟个性强固而复杂,于是书中人乃有七个化身,善恶皆备。"见徐国债《还珠楼主论》,上海正气书局 1949 年版,第 11 页。

〔16〕 北岳文艺出版社出版有《宫白羽武侠小说全集》,收入 22 种,其中《秘谷侠隐》、《侠隐传技》、《龙舌剑》、《河朔七雄》是他人拟稿后宫白羽校正、署名出版的。

〔17〕《剑气珠光录》即《剑气珠光》,1939 始连载;《舞鹤鸣鸾记》即《鹤惊昆仑》,1940 年 4 月始连载;《卧虎藏龙传》即《卧虎藏龙》,1941 年 3 月始连载,《铁骑银瓶 传》即《铁骑银瓶》,1942 年 3 月始连载。叶洪生与张赣生将这五部作品称为 "'鹤—铁'系列五部曲",并称王度庐为"独创'悲剧侠情'一派"的"我国北方 武坛巨擘"叶洪生:《王度庐作品分卷说明》,艺文图书公司 1985 年 4 月版·九 龙。"创造了武侠言情小说的完善形态,在这方面,他是开山立派的一代宗 师",《王度庐武侠言情小说集》张赣生和徐斯年的序,群众出版社 2001 年版, 北京。

【思考题】

1. 如何评价《游侠列传》表现的侠义观?

2. 试说现代社会的商业因素对于武侠小说发展的利弊。

【知识点】

1. 司马迁的侠义观,中国武侠小说的诞生。

2. 向恺然《江湖奇侠传》的特点。

3. 赵焕亭小说写法的特殊性。

4. 姚明哀的会党小说。

5. 李寿民"蜀山"系列的总体结构。

6. 宫白羽的社会武侠。

7. 王度庐的"鹤—铁五部曲"。

8. 古龙武侠小说的变化。

9. 梁羽生武侠小说的基本特征。

第八讲

武侠小说的革命巨人金庸

金庸的意义

金庸的道路

金庸的作品

金庸的秘密

一　金庸的意义

武林盟主

　　如果说,中国通俗文学在 20 世纪上半叶最著名的作家是张恨水的话,那么 20 世纪下半叶最著名的作家,则非金庸莫属。

　　金庸从 50 年代成名开始,他的创作长盛不衰。经过半个世纪的风雨,金庸作品进入了各种文学史、进入了大学课堂。严家炎先生从四个方面来论述"金庸热"已经成为"一种奇异的阅读现象":一是持续时间长,二是覆盖地域广,三是读者文化跨度很大,四是超越政治思想的分野。[1]不过张恨水与金庸的区别之一是，张恨水以社会言情小说为主，而金庸则是专门的武侠小说大师。50 年代之后，新派武侠小说在港台等地崛起，涌现出许多著名作家，而大多数读者和研究者公认金庸是新派武侠小说创作的当世第一人。

中国武侠小说源远流长，从唐宋传奇到元明小说，历代都有佳作。清朝后期，武侠小说陷入衰落，武侠人物沦为朝廷的鹰犬。至 1923 年，现代武侠小说兴起，产生了"南向北赵"和后来的北派五大家等武侠名家，是为"旧派武侠小说"。50 年代，梁羽生、金庸先后出道，新派武侠浪潮从香港发端，迅速波及到中国的港、澳、台及新、马等广大亚太地区。至 60 年代，台湾武侠四大家古龙、卧龙生、司马翎、诸葛青云等群雄割据，把台湾武侠推向高峰。一时之间，名手如云，加入武侠创作队伍的大约有 400 人左右，作品上万种。就在这汪洋恣肆的武侠大海中，金庸技压群雄，始终保持独执牛耳的"带头大哥"地位，以炉火纯青的造诣，登上了"武林盟主"的宝座。

金庸在群雄逐鹿的武侠创作队伍中，作品并不算多。他从 1955 年"下海"，至 1972 年封笔，连长带短，一共只有 15 部作品。但是这 15 部作品，每一部都出手不凡，每一部都别开生面，每一部都名震江湖，给人留下过目难忘的深刻印象。他吸收了旧派武侠成功的艺术经验，把"纸上武学"发扬光大，塑造了数以百计的栩栩如生的武林人物形象，发明了许多神奇绝妙的"纸上武功"，使武侠小说进入千家万户的普通生活，为武侠小说赢得了前所未有的巨大荣耀，以至于金庸成了武侠小说的金字招牌，假冒金庸、模仿金庸的作品成百上千。金庸以他震古烁今的卓越"武功"，成为中国武侠小说史上最伟大的作家。

武侠革命

严家炎先生指出：

> 如果说"五四"文学革命使小说由受人轻视的"闲书"而登上文学的

神圣殿堂,那么,金庸的艺术实践又使近代武侠小说第一次进入文学的官殿,这是另一场文学革命,是一场静悄悄地进行着的文学革命。[2]

金庸对武侠小说的革命,最核心之处在于对现代精神的自觉追求和深入开拓。以往的武侠小说大多充满血腥暴力,鼓吹盲目复仇,而金庸的小说反对冤冤相报,主张神武不杀。以前的武侠小说充满封建观念和陈腐伦理说教,而金庸的小说高度张扬人物个性,充满民主自由的现代观念。以前的武侠小说模式僵化,武功荒诞,而金庸的小说推陈出新,力避雷同,武功既神奇,又不失现实生活依据。坚持写人性,坚持人民性,坚持社会批判性,是金庸小说始终不渝的倾向。这在梁羽生、古龙等其他新派武侠小说家那里,也有不同程度的表现。他们和金庸一起超越了旧派武侠,建立了气象万千的新派武侠世界。

而金庸不仅超越了旧派武侠,他甚至突破了武侠小说的园囿,为整个通俗小说带来革命性的启迪。金庸以小说为载体,全面弘扬了中华民族丰富多彩的传统文化。金庸小说中,渗透着五四新文学和外国文学的滋养,而又独铸伟词,自成一家。金庸的小说语言,高雅大方,传神洗练,既克服了"新文艺腔",又充满现代魅力,为中国现代小说语言,开辟了一个辉光、博大的境界。金庸不但使所有人对武侠小说刮目相看,也使创作武侠小说不再是一种被人轻视的雕虫小技。金庸不但光复了由唐传奇和《水浒传》等优秀作品所建立的中国武侠小说的赫赫声威,而且使武侠小说脱胎换骨,能够在现代化高度发达的社会背景下,与任何一种小说形式抗衡望宇。

金庸对武侠小说的革命,并没有使他的小说不再是武侠小说,他在提高武侠小说艺术境界和文化层次的同时,仍然极力保持着小说的通俗性和娱乐性,不像许多所谓纯文学作家那样,为了表现自己的思想深刻,而使小说生涩枯燥,像个瘪三。金庸不一味求雅,而自然高雅;不一味避俗,而永远通俗。这是一种不走极端的成熟干练的真正"革命家"的气度。金庸对武侠小说的革命,"可与元剧之异军突起相比"[3],在 20 世纪中国文学史上,刻下了不可磨灭的一笔。

小说巨匠

金庸的意义,不仅在于他是"武林盟主"和武侠小说的革新大师,跳出武侠小说的范围,放到整个文学世界里来看,金庸也不愧是一流的小说巨人。

金庸的武侠作品,从小说艺术的方方面面来衡量,都是精湛的、上乘的。从结构上看,金庸做小说,如同一个高明的建筑师,"一篇有一篇新形式"[4],一部有一部新妙思,每部之间"远近高低各不同",一部之内,也是"横看成岭侧成峰"。大有大的宏伟,小有小的玲珑。既有现代小说的严密、系统,又有传统小说的疏朗、自然。

从人物上看,金庸小说所塑造的深入人心的典型人物,其数量之多,可称是小说史上独一无二的。通读过金庸小说的读者,随口即可说出几十个活脱脱的人物,如在目前。金庸笔下的人物,既有性格丰满、层次复杂的"圆形人物",也有性格单一、褊狭古怪的"扁形人物"。他的人物形象一方面来自于深厚的生活土壤,另一方面又符合社会学、心理学的深入分析。金庸塑造的这些艺术形象,极大地丰富了中国文学的人物画廊。

从情节上看,金庸小说一方面吸取了侦探小说的特长,悬念迭生,惊险紧张,另一方面又保持了中国传统小说固有的闪展腾挪、起承转合的章法,张弛结合,有徐有疾。金庸小说还大量化用现代的电影戏剧技巧,大小场面搭配得当,多条线索详略分明。欣赏金庸小说的情节,如同在做一套优美的心灵体操,能够得到极大的精神享受。

从语言上看,金庸的人物语言,必定是合乎人物的性格、命运、处境、心态,"人有其性情,人有其声口"[5];金庸的叙述语言,必定是合乎所描写的客观对象的性质、形态、神韵。金庸"不断改进和创造自己的叙述方式及语言风格,同时不断地拓展语言的疆域,丰富小说的形式美感"[6]。金庸在雅语与俗语,景语与情语,白话与文言,官话与方言等诸多语言关系上,进行了不懈的探索。创造出一种英华内敛,渊停岳峙的博大精深的小说语言。论者概括金庸小说语言的境界为:"语到极致是平常。"[7]

在这些具体小说手法之上,金庸小说"一言以蔽之曰,有意境而已"[8]。金庸写武侠而超越武侠,他的武侠已经成了各种人生活动的极好象征。读者可以从中领受到学习、工作、交往及人生修养等许多方面的感悟,从中体味人性的丰富哲理和妙境,这是大部分"纯文学"小说家也望尘莫及的。曾有学者排列 20 世纪中国小说家座次,金庸位居第四,又有多家报刊调查 20 世纪最受欢迎作家,金庸皆位列第二,仅居鲁迅之后。金庸的绝世才华和卓异创造,昭示出了一位当之无愧的小说巨匠的艺术风范。

二 金庸的道路

少年游侠

金庸的一生,可以用庄子《逍遥游》中的一个"游"字来概括。大体可以分为少年游侠、中年游艺、老年游仙三个阶段。

金庸本名查良镛,"镛"字一分为二,就成了"金庸"这个笔名。金庸 1924 年 2 月 6 日生于浙江海宁县袁花镇,生肖为鼠,星座是水瓶座。海宁从古至今学风鼎盛,人才辈出。清朝末年,文有王国维,理有李善兰。金庸的近亲蒋百里、徐志摩,皆是现代史上的名人,而海宁查家则是中国有名的望族。查氏先祖源出于芈(mǐ),乃楚人之后,史称"名宦均文苑,代代有清官"。康熙皇帝曾亲笔题封:"唐宋以来巨族,江南有数人家。"金庸祖上最著名的文人,一是明清之际的查继佐,二是康熙、雍正年间的查慎行、查嗣庭兄弟。当时号称"一门七进士,叔侄五翰林"。金庸本人这一代,也人才济济。现代文学史上的著名诗人穆旦,本名查良铮(1918—1977),乃是金庸族兄,近年被许多现代文学专家推为现代诗歌第一人。这对兄弟的文名,可说超过了祖辈,为海宁查家再添辉煌。金庸祖父查文清曾任丹阳知县,因"丹阳教案"

辞官,亲手编纂了 900 卷之多的《海宁查氏诗钞》。金庸说祖父对他影响有二:一是使他知道外国人欺负中国人,二是要多读书。金庸父亲查枢卿是有名乡绅,母亲是徐志摩的堂妹。金庸排行老二,小名"宜生"。因生母早逝,金庸养成独立自主的能力。

金庸从小"与书为伍,培养出喜欢读书的基本性格"。古书、新书之外,他自称小学时代"得益最多"的是邹韬奋的游记及其所主编的《生活周报》。八九岁时,金庸偶然读到旧派武侠小说家顾名道的代表作《荒江女侠》,从此对武侠小说大感兴趣。他到处搜寻古今武侠作品,深受侠义精神的熏陶。

1937 年,抗战爆发,金庸随所在中学辗转迁徙,在动荡的岁月里艰苦求学。金庸不仅数理化成绩优异,英语、国文更是出色,写得一手好文章。从小学到大学,他每年的成绩都是班上第一名。初中三年级时,他与同学编写了一部考试指导用书《给投考初中者》,竟然十分畅销,这使金庸大受鼓舞。高中时,金庸因在壁报上撰文讽刺训导主任,遭学校开除,被迫转学。

抗战后期,金庸考入中央政治学校外交系,梦想将来在外交方面为国效力,不料因为抗议校方纵容学生特务横行霸道,竟被勒令退学。金庸又一次行侠失败,只好到中央图书馆谋得一份闲职,类似毛泽东当年在北大图书馆一般。金庸因祸得福,在此尽情饱览古今中外名著。

抗战胜利,金庸到《东南日报》担任记者,开始了他的报人生涯。但金庸仍怀抱外交官之梦,不久,插班进入东吴大学法学院攻读国际法。1946 年,金庸应聘《大公报》国际新闻记者,在 1000∶1 的激烈竞争中脱颖而出。1948年,金庸被派往香港,"身无半文走香江",后来自称是"南来白手少年行"。

新中国成立后,《大公报》的立场倾向于新政府。金庸撰写了论文《从国际法论中国人民在国外的产权》,论证新中国政府应该拥有在香港的资产。该文引起外交界权威人士重视,金庸因此于 1950 年到北京外交部拜访乔冠华,希望为新中国的外交事业效力。但由于不是共产党员,愿望不可能马上实现,金庸遂又回到香港。在这次失败的北上求职中,金庸的第一次婚姻亦告破裂。1952 年,金庸由《大公报》转到《新晚报》,经常以"姚馥兰"和"林欢"

的笔名撰写影评,并创作了《绝代佳人》、《兰花花》等电影剧本。《绝代佳人》1957 年获得文化部优秀影片奖。金庸工作之余喜欢看电影,还学过芭蕾舞。不过最值得重视的,是他与《新晚报》同事梁羽生的友谊,二人既是棋友,经常对弈,同写棋评,二人还是"侠友",经常交流阅读武侠心得。两位武侠青年,剑处匣中,跃跃欲试。不久,中国新派武侠小说的"绝代双骄"诞生了。

中年游艺

《论语·述而》曰:"志于道,据于德,依于仁,游于艺。"此话用于金庸,十分合适。

1953 年香港两位拳师在澳门的一场比武,成为新派武侠小说出笼的导火线。梁羽生《龙虎斗京华》在《新晚报》一炮打响,武侠小说遂有燎原之势。1955 年,《新晚报》又推出一位新作者——金庸,他的一部《书剑恩仇录》波澜壮阔,扣人心弦。香港读者从未见过如此佳妙的小说,《新晚报》顿时洛阳纸贵,家家说书剑,户户论金庸。小说在南洋一带还被用作说书和广播的题材。金庸和梁羽生,乃成为一时瑜亮。金庸从此,扬威武林。这一年,他 31 岁。

此时金庸又调回《大公报》。1956 年,他为《商报》撰写《碧血剑》,再次轰动。《大公报》开辟一个专栏"三剑楼随笔",请三位武侠小说作家金庸、梁羽生和百剑堂主合写,金庸在轻松潇洒的文字中,透露出了他的散文才华。

1957 年,金庸离开《大公报》,进入长城电影公司任编剧。他仍以"林欢"的笔名,创作了《三恋》、《不要离开我》、《有女怀春》、《小鸽子姑娘》、《午夜琴声》等剧本,并参与导演了《有女怀春》和《王老虎抢亲》等片子。但他的主要精力仍在武侠创作。《碧血剑》一完成,他就在《新晚报》推出新作《雪山飞狐》。此书故事和结构都更加精彩,尤其开放式结尾引来无数读者询问猜想,一时间整个香港都在议论"胡斐那一刀,究竟砍还是不砍?"

"宋人议论未定,金兵已然渡河。"正当读者沉浸在《雪山飞狐》的魅力中时,金庸在他的"三板斧"之后,隆重祭出了他的力作——《射雕英雄传》。这部百万余字的巨著,以成吉思汗般的雄伟气魄,使此前的一切武侠小说都黯然失色。倪匡说:"在一九五八年,若是有看小说的人而不看《射雕英雄传》的,简直是笑话。"曼谷的中文报纸为了抢先转载,甚至用地下电台来拍发香港当天的登载内容,这可谓是小说史上的奇闻。《射雕英雄传》一出,奠定了金庸的武侠小说大宗师地位。知者论曰:武侠小说的真命天子降世了[9]。

　　1959 年,金庸自立门户,以自己的写作收入,创办《明报》。初期条件艰苦,前景不佳。但金庸依靠顽强的意志和自己的小说,奋力支撑着。他从第一日起,就在《明报》连载感天动地的杰作《神雕侠侣》,随后又于 1961 年继续连载《倚天屠龙记》。这两部宏伟的力作与《射雕英雄传》一起构成"射雕三部曲",为《明报》的创业阶段立下了汗马功劳。与此同时,金庸还创办了《明报》附属刊物《武侠与历史》,在上面刊载了《雪山飞狐》的姐妹篇《飞狐外传》和台湾武侠小说家古龙的《绝代双骄》。他还在《明报》上刊载了中篇武侠小说《白马啸西风》。此外,金庸还几乎每天都要写一篇社评。《明报》的公正立场、客观报道赢得了愈来愈多的读者,到 60 年代初,发展成中等规模的报纸。后来又在一些重大问题上与《大公报》和《新晚报》等报纸展开论战,影响便愈来愈大。到 60 年代中期,《明报》终于跻身香港的大报行列。

　　1963 年,金庸在《明报》连载《天龙八部》,武侠创作事业达到顶峰。1965年,金庸创办《明报月刊》,标榜"独立,自由,宽容"。中国内地文化大革命期间,《明报》发表大量报道和评论,成为"中国报道权威",金庸也成为与左派对立的右派媒体代表。他又增办了《新明日报》星马版、《明报周刊》、《明报晚报》、《财经日报》等,把《明报》拓展成一个报业集团。此时,金庸创作小说已经不再是为了给报纸促销,而是更加有意表达他对政治、社会、文化等问题的见解。1967 年,他开始创作《笑傲江湖》,里面的武侠人物实际上都是政治人物,《笑傲江湖》写成了一部伟大的政治寓言。随后,金庸又于 1969年 10 月开始创作直接描写权力核心的不朽巨著《鹿鼎记》,把武侠小说写到了一个物极必反的最高境界。

1972 年底,金庸宣布:"如果没有什么意外,《鹿鼎记》是我最后的一部武侠小说了。"然后,金庸用了十年的时间,精心修改每一部作品,逐次出版。到 1982 年,15 种 36 册全部出齐。此时,金庸 58 岁。

老年游仙

金庸依靠两支健笔打出《明报》天下,一支是武侠之笔,一支是社评之笔。中年以后,金庸成了社会名流,也成了中国内地和台湾都想结交的文化朋友。

1973 年,金庸应邀访问台湾,与蒋经国、严家淦进行了会谈。这二人都是"金庸迷"。1981 年 7 月,金庸应邀访问中国内地,在人民大会堂与邓小平进行了长谈。邓小平、王震、杨尚昆、习仲勋、廖承志等皆是金庸小说的读者。从此,金庸频频涉足高层政治活动。1984 年,他再度应邀访问北京,与胡耀邦、胡启立、王兆国等会谈。《明报》对中国内地的态度也改为褒多贬少。

金庸在 80 年代专注于香港前途问题。1985 年,中方委任金庸为香港基本法起草委员会委员,并担任"政治体制"小组负责人,成为政制方案的主要起草者。在各派主张的纷纭争吵中,金庸既坚持为香港 600 万人谋福利,又能从全中国的大局出发考虑问题。他起草的"主流方案"于 1989 年 2 月 21 日在全国人大常委会上通过。1989 年 5 月 20 日,是《明报》创刊 30 周年,金庸宣布退出香港基本法起草委员会,并宣布卸任《明报》社长职务。1990 年 2 月 27 日,香港基本法最后通过。1991 年 3 月,《明报》企业挂牌上市,12 月,金庸正式卖出《明报》,金庸一步步地退出《明报》。

1992 年,金庸到英国牛津大学做访问院士半年,并荣膺法国荣誉军团骑士勋章。同年,加拿大哥伦比亚大学以"全世界读者最多的小说家"的评价,授予他文学博士称号。回到香港后,金庸撰写政论,批驳新任香港总督彭定康的"政改方案"。年底,金庸回到家乡海宁,拜祖访友。1993年3月,金庸再次到北京,与江泽民会谈。4月,金庸宣布辞去《明报》企业董事局主席之职,彻底退出《明报》。此后,金庸在中外各地游山玩水,饱览世界风光。此外,则读佛经,听音乐,下围棋。1994年3月,北京三联书店隆重出版金庸作品集,10月,北京大学授予金庸名誉教授。

1995年,金庸成为香港特区筹委会委员。1998年,在美国召开了金庸小说与20世纪中国文学国际学术讨论会。1999年,文化艺术出版社出版了评点本《金庸武侠全集》,评点者为中国内地多位金庸研究专家。2000年11月,在北京大学召开了金庸小说国际研讨会。世纪之交,中国发生了一场关于金庸小说的论争。根据金庸小说改编的电视剧,在各大电视台长期热播。金庸现在担任浙江大学人文学院院长,并于2002年5月受聘为华东师范大学教授。年近80岁的金庸,仍然是社会和媒体的热点话题,他在名与利、文与商、个人与公众、政治与艺术之间继续遨游着……

三　金庸的作品

金庸一生除了上万篇的社评政论和早年的一些剧本外,主要的作品是15部武侠小说。其中1部短篇,2部中篇,6部小长篇,还有6部,则是卷帙浩繁、被称为"大河小说"的超级长篇小说。金庸为了让读者明鉴伪作与真品,特取其14部中长篇小说名字的第一个字,制成一联:"飞雪连天射白鹿,笑书神侠倚碧鸳。"下面分别简介。

中　短　篇

金庸的短篇小说只有1部,名《越女剑》,作于1970年。笔法纯熟,举轻若重。小说写越女阿青剑术精妙,被范蠡引荐到宫中教授士兵,终于帮助越王勾践雪耻复仇。阿青暗暗爱上了范蠡,而范蠡早与西施有白头之约。阿青见到西施的美貌后，不忍伤害，飘然离去。这是金庸最短的作品，只有 2 万字，但是艺术含量却非常高，里边有武侠，有传奇，有神话，有政治、有历史，有爱情，结构非常精妙，特别是结尾写得非常棒，顺便把"西子捧心"这个典故都给点活了。《越女剑》也是金庸小说内容上年代最早的作品，金庸一般写的都是宋元明清时代的故事，只有《越女剑》是春秋时代的。

金庸的中篇小说有两部，一是喜剧风格的《鸳鸯刀》，一是悲剧风格的《白马啸西风》。

《鸳鸯刀》写江湖上有一对"鸳鸯宝刀"，据说里面藏着可以无敌于天下的秘密，分别在袁、杨二氏之手。满清皇帝害死二人，而二人的后代儿女却在夺回鸳鸯刀的过程中学会"夫妻刀法"，喜结秦晋，并找到了他们的母亲——当年被一位侠义的太监所救。小说结尾双刀会合，原来上面所刻的秘密就是：仁者无敌。小说中的喜剧角色"太岳四侠"给人印象深刻，而一句"不吵架的夫妻不是真夫妻"更是深含妙理。

《白马啸西风》写汉族少女李文秀，父母死于仇敌追杀，她被一位计爷爷搭救，从小生活在哈萨克部落里，并与哈萨克少年苏普青梅竹马。但苏普长大后爱上本族姑娘，李文秀遂心事无托。而"计爷爷"其实是一个青年马家俊所扮，他暗恋着李文秀，并为救李文秀而死。小说中还有一系列互相关联的"单相思"，甚至大唐帝国送给高昌的文化典籍、还有人们对高昌古国的追寻，都可以看做是某种"一相情愿"的"无事的悲剧"。正如小说结尾所点醒的："如果你深深爱着的人，却深深的爱上了别人，有什么法子？"《白马啸西风》的"武侠性"并不突出，倒不妨看做是一部凄凉婉转的爱情悲歌。

小 长 篇

金庸 60 万字以下的长篇小说共有 6 部，分别是《书剑恩仇录》，《碧血剑》，《雪山飞狐》，《飞狐外传》，《连城诀》，《侠客行》。

《书剑恩仇录》是金庸的处女作，也是成名作。1955 年连载于香港《新晚报》。小说借乾隆本是海宁陈家之后的身世之谜的传说,写乾隆的同胞兄弟陈家洛领导红花会,反抗朝廷,与乾隆之间产生的恩怨纠葛。二人初见时,隐去政治身份,而以萍水相逢的江湖豪客之谊结为挚友。假身份却能够交流真感情,而一旦回归本我,却反兵戎相见。这双同是一呼百应的兄弟,其实都是失去自由的人。特别是贵为天子却又有着隐秘身世的乾隆,对这不自由的感触恐怕比身处江湖的陈家洛更多。小说结构宏大,人物众多,陈家洛的优柔寡断,霍青桐的智勇双全,香香公主的纯美无暇,红花会群雄的卓异神采,都耀人眼目,呼之欲出。陈家洛的"百花错拳",霍青桐大破清兵,群雄恶斗狼群,余鱼同对洛冰的畸恋以及结尾香香公主为救陈家洛英勇献身,都显示出金庸出众的小说才华。仅此一书,金庸已足可身列优秀武侠小说家之林。金庸的大多艺术趣向,都已在此书中显露。陈家洛被视为知识分子的代表,而香香公主被评为金庸小说的"第一美女"。

《碧血剑》是金庸的第二部作品,1956 年连载于香港《商报》。小说写明末大将袁崇焕之子袁承志为报父仇,浪迹江湖,结识四方英雄的故事。金庸在后记里说:"《碧血剑》的真正主角其实是袁崇焕,其次是金蛇郎君,两个在书中没有正式出场的人物。"《碧血剑》用"暗写"的手法所刻画的金蛇郎君,比明写的袁承志还要成功。倒叙式的结构在武侠小说里也别开生面。《碧血剑》虽未超过《书剑恩仇录》,但巩固了金庸的艺术风格和影响。金庸把真实历史与虚构人事相结合的过人功夫得到进一步体现。金庸后来修改旧作时,《碧血剑》费心最多,并附加了八万字的《袁崇焕评传》。金庸小说的文才容易感觉得到,而他的"史才"应该说也是极为出色的。

《雪山飞狐》是金庸的第三部小长篇,不足 20 万字,连载于香港《新晚报》。金庸艺高人胆大,一是把 100 年的故事浓缩到一天之中来写,二是主人公仍分"明"和"暗"两组,而暗线主人公的故事由多人从不同角度讲述,三是以一个两难抉择结尾,由读者自己去猜想。这在武侠小说史上都是空前的。小说中暗写的大侠胡一刀,是金庸笔下最高大感人的英雄形象之一。而明写的胡斐的形象,则在《飞狐外传》中得到补充。《雪山飞狐》表现出金庸绝不重复自己的傲骨和奇才,也预示着他将在武林中掀起更大的怒涛。

《飞狐外传》是《雪山飞狐》的前传,与《雪山飞狐》构成姐妹篇,主要写大侠胡斐的成长历程,两部作品并不完全统一。小说的感人之处,一是胡斐为素昧平生的穷人报仇雪恨,不为金钱、权势、美女和面子所动。二是几件刻骨铭心的悲剧恋情,如程灵素与胡斐、马春花与福康安、南兰与苗人凤。由于故事时代与《书剑恩仇录》相近,书里还写到陈家洛等人事迹。这是金庸作品"连环格"之始。

《连城诀》是1963年为《明报》和新加坡《南洋商报》合办的《东南亚周刊》而写的,初名《素心剑》。小说不足30万字,但却具有极大的震撼力。书中的武林人物,为了抢夺"大宝藏",师害徒,父害女,人性丧尽,骇人听闻,整个江湖宛如人间地狱。这是人类文学史上一部深掘人性底蕴的奇书,越读越惊心动魄。小说最成功的人物不是愚钝的主人公狄云,而是一个顶天立地的大恶人血刀老祖和一个在极端情境下由正派豪侠突变为无耻小人的花铁干。小说情节紧张,气氛诡异,驾驭悬念之功夫远超一般侦探小说。金庸本意是为了纪念幼时家里一位受过冤屈的长工,但一腔正义却化做对人类兽性的愤怒声讨。不读《连城诀》,不知人性之恶也。

《侠客行》写于1965年,金庸自谓重点是写父母怜子之情。因金庸长子早逝,所以小说修订时加强了这一方面。但《侠客行》给人最大的启发是,文化典籍所造成的"文字障",使人越来越远离真理。主人公石破天无知无欲,连自己的身世和姓名也搞不清,他只有一副天生的菩萨心肠,但最后恰是他一无挂碍,直抵彼岸,破解了"侠客行"武功图谱。正如庄子所云:"至人无己,神人无功,圣人无名。"[10]金庸写《侠客行》时,尚未研读佛经,他后来奇怪自己为何能写出充满佛家"破除名相"思想的作品。其实这很简单,读了佛经未必就通了佛性,或许正因为读了佛经,反而阻碍了佛性,也未可知。这正是《侠客行》的自在妙理。

三　部　曲

　　金庸最庞大的系列作品是"射雕三部曲"，包括《射雕英雄传》、《神雕侠侣》和《倚天屠龙记》，各100余万字。从南宋一直写到明朝建立，合计300余万字。这一波澜壮阔的"射雕三部曲"，已足令金庸傲视古今武侠作家，无人可与比肩。

　　《射雕英雄传》1957年至1959年连载于香港《商报》。小说主人公郭靖成长于蒙古大漠，历尽艰难险阻，终成一代大侠。以郭靖为中心，金庸描写了成吉思汗的征战伟业，描写了宋、金、蒙古之间的战争和社会生活，描写了由"东邪、西毒、南帝、北丐、中神通"和"江南七怪"、"全真七子"等构成的千姿百态的武林世界，这一武林"乌托邦"几乎成了此后武侠小说的效仿首选。书中人物性格鲜明，场面宏大，主题思想昂扬健康，既有朴素的爱国主义，又有深沉的人道主义。郭靖与黄蓉的爱情，纯真浪漫，引人入胜。小说庄谐杂出，雅俗共赏，充分显示出中国小说包罗万象、地负海涵的雄伟气魄。由于小说反侵略、反投降的人民性立场，台湾当局曾把此书定性为宣传共产党政策的"统战作品"而严加查禁，以致该书初到台湾时更名为《大漠英雄传》。由于此书是最早问世的金庸"超级长篇小说"，所以成了金庸最有名的作品。许多人都是由《射雕英雄传》开始成为"金庸迷"，市场上的仿作、续作不胜枚举，如《射雕英雄前传》、《江南七侠》、《九指神丐》、《东邪西毒》、《华山论剑》等。小说还被改编成各种艺术形式，大有超过张恨水《啼笑因缘》之势，以致有人呼吁建立"雕学"。但金庸本人认为："我后期的某几部小说似乎写得比《射雕》有了些进步。"[11]

　　《神雕侠侣》与《明报》一同问世，1959年5月20日起在《明报》连载，历时两年多。那是金庸一生中最艰辛的奋斗岁月，创作中也折射出金庸感情世界的波澜。小说除了继续发挥《射雕英雄传》的诸多魅力外，更以浓墨重彩描写了主人公杨过与其授业之师小龙女之间感天动地的爱情。相对于郭靖"为国为民,侠之大者"的民族英雄境界,杨过更追求个性解放,勇于向封建礼法抗争。杨过与小龙女催人泪下的爱情,是人类文学宝库中的上上精品。金庸在这部大作里,把爱情之美、爱情之壮,爱情之甜蜜、爱情之悲苦,都写到了登峰造极的地步。《神雕侠侣》可说是古今中外最辉煌伟大、最悲婉凄怆的爱情圣经。小说还描写了李莫愁、武三通、公孙止、裘千尺、郭芙、公孙绿萼等众多"情痴",几乎写成了一部爱情百科全书,以致大多数读者都因此书而记住了元好问的那句词:"问世间,情是何物?"

《倚天屠龙记》1961 年 7 月 6 日起在《明报》连载。书中的年代已经到了百年之后的元末,作者以如椽巨笔描绘了以明教为中心的轰轰烈烈的元末大起义。翻江倒海的场面,惊心动魄的激战,一个连着一个。历史的波涛、政治的风云、人性的激情,汹涌跌宕。从深厚性和复杂性上来说,实已超过三部曲的前两部。小说塑造了一个与郭靖和杨过都不同的主人公——既缺乏英雄气质也缺乏政治胆略的"好人"张无忌。张无忌武功盖世,成为明教教主,却被朱元璋略施小计,挤出政坛。张无忌在爱情上也拖泥带水,在四个性格各异的少女之间犹疑徘徊。张无忌实际是一个善良的普通人的代表,他的"无能"获得了读者的极大同情。金庸说"这部书情感的重点不在男女之间的爱情,而是男子与男子间的情义,武当七侠兄弟般的感情,张三丰对张翠山、谢逊对张无忌父子般的挚爱"。[12]金庸经历丧子之痛后,说此书中父亲伤悼儿子的感情写得"太也肤浅了,真实人生中不是这样的"。[13]其实书中所写已经十分感人了。两个历史真人张三丰、朱元璋的形象也极受赞誉,敢于在历史大关节处涉险下笔,将虚实结合得天衣无缝,不由人不赞叹金庸"神功盖世"。

三 杰 作

金庸小说没有劣品,部部受人喜爱。经过亿万读者几十年的鉴赏,有三部作品被推为金庸最伟大的杰作,甚至是整个人类文学史上的一流杰作。

这就是:《天龙八部》、《笑傲江湖》和《鹿鼎记》。

《天龙八部》1963年开始在《明报》和新加坡《南洋商报》同时连载,历时四年。其间因出访欧洲,曾请倪匡代写了一段独立的故事,倪匡深以此事为荣。金庸后来出修订本时,删去代写部分。《天龙八部》被许多人誉为金庸小说的绝顶,倪匡说:"《天龙八部》是千百个掀天巨浪,而读者就浮在汪洋大海的一叶扁舟上。一个巨浪打过来,可以令读者下沉数十百丈,再一个巨浪掀起,又可以将读者抬高几百丈。"《天龙八部》首先是结构宏伟无比,仅从民族、国家的角度看,就写出了大宋、大理、大辽、西夏、女真、吐蕃,还有慕容一家朝思暮想恢复的大燕所组成的"七国演义"。其次是典型人物众多无比,顶天立地的萧峰,痴情而善良的公子段誉,浑金璞玉的好和尚虚竹,风流王爷段正淳,政治狂人慕容复,星宿老怪丁春秋,变态痴魔游坦之,吐蕃神僧鸠摩智,聪慧薄命的阿朱,乖戾恣睢的阿紫,口蜜心狠的马夫人,匪夷所思的天山童姥,高不可测的少林寺无名老僧,还有各具情态的"四大恶人"……共计有几十个令人绝对难忘的生动形象。再次是意境深邃无比,所谓"天龙八部",就是借佛教典故隐喻世间众生。这部130余万字的皇皇巨著,"实一悲天悯人之作也……书中的人物情节,可谓无人不冤,有情皆孽……朗朗世界到处藏着魑魅和鬼蜮,随时予以惊奇的揭发与讽刺,……这样的人物情节和世界,背后笼罩着佛法的无边大超脱"[14]。书中的萧峰,是金庸作品中的第一英雄。他的悲惨命运,既有古希腊悲剧的震撼,又充满存在主义哲学的荒诞,他是民族斗争夹缝里的西西弗。最后为了换取天下苍生的和平,他用气壮山河的一死,奏响了武侠精神的最强音。《天龙八部》可以说既是一部中国的《战争与和平》,又是一部中国的《罪与罚》。武侠小说写到如此境地,确实"引无数英雄竞折腰",令人有不可超越之叹。

《笑傲江湖》开笔于1967年,中国的文化大革命高潮之时。由于香港受"文革"波及,左派曾围攻《明报》,一直关注政治的金庸把对"文革"的思考不自觉地融入了小说。但该书并非简单地影射"文革",而是以生动的艺术画面,浓缩了一部中国的政治斗争史。《笑傲江湖》没有明确的时代背景,考察书中的细节,大约相当于明代。金庸说"这表示,类似的情景可以发生在任何朝代。"[15]书中的武林人物,大多都是政治人物,或是以政治标准来划分的人物。在争权夺利的险恶江湖世界里,主人公令狐冲却是一个"陶潜那样追求自由和个性解放的隐士"。小说中更发人深省的是一系列反面人物,如奸险无比的伪君子岳不群、凶狠霸道的左冷禅、阴鸷恐怖的东方不败。为了练成天下无敌的象征着绝对权力的"辟邪剑法",书中好几个人物先后都"引刀自宫",并继而性格变态。这是政治虐杀人性的绝妙讽喻。关于"正邪"之辨,小说继续了《倚天屠龙记》和《天龙八部》的探讨,展示出正中有邪、邪中有正、正邪相生相克又相互转化的人性辩证法。刘正风"金盆洗手"而被杀,显示出政治规则的残酷。任我行推翻东方不败重登教主宝座,却保留那些个人崇拜的仪式和口号,显示出权力对人的巨大腐蚀作用。"桃谷六仙"一再的插科打诨,是对政治戏法的辛辣讽刺。岳灵珊被无情的林平之杀害却仍然对他充满爱怜,则与《飞狐外传》中的马春花一样凸显出"爱是何物?"《笑傲江湖》是一部呼唤自由天性、批判人格异化的伟大的政治寓言。

　　《鹿鼎记》1969 年 10 月至 1972 年 9 月连载于《明报》,将近 3 年。这是金庸篇幅最长的作品,比《天龙八部》还稍长一点。这部作品有点类似西班牙塞万提斯的反骑士小说《唐吉诃德》,一反武侠小说的传统风貌,写了一个几乎不会半点武功的孩子主人公——韦小宝在康熙年间的种种奇遇,以致有读者怀疑是他人代写的。金庸也说"已经不太像武侠小说,毋宁说是历史小说"[16]。其实这正是武侠小说写到登峰造极之后的物极必反,金庸在写尽了侠之为物的千姿百态后,仍然坚持"一个作者不应当总是重复自己的风格与形式,要尽可能的尝试一些新的创造"[17]。那自然就会突破"侠"的极限,写出"无侠"和"反侠"。在《鹿鼎记》中,英雄豪杰都不得施展其胸怀抱负,而专会溜须拍马、见风使舵的韦小宝却飞黄腾达、官运亨通,甚至一举娶得七位夫人。这里蕴涵了对中国社会体制和国民性的深刻批判,其深度或许不及《阿 Q 正传》,而广度则有过之。从文化价值上看,韦小宝是 20 世纪中国文学里仅次于阿 Q 的典型形象。[18]具有讽刺意味的是,小说接近结尾的时候,顾炎武、黄宗羲等几个中国最著名的大知识分子,居然要拥戴韦小宝做皇帝,他们觉得只要是汉人就比满人统治得好。而实际上,出身妓院的韦小宝只知有母,不知有父。他的父亲汉、满、蒙、回、藏可能都是,只是除了外国鬼子。这深刻寓意着韦小宝是中华民族的一个"宝贝"。《鹿鼎记》中与韦小宝对照鲜明的另一个主人公康熙也塑造得十分成功,他精明强干,宽厚仁慈,表现出中华民族优秀杰出的一面。书中康熙与韦小宝的友谊、韦小宝与茅十八的友谊,都写得极为感人。小说既有现实主义的深刻,也有浪漫主义的飘逸,更有随处令人捧腹大笑的幽默。从小说艺术性上说,《鹿鼎记》可谓羚羊挂角,炉火纯青。金庸至此,想不封笔也已经无可超越了。

四　金庸的秘密
武戏文唱

武侠小说的基本要素是武打、是暴力,所以很容易写成低级的打架斗殴,粗俗猥劣,这也是大多数武侠小说难登大雅之堂的根本原因所在。

但是金庸的小说,把武打充分地艺术化、道德化、观赏化了。这就叫做"武戏文唱"。金庸小说里的武打,用一句白话说叫好看,具有视觉美、具有视觉观赏性,使人在读的时候并不感到有恶心的血腥之气。这一点与古龙等武侠名家还是颇有一点区别的,古龙有时还要渲染一些血腥之气,一剑刺进喉咙,眼看着血花怎样迸射出来。古龙这样写当然也自有他的独特审美考虑。但在金庸那里几乎没有这样的描写,金庸笔下的武打,在很多场合已经是艺术化或舞蹈化的了。比如《射雕英雄传》中洪七公和黄蓉对招时,一个飘飘白发,一个青春红颜,两个人辗转腾挪时,这哪里是武打? 这简直就是芭蕾舞中的双人舞,读者得到的是一种艺术的享受,得到的是一种对人体的想象力——人体到底能够发挥出什么样的功能?

金庸小说虽然以思想性见长,但在武功创造方面也是无出其右的。他的武打绝不雷同,给人印象深刻。梁羽生等武侠大师的武打描写也十分细致好看,但是读多了之后,不免稍有雷同化之嫌,一些武打场面似曾相识。而金庸笔下的人物,每个人怎么打,使什么兵刃,用什么路数,都不是随便安排的,一定是符合该人物的性格、命运,合乎此时此刻的具体境况。这一点,深得古代武侠经典《水浒传》之精髓。武功与人物性格融为一体,这是金庸的高明之处。比如阴风惨惨的梅超风用的是"九阴白骨爪",洪七公、郭靖、萧峰这样堂堂正正的大侠就要用"降龙十八掌"、"打狗棒",而且越是武艺高的大侠,往往越看轻兵刃的作用,武功最高的大侠往往是赤手空拳,也就是说他对自身拥有无穷的自信,他无须借助外在的兵刃,而那些使用奇怪兵刃的人则大多数不是一流高手。像独孤求败这个人,他的武功境界有几个阶段,第一层是所向披靡的阶段,那把剑非常锐利,像年青人一样,所向披靡,然后超越这个阶段,用轻剑,然后用重剑,重剑无锋,最后用木剑,到了人生的最高境界,这时剑就成了一种摆设,那时的他,已经飞花摘叶,皆可伤人。

金庸通过写武功来写人性,并将这种"武功哲学"提升到很难超越的境界。那些蕴涵着中国文化深厚哲思和优美意境的武功招数,已经成了读者心中具有普适性的人生方法论。比如"百花错拳"之美妙,"六脉神剑"之奇幻,"化功大法"之阴邪,"辟邪剑法"之妖异,"降龙十八掌"之刚猛,"黯然消魂掌"之恍惚……不胜枚举,引人遐想。总之,金庸笔下的武功,既精彩奇异,又追求客观可信,合乎武术原理和人体生理极限的要求。金庸的武功描写,写得奇,写得美,写得绝。每一段武功描写,都力求合乎情节需要,合乎人物性格,丰富多彩,力避雷同。他的武功不是外在的调料,也不是小说惟一的精华,而是与小说的情节一起,推动着人物的命运。在阅读效果上,金庸的武功做到了充分的视觉化,影视化,舞蹈化。在美学境界上,金庸的武功达到了"进乎技矣",直趋于道的地步。他的武功包含着丰富的文化意蕴,成为人生多种实践活动的绝好象征。

穷尽侠魂

金庸所写的武侠人物,跨越了不同的发展阶段,具有互不相同的人生境界。在金庸的小说中,有郭靖这样的为国为民的充满儒墨精神的"侠之大者",有杨过、令狐冲这样的追求个体精神自由的带有道家气质的逍遥之侠,有黄药师这样的魏晋名士风度的"邪侠",有洪七公这样的疾恶如仇、刚健豪迈的正侠,有石破天这样的无名无我,蕴涵着佛家机理的最本色的侠,有萧峰这样的经历了人生种种惨痛屈辱绝望,但仍然直面现实热爱生活,最终为民族和平慷慨捐躯的包含了最丰富的文化含义的"超侠",有岳不群这样的道貌岸然、阴险毒辣的"伪侠",还有韦小宝这样的贪生怕死,见风使舵,专靠溜须拍马而飞黄腾达的"反侠"……金庸几乎写尽了"侠"的各种面目,各种变体,各种可能性,实际也就是写出了人生的各种可能性和大千世界的无穷变幻性,每个读者都可以从中看到自己或是周围的他人。金庸并没有停留于侠的各个侧面的展示,在看透了人生百态之后,金庸小说仍然给人以昂扬向上的鼓舞和激励,给人以正义的尊严感。这种"看透之后仍然战斗"的精神与孔子和鲁迅的精神是一脉相传的。

在金庸的早期作品中,侠人物的身上更多承载的是儒家的精神,即以郭靖为代表的"为国为民,侠之大者"的精神,就是孔子所说的"知其不可而为之"的悲剧精神。像陈家洛、袁承志、郭靖,他们都有救国救民的大侠精神。当然他们也有自身的缺点,但他们愿意为了民族利益,牺牲自己。金庸早期作品中这些具有儒家境界的大侠,既是他自己青春气质的体现,也合乎五六十年代的社会氛围。

金庸中期写的作品,即进入 60 年代后所写的作品,他的人物身上就开始体现出一种道家精神和佛家精神。在杨过身上,在令狐冲身上,在张无忌身上,读者就更多看到一个人对自由和个体幸福的追求。这些人在一定程度上也有很强的社会责任感,但是在他生活中占据第一位的是个人灵魂的自由。杨过帮助郭靖驻守襄阳,但是他最后并不像郭靖那样与襄阳共存亡,最后他和小龙女潇洒而去。令狐冲一再冒着生命危险拒绝做武林领袖,他更看重的是自己身份的自由。张无忌要是稍微有野心,或是对天下有比较大的责任感,他不会让朱元璋得逞的,而在他看来,个人的自由高于一切,所以张无忌才心灰意懒。最后情愿在闺房画眉。

金庸作品越到后来,佛家色彩越浓重。《天龙八部》里不论慕容复、段誉、萧峰、虚竹,他们都不是武功最高之人,武功最高者竟是少林寺里无名的扫地老僧,无名无相,人们都没有注意他。老僧说练武功本来是为了更好地修佛法,但是当佛法达到很高的程度时,又不屑于练武功了,充满了辩证法。鸠摩智这样一位武功奇才在"枯井底,污泥处",被段誉的北溟神功吸去了全部内力,他一身武功全部废掉了,结果祸兮福之所存,他一下顿悟了,从此之后回到吐蕃,专心弘扬佛法,成为一代高僧。这就是去掉了"知识障"的意外收获。《倚天屠龙记》里张三丰当着敌人传授张无忌武功,直到张无忌全部忘掉时,就是武功大成时,"忘掉"了的时候,人就达到了一种得鱼忘筌的自由的境界。故有人说《天龙八部》是部佛教的大典,而陈平原说金庸小说可以作为佛学的入门书。

情天恨海

金庸小说写"武""侠"之外,写情也是一流的。他不仅写爱情,除了男女之情外,写兄弟之情,亲子之情,师生之情,写方方面面的情,都写得很好。比如说爱情,金庸笔下爱情模式之广,无人可以比拟。他笔下有非常"正格"的爱情——英雄美人式的,如陈家洛与香香公主;有非常理想的爱情,像郭靖、黄蓉;也有很多不理想的爱情,或从某个角度看不理想的爱情。有人指责金庸小说中的"一男多女"模式是宣扬男女不平等。其实金庸笔下也有"一女多男"的情况,关键在于武侠小说的历史背景是古代,那是男女不平等的时代,所以如果刻意违背历史实际状况,那反而不是现实主义的写法了。

金庸笔下的爱情模式极多、范围极广之外，爱情的深度也极其罕见，一直深入到人物的心灵底层去，最后一直达到拷问爱情本质的程度，达到"问世间，情是何物"的程度，上升到一种宗教的境界。金庸笔下大多数人物的命运都与情有关，如郭靖在黄蓉与华筝间的道义徘徊使他饱受风霜，萧峰因为少看了美女马夫人一眼而招致灭顶之灾。连恶人的爱情，都非常感人，比如《射雕英雄传》中的"黑风双煞"梅超风、陈玄风夫妇，虽是恶名昭著，但他们彼此却情深意切，恩爱非常。江湖魔女李莫愁之所以凶狠无情，是因为她自己的爱情没有得到满足，最后纵身入火，哀歌自焚。《天龙八部》中的"无恶不作"叶二娘，到处抢来人家的孩子弄死，可是凶残如此，她仍有非常善良的一面，就是她虽然把自己的名声搞坏了，却不肯吐露她的情人是谁，因为她的情人是一个德高望重的著名高僧。她一辈子都保护着她的爱人的声誉。在坏人身上也"因情生侠"，有一种侠的牺牲精神。金庸笔下的"情痴""情魔"，已经构成了人类文学史上的一个独特的品牌系列，如段誉对王语嫣、韦小宝对阿珂、尹志平对小龙女、何红药对金蛇郎君、李莫愁对陆展元、武三通对何沅君、程英、陆无双对杨过、狄云对戚芳、游坦之对阿紫、阿紫对萧峰、小昭对张无忌、仪琳对令狐冲、霍青桐对陈家洛、于万亭对徐潮生、郭襄对杨过等。金庸小说具有言情小说的一切特点，举凡奇情、惨情、痴情、孽情、欢情应有尽有，只是没有色情。他借鉴了各种言情模式，写到了爱情本身的核心。他写情的广度、深度、力度都是大师级的。许多读者甚至认为言情部分才是金庸小说的核心精髓。

北溟神功

金庸小说具备高雅的文化品位、深邃的思想意蕴和恒久的艺术魅力。那么，其高雅、深邃和恒久的原因是什么？

第一，创作态度严肃。金庸小说问世之初，虽是报刊连载，但他并未因此粗制滥造，更于封刀后进行 10 年修改，大有曹雪芹"披阅十载，增删五次"

之苦心。有的部分几乎重写,精益求精,这正是艺术大师的认真态度。

第二,追求文化内涵。金庸小说不是一味迎合读者,而是如梁启超所言,努力于"熏、浸、刺、提"。作品表现出中华文化从琴棋书画到儒释道、文史哲的方方面面,对弘扬中华文化贡献极大。

第三,取法乎上,勇攀高峰。金庸的小说以文学为人学,探索人心,描摹人性,努力于塑造典型环境中的典型人物,努力于讴歌人类永恒的美好情感。一篇有一篇的形式,一部有一部的创新。

第四,多方吸取,融会贯通。古龙在《多情剑客无情剑·代序》中说:"武侠小说既然也有自己悠久的传统的独特的趣味,若能再尽量吸收其他文学作品的精华,岂非也同样能够创造出一种新的风格,独立的风格,让武侠小说也能在文学的领域中占一席之地,让别人不能否认它的价值,让不看武侠小说的人也来看武侠小说! 这就是我们最大的愿望。"这一点金庸真正做到了,他吸取众家之长,成就一家之言。从武侠小说来说,他吸取了古代的、近代的、旧派的、新派的一切成就。从通俗小说来说,他吸取了言情小说、社会小说、侦探小说、滑稽小说的诸多诀窍。从现代小说来说,他吸取了新文学小说和外国小说的新鲜经验。此外,金庸还吸取了话剧、戏曲、电影、舞蹈、绘画、书法等各种艺术门类的特点,以其无所不容的"北溟神功"成为一代武林盟主。

第五,蕴含哲理,写出意境。从金庸小说中可以得到许多人生感悟,不论是学习、工作、交往等等,比如武功的修习便充满了辩证法。人生便是练武功,做学问、做事业都好似练武功。读者可以不断欣赏、阐释下去,从中去体味人性的至深至乐。金庸小说给人们留下许多情节人物融为一体的富于意境的场面,如大雨商家堡、大战聚贤庄、华山论剑、枯井底污泥处等等。王国维说:"大诗人所造之境,必合乎自然,所写之境,亦必邻于理想。"又说:"故虽写实家,亦理想家也。故虽理想家,亦写实家也。"[19]金庸小说正是既根于现实又富于理想精神的。

这就是金庸的秘密。正如"鸳鸯刀"的秘密一样:仁者无敌。道理并不复杂,问题是谁能够做到。金庸小说涵盖乾坤,来者不拒,各人皆可入我门中。但来者能得到什么,则决定于你本身的修养和境界了。

注 释

〔1〕 严家炎:《金庸小说论稿》,第8—13页。

〔2〕 严家炎:《一场静悄悄的文学革命》。

〔3〕 金庸:《天龙八部》附录之《陈世骧先生书函》。

〔4〕 茅盾:《读〈呐喊〉》,原载1923年10月8日《文学周报》。

〔5〕 金圣叹评点《水浒传》。

〔6〕 陈墨:《金庸小说艺术论》,第152页。

〔7〕 见孔庆东 、王伟华编:《金庸侠语》序。

〔8〕 王国维:《人间词话》。

〔9〕 夏济安语。

〔10〕 《庄子·逍遥游》。

〔11〕 金庸:《射雕英雄传》后记。

〔12〕〔13〕 金庸:《倚天屠龙记》后记。

〔14〕 陈世骧先生书函,见《天龙八部》附录。

〔15〕 金庸:《笑傲江湖》后记。

〔16〕〔17〕 金庸:《鹿鼎记》后记。

〔18〕 参见孔庆东:《漫谈金庸》。

〔19〕 王国维:《人间词话》。

【思考题】

1. 为什么说金庸是小说大师?

2.《天龙八部》有哪些艺术特色?

3. 试比较《鹿鼎记》与《红楼梦》。

【知识点】

武侠革命　　　武戏文唱　　　射雕三部曲

【参考书】

1. 陈平原:《千古文人侠客梦》,人民文学出版社,1992 年。

2. 陈墨:《金庸小说艺术论》,百花洲文艺出版社,1994 年。

3. 陈墨:《金庸小说之谜》,百花洲文艺出版社,1996 年。

4. 陈墨:《金庸小说人论》,百花洲文艺出版社,1996 年。

5. 冷夏:《金庸传》,明报出版社有限公司,1994 年。

6. 严家炎:《金庸小说论稿》,北京大学出版社,1999 年。

7. 孔庆东:《47 楼 207》,内蒙古教育出版社,1998 年。

8. 孔庆东:《空山疯语》,中国电影出版社,2000 年。

9.《2000'北京金庸小说国际研讨会论文集》,北京大学出版社,2002 年。

民族化进程中的侦探小说

一 清末民初的侦探翻译热潮

与其他小说的"身世复杂"不同,侦探小说是有它准确的诞生日期的。1841 年 4 月美国作家埃德加·爱伦·坡(Edgar Allan Poe)发表《莫格街血案》。在这部小说中首次出现了私人侦探的形象;确立了以揭示生死之谜为其价值中心;建立了以刑事案件的侦破为其基本情节,以设谜——破谜——释谜为发展线索的小说结构。这种小说类型被称为侦探小说。在侦探小说创作的发展历程中,英国作家亚瑟·柯南·道尔(Arthur Conan Doyle)做出了重大的贡献。自 1887 年创作《血字的研究》开始,数十年中他写出了近百部侦探小说。他把侦探小说的素材背景从扑朔迷离的刑事案件导向政治、经济、文化的深层领域，使侦探小说的惊险性和形象性的背后矗立着深刻的社会性；他所创造的福尔摩斯—华生模式成了侦探小说的经典模式。

也就在柯南·道尔埋头创作的时候，他的作品就被引进了中国。据现有资料，最早翻译外国侦探小说的是《时务报》的英文编辑张坤德。张坤德，生卒年代不详，字小塘，桐乡人。他在 1896 年至 1897 年的《时务报》第 6 至 12 册，第 24 至 30 册上连载了他翻译的柯南·道尔的 4 部作品：《英包探勘盗密约案》(今译《海军协定》)、《记谜者复仇记》(今译《驼背人》)、《继父诳女案》(今译《分身案》)、《呵尔唔斯缉案被戕》(今译《最后一案》)。第一、第二篇总题为《歇洛克呵尔唔斯笔记》；第三、第四篇总题为《滑震笔记》。张坤德之后，译者风起云涌，只要翻开当时的杂志，到处可见"福尔摩斯"的名字。有人曾作过统计，1902 年至 1918 年，柯南·道尔的作品一下子就译进来 311 (部)次之多。[1]将中国翻译家的视野从柯南·道尔身上扩展到更大范围中去的是周氏兄弟。1905 年周作人将爱伦·坡的《金甲虫》翻译成中文，易名为《玉虫缘》，发表在《女子世界》的第 5 月号上，而介绍这篇小说给周作人的正是当时在日本留学的鲁迅。此后，爱伦·坡的侦探小说陆续被引进中国，《莫格街血案》、《玛丽·罗热疑案》均有了中译本。除了柯南道尔和爱伦坡的作品之外，此时较有影响的外国侦探小说翻译作品还有[2]：

英国作家毛利森(Arthur Morrison 今译莫利森或马利孙)的《马丁休脱侦探案》和《海威侦探案》。

英国作家葛威廉(William Tufnell Le Queux 今译威廉·鲁鸠)的《三玻璃眼》。

英国作家狄克多那文(Dick Donovan)的《多拉文包探案》。

英国作家白髭拜(Guy Newell Boothby)的《巴黎五大奇案》。

英国作家奥斯汀(J. Austen)的《桑狄克侦探案》。

法国作家鲍福(Baofü)的《毒蛇圈》。

美国作家尼科拉司·卡特(Nicholas Garter)的《聂格卡脱侦探案》。

......

　　阿英在《晚清小说史》中说："当时译家，与侦探小说不发生关系的，到后来简直可以说是没有，如果当时翻译小说有千种，翻译侦探要占五百部以上。"这话是符合实际的。

　　中华书局于 1916 年 5 月出版了《福尔摩斯侦探案全集》。这部文集是用文言翻译的，收了 44 个案子，汇成 12 册。到抗战前夕，这部文集已再版 20 次。1927 年，刚成立不久的世界书局为了使柯南·道尔的作品更好地在大众中流传，也为了自己这个后起的书局在出版界站稳脚跟，特邀程小青等人用白话全部重译了柯南·道尔的作品，名为《福尔摩斯探案大全集》，于 1927 年起陆续行印。

　　当福尔摩斯在柯南·道尔笔下顺利地勘破一个接一个疑案的时候，法国作家玛丽瑟·勒白朗（Maurice Leblanc，今译鲁贝兰）却为福尔摩斯设计了一个强劲的对手——侠盗亚森·罗频，并以此为主人公写了一系列的"反侦探小说"。这样一个神奇的人物，中国侦探小说翻译家们当然是不会放过的。于是亚森·罗频案的译作出现在多种杂志上。1925 年，大东书局推出了《亚森·罗频案全集》。该书共收长篇 10 种，短篇 18 种，分别由周瘦鹃、沈禹钟、孙了红等人用白话译成。

　　在世界文学史上，侦探小说很难上"极品榜"，但它在中国的清末民初时期却得到了如此的青睐，这和中国当时的政治思想背景以及文化传统、译者趣味、市场需求等因素有着很密切关系。

　　侦探小说产生于西方的工业革命之中。随着西方工业革命的深入，政治制度上的法制建设日趋完善，思想上实证主义风行一时，思维中逻辑推理受人推崇，整个时代进入了一个追求科学民主、遵循规章法治的时期。科学民主时代是侦探小说赖于生存的土壤，也是侦探小说发育成长的最基本的营养圃。可以说，侦探小说实际上是一种科学民主的文艺品类。"科学"与"民主"是"五四"新文化运动的两面旗子，但在清末民初时期，中国的有识之士已开始将它们视为引导"国民"进入"世界圈"的准则。当时有的中国侦探小说翻译家已看到了侦探小说与科学、民主的关系,周桂笙有一段言论很有代表性:"盖吾国刑律讼狱,大异泰西各国,侦探小说,实未尝梦见。互世以来,外人伸展治外法权于租界,设立警察,亦有包探名目。然学无专门,徒为狐鼠城舍,会审之案,又复瞻徇顾忌,加以时间有限,研究无心,至于内地案,动以刑求,暗无天日者,更不必论。如是,复安用侦探之劳其心血哉!至若泰西各国,最尊人权,涉讼者例得请人为辩护,故苟非证据确凿,不能妄入人罪。此侦探学之作用所由广也。"[3]侦探小说宣扬的是一种法治,而不是人治;要求的是科学实证,而不是主观臆断;讲究的是一种人权,而不是皇权。这样一种思想内涵的小说体裁帮助输入的正是时代所需要的"西洋文明"。

侦探小说所反映的内容总是彰正义,明正气,惩顽恶、揭黑幕,正义之气必将战胜邪恶之气,这符合中国的文化道德观,是人心所向的社会道德规范。侦探小说的情节总是曲折紧张,人物是奇人异事,事件是奇诡杂出,环境是神秘可怖,它的"层出不穷,千变万化"又建立在严密的科学推理和合理的逻辑论证之上,"奇"而合理,"荒"而不谬,符合中国的美学传统,能为中国文坛所接受。

小说品位的高低本来就是相对的,特别是对外来的作家作品的评定,固然是要根据它的艺术质量,但是,起决定作用的还在于接受者对它的需求以及它对接受者所产生的影响。中国当时的翻译家还分不出什么是一流的作家作品,什么是二流的作家作品,他们只是根据自己对作品的兴趣以及作品的读者面来翻译外国文学的。从这个角度上看,侦探小说在中国清末民初能产生如此异乎寻常的影响,市场需求起了重要的作用。

侦探小说是非常讲究文体技巧的小说。外国侦探小说的翻译对中国小说从传统型向现代型转变起着推动作用。侦探小说一般是以第一人称出现(私人侦探或其助手)。柯南·道尔的作品刚进中国不久就有人指出:"余谓其佳处全在华生笔记四字。"[4]从华生的角度写福尔摩斯神奇的破案,福尔摩斯所做的一切都是华生的所见、所闻、所感,大大增强了作品的真实感。这种叙事模式很快就被中国作家所接受,第一人称的作品成为了当时的流行模式。中国传统小说的时空观念是因果线性结构,侦探小说则是悬念小说。悬念的运用允许时空可以拆散和颠倒。1903 年周桂笙在翻译侦探小说《毒蛇圈》时就专门介绍这类小说的"起笔"的神奇之处:"凭空落墨,恍如奇峰突兀,从天外飞来,又如燃放花炮,火星乱起。然细察之,皆有条理。"[5]到了民国初年,采用倒叙法"起笔",在中国小说中已经相当普遍了,作家们常将小说的结局或者某种议论放在小说的前面,然后再叙述故事的情节,最后作呼应或者释疑。小说不是笔记,不是历史,也不是演说,自有它的美学特征,外国侦探小说的翻译给正在变革中的中国小说提供了若干新型的模式。

二　中国侦探小说的起步

侦探小说是一种外来品种,却被"继承改良派"作家所接纳,成为通俗文学中的一个重要门类。除了它与中国传统的义化道德观并不相悖之大前提外,它的趣味性与对读者的磁石般的吸引力也起了决定性的作用。在引进的初期,知识精英作家也翻译侦探小说,但后来他们将这一群众喜爱的文学门类拱手相让给市民通俗作家了,因为在他们看来,只有改变整个制度才是救中国的惟一出路,关键不在于一案一例判决的是否公正。于是市民通俗作家独步于侦探小说疆域。

可是清末民初的通俗作家能翻译侦探小说,却不能完全消化这种小说门类并加以中国化。外国侦探小说在中国文坛首先激发的是古代刑事案件的汇编热。1906 年上海广智书局出版了吴趼人编的《中国侦探案》。这部刑案汇编型的小说集的热销,激发了中国古代刑事案件的大规模整理和刊行。从清末民初开始,直至整个民国时期,这类案例选的出版难计其数,其中规模较大且有影响的案例选有孙剑秋编的《清朝奇案大观》(1919)、平襟亚编的《民国奇案大观》(1919)、许慕文编的《古今奇案汇编》(1923)、平襟亚编的《刀笔精华》(1923)、广丈编辑局编的《百件奇案大观》(1921)等等。这些案例选上至史前时期,下至眼前的事,贯通整个中国历史;所收案件稀奇古怪,各式各样,无所不包。纵观编辑者所写的序和跋,可以看出编辑者选编这些案例选的目的有三:其一、说明侦探小说中国古已有之,编辑出来,试与外国侦探小说比个高低。其二、收集奇案"警世觉民"。其三、有阅读趣味。不管编辑者抱什么目的,这些案例选能够在民国时期风行一时,皆出自市场的需求。

在外国侦探小说的翻译和刑事案件的汇编同时,大约从 20 年代开始,中国侦探小说的创作开始起步了。特别是《半月》、《紫罗兰》中开设的"侦探之页"以及 1923 年创刊的杂志《侦探世界》极力推崇中国作家创作侦探小说,文坛上中国作家的创作的侦探小说渐渐多起来了。起步阶段的侦探小说大致有三种类型。一是"译述型",即以外国侦探小说的原作为原本,边译边作,自我发挥。译述,本是清末民初的翻译界的特有现象,侦探小说的译者也将这种风气带到了自己学步时的创作中去。二是"公案型",即将侦探小说的一些表象特征杂糅到公案小说的创作中去,创作出一种半侦探半公案的小说。这一类小说往往写一个衙门和一个神捕,衙门断案,写的是公案小说的故事;神捕往往则扮演着私人侦探的角色。三是"摹仿型",即完全摹仿外国侦探小说的路子进行创作。这一类作品占大多数。以创作水平来衡量,后一类作品又可以分两个层次:

第一个层次是简单摹仿。作家根据阅读外国侦探小说翻译作品的所得,抓住一些中国的人和事进行创作,是一种"依样画葫芦"式的作品。主要代表作家作品有:

张无铮[6]的《徐云常新探案》系列小说

姚庚夔的《鲍尔文新探案》系列小说

王天恨《康卜生新探案》系列小说

朱　的《扬芷芳新探案》系列小说

吴克洲《东方亚森·罗平新探案》系列小说

第二个层次是创造性摹仿。他们作品的大框架并没有突破外国侦探小

说的模式,但是在摹仿中又增添了不少自我的个性。主要的代表作家作品有:

俞天愤(1881—1937),江苏常熟人。俞天愤的侦探小说大约分为两个系列,一是由"余"作为主人公的《中国侦探案》和《中国新侦探案》,一是由"金蝶飞"为主人公的《蝶飞探案》。

侦探小说是以法律为根据惩恶济善的文学体裁。俞天愤却对中国现有的法律深恶痛绝,以道德和良心作为是非标准。他说:"读余此篇者,其人不必深明法律,其人必须尊重公理,其人必须注重道德,其人必须契合良心。"[7]从这一是非标准出发,他的小说中的私人侦探往往是道德良心的代表,而官方侦探往往是现有法律的代表。私人侦探出生入死,缉凶惩恶;官方侦探蠢如笨牛,贪婪无比。在中国侦探小说中,官方侦探的形象都不高明,但像俞天愤这样将官方侦探列入反面形象加以批判和嘲讽,也不多见。侦探小说是一种都市文学,俞天愤则将侦探小说的生活背景拉到了中国的小县城和乡镇,小说也因此有了很强的本土气息。小说还是写刑事侦破,情节的发展却常常和警匪、帮会、黑社会联系起来;小说中没有了都市的舞厅、大饭店,代之的是城镇的百年老店、老财主的客厅以及镇公所、乡公所。小说也没有都市的喧闹,有着乡村的平静和闲适。俞天愤摹仿的是外国侦探小说,却有了更多的本土色彩。

在《白巾祸》的序言中,俞天愤说他在中国侦探小说史上有三个第一:他是第一位创作侦探小说的;他是第一位想使侦探小说的情节用实地演绎表现出来的;他是第一位用照片形式将侦探小说情节形象化的。第一个第一,并没有史料证实;后面两个第一,是符合实际的,而且成为了俞天愤小说的某种特色。他常聘人将他小说中的关键情节表演出来(有时还要搭起布景),拍成"连环图片"插入小说之中。这些照片,现在看来,效果都不佳,但却说明了俞天愤的务实和钻研的精神。

陆澹安(1894—1980),江苏吴县人。他的侦探小说主要是《李飞探案》系列。陆澹安走上侦探小说之途相当偶然。1920年的一天,他去上海"大世界"看电影《毒手》。他被这部电影迷住了,连看数遍之后,将电影情节改编为小说,出版之后销路很好。在此刺激下,他先后改编了《黑衣盗》、《老虎党》、《红手套》等电影为小说,并开始创作他的侦探小说《李飞探案》。《李飞探案》最突出之处是将侦探与黑幕、神秘恐怖糅合在一起,塑造了一个有血有肉的真实可信的业余侦探李飞的形象。

在陆澹安的小说中,刑事侦破仅仅是情节发展的一条线索,通过案件的侦破总是揭开一个社会黑幕,或者是历史黑幕,如《隔窗人面》;或者是反映伦理的堕落,如《怪函》《三 K 党》;或者是金融丑闻,如《古塔人囚》等等。这些社会黑幕基本上都是些轰动一时的社会悬案,短则数年,长则 20 年。是非曲折、恩恩怨怨,十分复杂。因此,陆澹安的小说的情节总是很曲折生动。大概受到电影艺术的影响,陆澹安小说十分注重神秘恐怖的场面的描写和气氛的渲染,调动了读者阅读的紧张的情绪。

作家始终强调李飞探案是业余的,是凭兴趣、凭良心来办案的。为了突出李飞探案的业余性,作者把侦探小说惯有的配角从朋友或书记员改为自己的新婚妻子。这样的角色设计给李飞的形象带来了积极的效果,一方面显示出了李飞探案并不为金钱,并无商业气息的;另一方面也为李飞爱管"闲事"作了合理的解释,他是在新婚的妻子面前"逞能"。很多案件都是李飞在爱妻的激将之下,为了表现自己而主动寻揽过来的。在私人侦探千篇一律的老谋深算的形象中,李飞似乎显得比较稚嫩,却有了个性。

张碧梧(1891—?),江苏扬州人。张碧梧的侦探小说可分两个部分,以《双雄斗智记》为代表的长篇侦探小说,对外国侦探小说的摹仿痕迹很浓,只能归于简单摹仿的侦探小说的行列。代表他侦探小说成就的是《家庭侦探宋悟奇新探案》系列小说。张碧梧的侦探小说情节并不复杂,侦破过程也很简单化,但是,他的小说却有一个独特的视域,那就是家庭。家庭是中国社会构成的细胞,最能表现中国国民性的之一"舞台"。因此,张碧梧的侦探小说虽然题材都很小,或者舞女情杀,或者仆人偷钱,或者妻妾争宠,或者兄弟夺产,但是都涉及到中国人的血缘关系。有了这份血缘关系的描写,小说也就有了几份本土特色。

张碧梧的侦探小说创作不是上乘的,但他的侦探小说理论读起来倒颇有味道。1923 年,《侦探世界》创刊时,他是以理论家的面貌出现在其中的。该刊物上几乎每一期都有他写的一两篇理论短文。这些文章可以看做自清末民初大规模翻译外国侦探小说以来,中国人对侦探小说美学特征的探索和理论总结。

赵苕狂(1891—?),浙江吴兴人。赵苕狂的侦探小说并不多,只有数篇"偶然写之"的《胡闲探案》。在作品所反映的生活的深度和广度上,以及小说的创作技巧上,《胡闲探案》都没有什么过人之处。它还是表现遗产和情杀两大题材,还是"福尔摩斯—华生"的协作模式,甚至连胡闲助手的名字也叫做"华生"。这部系列小说的特点是作者塑造了一个很有个性的私人侦探的形象:胡闲。胡闲,既"糊涂",又"闲散",虽然他竭力模仿福尔摩斯,但由于他的个性,使得他所有的模仿显得滑稽可笑。既糊涂又闲散之人怎么能胜任私人侦探的职责呢? 因此胡闲破案,十案九败,被人称为"失败的侦探"。小说中这些有意渲染之处正是作家聪明的地方。滑稽可笑的胡闲却常常接到一些大案要案,胡闲虽然"失败"了,但他无意中却将那些丑恶和罪恶揭露出来了,他的失败史,正构成整个案件的侦破史,所以说,胡闲虽败犹荣。

三 侦探小说的中国化:程小青和孙了红

我们在上面已论及侦探小说与中国文化道德规范并不相悖的问题。但要使这个舶来品真正本土化,还需要有若干符合民族习惯的修正。侦探小说是法制文学,小说中的是非标准只有一个,那就是法律。论法不论情。而中国读者习惯于在事实上论辨是非曲折之外,还要在情理上论及动机谆真与险恶,对有些论法不论情的客观事实往往难以接受。所以说,侦探小说本土化的过程实际上就是怎样使侦探小说的审美特征符合中国读者的民族审美需求的过程。

对侦探小说中国化做出贡献的是程小青和孙了红。他们分别创造了中国侦探小说的"道德模式"和"文化模式"。

程小青(1893—1976),原名程青心,上海人。《霍桑探案》系列小说是程小青的代表作。1914 年秋,上海《新闻报·快乐小品》征文,程小青写了小说《灯光人影》应征。这是程小青第一次用"程小青"的笔名写小说。霍桑是小说的主人公。据作者后来介绍,霍桑的名字原叫霍森,或者是编辑的更改,更可能是排字工人的误植,将"霍森"变为了"霍桑"。程小青感到这个名字不错,也就承认了"霍桑"。从 1919 年创作文言侦探小说《江南燕》起,程小青以霍桑这个私人侦探为主人公,创作了一系列小说。30 多年来,他让霍桑破了各种各样的案件。1946 年,世界书局陆续出版了《霍桑探案全集袖珍丛刊》,共计 30 种:《珠项圈》、《黄浦江中》、《八十四》、《轮下血》、《裹棉刀》、《恐怖的话剧》、《舞后的归宿》(又名《雨夜枪声》)、《白衣怪》、《催命符》、《矛盾圈》、《索命钱》、《魔窟双花》、《两粒珠》、《灰衣人》、《夜半呼声》、《霜刃碧血》、《新婚劫》、《难兄难弟》、《江南燕》、《活尸》、《案中案》、《青春之火》、《五福党》、《舞宫魔影》、《狐裘女》、《断指团》、《沾泥花》、《逃犯》、《血手印》、《黑地牢》。1949 年以后,他虽还写过一些反特小说,但影响不大。

程小青的《霍桑探案》基本上是模仿柯南·道尔的《福尔摩斯探案》的模式进行创作的,但他对侦探小说的价值观作了重大的调整,那就是侦探小说的中国"道德模式"。程小青曾说过这样的话:"在正义的范围之下,我们并不受呆板的法律的拘束。有时遇到那些因公义而犯罪的人,我们往往自由处置。因为在这渐渐趋向于物质为重心的社会之中,法制精神既然还不能普遍实施,细弱平民受怨蒙屈,往往得不到法律的保障。故而我们不得不本着良心权宜办事。"[8]这"良心"就是中国民族的重要道德准则。于是在程小青的小说中就有了显隐两条标准。显者,是法律;隐者,是道德。如果法律与道德一致,法律正好是惩罚道德败坏的武器;如果法律和道德不一致,事件处理的结果总是法律服从于道德。或者只查原因,不追究责任;或者隐瞒真相,惩恶助善;或者私放真凶,另寻出路。为善者即使是行凶也有善报,作恶者即使被杀也是死有余辜。这些在法律上绝不允许的做法,在程小青的小说中却不断出现。《白纱巾》等小说就是此类民族道德观下的较为典型的产物。这种做法显然是有悖于外国侦探小说的基本原则,但却得到了中国读者的欢迎。如果真的叫法律铁面无私,很多结果读者是不接受的。

程小青是城市贫民出身,生活的积累给他留下了很多素材,也使得他的小说具有比较强烈的平民意识。他的小说主要以上海这一都市为背景,偶尔涉及到北京和苏州。小说中的人物都是城市的中下层小人物。小说所涉及的问题都是发生在都市中下层社会中的社会问题,例如,婚姻、财物、家庭的破裂等等市民生活上的大变故,常是他小说的所选取的题材。程小青通过这些案件的侦破,剖析了中国社会各种形式的血缘和非血缘的关系,展示的是中国都市中下层社会的人文景观。这样的特色使得程小青的小说有了更多的本土色彩,也有了"社会侦探小说"的称号。

在小说创作的同时,程小青还写了《侦探小说多方面》《侦探小说史》等侦探小说理论文章。程小青始终强调侦探小说应该具有较高的文学价值,理由是它具有想象、情感和注重结构三个方面。这三个方面都是文学的最基本的要素,侦探小说理应做得最好。他的《侦探小说史》虽然仅是一篇文章,却是中国第一位总结中国侦探小说创作历程的较为全面的回顾。

孙了红(1897—1958),浙江宁波人。与程小青走《福尔摩斯侦探案》之路不一样,孙了红走的是法国作家勒白朗《侠盗亚森·罗萍》之路,是一种反侦探小说。孙了红同样是从翻译起家而走上创作之路的,他是1925年出版的《亚森罗苹案全集》的中译者之一。在这以后,他开始创作《东方侠盗鲁平》系列小说,共30多部。孙了红的创作分前后两期,二三十年代是他的起步阶段,40年代是他的成熟期,此时他的代表作有《血纸人》、《三十三号屋》、《鬼手》、《蓝色响尾蛇》、《紫色游泳衣》等。

他的成熟期的标志就在于他逐步摆脱了前期对勒白朗小说简单的模仿,开始把小说中的刑事案件的侦破过程和中国传统文化观有机地结合了起来,创造了中国侦探小说的"文化模式"。所谓的"文化模式"是指将中国传统的是非观、善恶观、因果观融化在侦探小说所揭露的事实和惩罚的结果之中,使得侦探小说既有中国的本土性,又保持了特有的美学品味。我们举他的名作《血纸人》来说明。小说揭示了一个上海滩上的"米蛀虫"王俊熙发家的内幕。"米蛀虫"是指靠囤积粮食而暴发的人,这种人最为 40 年代上海市民所痛恨。小说暴露了这种人的丑恶的灵魂,写了靠鄙劣的手段赚取的钱财的全部散失殆净。这样的情节安排符合中国的杀富济贫的文化观念。不义之财,人皆取之,对鲁平夺取这些恶人的财产,人们就抱有赞许的态度,而鲁平再将这些钱财散发给穷人,就更使人敬佩了。"一个人杀死一条米蛀虫,那是代社会除害,论理该有奖赏的。"这是小说中鲁平的自誉,也是读者的心理反应吧。小说还将情节的发展和中国的因果观结合了起来。除非不做害人的事,做了害人的事,隐蔽得再好,终有一天会暴露的,终有一天会受到惩罚。王俊熙以害人始,以害人终,结果是死于非命,正应了小说中的雪性大师的预言:"杀害了人家的,结果难逃被人杀害的惨报。"对中国的读者来说,读这样的小说不仅会被其曲折的情节所吸引,还会被其中的文化思想所震撼。这就是孙了红的"文化模式"的魅力。

　　和程小青的侦探小说的风格不同,孙了红的作品不讲究现场勘察和逻辑推理,他善于挖掘犯罪心理,从犯罪事实之中寻找出个"为什么"来,这也是他的作品引人入胜的一个重要原因。鲁平与霍桑不同,他不是侦探,而是一个"侠盗",他并不需要将罪犯绳之以法,他只是揭破犯罪事实。孙了红的小说妙就妙在它所揭破的一个个案件,实际上是人的心态的一次次曝光,究竟是谁之过呢?大概已不是道德败坏所能概括的了。作者促使着人们向更深层次思考,在扭曲的人的心态之中寻找答案,在人欲横流的现实社会之中追溯原因。孙了红的侦探小说决不仅仅是表现"狐狸再狡猾也敌不过好猎手"的正义感,而是将笔伸向了人的灵魂深处,撩拨那一根根令人颤栗的神经。因此他的小说又被称之为"心理侦探小说"。

　　孙了红是很了解中国读者的阅读心理的,他对侦探小说中的逻辑推理的过程尽量用形象表现之。他采用了两种手法，一是将鲁平直接参与到事件之中去，鲁平是案件的评判者，也是事件的参与者。鲁平的行动过程就是事件的发展过程，就是案件的侦破过程，这就大大减少了抽象的推理说明。二是增加了场面描写。孙了红特别善于制造一些恐怖神秘的场面，在气氛的渲染中交代案件的发展，这就避免了单纯地说故事，补漏洞，还使得读者很容易就进入到小说的感情境界中去。

四　中国公安法制文学概况

1949 年以后，中国内地的侦探小说称之为公安法制文学。侦探小说与公安法制文学的最大的区别是私人侦探被代表国家利益的公安司法人员所代替，侦探小说中特有的私人侦探、官方侦探与罪犯之间的三角关系被国家利益和罪犯的两极对抗所代替。

1949 年之后，中国的公安法制小说的发展历程是相当清晰的。

到 1966 年为止，中国的公安法制小说主要受了当时的苏联文学的影响，如阿达莫夫的《形形式式的案件》、列别耶夫的《水陆两栖人》、沃斯托柯夫和施美列夫的《追踪记》、维阿塔菲耶夫的《忧郁的侦探》，以及影片《侦察员的功勋》等等。这些前苏联的小说和电影在中国有着广泛的读者和观众，它们很大程度上规范了中国公安法制小说的主要框架和基本走向。此时中国公安法制小说的主题相当明确：剿匪锄奸反特。代表作有白桦的《山间铃响马帮来》、公刘的《国境一条街》、史超的《擒匪记》等等。这些小说以国家安全和社会稳定为主要基调，有着很强的革命英雄主义色彩。小说模式比较单调，一般是一个(或一帮)罪犯制造出各种的表面假象，侦探主角克服重重困难，拨开层层迷雾，最后捉住罪犯。小说的最后总是洋溢着革命的乐观主义精神，具有很强的时代的色彩。

80 年代以后，外国各种流派的侦探小说开始大量涌进中国内地，除了传统型的爱伦·坡、柯南·道尔、克里斯蒂等人的作品再次引起阅读热以外，二战以后的很多现代型的侦探小说越来越受到人们的欢迎,如日本作家森村诚一、松本清张、水上勉等为代表的社会推理小说,日本影片《人证》、《砂器》、《追捕》,欧美作家谢尔顿的《天使的愤怒》、《午夜情》、《有朝一日》,罗宾·科克的《昏迷》、《狮身人面像》,杜伦马特的《诺言》,西默农的《玻璃笼子》,格·格林的《第三个人》等等。这些小说和电影对中国公安法制小说产生了极为重大的影响,中国公安法制小说的价值取向和基本格调开始发生了深刻的变化。

这种变化突出地表现在两个方面。一是中国公安法制小说从惯有的对敌斗争,开始逐步地转向为自我反思型的作品,和对社会丑恶现象进行批判的揭露型作品。这种转变在那些"文革"的反思小说中表现得尤其突出。王亚平的《神圣的使命》、《刑警队长》,从维熙的《大墙下的红玉兰》等小说反思了"文革"的社会动乱之中,中国司法制度的残缺和人性的失落。二是侦探主角开始在生活中寻求自我的位置,他们不再仅仅是政府和法制的象征或符号,而是一个个有血有肉的具有鲜明个性的人。1985 年,海岩的《便衣警察》出版,使得公安法制小说从对社会批判的反思转向为对刑警战士精神层面上的探索,从苦难的人生经历中传达出崇高的人生境界。与《便衣警察》具有相同的价值的还有魏人 1989 年出版的《刑警队长的誓言》(后改编为电影《龙年警官》)。小说中的人物个性和思想境界是作者着力表现的核心,社会环境和各种事件却成了塑造人物形象的基本要素,为作家要表现的"核心"服务。90 年代以后,公安法制小说的价值取向有了更为深刻的变化,它们不再以悲怆的格调和"殉道者"的姿态对社会的黑暗进行批判,而是以冷静的态度和"建设者"的姿态对社会制度的弊病进行反思;对人物的精神追寻上也不仅仅是从平凡的生活之中讴歌崇高的精神境界,而是文化和道德的层面上对展示人性的美好或剖析人性的堕落。这些变化在 90 年代兴起至今方兴未艾的纪实小说和反腐小说中表现得尤其充分。

80 年代以后,公安法制小说的创作视野也逐步地开阔起来。小说中罪犯的明确性被隐蔽起来,侦探主角所面临的是更加复杂却又十分真实的社会关系和人际关系。正因为小说的模式发生了这样的变化,小说的思想显得更深刻,它常常带领读者去追寻深层的社会根源和人性根源;小说的题材大大开阔了,不再是仅仅追捕那些破坏国家安全和破坏工农业生产的罪犯,而是把笔触伸向了社会的本身,特别是 90 年代以后开始出现了描写和反映缉毒、走私、贩卖妇女儿童、官场腐败等方面生活的小说;小说的情节也更加曲折生动,小说的侦破过程不再是单纯的"逃"和"捕"的线型关系,而是把捉拿罪犯的过程视作为展示社会错综复杂的关系网的过程,小说也就有了更强的可读性;侦探主角的身份也复杂化了,他们不是单纯地担负着国家的使命,以正义的身份居高临下地捕捉罪犯的"神圣",他们往往有更为复杂的社会背景,甚至是以一个"罪犯"的身份去捉拿真凶。公安法制小说这些变化在 90 年代以后的作品中越来越明显,外国现代侦探小说的示范与中国复杂的社会网起着双重的影响作用。

和 1949 年前的侦探小说作家相比,1949 年以后的公安法制小说作家一般都不是专业作家,他们大都是公安政法工作者。他们熟悉自己的生活,也熟悉自己和对手,因此,他们能够创作出非常贴近生活的作品来,时代性和生活实感自然就成为了中国公安法制小说的特有的风格。然而,与外国现代侦探小说相比,差距还是较大的。总体上说,中国公安法制小说的社会意义大于美学意义,因此,要出现能够独立成家的有着历史影响的作家,和提升中国公安法制小说的美学地位,尚有待于时日。

注　释

〔1〕 参见〔日〕樽本照雄编:《新编清末民初小说目录》,清末小说研究会 1997 年版。

〔2〕 以下所列外国侦探小说翻译作品的资料来源:〔日〕樽本照雄编《新编清末民初小说目录》,清末小说研究会 1997 年版;郭延礼《中国近代翻译文学概论》,湖北教育出版社 1998 年版;孔慧怡《还以背景,还以公道:论清末民初英语侦探小说中译》,《通俗文学评论》1996 年第 4 期。

〔3〕 周桂笙:《歇洛克复生侦探案弁言》,载 1904 年《新民丛报》第 3 年第 7 期。

〔4〕 觚庵(俞明震):《觚庵漫笔》,载 1907 年《小说林》第 5 期。

〔5〕 周桂笙:《译者叙言》,载 1903 年《新小说》第 8 号。

〔6〕 严华在 1943 年 9 月《春秋》第 2 期上发表《张天翼轶事》一文,说张无铮是张天翼的笔名。

〔7〕 俞天愤:《中国新侦探案·坿中石》,1917 年 2 月小说丛报版

〔8〕 程小青:《白纱巾》,《霍桑探案》第 7 集,群众出版社 1986 年版。

【思考题】

1. 外国侦探小说在清末民初的中国文坛上广为流行的原因。

2. 为什么说程小青和孙了红的创作"致力于侦探小说中国化"?

3. 简述公安法制文学的发展演变过程。

【知识点】

1. 科南·道尔与《福尔摩斯探案大全集》

2. 鲁贝兰与《亚森·罗频案全集》

3. 程小青与《霍桑探案》

4. 孙了红与《东方侠盗鲁平》

5. 公安法制文学

【参考书】

1. 黄岩柏:《中国公案小说史》第九章《万分艰难的蜕变—晚清的公案小说》,辽宁人民出版社,1991 年。

2. 卢润祥:《神秘的侦探世界》,学林出版社,1996 年。

3. 孔慧怡:《还以背景,还以公道》,载王志宏编《翻译与创作》,北京大学出版社,2000 年。

诗与真之间的历史小说

一 "历史小说"的沿革与基本类型

历史小说缘起

所谓"历史小说",其实中国古代并没有这一名称。直到 1879 年,严复、夏曾佑在《国闻报》上发表《本馆附印说部缘起》,也没有明确的"历史小说"的提法。不过,他们对"历史"与"小说"的内在关联很关注:"有人身所作之史,有人心所构之史,而今日人心之营构,即为他日人身之所作。则小说者,又为正史之根矣。"[1]"历史小说"的名称最早出现在 1902 年的《新民丛报》

第14号上,在刊登新小说报社撰写的广告《中国唯一之文学报〈新小说〉》中,"历史小说"被列为《新小说》报的第三项内容:"历史小说者,专以历史上事实为材料,而用演义体叙述之。盖读正史则易生厌,读演义则易生感。"[2]这最早的"历史小说"内涵是明确的,即以题材为着眼点——"专以历史上事实为材料",而叙述方法则是"演义体"。这样的"历史小说"概念是有其特定规范的。1905年,小说林社在广告中,把"小说"分为十二类,"历史小说"居第一,从与其他类别的对比中,也可看出它的分类基本是以题材划分的。

正式给"历史小说"这个名称以"界定"的是吴趼人。1906年,他在《月月小说序》中提出"历史小说"这个概念。在《两晋演义序》中,他认为,"自《三国演义》行世之后,历史小说层出不穷",并认为《三国演义》是"最足动人的历史小说"[3]。在《月月小说》第1卷第1号上,吴趼人除了在两篇序中提出"历史小说"外,还专门刊发了一篇《历史小说总序》。他的"历史小说"概念特别明确,即正史的演义,作"历史小说"目的是为了"使今日读小说者,明日读正史如见故人;昨日读正史而不得入者,今日读小说而如身亲其境"[4]。随后,陆绍明在《月月小说》(第1卷第3号)上发表的"发刊词"中,也把"历史小说"摆在了第一位,并有这样的结束性的要求:"例胜班诸,义仿马龙,稗官之要,野史之宗。万言数代,一册千年,当时事业,满纸云烟。"[5]这里的"历史小说"的概念与吴趼人的理解是一脉相承的,即从题材上着眼,并有明确的创作规则,即"稗官之要,野史之宗"。

历史小说源流

"历史小说"的名称虽然晚出,但中国"历史小说"的发展源远流长,撇开上古的"文史不分家"直至唐代的传奇不论,宋元时代的"讲史"话本应该说是"历史小说"初具规范的最早形态。《东京梦华录》、《武林旧事》中都有专门的"讲史"艺人和艺术兴盛繁荣的记载。据《永乐大典目录》卷46载,元代的讲史话本即有26种(均已散佚)。保存到今天的主要有这样几种讲史话本:(一)《新编五代史平话》,据胡士莹考证,此本可能就是宋代专说五代的专家尹常卖在京师讲说时的口头创作,经过南宋和元代的书会先生增补而成。叙述梁、唐、晋、汉、周五代盛衰更替的历史变迁。史实大多来自正史,也加进一些民间传说,同时也夹有"历史批评"的话语,如"细阅青编论是非"(《晋史平话》的开场诗)就是。开场诗、散场诗的运用,正文中还有"诗话"体和"词话"体的穿插,这种体例为后来的历史小说创作所沿袭。元末明初的长篇历史小说《残唐五代史演义传》就是在《五代史平话》的基础上加工改制而成。(二)《新刊大宋宣和遗事》,是"小说"与"讲史"的杂糅,"近讲史而非口谈,似小说而无捏合"。"乃由作者掇拾故书,益以小说,补缀联属,勉成一书","书分前后二集,始于称述尧舜而终以高宗之定都临安,案年演述,体裁甚似讲史。惟节录成书,未加融会,故先后文体,致为参差,灼然可见"。(5)其中杨志卖刀、智取生辰纲、宋江杀阎婆惜等情节,以及书中提到的张叔夜招安、征方腊、宋江封节度使等内容,都为后来的《水浒传》创作提供了原始的素材。(三)《全相平话武王伐纣书》,明人许仲琳的《封神演义》即以其为蓝本。据赵景深研究,《封神演义》从开头到34回,除叙述哪吒出世的第12、13、14回外,几乎完全根据此话本加工扩写。(四)《全相平话乐毅图齐七国春秋后集》,演述春秋时代乐毅伐齐的故事。书中经常出现的语句如"齐王性命如何""看胜负如何""救者是谁"等可能是分回的痕迹,这种"且听下回分解"式的话气,显然影响了以后长篇历史小说的创作。(五)《全相秦并六国平话》,有别题为《秦始皇传》。郑振铎认为,这是一部"纯粹的历史小说",它描写"人与人之间的争斗,却不是写仙与仙之间的玄妙的布阵斗法的","不参入一点神怪的分子在内。"[6](六)《全相平话前汉书续集》,叙述刘邦统一天下后与吕氏屠杀功臣的故事。每节前常出现"话分两头"、"却说"等字句,这种说话人的口吻,也成为日后历史小说创作的一种叙事模式。(七)《全相三国志平话》,这是罗贯中写作《三国演义》的重要蓝本,罗氏的扬刘抑曹的思想倾向,此书中也非常明显。此书开头的"头回",叙述司马仲相阴间断狱的故事,这是日后历史小说的"楔子"的滥觞。[7]

应该说,现存的话本中,定型化的中国历史小说的内容和形式的"规范"已初露端倪。从内容上来说,"历史小说"沿袭了"讲史"话本的传统,以"正史"为依据或蓝本,把演述"历史人物和故事"作为其重要职能,其叙述的"历史"经常囊括一个或多个朝代的兴衰更替,或一个或多个人物的成长历程。作家往往喜欢从其建构的"历史"中引申出一二经验教训,以达到劝善惩恶、讽谏兴邦的目的,而"正统"的观念也深深地积淀在对"历史"的叙述和"批评"中。从形式上说,"历史小说"继承了说话人的传统,惯用开场诗,散场诗,话分两头,却说,"且听下回分解"等技巧和手法,使"历史小说"在企图重演"历史"时,给人一种逼真还原的效果,从而使读者在读解过程中拆除了与"历史"隔膜的疏离感,进而发挥了真正的感同身受的"教育"的效应。

《三国演义》的问世,标志着中国历史小说创作的成熟。它是宋元讲史话本的归纳、总结、延伸和提高,也是开启日后历史小说繁盛的界碑。它以其"文不甚深,言不甚俗,事纪其实,亦庶几乎史"(庸愚子《三国志通俗演义序》)的格调,以其"正统"的历史观念,加之富有感染力的艺术形式,成为中国历史小说创作的一尊高峰,也为日后历史小说创作铸就了一种特定的形态。"自罗贯中氏《三国志》一书,以国史演为通俗演义,汪洋百余回,为世所尚。嗣是效颦日众,因而有《夏书》、《商书》、《列国》、《两汉》、《唐书》、《残唐》、《南北宋》诸刻,其浩瀚几与正史分签并架。"[8]

《水浒传》的成功,为历史小说的创作提供了另一种特定的建构形态。假如说《三国演义》的创作原则是从"正史"出发,"历史"与"小说"的构成是"七实三虚"的格局,那么《水浒传》则是在"真实"的历史背景中,以"历史"的巨大身影为经,伴以大量的民间传说故事和虚构想象联想,是一部"心史"的合理化加工,而非"正史"还原化的重演。因而,从"正史"的观点看,《三国演义》是"本有其事而添设敷演",而《水浒传》则是"无中生有也"。套用金圣叹的批评话语来说,《三国演义》是"以文运事",而《水浒传》则是"因文生事"。《水浒传》以人物"传奇"为中心,注重描绘展示人物的发展历程,而构成的有别于以《三国演义》为代表的以朝代兴衰更替为主线、注重演述历史事件的

"历史小说"形态,影响了日后一大批历史小说的创作,诸如《说唐》、《杨家将》、《说岳全传》、《飞龙传》、《英烈传》等历史小说的创作,都有着《水浒传》的影子。

《东周列国志》是在企图摒弃"劈空"抛却"做造"的努力中建构而成,作者显然想别立他宗,回到"正史"上去。正如最后的编定者蔡元放所自信的那样:"《列国志》与别本小说不同,别本都是假话,如《封神》、《水浒》、《西游》等书,全是劈空撰出,即如《三国志》,最为近实,亦复有许多做造在内。《列国志》却不然,有一件说一件,有一句说一句,连纪实也记不了,哪里还有许多功夫去添造。故读《列国志》,全要把作正史看,莫作小说一例看了。""我今所评《列国志》,若说是正经书,却毕竟是小说样子,子弟也喜去看,不至扞格不入。但要说他是小说,它却件件都从经传上来。子弟读了,便如将一部《春秋》、《左传》、《国语》、《国策》都读熟了,岂非快事。"[9]因而,《东周列国志》以其"与《左》、《国》、《史》、《鉴》十九符合,绝无向壁虚造之言"的严格的"正史"笔法,以其"历史"通俗化的"还原"为原则,以一种宁可舍弃文学性也要依据"正史"的"实事"而叙述的"史学味",建立起一个独立于《三国演义》和《水浒传》之外的第三种"历史小说"的形态。它对日后的历史小说如《西汉通俗演义》(甄伟)、《东西晋演义》(无名氏)、《南北史演义》(杜纲)等都有着明显的影响。

近现代历史小说的产生

中国近现代通俗历史小说就是在这样的文化历史传承中变化发展的。近代历史小说在"小说界革命"的高喊声中,几乎一边倒地加入到成为"国民灵魂"和"开通民智"的文化变革的洪流中。早期作品诸如《台湾巾帼英雄传》(易金唐,1895 年)、《通商原委演义》(即《罂粟花》,1897 年)、《林文忠公中西战纪》(1899 年)、《羊石园演义》(1899 年)、《中东大战演义》(洪兴全,1900 年)等,都带有较强新闻性、纪实性,这与"小说界革命"的政治要求是一致的。这些带有"纪实文学"性质历史小说虽不免粗制滥造，但恰恰符合了时代革新的要求，它们按"政治小说"的标准和要求裁剪"历史"，从而与"新民"的效应相适应，有利于"新民"的新闻性、纪实性压倒了"历史"的文献性。在试图把历史小说创作熔铸在"新小说"所提倡的"政治启蒙"的框架中，吴趼人的《痛史》(1902—1906)达到了那个时代的最高水准。

其后，历史小说创作一方面不断地被纳入时代文化的变革中，许多历史小说作家都自觉以历史小说为"启蒙"工具，把强烈的"现实"的功利性目的注入历史小说创作中，如许啸天《民国春秋演义》，张碧梧《国民军北伐演义》，陆律西《江浙战争演义》、《中华民国史演义》，蔷薇园主《五四历史演义》，半壁楼主《国战演义》，罗逢春《第二次世界大战演义》，杜惜冰《中国抗战史演义》，徐哲身《溥仪春梦纪》等历史小说都或多或少以纪实性、新闻性笔调，以强烈的现实性参与，从而使小说中的"历史"成为作家主观描摹的对象，以寄托作家的功利性目的并达到"启蒙"、"鼓动"、"配合时事"的效应。另一方面，历史小说作家也对历史作了多元化建构和阐释，从而使历史小说色彩纷呈，斑驳陆离，格调参差。

二 林纾与许指严的"掌故野闻"
林纾的历史小说

林纾是以大量的翻译之作享誉文坛的，直至1913年7月1日，他才开始在《平报》发表小说创作。在《平报》为他开辟的"践卓翁短篇小说"专栏中，他一共创作了95篇短篇小说，这些小说最初以《践卓翁短篇小说》一二三集的名义出版，后易名为《畏庐漫录》。

林纾的"小说"创作从一开始就带有"掌故野闻"的特性，他认为："小说一道，自唐迨宋，百家辈出，而余特重唐之段柯古。柯古为文昌子，文笔奇古，乃过其父。浅学者几不能句读其书，斯诚小说之翘楚矣。"(《畏庐漫录·

自序》)《酉阳杂俎》被奉为"小说"的圭臬。

1913 年,林纾试图通过《剑腥录》(后改名《剑胆血腥录》、《京华碧血录》)的创作,探索出一条以"言情"故事来编织"历史小说"的建构方法。在《剑腥录》自序中,林纾特借孔尚任的《桃花扇》和蒋士铨的《桂林霜》来比照自己的"历史小说"创作:"桃花描扇,云亭自写风怀;桂林陨霜,藏园兼贻史料。"显然,林纾是想通过对自己身世遭遇的描绘来折射出时代的风云际会。小说中作者以"邴仲光"这个人物影射自己,力图以邴仲光和刘丽琼间"言情"故事来贯穿"历史"。在《剑腥录》中,"言情"与"历史"基本是两条独立发展的线索,并没有相互融合沟通的关系,虽然作者的初衷是想以"言情"编织"历史"。在小说的第 48 章中,作者借人物之口,道出整个小说建构的设想:

> 仲光笑曰:"吾乡有凌蔚庐者,老矣。其人翻译英法小说至八十一种,多险急之笔。书中所述亦多颠沛流离之状,正如琴栖之言,读之令人意索。恨吾二人之事,不令蔚庐知之。其人好谐谑,将点染一二人踪迹,成一小说,亦大佳事。"梅儿曰:"不惟小说,戊戌、庚子之局,足资史料,何妨即以吾二人为之纬也。"

但实际上,"历史"之经与"言情"之纬并没能相互交织成一幢结构严谨的"历史小说"的大厦,而是成为一片"言情"的砖瓦水泥与"历史"的木料石块胡乱堆积的建筑工地。作者在"工地"上繁忙地搬运劳作,却见不到"地基"的开掘和"楼层"的上升,"历史小说"的"大厦"在作者的胡乱搬运劳作中成了无法"竣工"的"设计方案"。"言情"的"虚构"与"历史"的"纪实",会给"历史小说"创作带来意想不到的尴尬。作者有这样的尴尬处,却只能以不了了之的应付办法解决。如在第 32 章作者就有这样的表白:

> 外史氏曰:京城即破,八国联军长驱直入,千头万绪,从何着笔?此书以仲光为纬,然全城鼎沸,而邴氏闭门于穷巷,若一一皆贯以邴氏,则

事有不眄于京城者,即京城之广,为邴氏所不见者,如何着笔？今敬告
读者,凡小说家言,若无征实,则稗官不足以供史料；若一味征实,则自
有正史可稽。如此离奇之世局,若不借一人为贯串而下,则有目无纲,
非稗官体也。今暂借史家编年之法,略记此时大略,及归到邴仲光时,
再以仲光为纬也。

"征实"与"一味征实"之间的界限划分,恐非易事,"暂借"和"略记"只是应急
和敷衍,"历史小说"中的"言情"与"历史"的两条线索和两种建构如何"整
合",作者无法交待也无法圆满解决。"言情"企图贯穿"历史"已是生硬牵
强,而"历史"竭力想融入"小说"也只能是圆凿方枘,难以"接榫"。这是作者
的尴尬,也是《剑腥录》的尴尬。因而,在《剑腥录》中,摄入"小说"中的"历
史"除了"略记"属"正史"的材料外,其余只能算是"掌故野闻"。

林纾其后的"历史小说"创作并没有什么新的探索。在 1914 年创作的
《金陵秋》和 1917 年创作的《巾帼阳秋》这两部"历史小说"中,前者以王仲英
和胡秋光的"言情"故事贯穿辛亥"历史",后者则以王醒(阿良)和素素的"言
情"贯穿民国"历史",建构的方法和《剑腥录》如出一辙,没有任何突破和创
新之处。作者试图将"掌故野闻"融入"小说"创作中,并以"言情"故事编织
"小说"的构架,但实际情形依然是"言情"与"历史"互为游离,构不成完整的
"小说体"。

许指严的历史小说

与林纾试图将"掌故野闻"融于他的"小说"中不同,许指严一生都致力
于"掌故野闻"的创作。在《近十年之怪现状序》中,他把对"掌故野闻"的偏
爱视为自己"生之乐趣"之所在：

予幼时嗜闻古今轶事,野老放言。尝侍先祖父夜宴,辄得野史一

二,则津津忘倦。久而散失十之五,存者尚复盈箧。长而饥驱海上,兢兢京华,此癖未容捐除。遇友好燕谈,酒酣耳热,或举近代遗闻轶事相告,则忻然色喜,必竟其委而后已。归而笔之,以为散帛千金。予生之乐趣在是。

正因为有这样的嗜好和偏爱,许指严的一生都消磨在"掌故野闻"的搜集、整理和创制中。

1915 年,许指严在创作《泣路记》时,曾尝试过以"掌故野闻"来支撑小说的构架。小说叙述明朝覆亡后,崇祯三太子定王"繇甲申避难迄白下遭殃"的艰难坎坷的身世和遭遇,"纪言七万,列目二十",在作者看来,"综其大旨,则哀过《痛国记》也;接其事迹,则惨逾《蜀碧》也;志其言行,则情笃于《逊国记》也;摹写当时酷虐,意犹不止文字狱诸记载而已"(《泣路记·自叙》),作者确实有力图显示出"小说"的建构特色的倾向,但实际上整部作品框架中充斥着的是一个接着一个的"掌故野闻"的材料,小说的框架反倒成了勉强的支撑物而已。在随后创作的《石达开日记》(伪托石达开本人所作)和《南巡秘记》中,都充斥着许指严所欣赏的"掌故野闻"。

《十叶野闻》是许指严的"掌故野闻"的代表作,透过对它的分析解剖,我们可看出许指严"掌故野闻"创作的大致倾向和特色。《十叶野闻》注重记叙清王朝三百年间的重大的政治事件的"掌故野闻"。如描写多尔衮摄政过程的《九王轶事》,记述太子争夺继承权而互相倾轧和陷害的《夺嫡妖乱志》,记叙两宫太后垂帘听政的《垂帘波影录》,反映宦官弄权徇私的《崔李两总管》、《小德张》,涉及清王朝内政外交运作的《礼部堂议和》、《圆明园修复议》等。这类反映"重大事件"的"掌故野闻"有别于"正史"的记载,它不是大致交待人物事件的来龙去脉以寓褒贬春秋,而是详细地描摹涉及到这些人物事件的趣闻遗事,是茶余饭后的"谈资",而非确有其事的"历史"。同时,作者的主观褒贬的"倾向性"直接呈现在文字的叙述中。在《九王轶事》中,作者曾如此评判清王朝的"历史":"清初,宫廷督乱,贻讥千古,史臣因而深讳,不敢施一直笔者。"《十叶野闻》当然不属于"不敢施一直笔者"的行列,但其"直笔"只不过如作者所说,"宫闱事,秘史无佐证,未敢断也",姑妄言之,姑妄听之而已:

> ……(九王)尝命巧工于三海深处筑一九曲亭,中为密室,四周曲廊洞房,几于天衣无缝。外人者未有得其途径,则终彷徨亭外而已。如迷楼,如八阵图,巧匠所不能猝解。云亦汉人某所为。世祖少长,有黠者微泄其事,欲往觇之。既至,曲折盘旋,苦不得目的也。……世祖入玄中,遍睹奇物,目骇手颤,几于无一识其名者。恐为人所觉,仓皇走出。自此处心积虑,以芟除九王为已任矣。(《十叶野闻·九王轶事》)

把一场你死我活的宫廷权力之争的由来简化成这样一种"掌故野闻"式诠释,这是《十叶野闻》创作的一大倾向。

许指严在《十叶野闻》中声称"不信讥祥",但实际创作中依然留有古代笔记小说注重"天人感应"、"谶纬讥祥"的趣味。《十叶野闻》的最后一篇《流星有声》中即有这样的描写:辛亥革命那年,似雷非雷的巨响大作,空中自西北往东南划过一道明耀万丈的巨星光芒。"天象"之变即验证"人道之变",这是古代笔记小说作家惯常的思想观念和创作手法,这种迷信"天人感应"、"谶纬讥祥"的趣味,到了他的《三海秘录》中表露得更为明显。

《十叶野闻》中还有一点值得提及的是,作者在"掌故野闻"创作中,直接引用"某西字报"论述作为材料。在《荣禄与袁世凯》中,作者照搬"某西字报"论述荣禄的生平资料达二千多字,并认为该报论述"其言绝公允","西人之论如此,尚不失荣禄之实际"。这种直接引用报纸言论的方法到了许指严的《复辟半月记》中,则成为其主要的创作方法。

《三海秘录》是沿着《十叶野闻》的创作路向自然"生长延伸"的作品。全书以三海(中海、南海、北海)的历史变迁为中心,记录从清朝建始到袁世凯"新华时代"有关清王朝宫廷的"掌故野闻"。《三海秘录》的突出之点在于

"所纪虽琐琐宫闱细故,然与斯时之国政、朝章、时事莫不息息相关"(李子宣《三海秘海·序》):

> 《三海秘录》记载有清及民国宫闱琐事,如数家珍,且多人所不及闻不能通者,实近代掌故之书也。夫月晕而风,础润而雨,三海之盛衰,与国势之隆替,互相表里,若合符节,其蛛丝马迹,均可一索而得。此尤著诛伐之旨,岂得以寻常笔记目之哉?(冯衡《三海秘录·序》)

正因为作者注重"三海"与"国势"的"息息相关"、"互相表里",因而,在《三海秘录》的"甲录"(建始及鼎盛时)中,作者透过对"琼岛"、"仙人承露盘"、"养心斋"、"庆霄楼"、"漪澜堂"、"碧照楼"、"远帆阁"、"湖天浮玉亭"、"抱斋书屋"、"宝月楼"、"牡丹台"、"紫光阁"等一系列"人文景观"描画勾勒中,无不折射出清王朝"鼎盛"时期的欣欣向荣、蒸蒸日上的气象。即使偶有人为的"不景气"(如《中海冰床》中所描写的清世宗夜游不慎落入冰中),也迅速被强大的王朝上升的气势所压倒,"自然"与"人势"的"若合符节",显示出一片"人定胜天"的乐观向上的气派。到"乙录"(哀微时代)中,已是咸丰同治年间,清王朝已渐成衰败的趋势和气象,无论是"北海"、"乐园",还是"宝月宫"、"居仁堂"都显示颓败毁坏的景象。于是,"浮玉亭"有"鬼影","远帆阁"有"狐踪","松间"有"巨蛇";"铜人"流"泪","铁书开花","花妖"出没,"古井"泛"波","猴怪"显灵;于是有"打鬼大会"、"庆霄楼下之莽男子"、"福禄居大窃案"、"万寿辰之夜"……一切的"景物"与"人事"都发生了不可逆转的"蜕变","人文景观"的衰颓预示着一个王朝的即将崩溃已成为"不以人们的意志为转移"的"自然法则"。等到"丙录"(新华时代)中,三海中的"人文景观"无论是"新华门"、"团城"、"养心斋",还是"丰泽园","晚晴簃"都与袁世凯的"新华梦"紧紧维系在一起,这位"窃国大盗"的野心、阴险、残忍等人性中的"戾气",都使"人文景观"赋予了阴郁晦暗的色彩。可以说,《三海秘录》把许指严在《十叶野闻》中所流露出来的倾向于"天人感应"、"谶纬讥说"

的趣味作了极大限度的扩张。试图用"天人感应"、"谶纬讥祥"这样带有浓厚的"命定""劫数"的思想理论来阐释王朝兴衰更替,体现出作者的大胆的艺术想象力,但也显示出作者不适应时代变化发展的滞后观念。

三 蔡东藩的正史演义
历史家与小说家的结合

蔡东藩(1877—1945),浙江萧山人。从 1915 年至 1926 年,蔡东藩先后创作了《清史通俗演义》(1915),《元史通俗演义》(1920),《明史通俗演义》(1920),《民国通俗演义》(1921),《宋史通俗演义》(1922),《唐史通俗演义》(1922),《五代史通俗演义》(1923),《南北史通俗演义》(1924),《两晋通俗演义》(1924),《前汉通俗演义》(1925),《后汉通俗演义》(1926),共计 1040 回,总字数为 651 万。上自秦朝下迄民国的 2166 年间在中国发生的重大事件和人物均依次展现在他的"正史演义"中。蔡东藩无疑是中国近现代通俗历史小说史上正史演义创作的集大成者。

蔡东藩对"正史小说"有其独到的理解。从取材上着眼,蔡东藩认为,"历史小说"应该而且可以"全从正史演出",不必"凭空架饰"。他在《宋史通俗演义》的第 67 回回评中以自己的理论认识的转变和创作实践为例说明这一观点:

> 余少时阅《说岳全传》,尝喜其叙事之热闹。及长,得览《宋史》,乃知《岳传》中所载诸事,多半出诸臆造,并无确据,然犹谓小说性质,本与正史不同,非意外渲染,固不足醒阅者之目。迨阅及是编,载韩世忠、夫人与金兀术交战黄天荡事,与《说岳全传》中相类。第彼则犹有增饰之词,此知编著小说,不在伪饰,但靠着一支笔力,纵横鼓舞,即事实亦固具大观也。人亦何苦为凭空架饰之小说,以愚人耳目乎?

在《宋史通俗演义》的第 74 回回评中，他不无得意地认为此回之妙在"演写正史，并无一语虚诬"，再次重申了"历史小说"创作"就事叙事"照样令人刮目，不必"凭空架造"。蔡东藩主张"历史小说"应与"良史"同传不朽，历史小说作家应兼具"历史家"与"小说家"之长。在《宋史通俗演义》第 24 回回评中，蔡东藩认为他的"历史小说""褒不虚褒，贬不妄贬，足与良史同传不朽，以视俗小说之荒谬不经，固不啻霄壤之别"。因而，他在创作中，反复强调历史小说家应是"历史家"与"小说家"的结合：

> 看本回一段总冒，已将宋朝三百年事，包括在内。所谓振衣揭领，举纲定目，以视俗本小说，空空洞洞说了几句客套，固自大相径庭矣。后半叙及宋太祖出身，都是依据正史，不涉虚诞，偏下笔独有神采，令人刮目相看，是盖具史家小说家之二长，故能隽妙若此。(《宋史通俗演义》第 1 回回评)

在《元史通俗演义》中，蔡东藩也有这样类似的表述：

> 作者抑扬尽致，褒贬得宜，而于描摹处尤觉逼真，是小说家，亦良史家也! (第 10 回回评)
> 作者兼历史家小说家之长，故化板为活，不落恒蹊。(第 14 回回评)

在《明史通俗演义》的第 17 回回评中，蔡东藩也以"史家小说家兼长"的评价加诸己身。

蔡东藩在历史小说创作中，还特别注重"曲笔"艺术。他在《前汉通俗演义》第 25 回回评中，对"历史小说"有这样的"界定"：

夫正史尚直笔,小说尚曲笔,体裁原是不同,而世人之厌阅正史,乐观小说,亦即于此分之。然或向壁虚造,与正史毫不相符,则又为荒延无稽,何关学术。试看本回之演述木罂渡军,背水列阵,于史事有否不同?不过化正为奇,较足夺目,能令阅者兴味无穷,是即历史小说之特长也。

"直笔"与"曲笔"的划分,也即"正"与"奇"的区分,是"历史"与"历史小说"的一大不同之处,这是蔡东藩从"笔法"上对"历史小说"的理解。

从蔡氏的历史小说创作实践中,我们可以看出,"曲笔"大致有这样几种方式:叙事视点集中法,倒戟法,分合法,销纳法等。以《明史通俗演义》为例,我们可弄清蔡氏的几种"曲笔"法之义:

在第93回回评中,蔡氏这样总结自己的"叙事视点集中法"的"曲笔":"是回叙剿流寇,而注意惟一曹文诏,叙讨叛军,而结局在一朱大典,此外不过就事论事,作为衬笔而已。藉非然者,满盘散沙,成何片段耶?"因而,叙述视点的集中,这是历史小说中叙事最基本的要求,也是"曲笔"最基本的条件。否则,没有集中的叙事视点,只能使人物和故事成为"满盘散沙",不可卒读。

在第2回回评中,蔡氏这样介绍自己的"倒戟法"的"曲笔":"投军为明祖奋迹之始;救郭子兴,为明祖报绩之始;募兵七百,得英材二十四,为明祖进贤之始。逐层写来,有声有色。他若郭子兴之庸柔,孙德崖之贪戾,彭大之粗豪,赵均用之刁狡,皆为明祖一人反射。尤妙在用笔不直,每述一事,辄用倒戟而出之法,使阅者先迷后醒,益足餍目。看似容易却艰辛,阅仅至此,已自击节不置。"蔡氏对自己的这种"倒戟法"的"曲笔"还是相当得意的。

在第17回回评中,蔡氏又拈出了自己创作中的"分合法":"元末群雄,以明玉珍僭号为最晚,即以明玉珍据地为最僻,本书叙至十六回,未曾叙及,非漏也。玉珍僻处偏隅,无关大局,前文不遑叙述,故置诸后文,以便总叙,且俾阅者易于览观。盖此书与编年史不同,布局下笔,总以头绪分明为主。

且书中于追溯补叙等事，必有另笔表明，于总叙之中，仍寓事实次序，可分可合，诚良笔也。""分合法"打破了"编年史"古板呆滞的叙事格局，可在一定的逻辑关系的约束下，自由排列组合历史人物和事件，从而增加叙事的趣味性、艺术性。

在第60回中，蔡氏在运用"叙事视点集中法"的同时，也运用叙述的"销纳法"："……本回所叙，处处注意严嵩，余事皆随笔销纳，项庄舞剑，意在沛公，观此文而益信神妙矣。"从中我们可以看出，"销纳法"是与"叙事视点集中法"配合使用的，没有"销纳法"的运用，"叙事视点集中法"就不可能达到预期的目的。"叙事视点集中法"与"销纳法"是相互依存，相互作用的。

斥虚务实的创作法则

正因为对"历史小说"有着自己的理解和创作准则，蔡东藩在历史小说创作中，形成了一套比较有规则的处理"史料"的操作方式：

其一，排斥虚妄。这首先体现在对"坊间小说""虚诞不经"的不符合"正史"的"史事"予以驳斥更正。在《宋史通俗演义》第16回中，蔡东藩对"坊间小说"中有关陈抟的描写作了"由仙还人"的工作，以拒斥"由人入仙"的虚妄：

> 总之，陈抟系一隐君子，独行高蹈，不受尘埃。若目他为仙怪一流，实属未当。俗小说中或称为陈抟老祖，捏造许多仙法，作为依据，其实是荒唐无稽，请看官勿为所惑哩！

作者在批注中还特意加上四字："辟除迷信。"这也反映出蔡东藩创作历史小说所遵循的"求实"、"求正"的原则。

在《后汉通俗演义》第61回中，蔡东藩排斥了《三国演义》中对张角种种妖术的夸张描绘，还妖目以人面，这是为了"存真"：

惟罗氏《三国演义》,演写张角等种种妖术,且将刘关张三人,亦夹入嵩隽三军中,语多臆造,不足为据。本回概不阑入,所以存其真也。

其二,考证取舍。蔡东藩在创作历史小说时,经常会遇到"正史"记载中"史料"互为舛正,彼此矛盾的地方。这就需要他考证真伪,决定取舍。这种考证取舍的功夫在《后汉通俗演义》中显得特别明显,仅在第66回中,作者就三处指明考证取舍的地方,一为何苗的母亲被杀,作者批注:"《后汉书·何皇后纪》,舞阳君为乱兵所杀,惟《三国志》及《纪事本末》皆云由卓杀死,今从之。"二为曹操不愿事董卓,出都东归,作者批注:"罗氏《演义》中有曹操献刀事,史传不载,恐系附会。"三为曹操在成皋杀了吕伯奢一家后,夤夜出奔,被亭长疑为匪类执送县中,县某功曹与曹氏相识,因向县令前代为缓颊,曹氏被放。作者批注:"罗氏《演义》指县令为陈宫,史无实据,故亦从略。"类似考证的例子,在《后汉通俗演义》还很多。

在《元史通俗演义》第57回中,蔡东藩在叙及脱脱被特赐毒酒,被迫自尽时,有这样的批注:

余少时阅坊间小说,至《英烈传》中载脱脱自尽事,由丞相撒敦及太尉哈麻主使。其实当时只有哈麻,并无撒敦。正史俱在,不应臆造一人。

可见,考证取舍不仅是为了符合"正史"的"实事求是"的要求,也是为了褒贬品评的严肃性。

其三,"以不断断之"。在"正史"的材料不足或故意含混,而传闻野乘又说法不一,无法准确取舍时,蔡东藩往往也不轻易下结论,随便采用一说,而是以不评判为结论,以期不致歪曲或妄议"史事"。在《宋史通俗演义》第12回中,作者描写宋太祖赵匡胤在"烛影斧声"中"悠然归天"后,加有一段议

论,说明"以不断断之"的处理"史料"的方法:

> 看官,你想这烛影斧声的疑案,究竟是何缘故? 小子遍考稗官野
> 乘,也没有一定的确证。或说是太祖生一背疽,苦痛得了不得。光义入
> 视,突见有一女鬼,用手捶背,他便执着柱斧,向鬼劈去,不意鬼竟闪避,
> 那斧反落在疽上,疽破肉裂,太祖忍痛不住,遂致晕厥,一命呜呼。或说
> 由光义谋害太祖,特地屏去左右,以便下手。至如何致死,旁人无从窥
> 见,因此不得证实。独《宋史·太祖本纪》只云:"帝崩于万岁殿,年五
> 十。"把太祖所有遗命,及烛影斧声诸传闻,概屏不录。小子不便臆断,
> 只好将正史野乘,酌录数则,任凭后人评论罢了。

这种"以不断断之"的处理"史料"的操作方式,既保证了"历史"的"真实
性",又增强了"小说"的趣味性。

其四,两存其说。当遇到同一"史料"有两种不同的记载,而又没有其他
的旁证材料能够证明其中有一种更符合或接近"史实"时,蔡东藩有时并不
轻易采用其中的一种说法以搪塞敷衍读者,而是同时兼用两种说法,以便使
"历史"更能显示出"多面性"。如在《元史通俗演义》第14回中,蔡东藩针对
史家争论的"成吉思汗西征时是否渡过印度河"这个没有达成"共识"的问
题,采用了巧妙的"两存其说"的方法,一边写成吉思汗率部到印度河两岸遇
到大兽角端,一边又写了成吉思汗"当下命师返旆,并遣人渡印度河,促八剌
旋师,八剌即日北归。""两存其说"在保证运用"史料"的"客观性"的前提下,
为"历史"保留了一定的可供想象补充的张力。

其五,补正史之阙。"正史"中为了避讳或隐瞒的"史实",作者时为了
"补苴罅漏",从稗官野乘中采用之,以便补正史之不足。在《宋史通俗演义》
第十三回的回评中,作者就有"补正史之阙"的处理方式的说明:

> 正史于孟氏世家,载明孟昶入京,受爵泰国公,数日即卒。而于花

蕊夫人事,略而不详,此由《宋史》实录,为君讳恶,后人无从证实,乃特付阙如耳。然稗官野乘,已遍录轶闻,卒之无从掩盖。且昶年仅四十有余,而入汴以后,胡竟暴卒？大明殿之赐宴,明载史传,蛛丝马迹,确有可寻。著书人非无端诬古,揭而出之,微特足补正史之阙,益以见欲盖弥彰者之终难文过也。

在《明史通俗演义》第 66 回回评中,蔡东藩也提到"补正史之阙"方法的例子:

> 世宗有意修醮,乃好杀如彼,而好仙又如此。方士杂进,房术复兴,清心寡俗者,固如是乎？况年逾五十,竟遇十三龄之女子与之侍寝。当时只图色欲,不计年龄,其后不肇武之祸者,犹其幸尔。或谓尚美人不见史传,或系子虚。然稗乘中固明载其事,夫庄妃且不载正传,况尚美人乎？史笔多从阙略,得此书以补入之,亦束晰补亡之遗义也？

"补正史之阙"一方面当然是"史笔"的需要,为了褒贬善恶,以诫后世,从而使"历史"的"公正"、"客观"得以最大限度地实现。但往往也有注重"小说笔法"的一面,从而使"历史小说"在依傍"正史"的同时,增强艺术性、趣味性、可读性。

蔡东藩的历史观

在确立"历史小说"的创作原则和法则之后,蔡东藩也逐渐形成了一些固定的历史观点。

"正统"观念是蔡东藩创作历史小说最基本的历史观点。在《后汉通俗演义》中,作者的"正统"观念显得有些可笑:绿林赤眉相对于王莽当道的官府是"贼众",而王莽相对于刘氏汉家王朝来说,又为"窃贼"。当刘秀起兵于南阳时,作者称"真命天子出现","汉朝龙种",要"索还汉室江山"。《南北史通俗演义》第99回中,描写了隋炀帝濒亡之际,"宫掖小人"王义上书指陈前弊,最后"一死谢君"。作者特从韩偓《海山记》中采入此段"史料","独表而出之","不肯苟略"。第100回中,也描写朱贵儿"殉主":"炀帝恶贯满盈,到头应有此劫。三千粉黛,殉主只有一朱贵儿,而正史不载,非《海山记》之特为表彰,几何不同流合污,泯没无闻耶?"为如此昏庸淫佚的君主毫无价值地送命,本不值得提倡,作者却"特为表彰",这恰恰是"正统"观念在作祟。"正统"观念的确立,使蔡东藩的"历史小说"创作无法跳跃出"历史"的框架,以新的历史眼光去把握历史事件和历史人物。

蔡东藩的历史小说创作中,"天命"观也时有所见。在第21回的回评中,作者针对"鸿门宴"发了一通"天命观"的理论:

> 沛公身入鸿门,为生平罕有之危机,项羽令焚秦宫,为史册罕有之大火;于此刘项之成败,即定楚汉之兴亡。鸿门一宴,沛公已在项氏掌握,取而杀之,反手事耳。乃有项伯为之救护,有张良樊哙为之扶持,卒使项羽不能逞其勇,范增不能施其智,虽曰人事,岂非天命?天不欲死沛公,羽与增安得而杀之。

"天命观"限制了蔡东藩对"历史"的"偶然性"的理解和把握,从而限制了他的"历史小说"的开掘和发挥。当"历史"成了一种"命定"的必然的逻辑发展程序后,历史小说作家的任务只剩下了一个化"正史"为通俗,将"偶然性"历史人物和事件硬性嵌入"历史"的"必然性"之中,"历史"成了一堆静止的毫无生息的文字材料的堆砌,创作成了一种固定的机械性操作,"历史小说"必然成为不了艺术品。蔡东藩的"历史小说"之所以如此拘泥于"正史",除了与他的创作宗旨有关外,恐怕也与他的历史观点紧密相连。"因果报应"思想,在蔡东藩的历史小说创作中也并不少见。

在蔡东藩的"历史小说"中,发挥最多的历史观点恐怕要数"女祸说"。

在《前汉通俗演义》第 41 回回评、第 86 回回评和《两晋通俗演义》第 59 回回评、第 87 回回评中,都有对于"女祸"的"酷评"。

到了《唐史通俗演义》中,作者一开始就阐明他的"唐乌龟"的历史观点:

> 这一部唐朝演义,好做了三段立论,第一段是女祸,第二段是阉祸,第三段是藩镇祸,依次产出,终至灭亡。若从根本问题上解决起来,实自宫闱淫乱,造成种种的恶果。所以评断唐史,用了最简单的三个字,叫做唐乌龟。这真所谓一言蔽之呢?

把兴衰存亡极为错综复杂的迅猛滚动的"历史"的大车轮仅仅拴系在"女祸"这样一厢情愿片面捏合出来的泥柱子上,是不可能真正看清"历史"的大车轮的真正印迹的。"历史小说"在作者这种硬性的"拴系"中,就成了僵死的"纸模",任何生动新鲜充满生机的"历史"一旦进入这个"纸模",都仿佛乡间粗制油印的"财神爷",除了有"财神"二字才使人想起此公外,你无论如何也想象不出他到底是什么模样。

四 黄小配等人的翻案重构

1905 年,黄小配在《有所谓报》上开始发表他的以阐扬种族革命为宗旨,以"翻案"为鹄的的历史小说《洪秀全演义》,这显示出中国近现代通俗小说开始有意识地尝试冲破某些传统的历史观念的沉重束缚以重新阐释历史的努力。其后,张恂子的《红羊豪侠传》、李宝忠的《永昌演义》等作品都沿着"翻案"的路向,力图在抛弃某些传统的历史观念的桎梏后,以新的视野重新建构历史的图景。

黄小配的《洪秀全演义》

在黄小配创作《洪秀全演义》之前,有关太平天国的历史小说主要有遭劫余生的《扫荡粤逆演义》(又名《湘军平逆传》1897)、冯文鲁的《曾公平逆纪》(1909)、严庭樾的《国朝中兴记》(1909)等。这些作品都从正统立场出发,对太平天国竭尽污蔑诋毁之能事,而对向荣、曾国藩等清王朝的忠臣名将大唱赞歌。黄小配从"种族革命"的视点出发,以新的历史观念重新阐释太平天国的历史,在"为种族争,为种族死"(《洪秀全演义自序》)的热情讴歌中重新建构太平天国的历史景观。

在《洪秀全演义》中,洪秀全的大度、仁慈、宽厚,冯云山的朴素、谦逊、踏实、苦干,韦昌辉的疾恶如仇、深明大义,石达开的精明干练、忍辱负重,陈玉成的忠心耿耿、英勇无畏,李秀成的足智多谋、骁勇善战……这些被日后的历史学家所屡屡称道的太平天国领导人物的优秀品质,都在《洪秀全演义》中得到极大的渲染和烘托。

为了弘扬太平天国的英勇事迹,作者往往对"历史"进行有意的曲解,以达到自己的创作目的。《清史稿》载:"僧格林沁及胜保会军合剿破之,诛林凤祥。复破之高唐冯官屯,生擒李开芳磔之京市。"而在《洪秀全演义》中却描写成:林凤祥被清军四面围困在一座土山上,自料不能脱险,遂拔剑自刎(第36回)。李开芳被流弹击中,身负重伤被俘。胜保准备将其槛送北京,李开芳即于被俘之夜因伤势过重而卒。被历史学家所认定的李开芳的"变节"[10]也被摒诸不提。再如李秀成修书气死向荣,也绝不是"历史"本来面目的还原,而是小说家的有意为之。另外,像有关清宫的史实、天朝的政治制度及其设施,以及钱江等人物的设计安排,还有小说所"抄录"的诗、文、诏、檄等都与"历史"相去甚远。

而对杨秀清这个人物的故意贬损更能体现出作家对"历史"的翻案重构性。在《洪秀全演义》中,杨秀清从一开始就是被歪曲的对象。作者首先把以种山烧炭为业的杨秀清硬性派定为"富绅",且有专喜他人奉承的癖性。"亲不亲,阶级分",杨秀清的成分和本性就跟太平天国的其他领导人物有了一道鸿沟,其后的奸诈、阴险、盛气凌人、飞扬跋扈、阴谋夺权等都是"必然"的了。

为了更好地体现作家的"非种即锄"、"有歼必斩"的种族革命思想,《洪秀全演义》中还安排了一系列虚构的史实,以揭露杨秀清的"非我族类"的"反动性"。如在第 12 回中,作者就描写冯云山临终前告诫萧朝贵,要他警惕杨秀清。在第 21 回中,作者还虚构出太平天国开科取士的第一个状元刘赞成到军师钱江处进谏,要钱提防杨秀清"鹰视狼顾"。在第 26 回中,李秀成也看出了杨秀清有篡位之嫌。据历史学家考证,在"天京事变"中,被韦昌辉、秦日纲所屠杀的太平天国人员约有二万人。而《洪秀全演义》只提及杀了杨秀清一家五十余人,并把责任推给韦昌辉的弟弟韦昌祚擅自屠杀,与韦昌辉毫不相干。至于严肃的历史学家所认定的韦昌辉奉承钻营、权欲心强、阴险狡诈、凶狠残暴的一面,和杀戮杨秀清实际上由天王洪秀全一手策划,不过由韦昌辉、秦日纲奉诏回京执行而已……这一系列的太平天国互相内讧残杀的历史真相,都被作者巧妙地置换遮盖了。太平天国革命固然有摧毁封建专制推动社会前进的一面,但其落后的封建小农意识和帝王思想也不容忽视。对太平天国改朝换代的小农意识和帝王观念不加批判地一味地唱赞歌,实际上与风起云涌的资产阶级民主革命的目标并不完全一致。这是《洪秀全演义》在为时代做宣传而又与时代相悖的地方。

《洪秀全演义》虽是时代的翻案之作,却对传统小说艺术青睐有加,小说中许多情节和艺术处理都有借鉴甚至直接搬用传统小说的地方。如第 6 回中描写憨厚莽撞的洪仁发固执地要跟胡以晃去营救洪秀全,其口吻语气和对话内容与《水浒传》第 61 回中李逵死命要跟吴用上京劝卢俊义加入水泊梁山的描写大致相像。在这回中,作者所描写的韦昌辉杀妻王氏一段,几乎是宋江杀阎婆惜的翻版。

《洪秀全演义》在语言上也糅合了传统小说和近代白话小说的长处,从而显得洗练、流畅，并富有幽默和趣味：

> ……话犹未了，道光帝越加忿怒，因平时把穆相作个柱石良臣，十
> 分宠幸的。今见太子说他欺君罔上，擅国专权八个字，如何忍得住？登
> 时愤火中烧，立起来飞起一脚。那脚不高不低，恰踢在膀胱上下，那太
> 子"哎哟"一声，眼儿翻了，面儿白了，气儿喘了，喉儿响了，身儿浮了，脚
> 儿软了，仰身倒在地上，眼见是没了！（第1回）

这里的叙述当然不会是历史的本然，但文字的生动、风趣在近现代历史小说
中却不得不令人刮目相看。

张恂子的《红羊豪侠传》

张恂子对描写太平天国事迹的历史小说的两种类型，即一味漫骂和一
味歌颂，具体来说即《扫荡粤逆演义》型和《洪秀全演义》型两种建构都不满。
因为在张恂子看来，这正反两个极端的建构都不是"历史小说的正轨"。张
恂子认为，"历史小说的正轨"必须具备两个条件：即摒弃成见和遵循史
实。[11]因此，摆在张恂子创作《红羊豪侠传》面前的是两重性"翻案"建构的
超越：既要翻《扫荡粤逆演义》式的"肆意漫骂"案，又要翻《洪秀全演义》式的
"大肆颂扬"案。双重"翻案"的建构，增加了《红羊豪侠传》创作的难度。

《红羊豪侠传》首先在整体的创作手法上和已有的两类小说划清界限。
无论是《扫荡粤逆演义》，还是《洪秀全演义》都侧重"写实"的手法，夸张怪诞
的描写只是少量的情节，没有整体性全局性的意义。同时，在描写太平天国
的兴衰过程中，注重的是事件的推演，人物的刻画只是随着事件的发展而发
展，而不是刻意为之。而《红羊豪侠传》却不同，作者创作视点在下笔之先即
逸出常情常理的日常视阈之外，以"豪侠"的眼光重新审视太平天国的人物。
因而整体笔法上带有武侠小说味，不再是"写实"的符合生活原生态的描绘，

而是掺入引进大量的神道剑仙的传奇故事,以增强小说的艺术感染力。小说在描写太平天国的历史时,注重的不是事件的演述推展,而是人物的性格刻画和心理描摹。因而,可以这样说,不管《扫荡粤逆演义》的否定性描写,还是《洪秀全演义》的肯定性刻画,它们都注重从"历史"出发,在"历史"中寄寓强烈的倾向性,而《红羊豪侠传》却在肯定和否定的双重承诺中,侧重"小说"的艺术性、趣味性,"历史"成了"小说"任意取舍的工具和手段。

为了避免历史描绘的呆板单调,为了展示更大的艺术魅力,更为直接的目的是为了和"市上流行"的小说"大不相同",作者往往宕开笔势,枝叶蔓生,以致造成闲文太多,叙述过于松散无节制,"历史"淹没在没完没了插科打诨的趣闻逸事和虚构想象的传奇故事中。如在太平天国举事前,先写郑思勋夫妇求子心切,继写郑氏夫妇终于生了个儿子郑祖琛,郑祖琛中了举人,再写周武买解药,玄机道人收周武为徒,周武为江焕文报仇,随后写张立凤父女、陈大鹏、陈大鹏的儿子陈丕成,再写罗大纲等烦琐杂碎的事件拼凑,洋洋洒洒十多万言,直到第13回才让洪秀全、冯云山出场。为了铺垫烘托一个人的出场,竟需要十来万的鸡零狗碎的情节绕圈子,实在看不出其"小说"的妙处。这只能说明作者为了迥异于其他的描写太平天国历史的小说建构,又没有找到一种最佳的艺术建构方法,只能故意下笔千言离题万里。在《红羊豪侠传》中,这样故意的宕开笔去和离题万里的写法简直到处可见。像第27回描写洪大全求见洪秀全,作者大笔一挥,兜了几个圈,直到第33回,才续上两洪正式相见。第34回描写张秀才告发诱捕冯云山,第35回却又跳开写桂平县知县判通奸案……这样的小说结构简直有些恶作剧的味道。

因为既要达到双重翻案的目的,又要追求小说艺术的创新,作者想要使自己的创作合乎"小说的正规",即去"成见"和依"史实"的要求,就显得极为困难和吃力。这种"吃力",体现在作者想以"武侠传奇"的新视野去观照太平天国的致命弱点所在:"历史"的本来面目与"小说"艺术化想象之间的不可协调性。作者的创作视角与他对历史小说的理解是矛盾的。

正因为有着这样不可协调的致命缺陷，作者双重翻案的最终结果还是回复到最传统的历史观念上去，即从宿命论和女祸论归结太平天国的失败命运。《红羊豪侠传》通过玄机道人、赖道人、王叫化、陈大鹏等人未卜先知的预言，早就给太平天国画出了命定的悲剧线路，太平天国的兴衰成败只是历史循环和命定的"劫数"。洪秀全的帝王之相是天生的，他的悲剧下场也是天命如此。而"天京事变"主要是洪宣娇和傅善祥争风吃醋酿成的内讧。

《红羊豪侠传》不仅许多人物事件的描写脱胎于《水浒传》，有时甚至叙述语言也有很重的《水浒传》味：

> 那张仁估量自己没钱，不好意思再吃冯云山的，便推脱着不肯跟了就走。禁不得冯云山再三相劝，张仁平素也是个贪杯的酒徒，嘴里虽说不敢不敢，脚底却渐渐地活动了。两人便就近踏进了一家酒楼，拣副僻静的座头坐下。冯云山便向酒保要了一斤酒，又叫拣瘦的肉用大盆切一盆来。（第34回）

假如把这一段文字中姓名改作《水浒传》的人物名字，读者是很难分辨出它的真正出处的。

李宝忠的《永昌演义》

李宝忠在《永昌演义》书末附录了64种涉及明末农民起义内容的书目，这些书除了正史、地方志之外，都是笔记、野史，李氏是把它们作为"考证"材料来引用参考的。但未被李氏纳入参考书目的还有一些历史小说：《剿闯通俗小说》（又名《剿闯小史》等，西吴懒道人口授，1645）、《新世宏勋》（又名《盛世弘勋》等，蓬莱子编，1651）、《末明忠烈传》（1824）、《铁寇图》（又名《忠烈奇书》等，松排山人编，1878）、《精禽填海记》（陆士谔撰，1906）等。这些历史小说都和李宝忠所开列的考证书目中的笔记野史一样,从正统立场和观念出发,对明末农民起义的流寇行为给予否定性的评价,且有许多内容是对李自成等人的人身攻击。

李宝忠的《永昌演义》却别立新宗。他是抱着为李自成翻案的宗旨来创作历史小说的。但他的翻案仅仅基于对李自成这个特定人物的赞美和颂扬,而不是建立在对整个明末农民起义的认同肯定的基础上。在《永昌演义》中,作者极力赞美李自成个人的美德随处可见。如第2回中,写李自成不屑为"鸡鸣狗盗之术",并路见不平,拔刀相助,杀了作恶多端的地方一霸石友仁。在第13回中,作者写李自成生性异常"骨鲠",既"不贪财",又"不好色"。在第25回中,作者写丘从周闯进王府,左右要把他推出斩首,李自成却命人送他回家。作者极力称赞李自成"志愿远大"。在这一回中,作者还极力描摹出沿途各州县百姓"成群结队地伏拜在道左,高呼万岁,声如雷吼"的情形,以及米脂人对李自成的欢呼和爱戴。在第27回中,作者写李自成杀了以献美女讨好的张国绅,并特意点出李自成的美德:"看官要知道,这轻财好义,不喜酒色,原是自成天性特长之处。像这一宗事,漫谈常人不能办到,就是贤者也要看是哪一个了。万不可因他后来未能成事,便把他的好处一概抹杀,才算是我们读书人平心之论了。"在第31回中,作者又大写李自成的仁慈宽厚之心。当他看到崇祯吊在煤山的惨象后,"便走上前去深深下了一拜,不觉双泪直流,抚尸说道:'崇祯,崇祯,孤原无害你之心,你何故寻此短见?叫我今日怎么去对天下臣民也!'"

为了突出李自成的个人美德,作者不惮贬低历代帝王,也不遗余力地贬低张献忠、王嘉胤等其他农民领袖。在第10回、第11回中,作者极力渲染张献忠在安徽、河南等地肆意屠杀,挥霍享乐。在第37回中,作者描写张献忠死后,坟上"毒草丛生,愚木参天","凶厉之气,数百年后余毒尚不能尽"。据历史学家考证,王嘉胤也是明末农民起义的早期主要领袖之一,崇祯4年6月被内奸勾结明朝官兵所派的间谍刺杀身亡。而李宝忠却在没有史料佐证的前提下,在《永昌演义》中把王嘉胤塑造成像《水浒传》中的王伦一流人物,忌贤妒能,阴险奸诈,企图谋害李自成,担心他"功高震己"。在第 12 回中,作者在描写崇祯 9 年高迎祥被俘时,把王嘉胤也作为陪衬,说他也同时被俘,不顾"史实"上王氏已死了五年,并不惜以侮辱性的笔墨描写王嘉胤贪生怕死的丑态。说他被斩首之前,"放声大哭,把脖项缩着一团,蹲在地上,高呼大人饶命"。这种故意的贬损,确实有些令人不解。其实,这与作者浓重的乡土观念有关。

从整个小说所流露的思想倾向上看,作者赞美李自成的个人美德,更多的着眼点还是在浓重的乡土观念上:"窃叹吾乡有此不世之伟人,而竟听其事迹湮没,莫得搜考而表彰之,时引以为憾。"(自序)正是在这种为"吾乡伟人"之"憾"中,作者开始着手创作《永昌演义》。在第 25 回中,作者借李自成之口道出了作者头脑中强烈的带有封建小农意识的"乡土观念":"自成以一介匹夫,十年间横行天下,指日京师一破,这一统的江山,便成了我们米脂人的家产了。"正是这种狭隘的乡土观念,使得作者在赞美李自成的同时,极力贬损张献忠、王嘉胤等人,因为他们虽同是陕人,但不是米脂人。

狭隘的乡土观念,使得作者不可能真正认识和把握李自成领导的明末农民起义的兴衰成败的真正原因,作者只能求助于传统的历史观念(分治论、劫运论、气数论、天命论等)来解释明王朝和大顺王朝的兴衰更体。作者在第一回中即大肆发挥历史"分治"、"劫运"、"气数"的传统观念,并把李自成起于草泽,归结为米脂的"风水"。"正在行礼时,忽然黄风四起,屋瓦皆飞,霎时间,天昏地暗,日色都无光了"。这是天不佑"大顺"的朕兆。在第 30 回中,作者描写崇祯吊死煤山后,特意安排了一段相传的逸闻,以证明明朝灭亡是命定的结局:明宫中有一密室,内中藏铁冠道人的密记。当李自成兵临城下之时,崇祯命人将密室中的大木柜打开,内中一锦匣上赫然写有"崇祯 17 年 3 月 17 日"(正是崇祯上吊日),匣中有三幅画。一幅画着文武百官抱头鼠窜,另一幅画着官兵弃甲倒戈,再有一幅则画着一个人批发赤足,上吊自杀。这上吊人的相貌与崇祯竟"丝毫不错"。在第 30 回中,作者写到李自成率部攻陷京城之后,"正待入城之时,忽然狂风大起,突有黑气一股,从西直门一直涌了出来。宋献策道:'此害气也,急宜避之。'遂同自成勒转马头直奔德胜门来。其时太监曹化淳已经率众出迎。自成的人马长驱直入。行至承天门前,自成向献策道:'孤一箭中了天字,便当一统天下。'话犹未了,弓弦响处,那一支翎箭早已飞了出去,恰恰地中在天字下面二寸地方"。这是作者特意描写的"天不佑大顺"的谶纬场景。

这是李宝忠守旧的地方,也是他落伍于时代的地方。毛泽东在 1944 年曾建议将《永昌演义》用"新的历史观念"加以"改造",这显然不是作为旧时代的读书人所能胜任的。

《永昌演义》在描写战争和刻画人物上都显得呆板单调,叙述语言也大多千篇一律缺少生动、形象、传神的韵味。如第 7 回中,光"大惊"就出现十处,"大怒"也出现五处。这种程式化的描写也是作者脱不出传统小说艺术窠臼的表现。

五 其他历史小说

中国近现代通俗历史小说还有"宫闱秘史"、"名媛艳史"、"秘密会党"等类型。这些类型的历史小说,有的本身难以在有限的篇幅中概述清楚,有的也限于目前资料的掌握无法展开,只能略而不述。[12]

1949 年以后的历史小说创作,很多是在解放区革命文学的影响下发展起来的(除了极少数的短篇除外)。作家大都站在"文艺为政治服务"的旗帜下,经常把历史小说制作成歌颂、配合、紧跟、"古为今用"的宣传品。但也出现了姚雪垠的《李自成》等优秀作品。

1976 年以后,以《星星草》、《风萧萧》、《九月菊》等为代表的一大批历史小说创作,在企图冲破"左"的文艺教条和藩篱上做了有益的尝试和探索。虽然从总的艺术水准上说,这些作品依然存在不少欠缺甚至有致命的艺术伤,但多多少少显示出要走出教条主义的历史小说的条条框框的努力。20世纪 90 年代以来,唐浩明创作的《曾国藩》、《杨度》、《张之洞》,二月河创作的清朝皇帝系列,在历史小说的建构上都有不少突破和有益的尝试。

另外,台湾高阳创作的宫廷系列、官场系列、商贾系列、红曹系列、青楼系列、侠士系列等六大类历史小说,无论从广度上还是从深度上,都达到了当代中国历史小说创作的高峰。

以上这些提及的历史小说创作在思想倾向和创作趣味上,都与中国近现代通俗历史小说拉开了不小的距离,笔者并不赞同将它们放在一起等量齐观,应该另作他论。

注 释

〔1〕《中国近代文论选》(上),第 178 页,人民文学出版社,1959 年。

〔2〕 陈平原、夏晓虹编:《二十世纪中国小说理论资料》(第 1 卷),第 42 页,北京大学出版社,1989 年。

〔3〕 同上,第 171—172 页。

〔4〕 同上,第 174 页。

〔5〕 鲁迅:《中国小说史略》(第 13 篇),人民文学出版社,1973 年。

〔6〕 郑振铎:《插图本中国文学史》(第 48 章第 4 节),人民文学出版社,1957 年。

〔7〕 有关 7 个讲史话本的评述,均参考胡士莹《话本小说概论》(中华书局 1980 年版)和鲁迅《中国小说史略》中有关内容,特此说明。

〔8〕 可观道人:《新列国志叙》,《中国历代小说论著选》(中篇),第 246 页,江西人民出版社,1990 年。

〔9〕 蔡元放:《东周列国志读法》,《中国历代小说论著选》(中篇),第 422—423 页。

〔10〕 参见王戎笙等人的《太平天国运动史》,第 62 页,人民出版社,1986 年。

〔11〕 参见张恂子:《红羊豪侠传》第 7 回中有关小说创作的交代。

〔12〕 有关论述请参阅拙稿《中国近现代通俗文学史·历史演义编》(范伯群主编,江苏教育出版社 2000 年 4 月版)。

【思考题】

1. 中国历史小说的基本类型有哪几种？各有什么基本特征？

2. 中国近现代通俗历史小说有哪些类型？各有什么基本特征？

【知识点】

历史小说　　掌故野闻　　正史演义　　翻案重构

针砭讽谏的幽默滑稽文学

中国现代滑稽文学的滥觞

诡谲讽谏的时政滑稽

欺人与自欺:读书人酸腐心态的揭露

中国现代滑稽文学的艺术技巧

一 中国现代滑稽文学的滥觞

说到滑稽文学,有必要首先解释一下"滑稽"的词义。滑稽的本义是一种盛酒器。"滑"者,泉水涌动的样子;"稽"者,持续不断的意思,酒从一边流出来,又向另一边转注过去,不断地向外淌。司马迁取其中流畅的喻意,将宫廷的俳优列为"滑稽"的人物,意思是说他们出口成章,机智巧辩,对答如流,如滑稽吐酒不已般地流畅,并在《史记》中为他们立传,这就有了我国最早的介评滑稽的文章《史记·滑稽列传》。俳优本是跟在帝王后面供帝王愉悦的角色,他的目的是使帝王笑,所以滑稽是一种笑的艺术。

中国滑稽文学源远流长,出现了很多优秀的笑话、滑稽故事、滑稽诗文和滑稽小说。这类滑稽作品是晚清时上海小报的主要内容。[1]这些小报有些独立成报,有些是大报的副刊。黎床卧读生在《绘图冶游上海杂志》(1905)中指出这些小报的特点就是"以游戏笔墨,备人消闲"。例如1902年7月15日《寓言报》上刊载这样一段滑稽文章:

> 金鱼游行之上,鲫鱼见之,急走还,告其同类曰:"前之游行以来者,其贵官也耶? 其身上之文采,何其显耀也,其面上之威仪,何其尊严也。双目怒视,若有所怒者,吾侪其避诸。"于是伏处一旁,寂不敢动。而金鱼游行水藻间,绝无去志。无何,螃蜞来,伸螯以钳金鱼之尾。金鱼竭力摆脱,悠悠而逝。鲫鱼诧曰:"不期这等一个威仪赫赫的官,却怕这种横行不法的小么魔钳制。"

小官怕大官,大官却不免也怕"横行者",这就是当时中国官场的状况。将较深的寓意蕴在诙谐的文字之中,将严肃的主题化在滑稽的表像之中,小报式的"游戏笔墨"大受读者的欢迎。在文化市场规律的制约下,报刊得靠发行量维持,此种文类就大有功劳,它大大增加了报刊的经济效益。可见,古代出现滑稽作品主要是因为作者有这方面的才能;可是到近现代报刊出版事业提出到议事日程上来之后,写滑稽作品是市场的一种需要,没有这方面才能的人有时也来"滥竽充数"。因此,当清末"文学杂志热"出现时,滑稽文学理所当然地就成为了杂志上的一个稳定的栏目。作为晚清文学杂志的"四大名旦"的《新小说》(1902)、《绣像小说》(1903)、《月月小说》(1906)、《小说林》(1907)创刊时,滑稽文学都是杂志中的重要内容之一。

进入民国以后,各种报刊杂志蜂拥创办。在这些报刊杂志上,幽默滑稽文学尤得青睐,它们以各种名目被列入其中,例如《滑稽小说》、《游戏小说》、《谐著》、《庄谐录》、《滑稽文》、《游戏文章》、《滑稽魂》、《杂俎》、《余兴》、《谐乘》、《余录》、《戏言》、《趣海》等等。滑稽文学的形式也是多种多样的,有小说、论辩、传记、碑志、颂歌、诗赋、词曲、演义、小唱,也有楹对、诗钟、灯虎、酒令,各种艺术形式几乎无所不包。滑稽文学实际上成为了当时知识分子嘲讽社会、发泄不满和表现才华的一种特殊的巧妙的形式。

现代幽默滑稽文学的内容十分广泛,虽有很多无意义的插科打诨、噱头笑料,或互相讥讽,或油嘴滑舌,甚至调笑妇女,自贬人格,但这些作品并不是滑稽文学的主流。当时真正有价值的文字主要表现在对时事政治的纠弹和对某些知识分子酸腐气味的嘲讽上。

二　诡谲讽谏的时政滑稽

民国初年,在时政滑稽方面成绩最突出的作家是贡少芹。贡少芹(1877—?),江苏江都人。他是《小说新报》中《谐薮》栏目的主笔。在该栏目中几乎每期都有他的滑稽作品。最能代表他的成就的主要是1917年7月翼文编译社出版的《复辟之黑幕》和1921年3月上海共和书局出版的《新式滑稽丛书》。两部作品收集了贡少芹民国以来发表在各类刊物上的滑稽诗文。贡少芹一直以鲜明的政治态度和激烈的言辞而引人注目。他在《复辟之黑幕》的《提要》中说:"以滑稽之笔,成滑稽之书,虽曰游戏出之,谈笑以道之,其实字字是血,句句是泪。"他的作品的思想倾向相当鲜明,即:时政讽刺和时政批判。《复辟之黑幕》写的是张勋复辟清室的丑态。作者讽刺张勋复辟主要牢牢抓住两点做他的滑稽文章,一是"做戏";二是"发辫"。张勋留着像"豚尾"一般的发辫,在行军、打仗、发表演说,甚至拜谒伪帝宣统时,都如在舞台上唱戏一般。作者意在说明张勋的文化修养极为可怜,他的那一点知识全部来自于乱七八糟的戏文;而这种做功与念白又不伦不类地用到了"庄严"的仪式上来,更显得荒唐可笑;揭示了他所策划的那场复辟就像一出闹剧一般,乱哄哄地上,乱哄哄地下,只留给众人无数的笑柄。蹩脚的导演,木偶般的演员,荒诞不经的情节,使读者用"笑"声去埋葬这一幕丑态毕现的历史闹剧。《新式滑稽丛书》涉及到民国初年的国内外各类事件,其中最有价值的是对"五四"学生爱国运动的记载。《山东土地自叹》、《时事五更调》、《学潮曲》等作品全面地记载了"五四"学生爱国运动的起因、发展过程以及民众的反响。作品讽刺和批判了中国政府的无能和卖国行径,赞叹了学生的爱国精神和顽强的斗志。这是中国现代文学史上直面描写"五四"学生爱国运动为数不多的文字材料。

20 年代以后贡少芹写了大量的滑稽小说,继续保持着时政滑稽的风格,代表作品是《政客的面孔》。小说写那位政客如何在政界混下去的秘诀就是靠一张"变化多端"的面孔,处理好这张面孔的关键是如何对待三种人:外国人、军阀和小老婆。面孔上有各种变化无穷的表情,但对三种人,最后只能归结到一个字:媚。这位"成功"的政客手下有许多"见习政客",时时留心"老师"的"神秘莫测"的表情,时时细心领会,处处悉心揣摩,"老师"也不时向他们"点拨"几句,显示了贡少芹的"幽他一默"的才能。小说不仅注意到了人物的滑稽言行的描写,还描述了滑稽对象的种种心态,说明了他的滑稽文学作品的内涵有所扩大。

另一位擅写时政滑稽而又成绩卓著的作家是徐卓呆。徐卓呆(1880—1961),江苏苏州人。徐卓呆是我国较早地赴日本学习体育的留学生,接受过新式教育;又是民初文明新戏的主要演员和创作者,还编写过不少大众电影剧本。他是由写文明新戏和电影剧本转向为写滑稽诗文和滑稽小说的。徐卓呆的滑稽作品很有喜剧色彩,主要作品有《笑话三千》、《小说材料批发所》、《洋装的抄袭者》、《浴堂里的哲学家》、《万能术》、《李阿毛外传》等等。《万能术》是一部奇异的滑稽小说。小说讽刺的是军阀政府的无能和社会的混乱。小说写了一个叫陈通光的人突然具有了一种"随意念指挥宇宙"的特异功能,成了一个超人。由于他有超人的本领,被军阀政府当作治理国家的秘密武器。结果,不仅毁灭了国家,也毁灭了地球。小说不仅想象奇特,而且对当时无能政府和混乱社会的批判也极为深刻。写于 40 年代的《李阿毛外传》是徐卓呆影响最大的作品。小说由 12 则小故事组成,被称为"时代马浪荡"的李阿毛就是贯穿其中的主角,由他将众多故事连成一体。通过李阿毛很多荒诞不经的做法,显示了当时的社会如何地滑稽和荒唐。小说揭示了一个主题:在当时百物飞涨、民不聊生的社会中,怎样才能活下去。这样的主题对40年代的读者来说,很容易产生共鸣。徐卓呆的小说题材十分广泛,但他不管写什么总是要归纳出一点社会哲理和人生哲理。例如《浴堂里的哲学家》通过穿衣和脱衣的转换,小说所写的"万恶衣为首,百善裸为先"的生活比喻,是为了说明藏拙与坦诚的处世哲理;《万能术》通过"吃饭总长"的胡乱指挥,造成人类大悲剧的结果,说明了一个人生哲理:欲望自然相生,也自然相克,如果只是一味地满足欲望,只求相生,不明白内含着的相克的成分,其结局只能是以悲剧告终。徐卓呆的作品保持着中国传统的道德观,并将其作为是非褒贬的标准;始终追求小说的世俗性,并将其作为小说题材的主要阐发点。同时,他接受过新式教育,读过很多世界名著,他知道小说创作应该追求高远的立意。因此,他的滑稽小说总包含着一些言外之意。

除了贡少芹和徐卓呆以外,马二先生(冯叔鸾)和陈冷也有出色的时政滑稽作品。马二先生的笔调相当冷峻,他往往平淡而不露声色地写出种种滑稽的事情,是俗称为"冷面滑稽"的手法。《宦海中的不幸者》写直奉大战的时期,某官僚异想天开,冒充张大帅的名义,打电报给北京军阀政府财政部长,自己给自己请官。这样荒唐之举居然马到成功;不过财政部长为了拍大帅的马屁,使这一舍割的"肥缺"物有所值,又致电向大帅献媚,这才使滑稽剧的最后结局又急转直下:北京监狱中又多了一名囚犯。《汽车》写教育部代理部长,在6个月期间里为自己"代理"出一部小汽车(当时的小汽车代价何等昂贵)。更值得人们思考的是,事情败露以后,他居然能将事情"抹平"。作者认为"宦海中的不幸者"少,而"宦海中的幸运者"居多,不论多或少,从他们的丑事中都能挖掘出社会体制的滑稽和荒唐,冯叔鸾的滑稽作品并不多,但他的作品常给人留下深刻的印象。陈冷是一位老报人,也是位名报人,日本留学生,清末曾写过《侠客谈》等影响很大的小说。民国初年他也涉足滑稽小说类,写了一部长篇滑稽小说《新西游记》,从另外一个角度表现出他对时代中的新旧矛盾的关心。小说写唐僧师徒四人在1300年以后,奉如来佛祖之命,由东胜神州到西牛贺洲考察新教,不意之中降落到上海。由于他们的观念落后,根本不能适应上海的现代生活,将报纸当作菜单,将蒸汽机当作蒸笼,将脚踏车当作风火轮,悟空的腾空术失了效,因为他总是被电线给弹回来,八戒的钻地术也不灵,因为水门汀的地面总是将他的头撞个大包……一切都乱了套,过去的老经验都用不上了。物质文明的进展引发出新旧矛盾,而观念的更新或保守又是当时常常遇到的社会问题,《新西游记》通过滑稽形象将这些问题表现了出来。

将现代滑稽文学的题材稍加分类就会发现,滑稽文学反映集中的题材,正是现代中国的社会热点问题。维新变法、共和政体、军阀混战、新旧矛盾、国难发财、物价上涨、市民饥饿……,这些时代的热点问题往往是社会动荡的根源。现代滑稽文学敏感地抓住这些社会热点,通过一些具体的人和事的描述,从而达到社会批判的目的。滑稽就是讽刺,滑稽就是批判,而幽默又令人深思。中国现代滑稽文学中的人物和现象往往是和"假、丑、恶"联系在一起的,作品中的滑稽对象就是讽刺对象,在作者笔下都是否定性的。同样,中国现代滑稽文学对现实社会是否定的,作品中的现实社会总是一片黑暗,即使有个别作家心有所系,也只是把希望和未来寄托在某个神话世界。中国的社会现实决定了滑稽文学有着强烈的干预生活、针砭时弊的色彩,决定了滑稽文学作家以一种批判者的态度看待现实社会。

三 欺人与自欺:读书人酸腐心态的揭露

中国现代滑稽文学作家大多与文化教育界有密切的联系,他们对中国的教育界和读书人相当了解。以中国教育界和读书人作为讽刺对象的滑稽作品自然成为了现代滑稽文学的重要组成部分。其中写得最为出色的是吴双热、程瞻庐和耿小的。

吴双热(1884—1934),江苏常熟人。吴双热自称是"笑者",徐枕亚等人称其"鬼才"。他的滑稽文学的代表作是《笑之教育史》。小说写在新旧教育转换的民国初年,有人办起了一个笑的学校。学校由新人物葫芦和他的弟子张开口、时喷饭、哈哈生、吃吃子主办,专门传授笑的方法和笑的功能。在办校的宣言书中,对笑的功能有如此一段妙文:

> 能使一肚牢骚消归乌有,能使气忿忿者,气缕缕出于肚脐眼,能使怒烘烘者,其无名之火,变成鼻涕眼泪而排泄于外,而凡患愤恨哀怨抑闷忧愁等症者,苟服此丹无不乐到病除,其药性发作时,病者于不知不觉中忽而拍手拍足,而种种不如意之恶魔遂大惊而远遁,甚而至于心神作躁以使三尸神跳七窍烟生者,试服此丹则尸之神、窍之烟自能肃静回避,或上援发尖而遁,或下穿足趾之皮而破壁飞去。

为了很好地掌握好这些笑的功能,就要学完痴笑学、狂笑学、冷笑学、微笑学、诮笑新术、假笑造作法、发笑原理、急笑实验法、笑音之节奏、笑态之商榷等等课程。这些课程的教学方法是校长与教员对笑,学生与学生对笑,所以校园中整日里笑声不断。这部充满了笑声的小说讽刺的是那些借改革之风混迹于教育界的"新人物",他们哗众取宠,把整个教育界弄得乌烟瘴气,就像一座"哈哈亭"。

程瞻庐(1882—1943),江苏吴县人。程瞻庐的作品极多,数不胜数,其中比较引人注目的作品就有《茶寮小史》及其续集、《黑暗天堂》、《葫芦》、《酸》、《众醉独醒》、《快活神仙传》等等。程瞻庐滑稽小说讽刺的对象比较集中,主要讽刺知识分子的酸味和丑态。《茶寮小史》及其续集讽刺的是民国初年混乱的教育界和混迹其中的新旧人物。这些挂着新人物招牌的人其实是冒牌货,是不学无术者,他们跟在别人后面学舌,是"鹦鹉派";旧人物沽名窃利,心理阴暗,是"蝙蝠派",中国的教育就在这些"鹦鹉派"和"蝙蝠派"手中,岂不误人子弟?《黑暗天堂》和《葫芦》写的是知识分子的作恶,但最终是聪明反被聪明误。《葫芦》是长篇滑稽小说,小说中的富绅人家妻妾争宠,激剧到下毒的地步,毒药碗却偶然被猫打翻,未酿成命案,于是将猫视为救命恩人,死后既然给"恩猫"大出丧。另外一家主人在生命危急时,靠了一只猪的浮力过河脱险,日后又给"恩猪"做大寿。而长篇的主要情节是剥知识分子杨仁安的"画皮",他加入雅社,骗得"社会贤达"头衔,表面清高风雅,暗中却男盗女娼。他与菩提庵主持悟因勾结,掘坑将观音石像埋下,而在石像深层泥土里埋了不少黄豆,黄豆受潮而膨胀,石佛一天一天升高而"顶"出地面,引得众善男信女误认菩萨显灵,香火大旺。他就以施舍葫芦中的仙丹为名,大发横财。直到他的操纵妻妾争宠下毒事发,才又揭出了他与悟因是一对奸夫淫妇。在欺人和自欺中讨生活的杨仁安的下场是极为悲哀的。程瞻庐将这个欺世盗名的雅士,刻画得入骨三分,揭示了他这个"葫芦"里究竟卖的是什么"药"。长期从事于教育工作的程瞻庐,对有些读书人太了解了,言肥行鄙,贪利食义、鲜廉寡耻,程瞻庐的作品淋漓尽致地写出了他们丑陋的一面。程瞻庐的小说有一个既定的生活场景,那就是苏州;而他在教书与写作之余,特喜"孵茶馆"。他不仅对这个有着深厚的文化积淀的古城中的知识分子有很透辟的了解,而且对庞大的市民阶层生活及其传统观念以及生活习惯也十分熟悉。程瞻庐作品的创作风格有着极强的世俗性。他的小说素材取之于生活,听之于民间,婚丧嫁娶是这些小说的基本素材;地方乡绅、名流、学者就算是最高的社会阶层了,大量的是乡村儒生、市井中人;小说语言是书面语与口语相杂,都是一些市井社会中常听见的话语。在读者中大受欢迎,以至有的杂志就将他包下来。《红玫瑰》曾发表启事,说程是他们的特约撰稿人,拒绝向其他杂志投稿云云。有时《红玫瑰》一期中就有他四五篇稿子,其中世俗性很强的滑稽故事特多。

耿小的(1907—1994),北京人。耿小的是活跃于三四十年代京、津地区的滑稽小说家。他的滑稽小说的代表作是《时代群英》。小说写一批故作风雅不学无术的文人办起一所"觉始女子学校"。拉皮条的当教务主任,小报记者当新闻学教师,江湖医生当医学教师,罗锅者当国文教师,口吃者当音乐教师,耳聋者当绘画教师……可说是群"闲"毕至,奇才汇集。学生是姨太太,或者是追求浪漫生活的女学生,她们把学校当作聚会、聊天和比赛花钱的场所。就在这所教师为财而至,学生为乐而聚的学校里,闹出了一系列笑话,游艺、运动会、春秋旅行……新花样一个接着一个,教师们赚得不亦乐乎,学生们玩得不亦乐乎。他在这部小说中突出地表现了这些教师们的生理上的缺陷和他们所从事的职业的不适应性,利用人物形体的夸张写出滑稽感。还在"正常"和"不正常"的感觉错位之中挖掘出滑稽性格和滑稽心理来。明明是一些不正常的事情,却一本正经地去做;明明是一件滑稽可笑的举止,却当作人生壮举四处夸耀。从这些是非颠倒、美丑不分的描述之中,我们可以看到《儒林外史》、《堂·吉诃德》等作品的影子。耿小的是接受过新式教育的通俗作家,看过不少中外文学名著,这些修养使得他的小说中的滑稽艺术水平有一定的品位。

在写知识分子题材的滑稽小说中,徐卓呆也有不少佳作,最有代表性的作品是《洋装的抄袭者》和《小说材料批发所》。这两部作品集中揭露了文坛上的抄袭现象,《洋装的抄袭者》写用外国人物的名字套装在中国古典小说的情节上,给古人穿上洋装;《小说材料批发所》写抄袭中外小说情节卖钱骗饭吃。徐卓呆先写他们如何蒙骗人,再将他们骗人的伎俩揭穿,在这一蒙一揭之中,暴露出一些知识分子卑琐阴暗的心理。利用知识不仅可以骗钱,还可以骗色,汪仲贤的《言情小说家之奇遇》写言情小说家通过小说骗取两位女读者的感情,最后发现两位女读者中一位是自己朋友的妻子,一位是自己的亲妹妹。小说情节滑稽荒唐,言情小说家的丑陋心理在哭笑不得的尴尬的场面中暴露得淋漓尽致。

与时政滑稽侧重于批判有些不一样,写知识分子的滑稽作品更多的是揭露,更侧重的是嘲讽,又往往不乏幽默感。明明窘迫,却又死要面子;明明作恶,却又冠冕堂皇;明明不懂,却又装模作样;明明欺人,却说是慈悲心肠……从滑稽形象之中看到卑琐的心理,写知识分子的滑稽作品常给人更多的回味。

四　中国现代滑稽文学的艺术技巧

1906 年,吴趼人编辑的《月月小说》创刊。创刊号上,《月月小说》首开"滑稽小说"的栏目,并刊载了中国内地著的《新封神传》。《新封神传》也就成为了中国现代第一部标有"滑稽小说"的作品。《新封神传》写姜子牙在猪八戒的陪伴下来到人间再次肃妖封神的故事。小说写他们如何在现实社会中碰壁,如何滑稽可笑的事情。以一两个人物的活动为线索,把当时光怪陆离的社会现象贯串起来,这成了以后的滑稽小说的创作模式之一。它的创作特色是:首先它选用人们所熟知的古代小说人物作为主人公(例如猪八戒),给作品奠定喜剧基调;再把他们放到现代的生活中,用夸大变形的手法写古代认为天经地义的事,在今天却成了荒诞不经,造成一个怪异可笑的气氛,形成滑稽感,让读者在笑中感受到其中的讽刺的内涵。这种用"时间差"的"错位"写出"故事新编"式的小说的,自《新封神传》始。阿英名其为"拟旧小说"[2]。

这种文体具有强烈的讽刺意味。作家并不直接针砭社会,而是用"曲笔"的形式表露自己的是非观念。例如吴双热在民初创作的滑稽小说《新东游记》,写传说中的"八仙"如何各显神通,钻营社会。曹国舅当上了市议员;铁拐李当上了跛足会会长;吕洞宾当上了拜天会会长;张果老靠着驴子开了麻油店;大肚钟离做古董生意;何仙姑和韩湘子自由结婚;蓝采和做起了选举运动家。他们走到哪儿,吃到哪儿,玩到哪儿,也滑稽到哪儿。小说写得热热闹闹,轰轰烈烈,看似游戏人间,但只要和现实社会一结合,马上就能想到作者正是写的民初的混乱滑稽的社会。再如 40 年代初,秋翁(平襟亚)在《万象》、《春秋》等杂志上推出了《秋翁说集》的系列小说,一共 17 篇。这些小说都是用人们所熟悉的历史人物写现实的社会中的动乱、政治的黑暗和民族的屈辱,有很深的立意。《孔夫子的苦闷》写从不言利的孔夫子在物价上涨的窘况下终于坐不住了,巧立名目地向 73 名学徒增收各种费用;《贾宝玉出家》写贾宝玉原想出家就可以一了百了,却不想到和尚中也吃花酒,也收干女儿的,终于发现世界上没有"方外之人";其实这是当时的某些"海派高僧"的生活写照。从现实需要出发写古代人物的行为举止,让这些人物的形象与读者心目中的既定模式形成反差,从滑稽之中达到讽刺的效果。

由于是将古时、今时、古事、今事糅合在一起,作品在叙事结构上打破固有的时空观念,可以地球星球、人间海底、中国外国,凡是作者想到的可以无所不包。因此作者在社会批判的同时,又常常向读者灌输自己的社会模式和人生理想,尽管这些社会模式和人生理想只能出现在虚拟世界里。例如耿小的的小说《新云山雾沼》写了火星、地球和地狱三重社会。火星是作者的理想社会,地球和地狱是现实的滑稽社会。在孙悟空等四人治理和惩治下,地球和地狱也变成了理想社会。小说最后说:"经此天上地下人间,三全其美,各自相安,一直到几万万年。"将一切都隐藏于荒诞之中,滑稽文学作者的笔就没有任何束缚了。

"故事新编"总是借一点历史的"因由",随意铺染,古人与今人相杂,古事和今事相间。对读者来说,可以从作品人物的"狼狈不堪"之中得到新奇的感觉,从而增加阅读的兴趣;对作者来说,根据现有的作品的形式进行再创造,既有较大的写作空间,又给情节的设计带来了便利。程瞻庐根据《西厢记》中的红娘、《水浒传》中的李逵、《红楼梦》中的妙玉和《三国志》中的孔明的个性与形象写了篇题名《毫毛变相》的小说。这些性格各异的人放在一起表演,当然很生动,也很有趣。那么故事怎么收尾呢?程瞻庐将他们最后都归结到《西游记》的孙悟空身上,说他们都是孙悟空的毫毛变的。小说的生动性来自于不可能汇聚在一起的小说人物相碰撞,情节的可信性来自于读者对"故事新编"手法的认同。

中国现代滑稽文学有着很强的时代感,也有着很强的世俗性。作品往往从日常的生活小事写起,这些小事与老百姓的日常生活紧密相连。茶寮、酒店、庙堂、小铺等场所常是事情发生的地点;喝茶聊天、求神拜佛、邻里相悖、婚嫁丧葬常常是故事的情节;即使写那些官场政坛之事,也是从生活琐事写起。举例说,中国现代滑稽文学中常常用吃饭来引发滑稽的人和事:煞有介事地读诗,其目的是可以大嚼馒头(《茶寮小史》)、吃饭总长的第一个意念就是天上下白米(《万能术》)、李阿毛为了赚取白米和豆油就不懂装懂地教日语(《李阿毛外传》)、猪八戒非要人家请他大吃一顿才肯开尊口(《新云山雾沼》)……骗饭吃、诈饭吃、想饭吃、要饭吃、装模作样地混饭吃……肚子能否填饱是旧社会米珠薪桂形势下人们最基本的生活所需,是日常生活中最世俗的事情,也是旧中国最突出的社会民生问题,中国现代滑稽文学往往就是从这样世俗的角度反映社会的尖锐的问题。世俗性往往对家庭关系和血缘关系尤为关注。这是中国人最基本的人际关系,小说家从中挖掘出的滑稽笑料,也很能打动中国读者。30 年代,上海滑稽编辑社编辑组织了一批作家创作滑稽小说,对一些社会现象进行讽刺和批判,其中不乏家庭血缘关系的纠葛。这些小说由上海大陆图书公司陆续出版,总题为《滑稽小说大观》,共 8 册:它们是襟亚的《怕老婆日记》(《泼妇日记》)、梅若的《瘟生日记》、黄花的《瞎缠先生日记》、莲侬的《守财奴日记》、酉生的《牛皮大王日记》、聂云的《女魔王日记》、寒光的《顽童日记》、虞公的《拍马日记》。从小说的题目就可以看出,它们是以家庭的日常生活为题材,以身边的琐事为讽刺对象,以具体的事件为例述说做人的道理。小说出版之后,销量极好,影响一时。

阅读效果来自小说的生活气息浓,语言俏皮,是一种令人发噱的文本特征,与读者的日常生活有一种亲和力,人们从小说的故事中看到了自己熟悉的人和事。这些作家不仅使"身边琐事"的再现使读者领会若干生活教训,而且以世俗化的语言使人忍俊不禁。例如程瞻庐的小说,民间奇语迭出,妙趣横生。别说在滑稽小说中,即使在他的非滑稽类小说中,程瞻庐的语言也是犀利而带有讽刺意味的,令人越想越觉得滑稽;有时则与幽默出之,又令人在会心一笑中回味再三。例如他写一个沽名钓誉的女校长叫安子虚的,表面上是位热心教育的新人物,实际上是吹牛拍马,专为有钱有势人家的女儿效劳,甚至不惜叫自己的女学生"抱牌位结婚"的封建余孽。当作家谈及她的父亲昔日择婿条件太苛,以致使她成了一位"不嫁主义者"——

> 因此把子虚女士的芳龄,一年一年的蹉跎过去。后来她老子业已
> 去世,自己也过了花信年华,平时又喜吃肥鱼大肉,胖鸭壮鸡,不知不觉
> 地换去了全身秀骨,长就了一身痴肉,同那及笄时代的模样,竟然天差
> 地远。从前的模样,亭亭倩影,三分是精神,七分是风韵;现在的模样,
> 三分是糟粕,七分是脂肪。

读者在越想越滑稽时,也会感觉程瞻庐的刀笔也太刻薄了些,同时也不得不佩服他的滑稽速写的能力。他写一个财主家庭,剥削成性,财主的大儿子进了北京大学,受了新思潮的影响,写信婉劝父亲,不能如此穷凶极恶,应该善待工人,同时声明将来放弃遗产。这位"拜钱教"的老子"恨子入骨",他对人家说:"看轻老子罪小,看轻金钱罪大,……小儿得罪了金钱,却是得罪了刘氏三代的'老子'。"可是他的小儿子在这位"拜钱教"的老子言传身教下,在孩提时就有所领悟,问他最喜欢吃什么,他就说最喜欢吃铜钱,当大人告诉他铜钱又硬又冷吃不得,他回答说:

> 可惜铜钱吃不得,铜钱吃得,宝宝便要吃铜钱。铜钱吃在肚子里,
> 婆婆抢不得,爹爹妈妈偷不得。鱼儿肉儿都不好吃,只有铜钱好吃。

他只认得钱,婆婆与爹娘被他视为要偷他钱财的盗贼,全家反而喜庆承继有人,这孩子简直是"财神菩萨的信徒,招财童子的化身"。至于程瞻庐的语言的市井味,更是俯拾皆是。他写大庭广众中吃"讲茶"的场面,令人叫绝:

> 列位的良心便是天平,牙齿便是界石。……瓶口塞得住,人口塞不
> 住。你便把我的肚皮撞一个窟窿,我这满肚皮的话,也会从窟窿里泻将
> 出来……

市井间的正义感,跃然纸上。文学的吸引力在很大程度上依赖情节的生动,而语言的趣味性也在其中起了极大的作用。

中国现代滑稽文学作家喜欢用夸大的、变形的嘲讽式语言,勾画出一幅变形变态的图画,让读者从中引发出笑声来。中国的滑稽文学有注重人物形体的表现法的传统,兽面人心的孙悟空、猪八戒自不必说,就是在《儒林外史》这样的写实作品中,人们印象最深的还是周进的跪拜、范进因惊喜而疯癫,以及严监生的那两根指头。在现代滑稽文学中,这种形体的表现法更达到了漫画化程度,写总长们专横有失教养,就写他们在赌桌上掼匣子炮(《尘海燃犀录》)、写遗老遗少们的酸态就让他们在桌下爬(《酸》)、写新人物混世混名就让猪八戒穿上洋装(《新西游记》)、写知识分子不学无术,就让麻子、驼子、口吃者组成一个女子学校(《时代群英》)。注重形体举止的变形变态使得滑稽小说别具趣味性,耿小的在《时代群英》中写了这样一场师生篮球赛:

> 到了时间,由高始觉吹哨子,两边队员站好。教员队往北打,学生队往南打。头一下球就到了关仲闻(耳聋者,引者注)手里。关仲闻抱住便往南跑,大家全笑起来。贾克礼(善拉皮条者,引者注)直喊:"回来,回来。咱们往北打。"关仲闻哪里听得见,跑得还是真勇。笑得大家直不起腰来。评判员的笛子也听不见,结果还是把球投进篮里,他还很得意似的,后来,经大家告明他,他才觉得不好意思,重新另来。先还打算这个球不算,但女生不认可,只得算是教员们输了两分。第二个球开始,又被关仲闻抱得。汪笑我(口吃者,引者注)直喊:"怕怕怕司。怕,啊司。"关仲闻虽然没有听见,可是看见了,便把球递给汪笑我,汪笑我是近视眼,拿着球找不到人。只听罗国贤(罗锅者,引者注)不会讲外国话,他也道:"怕怕怕司。怕,啊司。"他认为外国话就是这么说的呢。汪笑我闻其声不见其人,原来他站在人家后面呢。后来见他转了出来,便

一个球追了过去,不料球去的硬一点,罗国贤站不住脚,抱着球,往后一仰,两腿朝天,那形状像个老鼠抱鸡蛋,全场便炸雷似的哄笑起来……

将那些滑稽的形体放到篮球场上去,让他们在运动之中显示出滑稽感来,虽然作家的笔法显得比较外露,作品的感情也较外化,但的确达到了令人发捧腹的效果。

中国现代通俗文学是中国传统文学的延续,有着很强的世俗性和消遣性,当然也加重了它的市场需求性。滑稽文学的美学特征使得通俗文学的美学观得到充分的体现。可以这么说,几乎每一位现代通俗文学作家都写过滑稽文学作品,只不过量多量少而已。同样,通俗文学的美学追求也加强了现代滑稽文学的美学特征,使得它在现代中国文坛有着特殊的艺术品位。这些美学上的追求,确是中国现代文学史上的一道独特的风景线。

注　释

〔1〕 当时的小报很多,主要有《繁华报》、《游戏报》、《消闲报》、《寓言报》、《采风报》、《新上海报》、《花世界报》、《花天报》、《春江花月报》、《艺林》、《奇闻》、《奇新》、《笑笑》、《便览》、《飞报》、《笑报》、《趣报》、《支那小报》、《文社日报》、《娱闲》、《演义白话》、《方言》、《苏州白话》、《通俗》、《捷影》、《花世界》、《鹤立》、《上海白话》、《阳秋》、《国魂》等等。

〔2〕 阿英称这样的文体为"拟旧小说"。见阿英:《晚清小说》,第 176 页,人民文学出版社,1980 年。

【思考题】

1. 为什么滑稽文学具有很强的社会批判性?
2. 中国现代滑稽文学主要的艺术手法。

【知识点】

时政滑稽　　　拟旧小说　　　程瞻庐

【参考书】

1. 阿英:《晚清小说史》第 13 章《晚清小说之末流》,人民文学出版社,1980 年。

2. 陈孝英:《幽默的奥秘》,中国戏剧出版社,1989 年。

亦科亦幻的科幻小说

科幻小说溯源

世界科幻小说的发展

中国科幻小说的发展

一 科幻小说溯源

什么是"科幻小说"?

科幻小说是姓"科",是姓"幻",还是姓"小说"?

中国科幻小说的代表性作家叶永烈有一段写给"科幻迷中国村"的寄语:

> 加了科学味精,漂着五光十色的幻想油花,还撒上文学的胡椒面
> ——哦,科幻小说,据说"味道好极了"!
>
> 可是"满纸荒唐言,一把辛酸泪! 都云作者痴,谁解其中味?"

科幻小说是"科学幻想小说"的简称,这是一个从西方翻译过来的名词。在西方,这个概念的形成曾经有过比较混杂的历史。例如出现过 Scientific Romance(科学传奇),Pseudo scientific Story(模拟科学小说),Science Fantasy(科学空想),Off-trail Story(脱轨小说),Different Story(奇异小说),Impossible Story(不可能小说),Scientifiction(科学小说),Astounding Story(惊奇小说),等等。最后直到 20 世纪中叶,才公认确定为 Science Fiction。这一名称是从 Scientifiction 演化而来的,本意是"科学小说",它与西方的 Weird Fantasy(幻想小说)和 Horror(恐怖小说)是类别不同的小说(当然有相互交叉之处),跟 Sword and Sorcery(剑与巫术小说)和 Heroic Fantasy(英雄幻想小说)更是泾渭分明。中国曾经翻译为"科学小说",但是这一概念覆盖太广,包括了一切与科学有关的小说。后来因为大规模引进苏联的这类小说,便根据俄文 Научнофантастический Роман 翻译为"科幻小说"。这个译名更符合中国人对这种小说的理解,也更适合于这种小说的复杂特点,而且表现出汉语名词的精炼性,所以,约定俗成,"科幻小说"最终成了正式的名称。在国际上,则通用 Science Fiction,简称 SF。

有意思的是,在日本,Science Fiction 的正式译名是"空想科学小说",因为日语中的"空想"恰好是汉语"幻想"的意思,而日语中的"幻想"却是汉语中的"空想"。中日两国人如果不懂对方的语言,就会很奇怪对方的翻译。

科幻小说与科幻散文、科幻诗歌、科幻剧作构成科幻文学,科幻文学与科幻美术、科幻音乐、科幻影视构成科幻文艺,而科幻小说与科普小说、科学童话、科学故事却是不同的文艺种类。

正因为"科幻小说"有"科"、有"幻"、有"小说",如同"武侠小说"有"武"、有"侠"、有"小说"一样,它的性质和功能就具有了复杂的一面,也引起了人们长期的饶有兴趣的争论。

有人认为科幻小说应该属于科学领域,是用小说的形式来普及科学知识,激发科学兴趣,培养科学精神。美国的科幻杂志大王雨果·根斯巴克就曾定义科幻小说是"传播科学知识并具有预言性的作品"。

有人认为科幻小说应该属于幻想世界,不必遵循科学规律,也不必遵循生活常识,应该大胆幻想,超越普通思维,它满足的是读者的幻想需求,而不是科学需求。一位中国研究者认为:"幻想是科学小说的生命","要科学小说宣传科学,这是抹煞了文学与科学之间的区别"。[1]

有人认为科幻小说应该属于文学家园,它只是以科学幻想为题材的小说,与其他题材具有共性,它应该符合文学的基本功能,不应该用来宣传科学和渲染脱离实际的幻想。

由于对科幻小说的性质理解不同,在中外科幻小说史上,发生了许多耐人寻味的风波。

1979 年,英国著名科幻小说家布里安·阿尔迪斯(Brian Aldiss)应邀访问中国,在座谈中有人提问:"英国的科学幻想小说怎样教育青少年掌握科学知识?"这个问题代表了当时许多中国人对科幻小说的理解。阿尔迪斯回答说:"科学小说是一种文艺形式,其立足点仍然是现实社会,反映社会现实中的矛盾和问题。科学小说的目的并不是要传播科学知识或预见未来,但它关于未来的想象和描写,可以启发人们活跃思想,给年轻一代带来勇气和信心。"[2]

随着对科幻小说认识的不断深入,现在中国的科幻小说界一般比较认同艾萨克·阿西莫夫的定义:"科幻小说是文学的一个分支,主要描绘虚构的社会,这个社会与现实社会的不同之处在于科学发展的性质和程度。由于现代技术的出现,人类有史以来第一次面临社会的急剧变化。科幻小说是产生于这一现实的文学形式。"

其实我们可以从三个层次来理解科幻小说。

首先,科幻小说是小说。它不是科普读物,不是寓言故事化的《十万个为什么?》,也不是形象化的"未来学",更不是科学与文学杂交产生的所谓"边缘科学"。科幻小说的生产要符合文学创作规律而不是符合科学发明规律。这就如同武侠小说首先是小说,而不是武术教材,言情小说不是恋爱婚姻指南,侦探小说不是破案指导丛书一样。

其次,科幻小说要有科学内容。它不必以科学界为全部题材,也不必以科学问题为小说的主旨,但是一定要以科学内容为小说的某个关键环节。美国著名科幻作家西奥多·斯特金认为科幻小说是"以科学的某一方面内容构成故事的情节或背景的小说"。因此,一部科幻小说也可以同时是具有其他性质的小说,比如童恩正的《珊瑚岛上的死光》和老舍的《猫城记》,都既是科幻小说,又是政治小说。

最后,科幻小说的关键之处,或者说"闪光点",是要有"幻想"。本来,所有小说就都是虚构的,小说本身就具有了"幻想"的性质。但是科幻小说特别要强调"幻想"这一点。所以,把 Science Fiction 翻译为"科学小说"的缺点就在于容易与其他科普读物混淆,而翻译成"科幻小说"则突出了这类作品的特性,一个"幻"字,画龙点睛。科幻小说的幻想要以科学为对象,以科学为线索。有人主张要以科学原理为依据,这其实倒是不必的,因为科幻小说中的幻想并不是为了给科学家做发明指南的,即使幻想错了也没关系。法国天文学家弗拉马利翁曾写过一篇科幻小说,主人公以超光速旅行,结果时间倒流。物理学权威爱因斯坦读后给予了严厉批评,斥责小说是"无稽之谈"和"伪科学"。但是近年来随着射电天文学的发展,科学界已经证实宇宙中存在超光速运动的物体,有的甚至达到光速的十倍。于是有人为那篇小说"平反",批评爱因斯坦"鼠目寸光",傲慢自大。其实小说的价值无需科学的"证实",是否发现宇宙中真有超光速运动的物体,跟小说的艺术性无关,爱因斯坦是从当时科学发展的水平来评价一种"科学认识",而不是进行"文学批评",他的褒贬也是小说作者可以置之不理的。

所以说,科幻小说的幻想只要以科学为对象和为线索即可,这样就一方面区别于"神魔小说"的幻想,一方面区别于社会小说的幻想。神魔小说例如《西游记》、《封神演义》、《聊斋志异》,里面的幻想是以神话、宗教为对象和线索的。清末曾有人把《封神榜》中的千里眼、顺风耳比做望远镜、电话机,把《西游记》里哪吒的风火轮比做自行车,那是对于"科学幻想"思考不深的表现。社会小说例如《红楼梦》、《人间喜剧》、《战争与和平》,里面的幻想是以现实生活为对象和线索的。即使是《百年孤独》一类的"魔幻现实主义"作品，还有中国古代那些专门搜集"怪力乱神"的笔记小说，其幻想也是社会的。

综上所述，科幻小说就是，以科学为对象和线索进行幻想并构成重要内容的一种小说。

由于科幻小说是现代科技背景下的大众读物，具有通俗化、模式化、批量生产等消费性，因此在整体上属于通俗小说。根据美国的一份调查，现在美国从八岁到八十岁的每一个人，都看科幻小说。[3]中国的科幻小说远没有欧美发达，但也拥有绝对数字比较大的市场和作者群，是中国通俗小说家族中充满前景的重要成员。

中国古代神话志怪中的幻想

我们现在讲的科幻小说，是西方的舶来品，中国的近代科幻小说是晚清产生的。但是中国古代的神话志怪中，很早就有了"科幻"的因素。有的神话记载了当时的"科学技术"，有的则表现了超越当时技术水准的"幻想"。许多神话以当时的生产力条件来看，分明具有"科幻"的审美效应，例如《山海经》、《淮南子》里的一些篇章。"嫦娥奔月"的故事有两点值得注意，一是把月亮看成可以居住的天体，二是服用了某种药物就可以太空旅行(飞升)，这样的思维已经是"科幻思维"了。

《列子·汤问》中的"偃师造人"，是迄今为止发现的中国第一篇"科幻小说"，距今1600年以上。文中的偃师所造的"歌舞机器人"，居然达到可以乱真的程度，以致周穆王吃醋"欲诛偃师"。这使人不禁联想到美国著名的机器人题材科幻影片《未来世界》。而偃师制造这个"歌舞机器人"的原理完全是按照《黄帝内经》时代的中国医学水平构想出来的，所以才会"王试废其心，则口不能言；废其肝，则目不能视；废其肾，则足不能步……"这其实就是根据阴阳五行的对应原理进行的"仿生学"幻想。不但幻想具有科学性，故事情节也一波三折,应该说,这是当时世界上最高水平的科幻作品了。

中国古代关于"机器人"的描述文字甚多。《南史·齐本纪》的《废帝东昏侯纪》中记叙了一匹"行动进退,随意所适"的木马。北宋沈括的《梦溪笔谈》记叙了一则"自动捕鼠钟馗"。唐朝张鷟的《朝野佥载》记叙了一个能自动行乞的木僧,还有一个县令制造了两个陪酒的机器人,最奇异的是鲁班制造的木鸢,可以骑上去飞往他国。明朝的《五杂俎》里记叙诸葛亮从妻子那里学会了制造木人,后来就造出了木牛流马搬运粮草。这些描述,"原理"可信而"实证"不足,夸张色彩很浓,分明属于"科幻家言"也。

唐朝段成式的《酉阳杂俎》里记叙了一则用纸片照明的故事,《梦溪笔谈》里记叙了一种返老还童的"乌须药",南宋洪迈的《夷坚志》里记载了一个能自动保温和升温的瓦瓶,一种驱除蚊子的妙药,一种随意染色的染料,还有一种神奇的面部移植手术。[4]这些幻想,既不是妖魔鬼怪的胡思乱想,也不是感情世界的"白日做梦",而是用创造发明手段提高生活质量的种种"技术愿望"。虽然它们还不是现代意义上的"科幻",但这些朴素的幻想为后来中国接受西方科幻小说和创作近现代科幻小说奠定了相当高的思想基础。

西方文学的幻想传统

科幻小说在西方,也是到 19 世纪才正式出现,并不比中国早很多。但是与中国一样,西方文学的"幻想"传统,是由来已久的。无论东方西方,人类,就是以幻想来体现其尊严和智慧的。

西方文学的源头是神话,然后是古代悲喜剧和史诗。古希腊神话中有著名的"特洛伊木马",但那木马不是能动的,更不是智能的,这一点似乎比中国要落后。此后的幻想性文学可以分为多种,大多都起源于《圣经》。《圣经》中有许多明显的幻想成分,《旧约》里的"摩西奇迹"和一些战争,《新约》里的耶稣的一些"特异功能",都是如此。

西方文学里有一类专门的"乌托邦文学",如柏拉图的《理想国》,托马斯·莫尔的《乌托邦》,康帕内拉的《太阳城》,弗郎西斯·培根的《新大西岛》等,虽然不是"科幻",但反映出西方人对理想生活的向往。

拟游记小说,是西方文学里的一大类。公元 150 年,古希腊卢西恩的《真实的故事》,写在月球上发现了智慧生物。文艺复兴之后,拟游记小说更是兴盛一时。塞万提斯的《唐吉诃德》,开普勒的《梦》,希拉诺的《日月——两个世界的旅行》,笛福的《鲁滨逊漂流记》,斯威夫特的《格列佛游记》,伏尔泰的《麦克·罗梅嘉》,等等。这些拟游记小说大都体现了一种探索更广阔的世界的愿望。与此同时,在现实世界里,科学对宗教的胜利使得西方人幻想的闸门洞开。拓展生存空间的需求加上科技进步提供的条件,以及对未来的担忧和恐惧……西方的科幻小说就在这样的背景下粉墨登场了。

二　世界科幻小说的发展

早期三大师

西方的现代科幻小说导源于工业革命。第一部科幻小说是 1818 年(卡尔·马克思生年)的《弗兰肯斯坦》,作者是英国著名诗人雪莱的妻子玛丽·雪莱(1797—1851)。小说描写科学家弗兰肯斯坦与自己制造的怪物之间的恩怨仇杀,从而开创了科幻小说中"人造人"的一大题材。玛丽·雪莱的另一部作品《最后的人》则开创了科幻小说中的"世界末日"题材。玛丽·雪莱可谓是"科幻小说之母"。

不过玛丽·雪莱只有这两部作品,随后真正致力于科幻小说的两位大师是法国的儒勒·凡尔纳(1828—1905)和英国的 H.G.威尔斯(1866—1946)。

儒勒·凡尔纳创作了《气球上的五星期》,《地心游记》,《格兰特船长的女儿》,《海底两万里》,《八十天环游地球》,《从地球到月球》等大约 100 部作品,组成"不平凡的旅行"系列,使科幻小说蔚成大观,成为文学园林中一处崭新的风景,他因此被誉为"科幻小说之父",为世界各国读者所熟知。儒勒·凡尔纳的作品具有法国风范的典雅,追求科学上的准确和超前,被后来的研究者认为是科幻小说的"科学派"或者叫"硬派"。他也是中国译介作品最多的科幻作家。

H.G.威尔斯是英国著名生物学家赫胥黎的学生,著有《时间机器》、《隐身人》、《大战火星人》(War of the Worlds,又译为《星际战争》)等,注重揭示科技发展对社会的影响,奇特的科学想象与深刻的社会批判结合在一起,奠定了现代科幻小说的基本形式,被后来的研究者认为是科幻小说的"文学派"或者"叫软派"。推崇这一派的西方人士认为威尔斯才是"科幻小说之父"。

早期科幻小说除了上述三位大师以外,还有一些著名作家也卓有贡献。例如侦探小说鼻祖爱伦·坡(1809—1849)写过一些怪异的科幻小说,因此也被誉为科幻小说鼻祖。英国侦探小说大师柯南·道尔(1859—1930)写过《失去的世界》、《有毒的地带》等。美国的埃德加·赖斯·布鲁斯(1875—1950)写过"人猿泰山"系列,捷克作家卡莱尔·恰佩克(1890—1938)写过《昆虫世界》等一系列科幻戏剧和《鲵鱼之乱》等科幻小说,并创造了 Robot(机器人)这个科幻小说的专用术语。

早期的科幻小说处于草创阶段,从一开始就不是"科普作品",而是探索着一种崭新的文学样式。大部分科幻题材都开创于此时,但是还没有形成明确的理论和模式,市场和创作队伍都不够壮大,但影响却是十分可观的。

黄金时代

经过早期的开创,科幻小说登上了文学舞台。第一次世界大战以后,科幻小说的重心逐渐移到美国,在这里完成了通俗化和市场化,并酝酿着一个繁荣阶段的到来。把科幻小说推进繁荣时代的两个关键人物是雨果·根斯巴克(Hugo Gernsback, 1884—1967)和约翰·W.坎贝尔(John W Campbell, 1910—1971)。

雨果·根斯巴克是美籍卢森堡人,电气工程师。他在读者支持下把《科学与发明》杂志改为科幻杂志《惊奇故事》,使得科幻小说第一次有了专门的发表作品和探讨理论的阵地。根斯巴克注重科幻小说的科学性,他的口号是"科幻小说就是要把科学变成神话"。他的努力对科幻小说黄金时代的到来产生了决定性的作用,以他的名字命名的"雨果奖"是世界科幻的顶级大奖之一。

约翰·W.坎贝尔也是科幻小说的作家和卓越的组织活动家。他主编《惊人科幻小说》几十年,发现和培养了大批科幻作家。他十分注重科幻小说的文学性,经常组织理论探讨,使得科幻小说的声势越来越大。世界科幻大会设有专门奖励科幻新人的约翰·W.坎贝尔奖。

在他们的推动下,科幻小说大约从 40 年代开始,进入了"黄金时代"。

黄金时代可以分为两个阶段。先是"太空剧"阶段,以太空探险和宏大场面为特征,代表作家有爱德华·爱尔玛·史密斯(1890—1965)和约翰·W.坎贝尔。史密斯的"云雀"系列和"摄影师"系列雄伟壮观,他让人类第一次越出了太阳系,具有震撼人心的阅读效果。坎贝尔的"军团"系列、"CT"系列和"类人者"系列则具有魔幻的魅力,侧重对于人性的探索。

第二次世界大战以后,科幻小说的黄金时代达到鼎盛阶段。名作纷呈,大师迭出。最著名的有阿西莫夫、海因莱因、西马克、布雷德伯里、克拉克等。

艾萨克·阿西莫夫(Isaac Asimov, 1920—1992),美籍俄国人,是天才的高产作家,一生著述约 500 本。他的"机器人"系列及著名的"机器人三定律"[5]成为后来机器人题材的经典,他的"基地"系列则成为宏大场面的楷模。阿西莫夫 5 次荣获雨果奖,3 次荣获星云奖,是超一流的科幻小说大师。

罗伯特·A.海因莱因(1907—1988)被称为美国科幻之父,他的"未来史"系列情理交加,感人至深,《异乡异客》被奉为 60 年代嬉皮士人手一册的圣经。

西马克属于乡土派科幻作家,代表作有《驿站》。布雷德伯里被誉为"科幻奇才",作品和谐优美,多次荣获大奖。美国同时的科幻作家还有赫伯特、戈德温、德尔尼等。

黄金时代可与美国抗衡的科幻作家来自英国。科幻大师阿瑟·C.克拉克(1917—　)是著名科学家,国际通讯卫星的奠基人。他是最出色的太空题材作家,其史诗巨著《2001 太空探险》成为该题材的里程碑,被誉为硬科幻小说的王牌,拍成电影后获得奥斯卡金像奖。约翰·温德姆(1903—1969)则以《三脚怪之日》跻身于一流科幻作家行列。

这一时期,苏联、日本等国的科幻小说也取得了很高成就。

黄金时代的科幻小说成了西方小说的主力品种,演化出了成熟的风格套路,并吸收了其他小说的特长,成为现代西方文化的有机组成部分之一。

从新浪潮到赛伯朋克

受冷战影响,60 年代的西方经历了世界观的重大起伏。黄金时代的经典式科幻小说渐渐脱离人们的现实思考。于是,一场科幻小说的新浪潮运动在英国发端了。

1965 年,米切尔·莫考克(Michaerl Moorcock 1939—　)出任英国《新世界》主编,他推出了一批把思考重点从自然科学转移到人文科学的科幻小说,主要作家除了莫考克本人,还有巴拉德和布莱恩·奥尔迪斯。他们大力描写"人类的不幸、隔绝、失望、忍受和友爱",与主流文学进一步接近,批判和悲观色彩强烈,并开拓了宗教题材和性题材等。这批作品被称为"新浪潮"(New Wave,本来是电影界术语)。新浪潮在美国的代表作家有菲力普·J.法玛、狄兰尼、鲍勃·肖和迪克森等。

但是到了 70 年代后期,新浪潮运动已成为强弩之末,失去了先锋性和冲击力,过分忽视科技内涵,使科幻小说有丧失自身特点之虞,于是,一场以回归传统为表面现象的新的变革发生了,这就是"赛伯朋克"(Cyber-punk)运动。Cyber 是"控制论"一词的前缀,punk 的意思是"反文化人士"。Cyber-punk 一词通常指的是超越传统的新时代电脑工程师。

"赛伯朋克"运动的两个主要代表人物是美国科幻作家威廉·吉布森和布鲁斯·斯特灵。吉布森 1984 年问世的《神经浪游者》囊括了当年所有科幻小说的大奖，斯特灵的《心内海》等作品也好评如潮。这类作品在信息爆炸的科技背景下，对人类生活的文化价值进行了嘲弄和反讽。"赛伯朋克"运动很快传播到其他国家，而且越出了科幻小说的领域，成为一种普遍的亚文化现象。"赛伯朋克"实际上表达了一种"新新人类"的世界观。随着时空虚拟技术的发展和全球化时代的到来，西方科幻小说正在迎来更加纷纭繁复的前景。

三 中国科幻小说的发展
近现代的开拓

中国近代的科幻小说事业是从翻译开始的。1900 年，逸儒和薛绍徽（秀玉）翻译了凡尔纳的《八十日环游记》，1903 年，梁启超翻译了凡尔纳的《十五小豪杰》，鲁迅翻译了凡尔纳的《月界旅行》。鲁迅在《月界旅行》辨言中指出："导中国人群以行进，必自科学小说始。"包天笑、周桂笙等人也在同时期翻译了凡尔纳的作品。稍后，中国人开始了自己的科幻小说创作。[6]晚清小说四大杂志：《新小说》、《绣像小说》、《月月小说》、《小说林》，皆以科学小说为标榜。1904 年，荒江钓叟创作了《月球殖民地小说》，1905 年，徐念慈（东海觉我）出版了《新法螺先生谭》，这是迄今可以确定的中国科幻小说的开端。随后又有萧然郁生的《乌托邦游记》、吴趼人的《光绪万年》、高阳不才子（许指严）的《电世界》、肝若的《飞行之怪物》、陆士谔的《新野叟曝言》和无名氏的《机器妻》等。这些作品呈现出鲜明的晚清时代特征：一个是对科学的好奇和崇尚，一个是对通过科学来富国强兵的强烈渴望，"带有浓厚的改良群治的启蒙色彩"[7]。例如《乌托邦游记》和《光绪万年》都是主张立宪的改良派小说,《飞行之怪物》则抨击了晚清朝廷的卖国外交路线,而《电世界》则幻想依靠科技威力打败列强,复兴中国。[8]

民国时期,中国的科幻小说发展缓慢,重要作品有劲风《十年后的中国》、顾均正《和平的梦》、《在北极底下》、《伦敦奇疫》(以上三篇人物背景皆为外国)、《性变》,安子介《陆沉》。其中顾均正长年致力于中国科普事业,精心构思,立意高远,是中国现代科幻小说的辛勤开拓者。一些主流文坛作家也曾涉笔科幻领域,如老舍《猫城记》、许地山《铁鱼底鳃》。这一时期的科幻小说仍然保持着关注民族命运的特点,但是,"科学幻想"的水平并不高。老舍的《猫城记》长期只被当作政治讽刺小说或幽默小说,其实这是中国第一部火星探险题材的科幻小说。无论幻想的大胆程度,还是对国民性的批判深度都达到了当时中国的最高水平,这与老舍在英国的游学经历是有一定联系的。

由于晚清和民国时期从政府到社会都对科学技术重视不够,作家的科学知识储备有限,因此其创作必定"先天不足,后天失调"[9]。中国的科幻小说与迅猛发展的西方科幻小说拉开了比较大的距离。

新中国向科学进军

中国科幻小说迎来第一次创作高潮是在中华人民共和国建立以后。50年代中期,中央政府号召人民"向科学进军",中国社会的科学热情和文学激情都十分高涨。科幻小说如雨后春笋,产生出一大批知名作家和优秀作品。1950年张然发表的科学童话《梦游太阳系》,被认为是新中国科幻文学的嚆矢,而郑文光1954年创作的《从地球到火星》,则是新中国第一篇科幻小说。郑文光还有《第二个月亮》、《征服月亮的人们》、《太阳历险记》、《黑宝石》、《火星建设者》等作品。《火星建设者》曾在1957年的世界青年联欢节上获得科幻小说奖。郑文光1929年出生于越南,1947年回到祖国,后来到北京天文台担任研究员。他擅长创作天文学题材的科幻小说,作品具有鲜明的科普意识。

　　迟叔昌擅长写作"新发明"题材的科幻小说,他的作品把科技与日常生活紧密结合起来,使普通读者喜闻乐见,代表作有《割掉鼻子的大象》。50年代重要的科幻小说作家还有于止(叶至善)、鲁克、饶忠华、王国忠等。50年代科幻小说的共同特点是少儿性和科普性,发表阵地主要是《中学生》、《少年文艺》、《中国少年报》、《儿童时代》等。

　　进入60年代,中国科幻走向成熟,主要科幻作家有:肖建亨、童恩正、刘兴诗、嵇鸿等。

　　苏州的肖建亨是无线电工作者,他在50年代写的电影剧本《气泡的故事》获得中国惟一一次科普电影征文最高奖,60年代的代表作是《布克的奇遇》,受到少年儿童的热烈欢迎,被收入《中国新文学大系》和中师语文课本,成为中国第一篇被选入教材的科幻小说。童恩正是考古学家,他的《古峡迷雾》、《五万年以前的客人》都属于考古题材的科幻小说。刘兴诗1956年毕业于北京大学地质地理系,他的创作题材广泛,涉及到地质、医学、海洋、气象以至人工智能,主要作品有《北方的云》、《乡村医生》、《蓝色列车》、《游牧城》,他的大胆探索和昂扬的创作激情,预示着他在以后更大的发展。嵇鸿的《摩托车的秘密》和《神秘的小坦克》都是仿生学题材的作品。此外,郑文光、迟叔昌、鲁克等人在60年代继续创作了大量作品。至此,科幻小说终于在中国生根开花,与新中国的现代科技一道,展开了梦想的翅膀。

新时期科学的春天

　　从"文革"后期开始,中国科幻小说进入了第二个发展阶段。1976年5月,《少年科学》创刊号发表了叶永烈的《石油蛋白》,引起较大反响,从此,叶永烈的名字和他的科幻小说迅速在中国家喻户晓。

　　叶永烈(1940—　　)1963年毕业于北京大学化学系,读书期间就出版了科学小品集《碳的一家》,并成为大型科普丛书《十万个为什么》写作条目最多的作者。1977 年,他发表了《世界最高峰上的奇迹》,作品中恐龙蛋孵化出恐龙的故事,引起重大争议。许多人批判他是伪科学,但 90 年代,生物学界的最新进展证明叶永烈的幻想是有科学依据的。

1978 年,叶永烈出版了他的科幻小说代表作《小灵通漫游未来》。此书创作于 1961 年,当时被出版社退稿。到了 1978 年,乘全国科学大会迎来的"科学的春天"之东风,该书首印即达 150 万册,总印数超过 300 万册,风行全国,影响了整整一代青少年。

叶永烈还创作了《丢了鼻子以后》、《龙宫探宝》、《"大马虎"和"小马虎"》、《飞向冥王星的人》等题材非常广泛的科幻小说。从 1979 年起,叶永烈又开创了中国的侦探科幻小说的艺术形式(当时称为"惊险科幻小说"),把科幻小说与侦探推理相结合,发表了以公安侦察员金明为主人公的系列小说《杀人伞案件》、《乔装打扮》、《秘密纵队》、《不翼而飞》、《奇人怪想》等,日本评论界称金明为"中国人创造的、为了中国人民的、属于中国人自身的英雄"[10]。80 年代,叶永烈又尝试把科幻小说与社会批判进一步结合,发表了《腐蚀》、《爱之病》、《晚晴》等。叶永烈的科幻创作既重视文学性又重视科学性,取材广泛,构思新颖,风格多样,情理交融,产量高,影响大。他共有科学小品集 60 多部,科幻小说集 20 多部,是中国迄今为止成就最高的科幻小说作家。他于 1980 年当选为世界科幻小说协会(WSF)惟一的亚洲地区的理事,叶永烈使中国科幻小说第一次走向了世界。可惜,80 年代中期,叶永烈的科幻小说遭受到很不公正的批判,迫使叶永烈放弃科幻创作,改写纪实文学,并成为享誉世界的中国最著名的纪实文学作家。

80 年代初期,中国科幻小说空前兴盛,欣欣向荣[11]。《人民文学》、《北京文学》、《上海文学》、《当代》、《小说界》、《新港》等重要文学期刊频频登载科幻作品。几位成就卓著的作家被称为中国科幻的"四大金刚",他们是:叶永烈、郑文光、童恩正、刘兴诗。

郑文光 1979 年由人民文学出版社出版的《飞向人马座》,是中国第一部长篇科幻小说。郑文光这一时期还创作了《古庙奇人》、《大洋深处》、《天梯》

等一大批优秀的科幻小说。郑文光能够站在历史的高度,贯穿过去、现实与未来,以大胆而又严谨的态度进行创作,不论"硬科幻"还是"软科幻",都取得了很高成就,美国刊物《ASIA2000》称他为"驰骋于科学与文学两大领域的少数亚洲科学家之一"。许多中外大学生和研究生,以郑文光作为自己的毕业论文课题。《郑文光科幻小说全集》的编辑认为从郑文光的作品中可以看出"科学知识的根基、惊人的想象力和对文学的出色驾驭力"。[12]

童恩正 1978 年在《人民文学》上发表了他创作于 1963 年的《珊瑚岛上的死光》,这是中国最高级文学刊物第一次发表科幻小说,而且这篇小说被评为当年全国优秀短篇小说,后来还被改编为连环画、广播剧,并被拍摄成中国第一部科幻电影,影响极为深远。童恩正被视为中国软派科幻小说的代表作家,他同一时期的作品还有《宇航员的归来》、《追逐恐龙的人》、《遥远的爱》等。作为一名考古学者,童恩正在学术上也取得了突出的成就。他于 1997 年在美国病逝,被认为是中国科幻界的重大损失。

刘兴诗在这一时期发表了《陨落的生命微尘》、《海眼》和著名的代表作《美洲来的哥伦布》,他被誉为中国硬派科幻小说的代表作家。他的《我的朋友小海豚》是中国第一部科幻美术片,曾获意大利国际儿童电影节最佳荣誉奖。

与中国科幻"四大金刚"同时加入世界科幻小说协会的还有肖建亨,他在这一时期,进入创作高峰,佳作迭出。《万能服务公司的最佳方案》、《密林虎踪》、《机器狗卡曼》、《南极历险记》、《金星人之迷》等频频获奖。他在《人民文学》上发表的《沙洛姆教授的迷误》和《乔二患病记》,侧重于人性探索和社会批判,在国内外引起巨大反响。

金涛 1963 年毕业于北京大学地质地理系,他的《月光岛》被认为带有"伤痕文学"的意境。80 年代创作了《除夕之夜》、《最后一条街》等重要作品,曾获首届全国优秀少儿科普图书大奖——周培源奖和银河奖。

这一时期的重要科幻作家和作品还有:

四川王晓达的《波》、《莫名其妙》、《冰下的梦》、《艺术电脑》

陕西魏雅华的《特别案件》、《天窗》、《温柔之乡的梦》、《女娲之石》

吉林尤异的《神秘的信号》、《古峡的幽灵》、《机场奇遇》

宋宜昌的《打开巴斯克门》、《竞争机器》、《祸匣打开之后》

王川的《震惊世界的喜马拉雅——横断龙》、《飞碟来客》

王亚法的《太空医院》、《孤岛墓窟》

迟方的《火凤凰》、《腊月里来的避暑人》

缪士的《月夜猴影》、《绿姑娘》

以及"东北科幻作家群"徐唯果、任志勇、孙传松、于华夫、钟宝良、苏曼华等。

…………

此外,鲁克、王国忠、嵇鸿等老一代作家也在继续创作,其他领域的作家如张笑天、郑渊洁等,也不时涉笔科幻,使中国科幻小说园地人气鼎盛,一片繁荣。到80年代,中国科幻小说由少儿化走入了成人化,题材和风格都进一步丰富、拓展,软硬两派各有佳作。世界上许多国家都开展了对中国科幻小说的翻译和研究,中国科幻小说的成就达到了有史以来的最高峰。

崛起的新生代

正当中国科幻小说空前兴旺之时,80年代中期,忽然掀起了一场对科幻小说的猛烈批判,许多科幻小说被指责为宣扬伪科学、暴露社会阴暗面和格调低俗。在巨大的压力之下,大批年富力强的科幻小说作家纷纷改行,中国科幻文学突然衰落,被称为舞会上悄然退场的"灰姑娘",陷入长达十多年的低谷。但是一些科幻工作者仍然坚守阵地,默默努力,准备迎接中国科幻小说的新时代。

进入90年代,科幻创作队伍迅速更新,科幻作家不再由科技工作者占主流,特别是从大学校园里崛起了一批生力军。在风起云涌的国外科幻作品的刺激下,中国读者对科幻小说新局面的到来,产生了强烈的渴望。[13]

1991 年由文化部、科普作协和二十多家出版单位联合颁发了"首届全国科幻小说星座奖",1991 年世界科幻小说协会在成都召开年会,1997 年,中国国际科幻大会北京召开,20 世纪末,中国政府加强了"科技兴国"的宣传。在这些有利条件的激发下,中国科幻小说在世纪之交,呈现出新的希望。许多出版社推出了科幻小说丛书,作家们也摆脱了旧有的思维模式,涌现出一批具有强烈创新意识和时代气息的力作。

新生代的科幻作家主要有:吴岩、星河、王晋康、韩松、绿杨等。

满族作家吴岩早在 70 年代末就开始了科幻创作,那时他还是北京灯市口中学的学生。他 90 年代创作的《生死第六天》,涉及到当今最前卫的科学话题,同时又具有细腻感人的文学性。吴岩现为北京师范大学教授,他 90 年代初,首次在北京师范大学开设科幻小说课,是中国把科幻引入大学课堂的第一人,培养了不少新生代科幻作者。北京师范大学还从 2003 年起招收科幻文学研究生,这是中国高校教育史上的首创。

北京的星河是新生代代表作家,主要作品有:《朝圣》、《握别在左拳还原之前》等,曾获"冰心奖"、"银河奖"。作品喜用第一人称,充满浪漫的英雄主义,深受青年读者喜爱。

河南的王晋康曾是下乡知青,后为高级工程师,中年以后才开始科幻创作,因此底蕴深厚、风格成熟,代表作有:《天火》、《生命之歌》等。

韩松 80 年代即开始创作,作品深刻凝重,代表作有:《宇宙墓碑》和《跌宕的青春》等。

绿杨 80 年代开始科幻创作,代表作是"鲁文基"系列,他的《黑洞之吻》、《消失的银河》等作品都以科技含量较高的硬科幻见长。

新生代的创作目前仍在继续发展中。1999 年,全国高考作文题目是《假如记忆可以移植》,这个破天荒的"科幻题目"引发了科幻图书市场的空前热潮。人们都把对于科幻创作的希望寄托在更加年轻的"网络一代"身上。随着中国文学事业和科技事业的不断发展,中国的科幻小说完全有希望迎来一个更加繁荣的时代。

台港科幻一瞥

台湾和香港地区的科幻事业起步比较晚,不过与中国内地一样,都把 Science Fiction 称为"科幻小说"。台湾第一篇科幻小说是张晓风女士 1968 年发表的《潘渡娜》,最著名的科幻作家是张系国、黄海、吕应钟。

张系国 1944 年生于重庆,从台湾去美国留学,成为电脑专家。他 1969 年在《纯文学》杂志发表《超人列传》(写于 1968 年),从 1976 年始,以"醒石"的笔名在《联合报》副刊开辟"科幻小说精选",译介外国科幻文学。从 1984 始,主办科幻小说征文,促进了台湾科幻小说的发展。他的科幻小说有长篇代表作《城》三部曲和两部短篇集《星云组曲》、《夜曲》。张系国创办了科幻杂志《幻象》,邀请叶永烈担任中国内地地区的编委。

黄海 1943 年生,祖籍江西,台湾师大历史系毕业。1969 年出版太空冒险小说集《10101 年》,此后又出版了《银河迷航记》、《奇异的旅行》等作品,多次获奖。

吕应钟 1948 年生于台湾,著述题材广泛。曾任台湾科幻杂志《幻象》主编,他 1980 年出版的《科幻文学》,是华文世界第一部科幻专著。他致力于创作民族风格的科幻小说,还在中国内地的《科幻世界》杂志设立了"中国科幻小说文艺奖"。

台湾的科幻小说家还有章杰、叶李华、郑文豪、张大春、叶言都等。90 年代以后,台湾的科幻小说队伍走向了成熟。

香港专门的科幻小说家不多,著名的倪匡、亦舒兄妹和黄易都同时写多种小说。倪匡 1935 年生于上海,他以"卫斯理"笔名出版了 100 多部科幻小说,深受欢迎。[14]亦舒 1946 年生于上海,在写作言情等小说的同时,创作了一些剖析人性的科幻小说,如《紫薇愿》、《天若有情》等。黄易发明了一种"玄幻小说",力图结合科学与玄学,除了大量的武侠小说外,属于科幻的作品有《星际浪子》、《寻秦记》、《大剑师传奇》等。此外的香港科幻小说作家则有李伟才、张若默、刘翠芬、若林等。

注　释

〔1〕　杜渐:《谈谈中国科学小说创作的一些问题》,《论科学幻想小说》,第 111 页,科学普及出版社,1981 年。

〔2〕　同上,第 102 页。

〔3〕　同上,第 117 页。

〔4〕　以上材料参见饶忠华《永久的魅力》及方轶群编译《中国古代科学幻想故事》,见《中国科幻小说大全》,海洋出版社,1982 年。

〔5〕　一、机器人不得伤害人,也不得见人受到伤害而袖手旁观。二、机器人应服从人的一切命令但不得违反第一定律。三、机器人应保护自身的安全,但不得违反第一、第二定律。出自《我,机器人》一书。

〔6〕　陈平原认为,除了翻译的影响,其他西学知识也是晚清科学小说的激发因素,见《从科普读物到科学小说》,《文学史的形成与建构》。

〔7〕　王燕:《近代科学小说》,《明清小说研究》1999 年第 4 期。

〔8〕　晚清时期小说概念繁多而混乱,其中与今天"科幻小说"相关的有科学小说、哲理科学小说、工艺实业小说、冒险小说、奇情小说、奇幻小说等名目。

〔9〕　陈平原:《从科普读物到科学小说》,《文学史的形成与建构》,第 195 页。

〔10〕　叶永烈:《是是非非"灰姑娘"》,第 409 页。

〔11〕　据不完全统计,从 1976 年下半年到 1980 年,中国报刊共发表科幻小说约 300 篇,是建国后作品总数的 3 倍。而从 1979 年下半年至 1981 年上半年的一年内,中国各报刊发表的科幻小说又达三百篇以上。参见饶忠华《永久的魅力》和叶永烈《科幻小说在中国》。

〔12〕　杨实诚:《我国科幻小说界的一块碑石》,《文艺报》1993 年 7 月 31 日。

〔13〕　参见王山:《时代呼唤科幻文学》,《文艺报》1997 年 10 月 28 日。

〔14〕　倪匡不承认所写的是"科幻小说",自云是"幻想小说"。但他很多作品具备科幻小说基本要素。

【思考题】

1. 什么是科幻小说?

2. 西方科幻小说经历了哪些时代?

3. 叶永烈有什么重要的科幻小说?

【知识点】

科幻小说与其他小说的区别　　黄金时代

硬科幻　　　　　　　　　　　　软科幻

【参考书】

1. 叶永烈:《是是非非"灰姑娘"》,福建人民出版社,2000 年。

2. 黄伊主编:《论科学幻想小说》,科学普及出版社,1981 年。

3. 饶忠华主编:《中国科幻小说大全》,海洋出版社,1982 年。

4. 刘兴诗选编:《世界科幻小说协会中国会员作品选》,希望出版社,1988 年。

5. 金涛主编:《世界著名科幻故事集》,中国少年儿童出版社,1991 年。

第十三讲

娱乐中见劝惩的通俗戏剧

通俗戏剧界说及源流
近现代通俗戏剧概览
近现代通俗戏剧的人生视界
近现代通俗戏剧的社会艺术价值

一　通俗戏剧界说及源流

　　传统戏剧强调审美价值和效果,将戏剧的审美作用、载道功能放在重要位置,而娱乐功能在它的天平上则显得略轻。通俗戏剧,就其本体意义而言,它是以观众接受效果为中心的一种娱乐本位的艺术类型,它以故事情节的生动、曲折、感人见长,在西方人们也把它称做"情节剧"、"佳构剧"等;在演出上以大多数普通观众的趣味为追求目标,谋求观众人数的最大化。因此,作为一种特殊的艺术形态,人们很难沿用一般艺术鉴赏中常规的研究方法去审视它。西方戏剧界之所以对"情节剧"、"佳构剧"大多有鄙夷的态度,是因为运用高雅艺术的审美标准去加以衡量的结果。这里所说的娱乐本位,并不是说通俗戏剧完全不讲载道、不讲审美,而是说这些传统戏剧的要素在通俗戏剧中已不再占据中心位置。

中国古代戏剧的源头,据王国维的考证,起源于春秋时期的"优施"、"优孟",此时的戏剧形态与上古时期巫觋有很大的不同,王国维从功能上指出二者的差异,"要之,巫与优之别:巫以乐神而优以乐人"[1],无论是春秋时期的"侏儒倡优"还是后来汉代的俳优、百戏,"乐人"的传统不断被丰富完善。在娱乐的同时,这些人类戏剧的最初形式也传达了民意、泄导了民愤。

起源于后汉的参军戏则以科白为主,大多表演滑稽诙谐的故事。从内容上说,它是对"优孟衣冠"的继承和发展,往往取材于真人真事。宋代滑稽戏在风格上与唐代滑稽戏无异,其盛行与稳定、繁荣的社会环境大有关系。宋代文化的全面繁荣促成了传统的雅文化与新兴的市民文化相互争奇斗艳、共同发展。宋金杂剧是一种融合了歌舞、滑稽、说唱、杂艺诸种因素的综合艺术,这种通俗艺术样式在当时的流行,与城市社会经济的繁荣、城市人口的增加以及市民意识的觉醒都有很大的关系。而北宋以来渐长的享乐风气和市民群体日益增长的文化娱乐需要,激发了戏剧内容形式的不断更新,促成其向市民趣味、市民喜闻乐见的形式靠拢。可以说,宋金杂剧正是市民趣味导向下诞生的戏剧形式。这种戏剧形式在当时盛况空前,勾阑瓦舍在当时的汴京就有50余座,最大的瓦舍可容纳数千人。《目连救母》、《张生煮海》、《蔡伯喈》等都是当时较受观众欢迎的剧作。

市民娱乐,在元代得到很大的发展。元代被称为戏曲发展的黄金时期。从夏伯和《青楼集·志》所谓"天下歌舞之妓,何啻亿万"的记载以及残存至今元剧文物来看,其创作之丰富、演出之繁盛,不难想见。首先,从创作者队伍来看,元杂剧作家已有高度的创作自觉。很多元杂剧作家都是在政权更迭与社会动荡中饱经沧桑的失意文人。他们在立身、治国、平天下的理想破灭之后转而在民间通俗戏剧创作中找到了个人价值。他们从当初"嘲风弄月"、"谐谑玩世"的状态下逐步清醒过来,从而执著地进行艺术追求,使杂剧最终取得了与传统雅文化双峰对峙的地位。元杂剧演出的社会化和商业化也空前发达，一方面，是城市的"勾肆"中的戏剧表演十分红火，另一方面，是乡间社戏活动也基本被这一戏剧形式取代了。杜仁杰散曲《庄稼不识勾栏》中描述乡下农民进城看戏的情景，曲中提到交"二百钱"进场看戏的情节，表明戏曲演出已有商业化色彩。在当时的杂剧演出中还出现了所谓的"对棚"现象，"对棚"即"唱对台戏"，很显然商业竞争已存在于元杂剧的经营活动中了。既然杂剧创作引入了商业机制，那么对作品的需求量必然很大，元杂剧有名可考的作家有一百多人，见诸记载的剧目也有六七百种，实际上，作家作品的数量要远远超过这一数字。这与当时广泛的观众市场分不开。元杂剧扎根于群众之中，坚持其平民立场是得以繁荣的关键。

元杂剧广泛而深刻地反映了元代的社会生活，丰富的社会生活面造就了多种多样的戏剧类型。总体来看主要有以下几种：一、公案戏。这类作品有无名氏的《陈州粜米》、关汉卿的《窦娥冤》、李行道的《灰阑记》等。二、爱情戏。这些戏或描写深闺女子对自主婚姻的追求，或描写风尘女子的苦难遭遇和她们要求从良的心愿，具有一定反抗精神。最具代表性的作品有白朴的《墙头马上》、《梧桐雨》，郑光祖的《倩女离魂》等。三、水浒戏。这类作品反映了当时民间孕育的反抗情绪以及对农民起义的认同。流传至今的作品有康进之的《李逵负荆》、李文蔚的《燕青鱼》、高文秀的《双献功》等，大多表现梁山英雄好汉的侠义行为，体现了社会民众朴素的价值判断标准。此外还有历史戏、神仙道化剧等也颇受当时民众欢迎。

在元杂剧中有许多类似关汉卿《窦娥冤》这样的代表性作品，但这类作品批判现实、揭露丑恶，在完成社会批判、追求雅俗共赏的同时，却也有淡化民众娱乐的倾向。倒是其他一些作品在通俗化上较为突出，如《救风尘》、《墙头马上》等。元杂剧在中期随着"士精神"的高扬，主题上开始关注更广泛更深层次的社会问题，形式上追求宏伟的结构和扣人心弦的戏剧冲突，尤其注重塑造人物手法的运用，风格由本色派开始走向文采派。功能上也以娱乐为主的通俗戏剧转变为以批判为主的严肃作品了。这些表明，元杂剧在中期以后从内容到形式开始走向雅化。

明代初期,由于统治者实施的高压统治,杂剧创作完全走上贵族化和宫廷化的道路。而另一方面在南戏基础上形成的"传奇"却具有广泛的群众性。南戏本来就是极为通俗的地方小戏,后来经过对江南地区多种小戏不断的整合、改良才逐渐成型。在明代中叶出现了李开先的《宝剑记》、梁辰鱼《浣纱记》为代表的一批优秀通俗作品。这些作品都是在形式改良之后的产物。它们不仅故事情节曲折、感人,而且篇幅可长可短,唱腔优美、脍炙人口,适宜当时一般民众观赏。

明代自嘉靖万历以后,社会矛盾日益加剧,轻松娱乐的戏剧氛围没有了。南戏创作或与现实结合,背负沉重的时代使命,或沦为御用文人歌功颂德的工具。在城市的演出日益趋向僵化和日益脱离群众。到了清初,作为"雅部"的昆曲传奇已逐渐衰落。与此相反,作为"花部"的地方戏如弋阳腔、秦腔、梆子腔、二黄调等却出现空前的繁荣。地方戏之所以迅速繁荣的原因主要在于它改变了"十部传奇九相思"的题材狭窄单调的局面,表现了更加广阔的社会内容。清中叶以后,产生了许多优秀的剧目。主要有"水浒戏"如《丁甲山》、《武松打虎》、《狮子楼》等;描写"杨家将"、"岳家军"的戏如《两狼山》、《辕门斩子》、《风波亭》、《挑滑车》等;"列国戏"和"三国戏",如《遇皇后》、《打金枝》、《空城计》、《单刀会》等;"爱情戏"如《梁山伯与祝英台》、《白蛇传》、《思凡》等。这些戏剧作品深受当时的观众欢迎。但在鸦片战争以后,地方戏曲尤其是京剧进入宫廷后,逐渐走向形式主义、唯美主义的道路,离社会大众越来越远了。

清末的资产阶级民主革命,对戏剧的社会功能有着全新的认识,清末民初的资产阶级思想家从"维新"、"变法"的角度提出了"戏剧改良"的主张,要求戏剧担负起教育民众的使命。他们及时吸收了西方戏剧中的一些新形式、新思想,创作出了一批较有影响的"改良新戏"和"时装新戏"。戏剧改良运动伊始,"案头剧"倾向十分突出,无法为广大民众所接受。真正使戏剧走向社会大众的是学生演剧。近现代通俗戏剧也正是在学生演剧的基础上发展起来的。

二 近现代通俗戏剧概览

近现代通俗戏剧起源于"戏曲改良"运动和话剧实践。

梁启超等人进行的"戏曲改良"并未找到戏剧通俗化的真正道路,倒是学生演剧摸索出一条切实可行的路子。从整体趋势看,近现代通俗剧的发展显示出了传统写意戏剧向近现代写实戏剧"靠拢"的轨迹。甲午战争后,"新剧"常常是写意的表现形式与写实的表现形式交杂在一起,"有时还有穿着西装的剧中人物,横着马鞭唱一段西皮……"[2]汪优游指出,早期流行于上海学生演剧中的一部剧作《官场丑史》是在观看了圣约翰学校的英语话剧之后模拟创作的,但整出戏并无多少话剧成分。这种"不严肃"的演出类似于游戏,居然很受当时的观众欢迎。尽管它颇受专业者的指责,然而它却开启了近现代戏剧"娱乐性"的先河。1907 年在日本成立的春柳社基本上走的是"为艺术而演剧"的道路,但他们也编演过《家庭恩怨记》、《不如归》、《爱欲海》等较有影响的通俗家庭剧。为革命而演剧的进化团、春阳社注重在作品中直接灌输革命思想,他们创作的《共和万岁》、《秋瑾》等从思想性上说并不通俗,但形式是通俗。无论是春柳社还是进化团、春阳社,他们都不愿失去观众,所以,走通俗化道路是他们当时明智的选择。

编演家庭剧、侦探剧等新剧获得意外成功后,很多剧团开始尝试走职业化的道路。一时间,新剧剧团如雨后春笋般产生出来,据朱双云《新剧史》、《初期职业话剧史料》记载,1907—1914 年间有剧团近 20 余个。通俗戏剧在当时的盛行有多方面的因素。首先,从事新剧编演工作的人员较杂,几乎三教九流各色人等多有,学生、官员、商人、无业游民甚至妓女,这些人对戏剧艺术的感悟是浅层次的,但他们各自的生活经验却有利于对故事的理解,复杂成分的演剧队伍从某种意义上说也将平民化的生活带进戏剧。其次,中国观众长期接触的是旧剧,他们对旧剧的陈腔滥调已不满足。话剧这一形式剧情复杂,节奏快,富于变化,因而深受当时的观众的欢迎。再次,当时从事剧本创作的人很多,使得演出剧目更换较快。这其中有相当一部分是幕表戏。作为切实可行的途径,一些新剧的实践者们在改编外国小说、剧本的同时,还大量地从古代小说、传奇剧、弹词中寻找题材,创作贴近大众期待视野的作品。观众关心什么已成为近现代通俗剧作家剧情设计、选择的依据。可以看出,以家庭剧、言情剧为主体的近现代通俗剧放弃了对所谓"深度模式"的追求,而在面向大众的审美、娱乐需求中有所作为。

近现代通俗戏剧受日本新派剧的影响很大。这一方面是因为当时的演剧家大多在日本接受过教育,对日本新派剧有着深刻的理解。春柳社诞生之时正是日本新派剧全盛时期。新派剧的内容、所渲染的情绪、所体现的变革主张以及艺术规范都与当时的中国社会现实非常合拍。《不如归》、《社会钟》、《云之响》等剧都被直接搬上了中国舞台,这些日本新派剧也对中国的通俗剧的剧本结构形式产生影响。许多家庭剧、言情剧都是以它们为范本的。春柳剧场陆镜若编写的《家庭恩怨记》就有新派剧影响的痕迹。这一作品的时代感和人物的复杂性都是别开生面的,剧本不概念化,人物不脸谱化,为演出提供了良好基础。

受西方戏剧影响很大的日本新派剧,本质上却又是日本民族文化的结晶,作品表达了日本人特有的思想情感倾向,他们所创作的有关"义理"、"人情"的家庭悲剧,具有该民族浓重的风格情调。这些特殊的思想情感倾向和风格情调一度也成为中国早期话剧的表现内容。特别是其"社会剧"、"家庭剧",几乎成了早期中国话剧的定型模式。其中《不如归》可能是对早期中国话剧影响最深远的日本剧作。[3]徐卓呆(半梅)的《母》、南开新剧团的《一念差》也能看出受日本新派剧影响的印痕。

春柳剧场所创作的通俗剧,绝大多数均是根据中国古典小说如《红楼梦》、《水浒》、《聊斋》以及笔记小说《天雨花》、《凤双飞》等改编的。这些作品本来就在群众中有着较好的基础,很容易引起观赏兴趣。例如春柳剧场1913年在湖南组织文社时编演的《鸳鸯剑》,基本沿用了曹雪芹小说中的原来的人物对话,由欧阳予倩饰演尤三姐、马绛士饰演尤二姐,吴我尊饰演贾琏,陆镜若饰演柳湘莲,生动再现了原小说的风貌,因而大受欢迎。《鸳鸯剑》以及《大闹宁国府》在上海的春柳剧场登台时也是一炮打响。剧场效果已明白地告诉新剧创作者,市场需要什么样的戏。春柳剧场的通俗剧,注重故事的戏剧性、传奇性以及情节的曲折、完整,反映了当时的流行趋势。据朱双云在《初期职业话剧史料》中所做的统计,当时常演的剧类,"古装剧"约30种左右,"旗装剧"(清代宫廷剧)约10种左右,"日本装剧"3种,"西装剧"27种,"时装剧"约244种。"时装剧"绝大多数是通俗剧。其中有家庭剧如《空谷兰》、《恶家庭》,言情剧如《恨海》、《冯小青》,社会问题剧如《一元钱》、《珍珠塔》,公案剧如《血手印》、《杀子报》,"红楼戏"如《大闹宁国府》、《尤三姐》,"水浒戏"如《武松》、《挑帘》,还有一些根据新闻事件改编的作品如《蒋老五殉情记》、《阎瑞生》。就剧情的生动感人的特点来说,家庭剧往往具有一定的市场,它们往往通过人物命运的悲欢离合,反映一定的伦理道德观念或社会问题,因而很受当时的观众欢迎。

三　近现代通俗戏剧的人生视界
时代风云与民众情绪的记录

　　近现代通俗戏剧在其创始时,有着朴素的和较强烈的道义感、使命感。在这片天地里,同样有着民众的所爱和所恨,所悲和所乐,所忧和所思;同样有着民众情感的昌炽,生命力的冲动;有着民众对旧制度抗争的呐喊,对人性、人权的呼唤。近代社会由于受西方资本主义的入侵,传统的政治思想体系遭到了冲击,人们的社会观念、思维方式以及价值标准都发生了巨大的变化,主体意识也不断觉醒与增强,人们开始重新审视这个世界,于是就产生了否定,产生了不安和忧患。而且主体意识愈强烈,痛苦也就愈深。尽管说,近现代通俗戏剧重点在表现普通市民的日常生活,而不在反映政治斗争,但从许多剧作的描写中我们还是窥见了市民对政治的热情关注,看到了是非分明的政治态度,看到了他们朴素的政治觉悟。尽管近现代通俗戏剧所反映的一般民众的政治心态不是那种激烈的、昂奋的、狂飙突进式的,而是自下而上的感性类型,但是从《运动力》、《一念差》、《炊黍梦》、《新村正》、《英雄与美人》等剧的出色描写中,我们还是看到了市民的政治热情的火苗。早在学生演剧阶段所演的《官场丑史》,就把满清统治者卖官鬻爵的"丑史"作为戏剧创作的素材搬上舞台,对那个"官迷心窍、目不识丁的土财主"进行辛辣的讽刺,也揭露了晚清封建统治的腐败与黑暗。此后欧阳予倩创作的《运动力》这一 5 幕剧也富有代表性,它直接反映了人们在辛亥革命后政治上趋向反动的暗潮时期的一种情绪和心态。它直接取材于当时的政治现实,本身就说明了作者有着干预现实、参与政治生活的历史使命感。而这种使命感也正是当时民众普遍心态的一种反映。《大舞台杂志》刊载的剧本《捉拿安德海》就是民众意识在戏剧文学中的反映。该剧叙述太监安德海作乱宫廷又借机南下江南,沿途敲诈勒索、鱼肉百姓,终为山东巡抚丁葆贞所杀。剧中成功塑造了反派人物慈禧、安德海等人的形象,作品中所运用的调侃滑稽笔调,以及其谐谑的态度,不正反映了民众对满清统治者的痛恨么?

"杨乃武与小白菜"是民间传播很广的一桩清末冤案,新剧家依据事实编为新剧。剧作原原本本地描写了这一案件的过程。清朝咸丰、同治年间,浙江余杭县令之子刘子和垂涎葛姓童养媳毕秀英之美色,意图霸占,乃设计害死其夫,而嫁祸于杨乃武。案发后,知县包庇其子,将杨屈打成招。此案历经县、府、省、部四级数十审,幸得刑部夏同善之助,冤情始告大白。杨乃武与小白菜冤案是千千万万个冤案中幸运的一个。剧作者让观众看到了贪官污吏包揽诉讼、官官相护、颠倒黑白的社会现实,流露出对封建官僚以及严刑酷法的否定与批判,以及对整个满清封建司法制度及官僚制度的失望,它抒发了普遍存在于民众心中的积怨。

卓呆的新剧《烟囱》,内容则与以前的新剧有了不同,面对工厂烟囱里排出的黑灰污染,以家庭妇女为主的市民们聚于一堂表示自己的不满,敢于去向工厂主讨回公道。该剧的后半部分有一段对话是这样的：

> 洗衣妇：现在世上的人，穷的太正直，因此受那些有钱人的苦，我们再受苦下去，竟忍不住呢。
>
> 染坊主：是啊，我也时常想着，我们很正直的人，还要如此贫穷，老天真不公平，大约总是我们前世里造了什么罪恶咧。
>
> 制火柴匣妇：是的，我总想孩子们长大起来，我们可以享享福咧，一想到他们大起来，也不过是一个车夫之子，不见得会好得怎样的，便觉生在世上实在乏味了。
>
> 染坊主：穷的也是人，有钱的也是人。工厂里的老头子，怕他什么？我们不妨一同到警察署去评个曲直，难道穷人就一定曲了不成？
>
> 洗衣妇：是啊，不见得会不许穷人和人评理的。

从剧中人物那坚定的信念和敢于抗争的言语中，似乎可以听到新型市民争取人权、为自己讨回公道的呼声，尽管它还很微弱，但它却闪耀着民主性的光芒。

传统伦理与传统人性的张扬

辛亥革命后，人们的政治热情开始转入低潮。新剧创作也面临着重大转型。过去那种运用通俗戏剧形式进行政治宣传的倾向也越来越不受欢迎。徐卓呆在分析这一现象时说："为什么以前的人都容易失败，至多只能演三五天，而郑正秋能够长期演下去，把无锣鼓无唱句的戏剧，可以得到许多观众呢？这全是剧材问题。以往的人，往往喜欢拿戏剧来鼓吹爱国思想，攻击腐败政治，作种种激烈的言论，弄得一班向来只看惯京戏的观众，嫌着枯燥无味，便唤不起兴味来，尤其是占重要地位的妇女观众，更觉扫兴，自然大家摇头，不愿多看了。郑正秋完全不来这一套，他一上手便把家庭戏来做资料,都是描写些家庭琐事,演出来,不但浅显而妇孺皆知,且颇多兴味,演的人也容易讨好,于是男女老幼,个个欢迎。"[4]徐卓呆所说的"家庭戏"、"家庭琐事"实际是指与家庭有关、涉及传统伦理道德范畴的题材。辛亥前后春柳社、春阳社、进化团以及后来的民鸣社、开明社包括南开新剧团等剧团都曾创作演出过大量的通俗伦理道德剧。

中国传统文化中素来非常重视家庭的完美、和谐,因此,任何破坏家庭关系,造成家庭残破的言行都是不道德的。新剧发展过程中所编演的800多部作品中有近1/4是这类题材作品。为什么新剧家总爱选择家庭问题为戏剧表现题材?近现代社会的历次动荡,都是对中国社会的最基本组织——家庭形成很大的冲击,传统家庭的职能出现了紊乱。从组织层次上看,中国传统的国家和宗法家庭是两个同构体。由子孝、妇从、父慈所建立起来的家庭关系,不过是民顺、臣忠、君仁的社会关系的缩影。近代社会特别是鸦片战争、太平天国、义和团运动、戊戌变法到辛亥革命,历次重大变革动摇了王朝统治的基础,所谓民顺、臣忠、君仁的封建理想社会关系开始分崩离析,从封建正统观念角度看,这一现状向人们传递的是恐惧和不安的信息。因此,辛亥革命前后"家庭剧"的盛行决非是一偶然现象,当人们处在家国不保的恐慌之中,维护家国稳定完整的集体无意识就上升到意识领域。《家庭恩怨记》、《不如归》、《母》、《恶家庭》、《姊妹》、《爱欲海》等,都是当时较有影响的家庭剧。这些剧作在完成其娱乐功能的同时,却鲜明地透露出市民阶层潜意识中固有的伦理道德的价值取向。近代戏剧中封建的王权思想虽逐渐淡出,但很快传统的劝善惩恶思想便取而代之。通俗戏剧所面临的对象是市民阶层,尤其是妇女观众占了很大比重。家庭剧是最好的教化方式。所以,郑正秋一上手就演家庭剧,把话剧不景气的局面给扭转了。

从近现代家庭剧的内容看,造成家庭破坏的"恶"的根源与以往有了很大的不同,传统戏剧中的陈世美式、王魁式的"恶",虽然在近现代家庭剧中仍占有一定的比重,但已不占主流,近现代通俗剧家庭"恶"表现为:一、资产阶级革命过程以各种手段暴发起来的新贵,他们的所作所为给家庭带来的危机(如《家庭恩怨记》、《恶家庭》);二、鸦片、赌博等对家庭的危害(《恨海》、《黑籍冤魂》、《黑世界寻光》);三、恶女人给家庭造成的不安定、不和谐(《空谷兰》、《马介甫》、《冯小青》等)。《恶家庭》是郑正秋的"得意之笔",该剧剧情较为冗杂,头绪繁多,在早期新剧创作中不属上乘之作,但影响却很大,刚上演时,观众云集,盛况空前,"大获时誉"。[5]《恶家庭》取材于当时一般的市井生活,剧作并无更深更新的思想意义,最大的用意也不过是为了帮助观众"泄愤"。[6]在这部作品中,卜静丞一家的家庭悲剧均起源于卜静丞富贵之后的娶妾弃妻,破坏了原有家庭的和谐,由此带来家人的不幸遭遇,激发了观众的愤怒情绪,剧中对于卜静丞的谴责引起了观众的共鸣。但是剧作者又以卜静丞的"良心发现"这种市俗化的办法来解决矛盾,这纯属"道德救赎"的范畴,因此,其整体格调还只能停留在旧式的关于家庭伦理道德的"圣人教谕"阶段上。但作品所流露出来的对于"新贵"的不满情绪,则是当时市民心态的一种折射。刘观澜、刘观海的《恶家庭》,与郑正秋剧作同名,内容当然有所差异,但在主题上仍有相近之处。可是这种戏与它们的"首演"时隔近20年仍还受到观众欢迎,可见这类题材始终有着观众市场。

对于家庭伦理秩序破坏的"恶之源"给以较为具体而尖锐批判的是徐卓呆的《母》,这部发表于1916年《小说大观》上的家庭剧,并未陷入当时成为家庭剧时尚的"恶嫂嫂"、"可怜姨太太"的老调之中。剧中批判的矛头指向更为明确,平宝瑚一家的家庭悲剧根源其实非常简单:平宝瑚以治病为名,将妓女艳紫引入家中,最终导致了其子荔芬的死。剧中对妓女艳紫并未加以谴责,反而借平妻静枝之口,表达了同情之心。倒是那位标榜为道德之士的"神圣不可侵犯的医学博士"平宝瑚,他的满口仁义道德的言论与男盗女娼的行为形成了绝妙的反讽。平宝瑚的猥亵、淫恶的行为是为传统道德所不容的,因而剧作带有传统道德批判的色彩,作品同样给了平宝瑚一个"救赎"的机会,让他取枪自杀。然而作品道德批判的中心并不在此,而是要人父、人母担负起家庭教育的责职,为子女做一个恪守道德的楷模。显然,较之前述的家庭剧停留在一般的揭示家庭恶,该剧是跨进了一步。

《不如归》是反映"恶女人"给家庭酿成悲剧的罪魁,该剧虽为日本人所作,但所写到的内容,对中国观众却并不陌生:女子出嫁后不受婆婆欢迎,老太太与少奶奶——也即中国的婆媳矛盾。剧作以浓重的家庭观念及其相应的生活习惯为前提,衍射出社会伦理意识与个体生命的追求之间的冲突。受其启发,《空谷兰》《马介甫》《李三娘》《归梦》《冯小青》等剧被创作出来并在当时产生很大的影响。《空谷兰》中造成纪兰孙、韧珠一家破灭的祸源是表妹柔云;《马介甫》中造成杨万石一家不得安宁的是其妻悍妇尹氏;《李三娘》《归梦》中造成主人公颠沛流离、妻离子散的是恶嫂嫂刁氏和潘氏;《冯小青》中造成冯小青惨死的祸首是大太太冯大娘。日本剧作家所创造的"家庭剧"模式被我们稍加改造,符合中国观众的胃口。中国人理解的"家庭关系"恶化的"罪魁祸首"也大多是女性,这有生理、心理上的原因,也有现实生活的依据,更为主要的原因是它在很大程度上与中国人的家庭伦理观念极有关系。无情嫂嫂、狠毒继母、刻薄太太,这一类内容通常是茶余饭后有关家长里短的话题,具有消遣性。但是吸引观众的是作品中流露的倾向性,其中有一深层的集体无意识即"家齐而国治"的传统观念。"家和万事兴"是中国人看待家庭内部关系的一个基本观点,由于"恶妇"的存在,家不"和",不"齐"了,所以对于"恶妇"的批判构成了作品的最表层的涵义。但是深究一步,我们又能发现,除了从聊斋故事改编而来的《马介甫》描写了一个无缘由的"悍妇"外,其余均是围绕财产、地位而展开矛盾冲突的,这也表明近现代社会家庭关系恶变的根源是在于金钱、财产等物质因素,这是传统伦理与金钱物质的冲突。家庭剧主要角色及关注重心从母亲向继母、刁婆、恶妇的转变,透露出这样的信息:随着近现代外来资本主义观念的渗透,传统的家庭人伦关系开始发生动摇。尽管如此,人们仍希望通过劝善惩恶的道德教育途径,来达到对人心的挽救。但这些作品对悍妇、恶婆的批判仅仅是着眼于个人,而对不合理的家庭、社会制度的弊病却鲜有触及,从"恶妇"身上寻找家庭悲剧的根源难免片面。

近现代通俗戏剧还对鸦片和赌博给家庭造成的危害给予有力的揭露。

鸦片战争以后,鸦片对家庭的祸害与冲击,鸦片带来的社会恐慌与崩溃,给民族造成的灾殃是罄竹难书的。《恨海》、《黑籍冤魂》、《黑世界寻儿》、《烟民镜》等剧,均以感人的悲剧故事来教育、劝戒人们放弃吸食鸦片。《恨海》、《黑籍冤魂》等剧的创作动机是社会教育。1913 年郑正秋创办新民社,将这些剧作纳入“家庭剧”的范畴搬上舞台,客观上使这些剧作起到了家庭教育的作用。郑正秋在给《黑籍冤魂》所写的序中说:“此有功世道之悲剧也。”“记者与有同志,爱请其将所编《黑籍冤魂》一剧择其能发人深省者印成照片,并附白话说明书,如禹鼎铸奸,丑像毕露,俾阅者惊心触目,及早回头,庶茫茫苦海中不致沉溺无数冤鬼。”[7]《恨海》中的陈伯和原是一个“连讲话都怕难为情”的书香子弟,由于帝国主义侵略的兵灾,使他与家人失散,后误入妓院,染上鸦片,从此一发不可收,终沦为乞丐,葬送了与未婚妻张棣华之间的感情。《黑籍冤魂》中的甄弗戒爱做公益善举、广交朋友,其父担心其长此以往将会败家,即引诱其吸食鸦片(旧时富家怕子弟在外闯祸,就鼓励其吸鸦片,因为有了烟瘾就不愿离家了)。岂料甄弗戒自从抽上鸦片,竟断送了老母、妻子和儿子的性命,女儿也被卖进窑子。陈伯和与甄弗戒的家庭惨状,其直观的劝戒、教育无疑是很大的。中国近现代新剧作家和戏剧观众都是从家庭向善、家庭和谐、美满的理想和愿望角度来创作和观赏这类家庭剧的。客观上,这些剧作在当时发挥了积极作用。家庭剧作为中国近现代通俗戏剧的一种类型,劝善惩恶是其核心内容,但是,以郑正秋为代表的一批家庭剧作家,“明白了以往的缺点,不再用说教式的剧材了”[8]取代那些演说口号的是一幕幕动人心魄、感人肺腑的故事,新剧家采取以情动人的策略,赢得了大批观众的喜爱。从《不如归》中赵金城、康帼英的爱情悲剧,《恨海》中张棣华对于陈伯和的竭力挽救,到《空谷兰》中母子亲情的阻隔,都极大地张扬了人间普泛的真情性。

世风恶俗的抨击与解剖

近现代社会随着外国资本主义势力和观念的渗入以及市民阶层的兴起,新的人际关系和新的处世观念正在形成。特别是充斥外国资本的近现代都市中商品流通的加快,商业利润迅速聚散,引发了社会成员之间贫富的差距,这种变化又引起了整个市民阶层社会心理朝着重利、重财方向转变。另一方面,由于近现代社会教育的不发达,导致科学技术的不普及,而科技的不普及又使得因循守旧、迷信愚昧的事件频频发生。传统的充满人情味、合乎自然法则的礼俗形态、民间风尚遭到破坏。新剧家们痛感于此,将编演新剧作为教育民众、挽救世风的一种措施。对重利轻义与重利轻情的世风进行抨击。蓝欣禾在创作《侠女奇缘》一剧时就在"题记"中谈到创作的意图:"世俗结婚,往往以金钱为标准,男女之人格,非所计及,家庭不幸之事,即由此起。本编叙富家子必娶富家女,因而夫妇冰炭,又穷家女希嫁富家郎,反结悲惨之果,使有子女之人观之,得绝大之觉悟。……本编既写一侠女子,又写一侠少年,示纯正高洁之美德,结美满幸福之姻缘,借以针世砭俗。"[9]辛亥前后,这种"针世砭俗"的剧作在当时的通俗剧中占有很大的比重,影响较大的剧作有《珍珠塔》、《火烧百花台》、《一元钱》、《恩怨缘》、《姊妹》等。这些作品在宣扬义德的感召力的同时,对于那些不仁不义的市侩进行了强烈的批判。蒲伯英的《道义之交》、《阔人的孝道》对社会新贵们虚伪嘴脸给以辛辣的嘲讽,新剧家以质朴的市民情感为形形色色势利无义的小人描绘了一幅百丑图:

有对无情无义的嘲弄。如《火烧百化台》中李文俊身无分文、一贫如洗,被岳父莫桂视为眼中钉;《珍珠塔》中方卿衣衫褴褛,姑母便要想法将其赶走;《一元钱》中赵安家中罹难,前来求助,曾经蒙恩于越家的孙思富只给"一元钱"。后来李文俊、方卿均得以高中状元,赵安一家也时来运转发了意外之财,人们对势利者的嘲讽使莫桂、孙思富们"羞愧难当"。

有对见利忘义的蔑视。《仇大娘》中的族叔,在其侄仇仲罹祸时,竟乘人之危,图谋占有仇氏家产;《遗产》中的唐孟聪及其仆唐福为谋占田某遗产,竟扮演临终老人,演了一出蒙骗律师的双簧丑剧。《侠女奇缘》中妓女粉香阁贪恋富户财产,竟教授女儿勾引男子之术,以色相骗取富家子弟的钱财,后终遭报应。

在对世态炎凉、人情冷暖批判的过程中,作品的总体倾向是:义德感动天地,善恶果报不爽。义的举动,德的布施,均能达到如愿以偿的结果。读书人金榜题名,生意人聚发横财,穷途末路者发迹腾达,骨肉分离者得以团圆,情义相投者终成眷属……回报的形式不管是假以天公或借以人力都是一样的。这些肯定与否定的道德赏罚观念,带有原始的、形而下的特征,它是传统市民心态的一种反映。

新剧家们在批判薄情寡义、庸俗势利者时,通常还塑造一批重情重义的正面形象,如《珍珠塔》中的陈翠娥、陈玉莲,《火烧百花台》中的淡云、淡云的舅舅,《一元钱》中的慧娟等,他们与方卿、李文俊、赵安等受害者都作为"义"的代言人,构成了作品的主旋律。

应当看到,《珍珠塔》、《火烧百花台》、《一元钱》等一批反映社会风俗变化的剧作,由于剧作家采用的是市民的视角,因此在观察、评判、针砭时弊时只能是感性化的,将近现社会市民交往中产生的种种精神困惑、苦闷平移进剧作之中,并做出一种市民化的理解,这无论如何不能升华到审美的崇高境界。但是近现代中国新兴市民阶层,从其诞生之日起,就背负着双重的精神重负:一方面身处半封建半殖民地的现代都市,他们必须也不得不参与以金钱、物质为载体的利益交往,讲究利害取舍,追逐更多的利益;另一方面作为刚从农业文化中转化而来的中国人,他们不能摆脱传统、伦理道德的束缚,当他们在都市中竞争、角逐、挣扎后感到精神疲惫、烦恼、厌倦时,不可避免地对那种在宗法社会中形成的、带有田园牧歌色调的义利取舍观念产生怀旧之情。因此,他们希冀用这种理想化的义利取舍观念、法则来解决现实中遭遇的问题。这两种力量时常矛盾、冲突,形成市民复杂的心态与人格。但通俗剧的这种就事论事的批判方式是亟待超越的,只有超越传统伦理道德的审美判断方式,才能走出感性化、理想化的怪圈,使这一类型通俗剧具有较高的思想艺术品格。

妇女解放与婚姻自由的微弱呐喊

1. 大量家庭剧文本中的女性形象被赋予两极化特征:虐待狂与受虐者。近代的中国社会中人们仍然信奉妇女"三从"、"四德"等封建观念。1900年以后,在改革维新的时代大潮中,妇女解放的呼声渐渐响亮起来。走出家庭是妇女解放的第一步,然而,当时女子要求平等的愿望不只是婚姻的平等自由,而是一切权利的平等自由。辛亥革命的当年,民国政府就通过了"十一条政纲",如"实行男女权利平等"、"实行普及女子教育"、"改良家庭习惯"、"实行一夫一妇主义"、"禁止奴婢买卖"、"禁止无故离婚,惟以后则实行结婚自由"等等。女权思潮在近现代社会的广泛传播,引起男权社会,特别是封建贵族、特权阶层的恐慌,他们常以"牝鸡司晨"来斥责这种思潮。在传统的经典本文中,女性形象大体可归为四大类:圣母、贞女、祭品、魔鬼妖女。当妇女人权意识上升并与男权中心发生冲突时,男权中心文化中的"魔鬼"、"妖女"形象就会多起来,这也是一种集体无意识的表露,所以我们看到,《不如归》《空谷兰》《冯小青》《李三娘》《归梦》中的"恶婆婆"、"恶继母"、"恶太太"、"恶嫂嫂"等都呈现出十恶不赦、青面獠牙的特征,她们背上了"家庭悲剧"根源的罪名而无法逃脱道义的谴责。

近现代家庭剧中作为受害受虐者是被同情的对象:康帼英(《不如归》)、冯小青(《冯小青》)、李三娘(《李三娘》)、紫菱(《归梦》)、韧珠(《空谷兰》)、柳氏(《妻党同恶报》),但这一系列被侮辱、被迫害者的形象,也都能符合男权社会关于女性美的所有标准:美丽、温柔、善良、有修养等,而作为真正主体意义的女性,在这里成了一个"空洞的能指"。她们无疑应被归入经典本文的女性类型——贞女、烈妇中,以她们的悲惨结局来建构男权社会关于女性的理想化模式。这是近代通俗戏剧的局限所在。

2. 冲出父权的樊篱表现青年一代对封建家长制绝对权威的叛离,是新剧剧目的另一鲜明特点。此类剧目均以抗父从夫、弃父随夫的情节模式出现。如春柳悲剧《生别离》讲述富商韩基本之女爱上柳某,遭到其父的阻挠,韩女救出被囚的柳某并与其一起私奔。韩基本将女儿追回后逼其改嫁。韩女誓死不从。春柳的另一出戏《生死姻缘》讲述周某侄女赵女爱上了进步青年林某,当她得知同是林某舅舅周某对他参加革命活动很是不满,要向警察厅告发他们时,便连夜通报恋人,致使周某十分恼怒。周斥其女,赵女刚烈,愤而自缢,后为人所救,遂逃离家庭,参加了义勇军。在这两出戏中,待字闺中的女性已不是唯父命是从的弱女子,她们有胆识,追随恋人,不惜违抗父命,而家长则动用残忍手段制裁女儿的义举。两代人被置于生死不相容的冲突中,最后是传统价值的崩解,青年一代如愿以偿。这种剧情安排、场景设计反映编创人员对青年寄予深切同情,对封建礼教规范予以无情抨击和控诉。在《同命鸳鸯》中青年男女彼此倾心,虽未得亲命,婚事未谐,却已溺于情,涉非礼。家长的干预不能使青年改变初衷。这种青年人在面对婚姻大事时敢于违背家长意愿、自行其是的做法是以往戏曲舞台上少见的。更难能可贵的是,剧作者没有以误会或巧合来弥补两代人的价值背离,而是明确站在青年一边,对家长粗暴干涉子女权益的行为做出道德批判。尽管在戏中青年人处于弱小受害者地位,但其不畏强暴,追求自由意志的精神,光彩夺目,令人鼓舞。

在喜剧《十姐妹》中,女学生赵苛自命中国女豪杰,团结同志十人倡行无夫主义,其实各有炫嫁之心。世家子褚某仿泰西登报征婚,出卖彩票。十姐妹均暗购彩票,冀得褚某为夫。开彩日十姐妹皆不得彩,因羞成怒共往捣毁报馆。后经教育会长调停,十姐妹遂与褚等十人同日喜结良缘。这出戏表现的是青年男女对自主择偶的渴望,并依靠团体的力量实现自己的目标。春柳社的另一出喜剧《文明人》带有辛辣的讽刺趣味,作品描述贾某自外游学归来,以新派自居,强迫年过六旬的老母入学读书。自己则耽于花柳,其妻屡劝不改。一日贾在妓院演说自由自立之说,其妻以母病促其归,贾窘辱之。妻愤而欲死。后贾之表弟策划让贾妻妹女扮男装,与贾妻携手游于公园,故使贾见之。贾责其妻,妻反唇相讥,并拾贾自由之说以自辩,贾愤妻所为,几欲自杀。后众告之真相,贾与妻为夫妇如初。该剧抨击了某些自我标榜为文明人的不文明行为,表面上冠冕堂皇,实则虚伪而又虚弱,在当时有强烈的现实意义。喜剧中对性别歧视的讽刺尤为辛辣,而一些立于正面地位的女主角几乎成为智慧和勇气的象征。新剧推出的新女性形象有女革命党人(《夜未央》)、女侦探(《秘密女子》),有能言善辩的大家闺秀(《空谷兰》)、智勇双全的婢女(《义婢》)此外,在移植的西洋剧中有表现女性智慧的《肉券》(莎士比亚《威尼斯商人》),描述男女社交的《怨偶成佳偶》(莎士比亚《无事生非》)等。在郑正秋精选百出新剧剧目的同时,他还收录了 33 出西洋剧,其中莎士比亚的剧作 21 出,日本戏剧 7 出,其他 5 出。其中有相当一部分是为女性说话的。新剧之有"文明戏"之称,舞台上的女主角之有清新脱俗的风采,与对西洋戏剧的输入和借鉴是不无关系的。

3.婚姻自由的初步追求:对婚姻自由的渴望是近现代通俗剧常演常新的题材之一。一个新的发展趋势是对封建礼教抨击和对女性社会角色的重新定位。一些传统剧目中的才子佳人戏被赋予了新的灵魂,《馒头庵》、《梁祝哀史》等剧也曾风靡一时。值得注意的是《女豪杰》、《自由梦》、《玉如意》、《侠女奇缘》、《自由结婚》等一批新编通俗剧,传达出了女性要求自己掌握自己命运的呼声,这一呼声中还带有一定的民主、平权意识。《女豪杰》一剧塑造了一个具有反叛精神的青年女性秦良玉,她在剧中对"三从四德"提出了质疑。让人们明显地感受到女性自我意识的觉醒。主人公的表现显示出近代女性要求婚姻的自由,渴望自己把握自己命运的愿望。如果说秦良玉是一个开朗、活泼、富有主见、敢于挑战传统的古代女子的话,那么《玉如意》中的柳如意则是一位充满现代气息、敢于追求自己的爱情理想的青年女性。将门之女柳如意与柏秀峰的爱情产生于一个偶然的机会,它没有超出传统英雄救美的模式,但此后柳柏二人的爱情旅程却充满坎坷挫折。柳如意的母亲朱夫人将她许配给内侄朱权,而朱权是丑陋、猥琐的小人,因此柳如意坚决不从母意,趁母不备就走出家门与柏相会。尽管朱夫人从中干涉,柳如意仍不变初衷。最终,有情人终成眷属。柳如意自始至终对自己婚姻命运的把握,反映了觉醒的中国女性要求摆脱旧礼教的束缚,走向社会的个体思想精神倾向。《侠女奇缘》中的胡静与孙逢光的爱情结合也富有时代特征。胡静贞的哥哥胡大郎因父母包办婚姻而饱尝苦果。她不愿走其哥哥的老路,当她遇到侠义少年孙逢光后,静贞为他的见义勇为之举所折服,遂生爱慕之心。蓝欣禾在创作这部剧作时,曾有一个整体设想,即把静贞与孙逢光的婚姻,作为文明结婚的典范来描写,其中包含了两层意义:一是要自由恋爱,二是要打破门户观念和烦琐婚俗。自主婚姻是作者文明教育的一个内容,它突出了个体情感因素在婚姻中的地位,从而否定那种以礼教、金钱、物质为基础的婚姻形式。

《自由梦》、《自由姻缘》、《自由结婚》等剧在近代剧坛也曾产生过广泛的积极的影响。这些作品中的男女主人公大多因婚姻不自由而死去,以个体生命的消亡,来达到对封建家庭和不合理婚姻制度的控诉。剧中的男女主人公充满自由平等的思想,对封建婚姻制度具有强烈的反抗性和斗争性。《自由梦》中男主人公奚剑花在追求自己钟情的姑娘李丽娟时说:"吾想男女间的交际,原是神圣的自由。吾辈自问既受了些文明知识,正宜扫除社会上的恶习,万不能再严分男女的界限,只要自问良心无愧,就有什么也只好由他了!"丽娟与剑花的爱情因其父的阻挠而成为悲剧,丽花临终前终于大胆而凄惨地喊出:"自由……自由……吾所崇拜的自由……梦!幻梦!"追求婚姻自由的作品在传统戏剧作品中并不少见,但像这样大胆追求、热烈高呼"自由"的男女主人公在以前的剧作中是难以找到的。王无恐的《玉如意》与徐天啸的《自由梦》、蓝欣禾的《侠女奇缘》均发表于 1914 年前后,给当时浑浊的新剧舞台注入了一种新鲜气息,也为"五四"妇女问题、家庭问题的戏剧创作作了极好的铺垫。

宫廷与官场的"浮世绘"

辛亥前后,资产阶级民主革命的思想已渐渐深入人心,"那时候大家都恨着清室官吏的贪污,青年人皆表同情于革命党。戏中凡是讥讽官僚的情节,皆能博得观众的同情"[10]。特别是在袁世凯篡夺了辛亥革命的成果以后,又积极准备窃取皇帝的宝座,广大群众对此无比愤恨,编演者借写宫廷、官场的戏来激发民众反对封建帝制、反对封建官僚统治的热情。近现代通俗戏剧中描写宫廷生活和官场情形的作品,据朱双云的统计,约有 15 种之多,其中《燕支井》(《胭脂井》)、《光绪与珍妃》、《西太后》、《李莲英》、《捉拿安德海》、《一念差》、《共和万岁》等剧在当时产生了很大的影响。《燕支井》表面是写光绪与珍妃的爱情悲剧,实际写的是那拉氏宫廷专制暴政。这部作品以义和团攻打外国使馆事件和戊戌政变为背景,揭露了以西太后为首的满清封建统治集团昏聩、愚昧、野蛮、残暴的统治内幕。作者包天笑以较多的笔墨赋予主人公光绪以极大的同情,对"六君子"的活动也持赞颂态度。与《燕支井》内容相近的一部戏是《光绪痛史》,这部作品以光绪与珍妃的爱情为主线,描写了那拉氏的专权与莲英等太监、奸臣的种种恶行。顾无为的《西太后》曾使民鸣社起死回生,这部作品以那拉氏为中心,描述了宫廷斗争和腐朽的生活,通过东西太后的权力之争、义和团运动等几种事件也顺带表现了清廷在政治和外交上种种失败的情形。在袁世凯垂涎皇帝宝座的当时,用以影射时政,具有一定的积极意义。

"甲寅中兴"时"旗装剧"盛行,除了上述剧作,还有表现清朝各代帝王生活的作品,如《康熙寻亲》、《乾隆休妻》、《顺治出家》、《雍正篡位》、《宣统出宫》等,这些作品都极大地满足了当时观众的好奇心。辛亥革命以后,皇权思想受到了冲击,人们不再把在舞台上表现宫廷生活看做大逆不道,另外,宫廷生活对于广大民众来说毕竟是神秘的,例如《西太后》之所以大受欢迎,原因之一是"人们很想在舞台上看看她(西太后)是个什么样的女人"[11]而某些新剧家从商业利益出发，一味地迎合某些低级趣味，加大了剧中"宫闱秘事"的比重。因此对于封建帝王专制统治的批判的积极意义在此被大大冲淡了。

宫廷生活离人们比较远，而官场现状却离人们很近。早在学生演剧阶段，汪优游等就曾编演过讽刺喜剧《官场丑史》。而此后的进化团任天知编写过《共和万岁》，在这部剧作中，作者将晚清官僚在革命到来时的种种丑态表现得淋漓尽致。对于激发人们的革命热情以及对满清统治的痛恨起到了推波助澜的作用。真正写出官场复杂性的当推《一念差》、《杨乃武》等剧。《一念差》是南开新剧团编写的一部作品，剧作叙述的是宣统二三年间广东官场叶中诚运动官职不成而阴谋陷害他人，结果良心发现的故事。叶中诚本是一个本分之人，只因花了许多钱，到北京去运动粤海关监督的缺，刚要到手，却又被那走王府门路的李正斋抢先一步。在幕友王宗义的蛊惑下设计诬告李正斋私通革命党。李被拿下狱，叶才得这个差事。虽然这是叶中诚虚荣心指使下的"一念之差"，但却反映了晚清官场的黑暗、腐败。按照涵庐的理解，这部作品的"目的"有"五层"："(一)写幕僚的弊病；(二)写买缺卖缺的弊病；(三)写官场虚荣心的弊病；(四)写官场黑暗，指奸即奸，指盗即盗的真相；(五)写官场奢糜，因钱变志的真相。"[12]在真与假、善与恶、美与丑的对照中，作品揭示了封建官僚制度对人性的扭曲。涵庐认为《一念差》是"写实主义中的问题主义的戏"[13]确实，这部作品将解剖刀深入到人的灵魂深处，然而作品揭露的不是个别官场人物的道德败坏，而是将矛头指向整个封建官僚制度、整个封建社会的黑暗腐朽。使人领悟到这样的制度，这样的社会已到腐败透顶的地步，非改造不可了。《张文祥刺马》、《炊黍梦》等剧也都是对封建官僚制度的控诉。这些作品在揭露和鞭挞清廷官场的黑暗、腐朽时，虽然淋漓尽致，却未能通过反对清朝统治来鲜明地体现变革半封建半殖民的社会制度的思想，其反叛性就大大减弱，有些剧作甚至还有"好皇帝"的思想，如《杨乃武》一剧最后，关键时刻靠慈禧的"口谕"才拯救了毕秀英，即是明证。这表明这类题材的通俗剧离反帝反封建的新文学确实还有很大的距离。

四　近现代通俗戏剧的社会艺术价值

随着近现代通俗戏剧实践的不断深入，进化团、春柳剧场基本上找到了话剧艺术的创作规律。他们渐渐丢弃那些非戏剧性因素，开始注意到用"台词"、"戏剧动作"等戏剧要素来制造戏剧性。台词不散漫、动作有规矩，是春柳戏剧的特点。马二先生（冯叔鸾）对春柳剧场的《家庭恩怨记》、《真假娘舅》等剧评价甚高，认为这些作品"结构周密，立意新颖，逐幕皆具一种特别精彩，令人看了第一幕，便想看第二幕，看了第二幕，更不能不看第三幕，步步引人入胜，剧终仍有余味，此其所以为绝作也。"[14]确实，在走过"胡闹剧"阶段后，新剧的实践者们渐渐也摸到了戏剧的一般规律，例如，戏剧冲突的紧张激烈、戏剧悬念的磁力以及戏剧结构的紧凑等。钱逢辛根据吴沃尧小说改编的剧作《恨海》初次上演时竟有 23 幕，结构之松散可想而知，汪优游对其进行了大删削，将其改为 9 幕，剧情因而更为集中。朱双云称赞改编后的剧本"精神贯注"。为了提高戏剧的可观赏性，近现代通俗戏剧作家，还注重将"新闻性"、"传奇性"等因素吸收到戏剧中来。

在悲喜剧观念上，通俗戏剧通常将"大团圆"式的正剧看做是戏剧的不二选择，但在十多年的实践中，悲剧、喜剧也得到初步的尝试。徐卓呆的《故乡》、《母》、钱逢辛的《恨海》、包天笑的《燕支井》、吴我尊的《乌江》以及扬州蒋四的《冯小青》都对悲剧创作进行了有益的尝试，悲剧概念开始被有意地提升到美学境界中来加以认识。与此同时，通俗剧作为大众文化，喜剧形式也得到重视，早期新剧以"趣剧"、"滑稽新剧"、"谐剧"来称呼"喜剧"显然还存在认识上的偏差，事实上，《共和万岁》这样在当时影响很大的作品，其喜剧情节与作品的基调还是格格不入。欧阳予倩的《运动力》、张冥飞的《文明人》两部作品基本上还是朝着"寓庄于谐"的方向走去，然而在"甲寅"前后"闹剧"现象在喜剧舞台上较为普遍，当时上演较多的剧作《王老虎抢亲》、

《双狮记》、《卖头》等，都存在取悦观众、庸俗搞笑的倾向。1918年徐卓呆发表于《小说新报》第12期上的"趣剧"《烟囱》、庆霖发表于同刊第9期上的《离合自由》再次让人们看到近现代通俗喜剧怎样从"媚俗"的泥潭中爬出来。

春柳剧场与进化团的演剧十分强调其社会功能和审美功能，因此，"为艺术而演剧"和"为革命而演剧"在相当一段时间成为他们演剧的宗旨。进化团解体后，它的批判现实的风格并未退出历史舞台，相反却在其他演出团体中得到较好的继承，即使在新民社、民鸣社早期创作中仍然保持着对社会不良习俗风气的批判姿态。新民社，民鸣社将戏剧娱乐功能强调到了极致，使观剧阶层发生了变化，原先只有文化人或爱好新剧的人作为观众基础，现在则主要是普通市民。由于表现内容变化，观众中一般市民特别是家庭妇女、姨太太等等人数迅速增加。浓重的市民气息，却为通俗艺术创造了良好的生存土壤。《三笑姻缘》故事在民众中早就已家喻户晓，编演者看中的是其喜剧性，能使观众在开怀大笑中获得精神放松；同样《珍珠塔》、《双珠凤》这样的弹词故事，编演者看中的一方面是批判嫌贫爱富的恶风，能在观众中引起共鸣，另一方面则是其故事富有趣味性；而看中《妻党同恶报》、《杀子报》的是在于惊险恐怖；看中《火浣衫》、《马介甫》的则是情节离奇。[15]

郑正秋等人对观众中普遍存在的窥视欲心理十分了然。像《恶家庭》中的私生活情景、狱情，《西太后》中的宫廷秘史，《恨海》中的烟馆生活等等都是民众所好奇的，所以一上演即受到欢迎。从郑正秋等人所编剧目来看，他们并非一味寻求低级趣味，对一些政治问题、社会问题多少还有些兴趣，在他们的笔下，正义感构成了其价值判断的基调。家庭戏《空谷兰》如此，侦探戏《狸猫换太子》也是如此，可见娱乐性不是戏剧艺术沉降的借口。真正的优秀通俗戏剧也应当具有很强的社会批判性。"甲寅中兴"时期，戏剧团体间的恶性竞争，把满足小市民的低级趣味当作第一要义，结果导致了通俗剧变成庸俗剧。由此看来，通俗戏剧要想有生命力，必须从适应观众心理走向改造观众心理。

关于这一点早期戏剧理论家宋春舫针对"五四"时期的"主义化"倾向，提出"非主义"的观点，他甚至要求人们放弃西洋的"问题剧"，而去采用脱离生活、曲折热闹的"善构剧"（即"佳构剧"、通俗剧）形式，认为剧本"不独迎合社会少数人之心理也，而尤当迎合多数人之心理"[16]蒲伯英的《道义之交》、《阔人的孝道》等，这些作品或揭露旧家庭、旧婚姻制度的罪恶，或抨击炎凉世态，或讽刺虚伪的孝道等都在当时剧坛产生了较好的影响。陈大悲在"甲寅"时期曾创作过大量的通俗剧作品，20世纪20年代他创作了《幽兰女士》、《英雄与美人》、《维持风化》、《文武香球》等作品，尽管这些作品并不与时代精神合拍，却深受当时的观众欢迎。向培良说他的作品是"官感底刺激，趣味底创造"[17]确实，《英雄与美人》一剧沿用旧通俗剧的做法，"他不断用妓院的情形、愚傻的人、兵变、手枪、情话、娈婉、阴谋、奇特的设计、自杀和杀人、忏悔这一些激起感觉底情趣的东西来刺激观众，把观众放在惊奇、疑猜和快意中"，"教训、警戒、恐吓这三分子随处都在这一派的剧本里可以发现。浅薄的社会主义思想，加上官感的趣味，这就是他们剧本的主要成分。"[18]显然，向培良是从"五四"时代精神的要求来审视陈大悲的作品的。这里暗含了"五四"剧作家对通俗戏剧的曲解和期盼。"五四"以后通俗剧还是有它自己的出路，例如"孤岛"时期，上海一度通俗新剧重新繁荣，一批作品如《秋海棠》、《称心如意》、《弄假成真》等在当时形成一个通俗剧创作的高潮。这些作品有着广泛的群众基础，深受当时的观众欢迎。

欧阳予倩把通俗话剧视为中国话剧的一个流派。认为"通俗话剧，通俗是它的优点，通俗的艺术，也是艺术，通俗艺术的好处就是能够深入浅出雅俗共赏"。"通俗话剧要有富有教育意义的题材、完整的剧本编制、好的导演和演员编排、风格化的舞美设计等。要博采众长，赋予通俗戏剧以新的内容。它既不是传统的旧形式，也不是移植的欧美文艺形式，而是一种独具创意的崭新的艺术形式。"[19]欧阳予倩认为，通俗戏剧的复兴和超越，首先是创作态度上的改变，必须从生活中寻找创作的活水；其次，要向传统学习，继承传统有利于丰富表现形式；再次，应"多诉诸观众的情感，少诉诸观众的理智",将生动活泼的表现形式与思想内容有机地结合起来。要实现文学的大众化、通俗化,就必须将旧形式当作大众文化水准与觉悟程度发展"外壳"与"瓶子",在与现实性内容的结合中扬弃糟粕,促其蜕变,注入新鲜活泼群众喜闻乐见的内容,也只有这样,才能实现通俗戏剧的真正新生。欧阳予倩对通俗戏剧的界定既是对通俗戏剧的总结,也是对其未来的一种期待。

注 释

〔1〕 王国维:《宋元戏曲史》,杨扬校,华东师大出版社,1995 年,第 4 页。

〔2〕 洪深:《中国新文学大系·戏剧卷导言》,上海良友出版社,1935 年。

〔3〕 袁国兴:《〈不如归〉与早期中国话剧的"家庭戏"》,载《戏剧》,1991 年第 2 期。

〔4〕 徐卓呆:《中国话剧诞生史话》(下)《杂志》,第 15 卷第 3 期,1945 年 6 月。

〔5〕 朱双云:《新剧史·补遗》,第 1 页。

〔6〕 徐卓呆:《话剧创始期回忆录》,第 66 页。

〔7〕 《中国近代文学大系·戏剧集》(16),上海书店,1990 年,第 679 页。

〔8〕 曹聚仁:《听涛室剧话》,中国戏剧出版社,1985 年,第 205 页。

〔9〕 蓝欣禾:《侠女奇缘·题记》,《快活世界》,第 1 期,1914 年 8 月。

〔10〕 汪优游:《我的俳优生活》,《中国近代文学论文集》(戏剧卷)(1919—1949 年),第 333 页。

〔11〕 王卫民:《我国早期话剧的起源、兴盛和衰落》,《戏剧》,1986 年第 2 期。

〔12〕〔13〕 涵庐:《评〈一念差〉》,《南开话剧运动史料》,南开大学出版社,1989 年,第 407 页。

〔14〕 马二:《春柳剧场观剧平谈》,《游戏杂志》第 9 期。

〔15〕 汪仲贤:《好儿子》,载《戏剧》1 卷 6 号。

〔16〕 雪:《戏剧协社的三出独幕剧》,《文学周报》,第 152 期。

〔17〕 宋春舫:《中国新剧剧本之商榷》,见《宋春舫论剧》第一集,中华书局,1923 年。

〔18〕 向培良:《中国戏剧概评》,上海泰东书局,1928 年 4 月,第 25 页。

〔19〕 欧阳予倩:《谈文明戏》,见《中国话剧运动五十年史料集》,中国戏剧出版社,1958 年。

【思考题】

1. 近现代通俗戏剧产生的原因有那些？
2. 为什么家庭剧成为近代通俗戏剧的主体？

【知识点】

元杂剧　　　家庭剧　　　幕表戏　　　郑正秋

【参考书】

1. 朱双云:《新剧史》,新剧小说社,1914年。

2. 郑正秋:《新剧考证百出》,中华图书集成公司,1919年。

3.《中国近代文学论文集·戏剧卷》(1919—1949),中国社会科学出版社,1988年。

4.《中国近代文学论文集·戏剧、民间文学卷》(1949—1979),中国社会科学出版社,1982年。

5. 徐卓呆:《话剧创始期回忆录》,中国戏剧出版社,1957年。

6. 葛一虹主编:《中国话剧通史》,文化艺术出版社,1990年。

第十四讲

缤纷多彩的通俗期刊

清末民初　独步文坛

二分天下　半壁江山

40 年代的"方型刊物"

北派通俗文学期刊

新时期通俗文学期刊概述

一　清末民初　独步文坛

文学期刊的创办,是中国近代文学史上的一个新事物。在近现代的中国,每一份文学杂志的周围都围绕着一群作家和文化人。作家在刊物上既可以发挥自己作品的个性,又会受到期刊的群体化与集约化的制约。文学期刊又往往是某个社团流派的窗口阵地。作家之间的观点与个性并不一定相同,但在同一刊物上其基本倾向又往往大体一致。期刊使中国近现代文坛形成一个个的域区,它们对文学史的结构形态产生了重大的影响。

据现有的资料, 中国最早的文学期刊是 1872 年创刊的《瀛寰琐记》。《瀛寰琐记》主要是《申报》副刊的汇编; 而 1892 年韩邦庆创办的《海上奇书》则是他自办的个人杂志。真正有明确办刊宗旨, 并期望发挥集约化作用的期刊是 1902 年创刊的《新小说》。在《新小说》的影响下, 中国的文学期刊纷纷创立, 其中影响较大的有 1903 年创刊的《绣像小说》、1906 年创刊的《月月小说》和 1907 年创刊的《小说林》。这三种期刊与《新小说》被称为晚清文学期刊的"四大名旦"。

《新小说》是梁启超等思想启蒙家为了用小说启蒙民众而创刊的。它要求以革新小说来达到新道德、新宗教、新政治、新风俗、新学艺、新人心、新人格的目的。但是, 被《新小说》所激奋起来的中国传统文人并没有完全遵循《新小说》所提出的办刊思路继续走下去。《绣像小说》主编李伯元虽表示要学习"欧美化民, 多由小说"的经验, 但已没有《新小说》的那种政治理想的激情, 而采取了反映现实与批判社会的务实的路子。而《月月小说》编辑吴趼人就明确提出:"吾人于此道德沦亡之时会, 亦思所以挽此浇风耶, 则当自小说始。"[1]他期盼的是"恢复我固有之道德"; 同时, 他还强调刊物的"趣味性":"读小说者, 其专注在寻绎趣味, 而新知识实即暗寓于趣味之中, 故随趣味而输入之而不自觉也。""盖以为正规不如谲谏, 庄语不如谐词之易入也。"[2]

当时正是中国现代化文化市场的初建期, 通俗期刊也只有采取《月月小说》的办刊方针, 才能得到广大市民读者的喜爱, 于是文坛纷纷响应:"虽曰游戏文章, 荒唐演述, 然谲谏微讽, 潜移默化于消闲之余, 亦未始无感化之功也。""纵豆棚瓜架, 小儿女闲话之资, 实警世觉民, 有心人寄情之作也。""顾此虽名属游戏, 岂得以游戏目之哉。且今日之所谓游戏文字, 他日进为规人之必要, 亦为可知也。"[3]这些都是当时很流行的文学期刊的发刊词, 它们的办刊方针相当一致:小说要有感化之功, 要讲趣味, 讲情感。这是"五四"前期刊的大致风貌。这些崇尚趣味的通俗期刊被后来的新文学界称作为"鸳鸯蝴蝶派"文学期刊。作为中国文学的继承派的文人也曾为梁启超等思想启蒙家的言论所鼓舞,但却视吴趼人的理论为知己。

另一个对"鸳鸯蝴蝶派"期刊产生影响的是报纸副刊。仔细考察"鸳鸯蝴蝶派"文学期刊的发展历程就可以知道,许多期刊都是从报纸副刊演化而来的。清末中国经历了第一次的办报热潮,几乎每一种报纸都有自己的副刊。到了民国初年,或为了更大的赢利,或为了对付袁世凯政府对报人的迫害(报纸受迫害而停办,何来副刊),于是报纸副刊纷纷寻求独立之路,这个独立之路就是文学期刊。以《民权报》副刊为大本营,派生出《民权素》《小说丛报》《黄花旬报》《小说新报》《小说季报》《五铜元》《消闲钟》等;从《申报》副刊《自由谈》《时报》副刊《滑稽时报》《新闻报》副刊《庄谐丛录》派生出《小说月报》《自由杂志》《游戏杂志》《礼拜六》《女子世界》《小说大观》《小说画报》《半月》《星期》《小说时报》《妇女时报》等十数种刊物。有的刊物如《自由杂志》《小说时报》本身就是副刊的汇刊和变种,是报纸副刊的杂志化。再分析这些刊物的办刊者和主笔的文字生涯,他们几乎都是报纸副刊编辑出身,徐枕亚、吴双热、李定夷、何海鸣、蒋著超等是《民权报》的副刊编辑;包天笑、陈冷血是《时报》副刊的编辑;王钝根、周瘦鹃是《申报》副刊编辑。副刊的文字必须具有知识性、消闲性、娱乐性,要轻松调侃明白易懂,所以副刊又被称之为"软性新闻"。副刊除了作为报道新闻、指导舆论的"正刊"的补充之外,还承担着扩大报纸影响,争取更多读者的职能。当副刊逐步演变为文学期刊之后,这些办刊人的副刊意识并没有发生改变。他们用副刊意识编刊物、发宣言、写小说,甚至在刊物的栏目设置上也是副刊化的。所以说,"鸳鸯蝴蝶派"期刊是一种报纸副刊化期刊。在晚清"四大名旦"之后,这些被称为"鸳鸯蝴蝶派"期刊在当时的文坛上是庞然大物,在"五四"前,新文学期刊没有出世之前,它们独步文坛,鲁迅与叶圣陶等也曾向它们投过稿,在这类期刊上发过文章。这些被称为"鸳鸯蝴蝶派"的通俗期刊主要有:

《小说时报》,月刊,1909年9月在上海创刊,由包天笑、陈景韩(冷血)轮流主编。由小说时报社主编。该刊1917年11月停刊,共出33期,又增刊1

期。两位主编都是重视并从事翻译的,因此它简直是一本以翻译小说为主的文艺刊物,据统计,它的翻译小说的数量占了 34 期刊物全部篇幅的五分之四,它大大拓宽了中国读者的世界视野。但也有关于中国传统道德方面的值得引起重视的种种思考,最有代表性的是第 2 期上包天笑的《一缕麻》,后来梅兰芳还改编成京剧,袁雪芬与范瑞娟也将其改编成越剧。

《小说月报》(1—11 卷),月刊,1910 年 8 月在上海创刊,商务印书馆发行。从创刊号至 3 卷 4 期为王蕴章编辑。王蕴章去南洋后,由恽铁樵编辑至 9 卷 1 期,再由回国后的王蕴章编辑至 11 卷 12 期。《小说月报》的编辑方针由于两位编辑的观念不同而相异。商务印书馆创办的《绣像小说》因编辑李伯元于 1906 年病逝而停刊。1910 年创刊的《小说月报》由王蕴章编辑,基本上是想成为《绣像小说》的延续。恽铁樵对《小说月报》作了重大的改革:一、明确宣布不刊载陈陈相因的言情小说,要求小说创作反映社会现实。恽铁樵写中国产业工人生活的《工人小史》和程瞻庐写中国教育改革的《茶寮小史》是代表作。二、强调用稿质量,扶持嘉勉后进,鲁迅、张恨水、程小青等人都曾受到恽铁樵的鼓励。三、开办了一些新的栏目,特别是"译丛"办得尤其出色。四、妓女照片虽美不用,取而代之的是一些风景照、世界名人照。恽铁樵确实做到了他提出的"清新隽永""不落恒蹊"[4]的编辑方针。《小说月报》自 12 卷第 1 期开始由沈雁冰接编,转为新文学刊物。

《礼拜六》,周刊,1914 年 4 月 6 日在上海创刊,中华图书馆发行,初署王钝根编辑,19 期后署钝根、剑秋编辑。在 1916 年 4 月 29 日出满 100 期,由于欧战影响,时局不靖,邮递常误,纸价昂贵等原因,《礼拜六》暂停出版。这100 期被称为《礼拜六》前百期。1921 年 3 月 19 日《礼拜六》复刊,出至 1923年 2 月 10 日又满 100 期,被称为《礼拜六》后百期,编辑者署瘦鹃,理事编辑署钝根。《礼拜六》受到文史学家广泛注意,首先就在于创刊号上王钝根发表的《〈礼拜六〉出版赘言》。这篇宣言明确地提出了小说创作的游戏性、消闲性和趣味性,被看做为"鸳鸯蝴蝶派"的创作宣言。但仔细分析《礼拜六》的作品文本,就可以看到,游戏、消闲、趣味性只是一种手段,创作的目的还在于"劝俗"。《礼拜六》的作品大致有四方面的内容:爱国小说、社会伦理小说、言情小说和翻译小说。这些小说的内容可用一句话加以概括:在新的时期,做一个具有优良的道德和良好的文化知识的有情有义的中国人。刊物强烈地表现出了中国传统的文化价值和审美价值。刊物版面上集中了清末民初活跃于文坛上的大部分作家,时间的跨度又长,因此影响很大。

《小说丛报》,月刊,1914年5月在上海创刊,由徐枕亚、吴双热先后主编。至1919年8月停刊,该刊共出44期。《小说丛报》是由《民权报》副刊转型而来,其刊物栏目也与副刊栏目一致。《民权报》因反袁而受压迫,难以为继;它的副刊曾因连载徐枕亚的《玉梨魂》和吴双热的《孽冤镜》影响一时,延续而来的《小说丛报》继续以刊载言情小说为其特色,代表作有徐枕亚的《雪鸿泪史》和《棒打鸳鸯录》(后出单行本时改名《双环记》)。除小说外,《小说丛报》几乎用一半的篇幅刊载笔记随笔,这是该刊最有特色的栏目。比较有名的作品有:刘铁冷的《铁冷杂记》、吴双热的《燕居斋笔记》、徐枕亚的《枕亚酒话》、《懵腾室丛拾》、徐天啸的《天南纪游》、朱鸳雏的《秋篱客嗺》等。

《小说画报》,月刊,1917年1月在上海创刊,到1920年8月,现见22期。包天笑主编。在《小说画报》的创刊号上,包天笑作《短引》说:"鄙人从事于小说界十余寒暑矣,惟检点旧稿,翻译多而撰述少,文言伙而俗话鲜……乃本斯旨,创兹《小说画报》,词取浅显,意则高深,用为杂志体例。"他在该刊《例言》中声明:"小说以白话为正宗,本杂志全用白话体取其雅俗共赏,凡闺秀学生商界工人无不咸宜。"这两段话说出了《小说画报》的两大特色。一是刊物所载均为创作作品,不载翻译作品。二是所载作品均为白话体裁。《小说画报》是中国最早的一份全面白话化的文学杂志。它是与胡适的《文学改良刍议》同年同月出现于文坛上,是很值得重视的一个文学现象。由于《小说画报》的主要作者都翻译过很多外国小说,现在当他们进行创作时,外国小说的创作模式和技巧在他们的创作中有意无意地流露出来,中国传统的小说创作模式正悄悄地发生着变化。

二　二分天下　半壁江山

"五四"新文化运动兴起,新文学期刊纷纷创办。通俗文学期刊不再独步天下,它在新文学界的猛烈批判声中,尚能坚守期刊市场的半壁江山,成为与新文学期刊并列的另一自主系列。通俗文学期刊之所以能够生存发展,其根本原因是通俗文学期刊的自我价值的合理定位。《红玫瑰》主编赵苕狂对来稿所提的要求很有代表性:

一、主旨:常注意在"趣味"二字上,以能使读者感得兴趣为标准,而切戒文字趋于恶化和腐化——轻薄和下流。

二、文体:力求其能切合现在潮流,惟极端欧化,有所不采。

三、描写:以现代现实的社会为背景,务求与眼前的人情风俗相去不甚悬殊。

四、目的:在求其通俗化、群众化,并不以研求高深的文艺相标榜。

五、内容:小说、随笔、游记、各地通讯,学校中的故事、感想录……等项并重,务求相辅而行,并不侧重某一项。

六、撰述:聘定基本撰述员二十人至三十人。由主编者察其擅长于何路文学,并适应读者的需要,而随时请某人写某项文字。

七、变化:对于内容及体裁,当时适应于环境而加以变化,不拘泥于一格。

八、希望:极度希望读者不看本志则已,看了以后一定不肯抛了不看,一定不肯失去一期不看——换一句话:每篇都有可以一读的价值,那,读者自然会一心一意地想着它,不愿失去一期不看的了。

从这段文字中可以看出此时通俗文学期刊的自我定位:(1)、要求所载作品反映"现代现实社会";反映"眼前的人情风俗";(2)、在表现风格上,追求趣味性、通俗性和群众性,既反对"轻薄和下流",也反对"极端欧化"、"研究高深";(3)、有很强的市场意识,他们视读者为刊物的生命线;(4)、有意要形成自成一格的队伍。此时通俗文学期刊的定位明显地显示出了世俗化的特点:它们反映的是正在不断壮大的市民阶层的价值观和美学观,反映的是市民阶层的日常生活,并以市民阶层作为稳定的读者群。

此时通俗文学期刊的主体性和自主性明显加强。与新文学作家组织文学社团不同,通俗文学期刊实际上已成为连接通俗文学作家的重要纽带。在一份期刊周围往往聚集着一群创作风格相近的作家,期刊的办刊方针规定着作家的创作风格,作家的创作又强化着期刊的个性。在期刊方针和作家创作的相互作用下,此时通俗文学期刊大致上分《小说世界》和红色系列、紫色系列、彩色系列三大群类。

《小说世界》,1923 年 1 月在上海创刊,上海商务印书馆出版、发行。最初由叶劲风编辑,从 13 卷开始由胡寄尘接编。该刊为周刊,每季一卷,最后两卷为季刊。至 1929 年 12 月出满 18 卷后终刊,共 264 期。《小说世界》有着特殊的创办背景。1921 年 1 月《小说月报》由沈雁冰接编,改版而成新文学刊物,商务印书馆以此显示自己与时代潮流共进的革新姿态,但它又不愿放弃广大的市民读者群,因此又另办了一份杂志,那就是《小说世界》。《小说世界》是一份旧貌加新颜的文学期刊。它的作者都是《小说月报》改刊前的老作者。在新的阵地上,这些老作者的文化价值取向和审美追求都没有大变。但是,身处在"五四"文学革命的大环境中,他们对社会人生问题的关注明显加强。与"五四"新文学作家不同,他们对社会人生问题的关注总是从人格是否健全、道德是否完善的角度加以评判。刊物推出了一大批"通俗文学型"的"问题小说"。其中以徐卓呆、贡少芹的作品最有特色。在刊物的编排上,《小说世界》继续保持着通俗文学期刊追求时尚的风格。自第 3 卷第 4 期始,特辟"银幕上的艺术"作为卷首栏目,由叶劲风主持,图文并茂,介绍当时国内外的电影和电影明星。这种做法在当时还不多见,十分新鲜。据说"银幕"一词就来源于此。与革新前的《小说月报》比较起来,除了增加了"短篇小说"栏目以外,还开辟了"世界文坛杂讯"等栏目。可以看出,《小说世界》在保持着刊物个性的同时,还努力地增加时代的气息。

进入 20 世纪之后,书局之间的竞争日趋激烈。作为中国第一流的商务印书馆、中华书局已经稳定地占领了市场。各后起的书局为了获取一定的市场份额,也想尽一切办法,扩大知名度,其中世界书局和大东书局表现尤为突出。这两个书局均采用了发行通俗文学期刊作为标榜手段。世界书局发行的通俗文学期刊以《红玫瑰》影响最大,可称为红色系列;大东书局发行的通俗文学期刊以《紫罗兰》影响最大,可称为紫色系列。

红色系列:

《新声》、《红》、《红玫瑰》。这是前后相继的三种文学杂志。1921 年 1 月施济群仿上海大世界的小报《大世界报》办起了文学杂志《新声》。由于此时正是《小说月报》为新文学作家接编之时,通俗文学作家纷纷投向《新声》杂志。创刊不久的《新声》杂志以其强大的阵容很快成为了通俗文学的一份代表性刊物。1922 年 1 月《新声》出至第 10 期被世界书局收买,并于 1922 年改名为《红》杂志。《红》杂志几乎全盘不动地照搬《新声》杂志的格局,由于资金充足,将《新声》杂志的月刊改为《红》杂志的周刊。《红》杂志结束于 1924 年 7 月,共出 100 期,又纪念号 1 期,增刊 1 期。1924 年 7 月 4 日《红玫瑰》接着《红》杂志继续发行,由严独鹤为名誉编辑,赵苕狂任编辑。《红玫瑰》同样是周刊。1928 年时改为旬刊,出至 1931 年止。出版时间共达 7 年之久,是现代通俗文学期刊中寿命很长的期刊之一。

从《新声》杂志到《红》杂志,再到《红玫瑰》,可以视为中国传统的通俗文学受到新文学冲击和批判后所做出的回应和实绩。这三种期刊有着很强的世俗化的倾向。刊物对中国当时的政治的黑暗也持批判态度,但刊物中影响最大的作品则是《红》杂志开始连载的平江不肖生(向恺然)的《江湖奇侠传》,对现代武侠小说产生了深远的影响;揭露黑幕和讲述故事相结合的姚民哀的"会党小说"在通俗小说中自成一格,脍炙人口;劝俗劝善、淳正世风的程瞻庐的小说散发出浓厚的民风民俗效应,通俗文学的美学特征显得相当突出。这三种期刊出了很多专号,除了"国耻"、"国庆"、"新年"、"伦理号"、"妇女心理号"专号外,还有一些应景的专号,如"春季号"、"夏季号"、"百花生日号"等,其中有些专号也有一些消极负面影响,如"因果号"等。三种期刊都刊登了不少滑稽文字,这些滑稽文字良莠不齐。这三种期刊中也有不少游戏之作。表现得最为突出的是"集锦小说"。所谓"集锦小说"是指请十位作家,一人接一人地连续写一部小说。由于写作者只关心怎样合理地续写以及怎样给后续者增加难度,整篇小说谈不上统一的构思,也缺乏合理的布局,只剩下游戏和胡编乱造。但这种作品不属刊物上的主流。有必要说明的是,刊物编辑的态度都十分认真,特别是赵苕狂,几乎每一篇重要作品之前都有他的评点和推荐;每一期都有他的《编辑琐话》。考虑到《红玫瑰》的出版周期,仅此一项就可以看出赵苕狂的工作量了。

紫色系列:

《半月》、《紫罗兰》、《紫兰花片》。《半月》顾名思义是半月刊,1921 年 9 月创刊,1925 年 11 月停刊,共出 4 卷 96 期,周瘦鹃编辑。《半月》最初是中华图书馆总经销,自第 5 期被大东书局收买。通俗刊物常常在出满几年以后就觉得老面孔不足以吸引人,就用停刊改版办法,换一付新面孔以招揽读者。为此《半月》出满 4 年后就停刊,由周瘦鹃续办《紫罗兰》半月刊,仍由大东书局发行,虽是老编辑、老书局,但版式焕然一新,内容也有所更新。这就是通俗文学的生存发展之道。《紫罗兰》创刊于 1925 年 12 月 16 日,到 1930 年 6 月停刊,也出了 4 卷 96 期。《紫兰花片》是周瘦鹃的个人刊物,月刊,1922 年创刊,1924 年停刊,共出版 24 期。《紫兰花片》所载作品均为周瘦鹃个人的译、著,每期有 30 多篇作品,居然琳琅满目,花样百出,小巧玲珑,逗人喜爱。

与"红色系列"一样,"紫色系列"同样面向市民阶层,但不同的是,"紫色系列"在追求趣味性和通俗性的同时,还追求思想意识的谨严性和刊物装帧编排的雅致化。曾是《礼拜六》的主要作者和编辑之一的周瘦鹃,将《礼拜六》时感时劝俗的主题带到了他所编辑的刊物之中,也将他个人爱美的风格表现得十分充分。正因为如此,"紫色系列"可看做通俗文学中的"精致读物"。"紫色系列"的作品大约可分四种类型:一是国难小说,以周瘦鹃的寓言小说《亡国奴家的燕子》最有影响;二是"问题小说",主要有毕倚虹写娼妓问题的"北里小说"和童养媳问题的"家庭小说"。张舍我的都市传奇也颇具特色;三是知识分子小说。新文学作家写知识分子侧重于人生价值的失落和追寻、理想道路的建构和幻灭,通俗文学作家写知识分子侧重于讽刺他们的卑劣行径及精神空虚的人生胡调史。徐卓呆的《小说材料批发所》、汪仲贤的《言情小说家之奇遇》、张秋虫的《芳时》《烦闷的安慰》都是很有代表性的作品;四是侦探小说。经过了清末民初大量的翻译之后,中国的侦探小说进入了创作期。"紫色系列"开设的"侦探之页"开始刊载中国作家创作的侦探小说。这是中国侦探小说家最早的一块实验场地。《紫兰花片》是个人刊物,作品的个性化很强。小说《老伶工》明写老伶工劳作的一生,实写"文字劳工"的自我,十分感人。

"紫色系列"的装帧是通俗文学期刊中最具美感的。《半月》是细长型的小16开本,《紫罗兰》先是方型的20开本,后是长型的16开本,《紫兰花片》则是64开本,只有手掌那么大。《半月》的封面仅是一幅加色的素描画,20开本《紫罗兰》的封面则是一张完整的背景画,而且每幅画下都有两句诗,例如"再三珍重临行意,只在横波一转中","低头只作枯禅坐,莫把双眸注妾边"等等,算作是封面画意题解吧。长型16开本的《紫罗兰》封面更为精致,封面画还是时装仕女,但却用镂空套版的形态表现出来,即封面上除刊名和期数外,将仕女形态的版面镂空,第2张的仕女画面将仕女的形态从封面镂空处透露出来。《紫罗兰》中有一个《紫罗兰画报》的栏目,是一种彩色的折叠式开本,很有特色。《紫兰花片》的封面也是一幅时装仕女画,每期的题签均由他的好友轮流题写,包天笑、袁寒云、王西神、何海鸣、徐树铮等人均在其上留下了题签手迹。看得出来,周瘦鹃是将期刊的装帧当作为工艺品来对待的。

《心声》、《社会之花》是两份仿效"紫色系列"的刊物。《心声》创刊于

1922 年 12 月,半月刊,出至 1924 年 8 月停刊,共出版 27 期(至第 3 卷时为不定期刊)。是心心照相馆办的刊物,版权页上注明主干者徐小麟,乃心心照相馆的老板。名誉编辑袁寒云、步林屋;编辑者刘豁公;主撰者王钝根。《社会之花》为旬刊,创刊于 1924 年 1 月 5 日,至 1925 年 11 月停刊,共 2 卷 36 期。该刊为大陆图书公司发行,王钝根编辑,沈禹钟为协理编辑。这两份刊物的作品定位与"紫色系列"相仿,同样是写都市小人物的贫困的生活。欧阳予倩的《三岁的童养媳妇》、何海鸣的《私娼日记》、张碧梧的《朱公馆的包车夫》、陆律西的《生活难》从不同角度写出了这一社会阶层的生活状态和心理状态。相比较而言,《社会之花》更热衷于社会的奇闻轶事的搜集。这两份期刊发出了一个信号:工商界开始介入通俗文学期刊的发行。刊物既然由心心照相馆出资发行,照片插图也就成为了它的版面特色。大概徐小麟是一个戏迷,刊物上除了作者的照片以外,还有不少名伶的剧照。这种"照片意识"还表现在刊物的编排上,从第 2 卷开始,每期都有一篇介绍照相技术的文章,几乎每一篇小说的眉标都是广告词,如"心心照相馆器具精良""心心照相照相更亮"等等。用广告词做小说的眉标确实是中国期刊杂志的一大创举了。《社会之花》上也有不少照片,皆来自心心照相馆。

彩色系列:

彩色系列可以半月刊《珊瑚》为代表,该刊于 1932 年 7 月 1 日创刊,至 1934 年 6 月停刊,共出 48 期。主编范烟桥,由上海民智书局发行。在创刊号上,主编范烟桥写了《不惜珊瑚持与人》的发刊词,文中提出了两条办刊方针,一是明确提出刊物的中心思想是:"以美的文艺,发挥奋斗精神,激励爱国的情绪,以期达到文化救国的目的。"二是提出了刊物的用稿态度:"珊瑚的颜色,有红有白有青有黑,这小册子的文艺也是五光十色,什么都有一点。"这两条办刊方针在刊物中得到了充分体现。

《珊瑚》创刊于 1931 年"九·一八"事件和 1932 年的"一·二八"事变之际,爱国小说在该杂志中占有相当大的比重。这些爱国小说大致上分为两类,一类是写"亡国之痛"的"国难小说",代表作有王天恨的《失落》、徐卓呆的

《食指短》;一类是写"爱国事迹"的"抗争小说",代表作有程瞻庐的《不可思议》、顾明道的《国难家仇》。除此之外,该刊还发表了很多有关国难的纪实文学。在第1、3、6号上,分别载有含凉生的《国难中的苏州》、王峰寄客的《国难中之昆山》、叶慎之的《国难中的太仓》以及郑逸梅的《沪变写真》,作品用纪实的笔法写了"一·二八"事变中日本侵略者在上海的烧杀抢掠和苏州、昆山、太仓等地的难民的情况。"一·二八"事变以后,民间自发流传着一些爱国传单,称之为"爱国连索"。主编范烟桥将其主要内容刊载在第9期上,号召刊物的三千订户以此实行。那"爱国连索"的主要内容是:一、永远不买日本货! 二、永远不要卖东西给日本! 三、对日本要存报仇雪耻的决心!四、永远要团结精神,一致与日本绝交。《珊瑚》杂志只发行了两年,始终保持着很强的爱国主义的精神。

《珊瑚》中同样有很多写市民生活和都市传奇的作品,与众不同的是它还把创作视角伸向了农村。范烟桥的《以羊易牛》写农民以女儿换牛的悲惨的故事;陈莲痕的《压榨机的爆裂》反映了农村土地兼并和农民与地主对立的事实。对通俗文学作家来说,这是很有意义的题材上的拓展。

《珊瑚》的主要作者除了主编范烟桥之外,还有陈去病、柳亚子、胡朴安、邵力之、顾明道、叶楚伧、包天笑、周瘦鹃、何海鸣等人。从这张名单中就可以看出他们大多是南社中人,是一些江南名士。名士气息也给杂志带来了名士色彩:一是杂志中诗文较多,柳亚子的《亚子近作》、金鹤望的《天放楼近诗》、包天笑的《钏影楼诗话》等作品均占有相当篇幅;二是学术性较浓的考古文章较多,潘心伊的《书坛话堕》、胡寄尘的《文坛老话》、孙东吴的《八股文废话》、凌景埏《〈再生缘〉考》、范烟桥的《沈万山考》以及陈去病编订的《孙中山家世表》、柳亚子的《柳亚子自传》、《苏玄瑛正传》等,都有相当的学术价值。

《珊瑚》对新文学作家攻击它为旧文学杂志深为不满,他们认为自我是多彩的,是兼容并包的。从13期开始,《珊瑚》专门开辟了"说话"的栏目,表明自我的文学态度并对当前的文学创作展开批评。这位署名"说话人"的文章共18篇,既批评新文学作家的作品,也批评通俗文学作家的作品,显示了一种超然态度。

三 40年代的"方型刊物"

这是8年抗战和第三次国内革命战争的时期。在战争的背景之下,期刊杂志显得比较凋零。但是,通俗文学作家还是办出了一些出版时间较长、影响较大的文学期刊。这是由于通俗文学作家面向市民阶层,而市民的生活相对稳定;通俗文学作家又都是职业作家,他们以写作作为谋生的手段。为了生活,他们作品往往避免与统治者发生直接对抗,在条件所允许的范围内寻求生存。

此时的杂志虽然不多,质量却很高。这与一批新进的通俗文学作家的涌现颇有关系。这些新进作家大多接受过高等教育,他们很善于捕捉现代人生和社会情绪,并将其纳入通俗文学的美学范围之中去,大大提高了通俗文学的审美层次。在期刊的运行体制中,工商界的介入已成了一种流行色。刊物的广告插页虽然多了,运作却也相对灵活。由于这些刊物的开本大多是方型的,因此,又称作为"方型刊物"。这些"方型刊物"大致上可分三种价值取向。

《万象》,月刊,创刊于1941年7月。第1期的版权页上标明编辑人:陈蝶衣;发行人:平襟亚;出版者:万象书屋;发行者:中央书店。到第3年第1期(1943年7月),柯灵接替陈蝶衣编《万象》月刊,一直编辑到1944年12月第4年第6期。最后1期第4年第7期是由万象月刊社编辑的,但拖到1945年6月1日才出版。该刊共出版43期。《万象》的主要作者是胡山源、赵景深、周瘦白、孙了红、范烟桥、程小青、王小逸、冯蘅、平襟亚、徐卓呆等,到了后期,又增加了芦焚、师陀、张爱玲、叶圣陶、丰子恺、俞平伯等人。一般认为《万象》是党的统一战线号召下,通俗文学与新文学界共同协作的刊物。前期以通俗文学分量较多,而后期则增加了新文学作家的投稿量。《万象》一出版就十分抢手,第 1 期在 1 个月内竟再版 3 次。到第 1 年第 11 期,销量已达到 2 万 5 千册,而当时杂志能销 5 千册已经是奇迹了。《万象》销量之大,在 40 年代是首屈一指的。

编辑者没有什么办刊宣言,但从编辑的言谈和刊物的创作实际中可以看出杂志的办刊方针。编辑者一方面强调要"不背离时代意识",要"忠于现实",另一方面又为自己在这纷乱的年代有一个安逸的文学阵地而窃喜:"在这样非常时期中,我们还能栖息在这比较安全的上海,不能不说是莫大的幸运。"[5]这些话反映出编辑者办刊的基本取向:他们试图在"小花草"之中写出"忠实现实"的文字。这"现实"就是激烈的民族矛盾和阶级斗争之中的急遽慌乱的人生。用一种有趣味的笔调写出当今的人们生活之艰难、生存之技巧,《万象》杂志所载作品大多属此。

值得提出的是《万象》在 1943 年开展了一次"通俗文学运动"的讨论。陈蝶衣、丁谛、危月燕、胡山源、予且、文宗山等人专门撰文对通俗文学的性质、定义、群众基础、美学特征、社会效应等方面进行了阐述。他们强调打破新旧文学的界限,将中国文学集中在"通俗文学"的旗帜之下建立一种既有思想性又有艺术性和广泛读者基础的新型的中国文学。

《万象》刊载了不少文艺性随笔,内容包括人物传记、散文知识随笔、生活回忆录以及世界文化风情描写。其中世界文化风情描写尤其出色,在通俗文学期刊中是不多见的。

与《万象》办刊方针基本一致的是《春秋》和《茶话》。

《春秋》月刊是陈蝶衣脱离《万象》以后所办的杂志。这份刊物从 1943 年 8 月 15 日创刊,一直到 1949 年 3 月停刊,共出版 6 卷 4 期。在《创刊号前致辞》中陈蝶衣说:"我们不谈政治,不言哲理,不作大言之炎炎,惟为小言之詹詹。"可见,陈蝶衣是把办《万象》的态度移到《春秋》中去了。值得提出的是,《春秋》上出现了不少新文学作家作品。在《春秋》的第 1 年第 5 期上有茅盾的理论文章《人物表》。进入第 2 年以后,《春秋》上的新文学作家作品就更多了,巴金、老舍、茅盾、冰心、李金发、穆木天、夏衍等人都有作品在刊物上发表。对这些新文学作家作品,陈蝶衣均十分重视,不仅作为"名贵的作品"在《编辑室谈话》中加以推荐和介绍,还用黑体字在目录上标出篇名,甚至用文中的一段话作为整个刊物的"前致辞"。从中可以看出,当时的通俗文学作家对新文学作家敬仰友好的态度。

《茶话》,月刊,1946年6月5日创刊。编辑人为顾冷观、吕白华;发行人为陆守伦,联华图书有限公司出版。至1949年4月止,《茶话》共出版35期。《茶话》刊行期间正是中国社会发生重大变革的时期,通俗文学作家虽然都声言不谈政治,但是时代的风雨总是要洒落到他们的稿笺之上。《茶话》明显地分为两个时期,1948年以前主要是写中国抗日战争以及第二次世界大战的生活,写中国抗日战争的代表作品有在培的《何以为家》、林音的《生死恋》、《赴宴》、施英的《雪霞怨》等等;写第二次世界大战生活的作品主要是对一些重要战役的回忆,如柳学鸥的《硫磺岛之战》、章的《纳粹胜利在1950吗?》、小鱼的《美苏冷战中基本对策》等等,从这些作品中可以嗅到很浓的时代气息。1948年以后的作品主要是对市民生活困苦的感叹,代表作有徐行的《陶家村》、徐大风的《万税国游记》、沈关生的《福二伯》等等。

除了小说以外,《茶话》还有众多的话题,有社会评论、民间传说、作家作品评论、科技秘闻、身体保养、旅游胜地、男女生理、医疗卫生、动物植物、跳舞交际等等。实际上已从文学刊物向综合性刊物过渡了。其中社会评论文章相当出色。《茶话》的每期的第1个栏目是《风雨集》,每一期中刊载数十篇小文章,每篇文章不到百字,评价一些社会现象,如《民主财》《法官离奇讼案》等文是对当前民主法制的嘲讽;《物价涨缩的牵线》《数米而炊》等文是对通货膨胀生活艰辛的反映;《贪污碑》《稀饭聚餐》是对官僚生活的揭露……文章以事实为根据,以客观的笔调点拨数句,显得相当老辣。

代表40年代通俗文学期刊第二种价值取向的是《大众》月刊。《大众》月刊由大众出版社主办,钱须弥主编。1942年11月创刊至1945年7月停刊,共32期。《大众》月刊提出的是"永久的人性"。在《发刊献辞》中,他们提出:"我们愿意在政治和风月之外,谈一点适合于永久人性的东西,谈一点有益于日常生活的东西。"《大众》月刊的最重要作家有潘予且(潘序祖)、丁谛(吴调公)、孙了红。他们每人都发表了数十篇作品。潘予且几乎在每一期上都有一个中篇,每部小说的篇名均称为"某某记"。这些小说主要写人的情感和欲望与社会道德之间的关系。丁谛的小说主要写淳朴的人性与社会的污染之间的矛盾,代表作是《野性的复活》。孙了红是侦探小说家,他此时的侦探小说在进行社会批判的同时,挖掘人性的根源,很见深度。除了他们以外,包天笑、徐卓呆、秦瘦鸥等人也有作品。

《大众》月刊上与小说创作并重的是散文随笔。张一鹏的《不知老之将至斋随笔》、包天笑的《秋星阁笔记》、屈弹山的《绝望日记》、胡朴安的《病废闭门记》、丁福保的《余之书籍癖》、张叔通的《余之记者生涯》、范烟桥的《寄琐散叶》、郑逸梅的《蕉窗砚滴》《谈艺脞笔》《负疴散记》《销寒漫笔》等,都是连载的散文随笔。这些作家都是老文化人,或忆人,或记事,或读书心得,或感怀人生,人物知识与卓见融为一体,充分显示出他们的人生阅历和文化修养。《大众》月刊还刊载了通俗文学作家写的一些"美文",这是其他通俗文学刊物上少见的。这些"美文"以孙了红写得最好。

大众出版社的前身是国学书室,所以《大众》月刊上专门辟有《国故新知》的栏目。此栏目主要由唐文治、胡朴安两位学者主持,他们几乎每期均发表一篇讲演经学的文章,用文言写成,古朴而艰涩。

和其他通俗文学期刊一样,《大众》月刊每期刊 4 页铜版画,主要是一些中外名画或人体画。突出的是广告铺天盖地,每一期上都有十数页广告。

同样追求表现人性的还有《小说月报》(后)[6]。《小说月报》(后)创刊于1940 年 10 月,停刊于 1944 年 11 月,共 45 期。该刊由联华广告公司出版部发行,发行人陆守伦,名誉顾问严独鹤,编辑顾冷观。在《创刊的话》中主办者提出办刊的宗旨是:"纯正的原则"和反对空虚的、无聊的、低级趣味的文字。但是,作品的实际与刊物的宗旨有着较大的距离。他们提出的"纯正的原则"主要是要表现人的自然欲望。但是如果与社会属性相脱离,将人类的自然欲望上升为人类生活的支配力量,这样的作品就有色情之嫌了。周楞柳的《山茶花》、刘春华的《四月的蔷薇》、心期的《奇迹》等小说均是写些性爱游戏，有些作品甚至写和尚尼姑的情欲，如《思凡》《秋夜的传奇》等，这些作品即使说不上低级趣味，也是空虚心灵的反映。《小说月报》的主干作者来自于复旦大学，在文坛上又称之为"复旦系"。相比较而言，倒是一些老通俗文学作家的作品比较"纯正"。程小青、李薰风、张恨水、包天笑等都为该刊写过长篇连载。包天笑的短篇名作《烟篷》就发表其上。刊物的装帧比较朴素，但广告很多，有时封面也做起广告来。

40年代的周瘦鹃主编了两种刊物：由上海九福制药厂出资创办的《乐观》，1941年5月至1942年4月出满一年12期停刊，后又在出版商的怂恿下，复活了他过去编得很得意的《紫罗兰》（后）[7]。1943年4月至1945年3月（月刊），共出版了18期。他所主编的两份刊物显示了此时通俗文学期刊的第三种价值取向。从周瘦鹃写的《乐观·发刊词》中就可以看出："我因爱美之故，所以对于这呱呱坠地的《乐观》也力求其美化，一方面原要取悦于读者，一方面也是聊以自娱。"看得出来，40年代的周瘦鹃在编刊时，在文章的内容上与版式的编排上倾向于美的追求。主要表现在两个方面，一是写爱情生活的酸甜苦辣，一是刊物装帧的精致美观。除了自己和包天笑等人的作品外，青年女作家是主要的创作队伍。张爱玲的处女作《沉香屑·第一炉香》就连载在《紫罗兰》（后）第2期至第7期上。周瘦鹃曾在《写在紫罗兰前头》颇为得意地说："近来女作家人才辈出，正不输于男作家，她们的一枝妙笔，真会生一朵朵花朵儿来，自大可不必再去描龙绣凤了。"他还推出了女作家杨秀珍、施济美、程育真、汤雪华、邢禾丽、郑家媛、俞绍明等。以上作家除了张爱玲以外，都是在读或者已毕业的东吴大学的女生，因此又称之为"东吴系"。这些作家都接受过高等教育，可以说是时代的新女性了。她们的小说题材基本一致：对"幸福追寻"的描述、疑问和反思，在情爱的生活中细腻地表现出女性的性爱心理。在《紫罗兰》（后）周瘦鹃自己也写了两部轰动一时的作品，一是长篇小说《新秋海棠》，为秋海棠、罗湘绮、梅宝编造了一个美好的结局；二是发表了《爱的供状》100首诗词，记叙了他"一段绵延三十二年的恋爱史",作为他"五十自寿的纪念文字"。写哀艳的文字是周瘦鹃的擅长。

两份杂志的装帧"求其美化"。《乐观》的开本比 32 开本更狭小些,每一期的封面均为一幅电影明星的彩照。《紫罗兰》(后)更为讲究,每期封面上是一枚形态不同的紫罗兰花,袁寒云的题签衬托在其中,显得挺秀妩媚。目录上用紫罗兰花镶边,显得花团锦簇。每一期上都有一个小专辑,如《春》《小天使》《母亲之页》等等。14 期以前,每期还有 4 页的《紫罗兰小画报》,主要刊载风景和影星肖像或剧照。整个杂志犹如苏州园林一样,园中有园,景中有景,显得精致而有序,充分显示出编辑者独运的匠心。这样的装帧与那些"甜美"文字相配合,的确是一份很有魅力、很有个性的消闲杂志。

四　北派通俗文学期刊

北派通俗文学期刊是指以北京、天津为中心的通俗文学期刊。北派通俗文学期刊没有南方通俗文学期刊那么繁盛,这大概是由于北派重报纸副刊连载而轻文艺期刊的缘故。

北派通俗文学期刊肇始于何时,现在没有现成的史料加以确证。清末民初批量生产的南方通俗文学期刊办得轰轰烈烈之际,北方似乎还看不见类似的刊物。现在见到的较早的北派通俗文学期刊大约是 1918 年创刊于天津的《新民小说报》。《新民小说报》的停刊时间不详。《新民小说报》以后有《星期小说》在 1921 年间的天津出现。从编辑方针、办刊特色、作者队伍,甚至开本纸质等方面看,《星期小说》都是《新民小说报》的翻版。1921 年以后,几乎看不见有较长时间存在的北派通俗文学期刊。一直到 1927 年才见到一份较大型的通俗文学期刊《南金》。《南金》月刊 1927 年 8 月创刊,1928年 5 月停刊,共出 9 期,主编姚灵犀。《南金》的刊名取之于"南朝金粉"一典,多少透露了其办刊倾向。《南金》除了劝俗的文字以外,主要是主编姚灵犀的一些香艳小说,如《瑶光秘记》《非花记》《画诃记》等等。《南金》内容可取的不多,但对北派通俗文学期刊发展却有重要的意义,这是北派通俗文学第一次出现在纸质和装帧上能与南方相媲美的期刊。《南金》除了刊登文字以外,还刊登一些精美的摄影作品、名流书画,有了鲜明的期刊特征。更重要的是它开始注重作家队伍的建设。除了主编之外,周瘦鹃、冯小隐、冯武越、何心冷、齐如山、徐凌霄、王小隐、张慧剑、陈蝶仙、严独鹤等人也常有文字在《南金》上出现。其中以北派作家为主,也有不少是南方的作家,可见《南金》的联系是十分广泛的。《南金》之后,北派通俗文学期刊似乎又停歇了,一直到 30 年代末 40 年代初才有《三六九画报》和《一四七画报》。

北派通俗文学期刊比较凋零,但副刊和小报却相当发达。二三十年代《大公报》、《益世报》、《庸报》、《商报》四分天下以后,犹有 50 余种报纸存在。与此同时,小报更是风行一时,其中《新天津晚报》、《天风报》、《中南报》、《评报》最有影响。这些报纸的副刊和小报是北派通俗文学作家主要的发表阵地。张恨水的小说主要发表在《益世报》和《世界日报》的副刊上;还珠楼主、刘云若的作品开始连载于《天风报》。

从这种冷期刊热副刊的状况中,我们可以认识到:北派通俗文学作家与新闻界有着密切的联系,他们很多就是记者和作家的双重身份;北派通俗文学作家大多数是“个体户”,缺少作风相近的作家团体。“个体户”的创作对付副刊和小报绰绰有余,却不能满足期刊的用稿量;北派通俗文学缺乏强有力的文化市场的支持,特别是出版商的资助,它就难以从报刊中脱离出来,形成期刊特有的“集约化”。

《三六九画报》,16 开本的娱乐性综合杂志,朱书坤编辑,北京进化社印行,创刊于 1939 年间,终刊于 1945 年,每逢 3、6、9 日出版。《三六九画报》每期约 30 页。作为北派通俗文学的重要期刊,《三六九画报》连载了很多有影响小说,刘云若的《云霞出海记》《紫陌红尘》《江湖红豆记》;耿小的的《世路风波》《爱火心凤》《行云流水》《时代侠客》《鸾飞凤舞》,以及白羽和郑证因的若干武侠小说都是连载其上的长篇小说。为了吸引读者,《三六九画报》开设了许多栏目,内容主要有国际时事、社会新闻、文艺、戏剧、小说等,十分繁杂。封面上主要是名伶、明星的照片。当然,广告是铺天盖地的。

随着《三六九画报》的热销,京、津以及周边地区出现不少模仿性的刊物,其中比较有影响的是《立言画报》和《麒麟》。《立言画报》上发表了不少连载小说,还珠楼主的《边塞英雄谱》、白羽的《大泽龙蛇传》、陈慎言的《新型家庭》等作品都发表该刊。《麒麟》是 40 年代初流行于东北的通俗文学期刊,由于这是伪满时期的刊物,每期均标明"康德某年"的字样。《麒麟》连载过白羽的《摩云手》、刘云若的《回风舞柳记》以及儒丐、亚岚等关外通俗文学作家的作品。

《一四七画报》,1946 年 1 月创刊,大约在 1949 年停刊,发行人:吴宗祜。逢 1、4、7 日出版。《一四七画报》的编辑体例完全与《三六九画报》相同,但纸质比较差,插图的效果不好。连载的小说主要有郑证因的《鹰爪王》、《铁狮王》、刘云若的《粉墨筝琶》、白羽的《狮林三鸟》、徐春羽的《碧血鸳鸯》、李熏风的《鸾凤双飞》等。除小说之外,《一四七画报》还刊载了一些北派通俗文学作家的生平资料,如白羽的《自白》、王小鱼的《王小隐惨逝记》等。随《一四七画报》之后创刊的还有《红蓝白周报》和《星期六画报》等。

五　新时期通俗文学期刊概述

新时期以来的通俗文学是在港、台通俗小说的刺激下复苏的。80 年代初,在改革开放的大背景下,随着金庸和琼瑶等作家的小说的"登陆",中国内地掀起了"武侠小说热"和"言情小说热"。港、台通俗小说能够在中国内地风行使人们看到了社会的开放性和巨大的市场潜力。沉寂了数十年的通俗文学在中国内地开始复苏了,其重要的标志之一是通俗文学期刊的纷纷创刊。但是面对 30 年的通俗文学"断层",中国内地缺乏一支训练有素的通俗作家队伍,起步时通俗刊物的质量不高是可以想像的,这就必然有一个逐步爬升的过程。有人称 1980—1982 年为通俗期刊的发轫复苏期,如 1981 年创刊的《今古传奇》,它那时拿出来的最轰动的作品是聂云岚的《玉娇龙》,然而这是根据王度庐的《卧虎藏龙》改编的。此刊发行量可观,据说最高的一期达 270 万份。1983—1986 年是发展高潮期,全国的通俗期刊达到了 270 种,大量的报纸周末版还不计在内,周末即礼拜六,周末版就是供现代大众休闲的"礼拜六派"。兴旺发达是好事,但在高额利润的诱惑下,书商和写手会使通俗文学的格调降低。当时通俗刊物的魂魄是侠的刚毅与情的缠绵,但只考虑牟取暴利,就会使侠的刚毅走入魔道而宣扬暴力,又会使情的缠绵走入邪路而堕入色情。群众不满足于质量低劣的庸俗之作,在质量的竞争中,优胜劣汰是必然的。1987 年后通俗期刊进入了平稳建设期。1988 年通俗期刊从 270 种降至 190 种,1990 年又从 190 种降至 90 种。即使是质量较高的期刊,订数也大大回落,作者与读者都进入了较为理智的境域。这 90 种通俗文学期刊中影响较大的有《今古传奇》(1981 年 7 月创刊)、《章回小说》(1985 年 1 月创刊)、《传奇文学选刊》(1985 年 1 月创刊)、《中国故事》(1985 年 11 月由《中国故事选刊》改名)等。

平稳建设期的标志是武侠小说和言情小说热降温,取而代之的是以中国内地的改革开放而出现的各种社会热点成为通俗文学创作题材的"主菜",以及由于观念的更新而来的富于传奇色彩的历史题材、国际题材,也登上排行榜的前列。1992 年中国内地上的反毒禁娼运动,出现了一些写黑道生活的作品;1993 年经济大潮滚滚涌来,商战、大款生活和洋淘金成为了通俗文学期刊表现的热点;1996 年开展了声势浩大的严打活动,公安刑侦成为主要的内容;1997 年以后,改革开放中的一些深层次的问题开始暴露出来,改革开放模式的反思和反腐倡廉成为人们关注的两大问题。对身边发生的事情特别关切,着力于表现现实社会问题,是通俗文学期刊的传统和优势。90 年代以后通俗文学期刊使得这一传统和优势有了进一步的延伸和发挥;更主要的是说明了中国内地的通俗文学创作摆脱了港、台通俗小说的牵引,开始形成了自我的个性,中国内地通俗小说的创作主体性在不断得以增强。

新时期的通俗文学期刊作品继续保持着通俗文学惯有的美学特征:曲

折的故事、特别的环境、极致的感情、传奇的色彩。但是,新时期的通俗文学期刊处于一个文化开放的时代,各种艺术形式互相交流。新的时代使得新时期的通俗文学期刊作品有了现代色彩。

新时期的通俗文学期刊作品初步建立了通俗文学的"写人模式",它的特点就是写人在传统文化中如何做"人"。以此为价值依据,新时期的通俗文学期刊作品出现了自己的特色:在这里,中国传统的伦理道德是辨别是非的标准。那些风头很健的商战作品(如胡大楚的《儒商》、邱伟鸣的《潮涨潮落》)、大款作品(如白天光的《大款爷们》《大款奶奶》)都是从道德和金钱的较量中演化出人格、人性的健全者和人性、人格残缺者的较量。在中国传统文化中除了儒家文化以外,还有大量的道家文化、佛家文化以及大量的原始文化,这些都是通俗文学期刊作品所擅长表现的题材(如宗伯南的《神秘极顶》、林希的《天地玄黄》、白天光的《西墙粉事》《幔帐后的神韵》《血祭大森林》等)。这些作品写天道、神道、人道、因果关系,作品故事玄虚,气氛神秘,但是不管故事的情节是多么荒诞,人物的得失是如何非理性,在那些时来运转或好报恶报之中,伦理道德是否健全总是背后的真正的支配力量。

是否遵守传统的伦理道德也是人格、人性、是非的测量剂。人格、人性的变化首先是从自我的品行开始的,这是新时期以来那些写英雄沉浮的人物传记小说(如冯治的《中国三大村》、刘守忠的《女匪首鲍三姑传》和《黑吃黑》以及众多的写名人的纪实文学作品)、当权者起落的反腐小说(如殷培文的《泰山石敢当》等作品)中刻画人物的切入点。这些人物的堕落与他们违法违纪有关,这些都是受到当代中国社会的主流意识所谴责的。通俗小说作家写他们的违纪违法的同时,更喜欢挖掘和描写他们堕落的根源:私心膨胀和道德败坏。

传统的伦理道德还是制约人性、规范人性的度量衡。通俗小说喜欢写奇人、奇性,喜欢写人的原始欲望,并常常将其推向极端。新时期的通俗文学期刊作品在写这些奇人(如李世清《天地作证》、彭建新的《老汉口传奇》等作品)和奇情(如王葳、夏洛特的《甜蜜的折磨》等性爱小说)时,总是在他们离奇的行为举止中写他们的"良心"的发现,这一"良心"往往来自于人物潜意识之中的伦理道德的复苏与萌发,于是古怪的人物和古怪的性情之中也就有了那么几分暖色,几分可爱。

新时期通俗文学期刊作品的美学影响还有来自于外国流行小说和影视文学作品。80年代以来,大量的外国流行小说进入了中国。中国通俗文学作家大量地吸收了这些外国流行小说情节模式,也对其进行了相当实际的改造,使自己的作品在主流意识和传统文化中找到平衡点。同为大众艺术,长期以来,影视文学与通俗文学就是互为依存互为推动的。新时期以来,这种关系表现得更为密切,很多通俗小说就是流行影视剧的剧本来源,而影视剧一旦流行,其小说马上变成畅销书。利益的驱动,使得新时期通俗文学期刊作品在有意无意之中向影视剧靠拢。影视艺术有助于提高通俗文学的美学内涵,有助于扩大通俗文学作家的创作视野。但是影视艺术是一种视听艺术和表演艺术,向影视艺术靠拢,使得相当一部分作品的即兴消费色彩越来越浓。

期刊的装帧上,较有特色的是《章回小说》。它的每一期都有一幅形态各异的异国女郎,衬着淡蓝色的背景,具有一种油画的效果,这样的风格与刊物的国际传奇的定位是相得益彰的。《章回小说》的封底是一幅中国古典仕女图,封二、封三用水墨版画分别推出《中国四大原始先王》、《中国四大昏君》、《中国四大美女》等,而其他的通俗文学刊物在这些地方都被广告占领了。在目录编排上,《章回小说》也体现出办刊者的匠心。和众多的通俗文学期刊相比,《章回小说》的装帧是出众的,达到了它所追求的"新奇精美,一睹难忘"的效果。但与当年周瘦鹃的"精致读物"式的期刊装帧相比,还有一定差距。

注 释

〔1〕〔2〕 吴趼人:《月月小说序》,载1906年11月《月月小说》创刊号。

〔3〕《眉语宣言》,载《眉语》1914年第1卷第1号。《小说新报发刊词》,载《小说新

报》1915 年第 1 期。《游戏杂志序》,载《游戏杂志》1913 年第 1 期。

〔4〕 恽铁樵:《本社特别广告》,载《小说月报》第 3 卷第 7 期。

〔5〕 陈蝶衣:《通俗文学运动》,载《万象》第 2 年第 4 期。

〔6〕 40 年代流行的《小说月报》与民国初年的《小说月报》虽刊名相同,但编辑者和刊物风格均大为不同。为了便于区别,我们称为《小说月报》(后)。

〔7〕 称《紫罗兰》(后)是为了与周瘦鹃二三十年代编的《紫罗兰》相区别。

【思考题】

1. 新文学登上文坛以后,通俗文学刊物仍有很大的发展,这与通俗文学的文学定位有很大关系,试加以评析。

2. 分析 40 年代通俗文学期刊生存发展的主要原因。

3. 当代通俗文学期刊在办刊方针上有那些延续和革新。

【知识点】

晚清四大小说期刊　　　《小说月报》(前期)

《礼拜六》办刊宗旨　　　《万象》

【参考书】

1. 方汉奇:《中国近代报刊史》"报刊业务"部分,山西教育出版社,1981 年。

2. 周葱秀、涂明:《中国近现代文化期刊史》,山西教育出版社,1999 年。

第十五讲

雅俗互动与融合

雅与俗的辩证法

现代文学的雅俗互动

雅俗大融合

一　雅与俗的辩证法
雅　与　俗

何者为雅,何者为俗,历来是个难以说清的问题。日常所谓的雅俗观念,一般来自约定俗成。但是约定俗成的观念又在不断演化迁徙,所以看待雅俗问题,就必须坚持历史的、发展的、系统的和辩证的眼光,才能不被语言的雾霭所迷惑。

中国人产生"俗"这个概念,大约是在西周时代。进入战国时代以后,"俗"成了人们经常谈论的话题,如《周礼》云:"以俗教安,则民不愉,"《礼记》云:"入境而问禁,入国而问俗。"就指的是风俗或民俗,即某一民族或地区由习惯形成的特定生活方式。风俗之"俗"本无所谓褒贬意,故《荀子》云:"无国而不有美俗,无国而不有恶俗。"风俗作为一种人类社会文化现象,它不是个人有意或无意的创作,而是社会的、集体的现象,是一种非个性的、类型的、模式的现象,它体现在一般人的生活中,由此又引申出"俗"的另一层含义——"世俗",在"俗"字前加上"世"字,是指一般情况,虽然含有"平凡"的意思,但并不一定就是"俗不可耐",如《老子》云:"俗人昭昭,我独昏昏,俗人察察,我独闷闷",《墨子》云:"世俗之君子,皆知小物而不知大物",都是指一般的见识不高明而已。

但是,当"俗"由"风俗"引申出"世俗"一义时,一种褒贬已然暗含于其中了,"世俗"已经作为"不世俗"的对立面而存在了("风俗"倒的确是中性的,因为不能说"不风俗"),如《荀子·儒效》云:"不学问,无正义,以富利为隆,是俗人者也。"可以肯定,后世雅俗对立的观念已在此时萌芽了。如果翻翻《庄子》和《离骚》,更能发现大量对"俗"的贬斥。

而"雅"原本是诸夏之"夏",是指周王室所在的地区,所以雅也是一种俗,只是由于儒家学派尊王,以雅(夏)为正统,才导致了雅俗对立,比如《论语》中所谓"雅言",不过是指当时的"普通话"而已,别无深意。普通话相对方言,本身便呈现着文化上的高雅优势。周王室所在地区之俗,除了生活习惯之外,必定还有超乎地区特点之上的其他文化因素,那才是"雅"的所指。所以,"俗"是一个双重语义的概念。当它作名词时,是习俗、风气,"多数人普遍实行的习惯生活方式。"当它作形容词,表示性质、特征时,则是凡庸。这两重语义经常是同时呈现、含混表达的。

通俗的含义

从词义上讲,"通俗"有两层意思,一是与世俗沟通,二是"浅显易懂"。必须同时从上述两方面来理解,才能把握通俗小说的本质。"与世俗沟通"强调的是创作精神,"浅显易懂"强调的是审美品位。两方面既相区别又相依存,"沟通"才能"易懂",而"易懂"才能"沟通"。

但是,雅与俗并非一成不变的。昨日之俗可能为今日之雅,今日之雅又可能为明日之俗,这是审美史上屡见不鲜的。例如古代的许多野史,在今天看来已是小说,但是与当时用白话写成的通俗小说相比,这些用文言和"史家笔法"写出的小说,就属于"雅文学"。而《三国演义》、《水浒传》、《西游记》、《红楼梦》等几大古典名著在今日看来是不容置疑的高雅文学,"红学"也是学术界的尖端学科,但这是历史的变迁、雅俗的位移所造成的,在产生之初,它们的的确确是通俗文学。《红楼梦》之后的通俗小说,"与世俗沟通"的俯就姿态已不甚明显,"浅显易懂"的特点则普遍有所加强。明明是案头之作,却努力追求书场效果,仿佛背下来就可以去说书。真是雅作俗时俗亦雅。[1]

因时代的不同,通俗小说的所指不断发生变化。古代通俗小说可以径称白话小说、章回体小说,其对立面是文言小说、笔记体小说。二者的雅俗分野泾渭分明,由文体的类型决定何为高雅、何为通俗。然而从审美品位来看,白话小说未必"俗"、文言小说也未必"雅"。文学史的事实证明,正是白话小说才开辟了中国小说的金光大道,白话小说产生了远远超过文言小说的优秀作家和优秀作品。中国古代小说的荣耀和成就主要应归功于通俗小说。

近代文学体系的大规模位移造成了雅俗界限的交叉混乱,文体类型的决定意义开始动摇。白话小说不一定通俗,如《新中国未来记》;文言小说不一定高雅,如《玉梨魂》。此时的雅俗判断一是主要依凭作品自身的艺术风貌,二是雅俗分野已难以泾渭分明,因为启蒙意识、模式化、娱乐性等在各类小说中都不同程度地存在着。于是,在雅俗之间,出现了一片"过渡地带",如壮者《扫迷帚》、颐琐《黄绣球》等。

五四新文学的诞生,以对民初小说的批判姿态,结束了近代小说雅俗混乱之局面。此后的雅俗对立在某种意义上转化为中西对立、新旧对立、传统与现代的对立。新文学小说的标志是科学、民主、人道主义等五四精神加欧化小说技巧,通俗小说则在坚持传统道德观念和创作技法的同时,适当吸取新文学精华以适应时代和市场。所以说,现代通俗小说与新文学小说的差异主要是审美风格上的,原因在于其思想艺术两方面皆失去了先锋性。古代通俗小说并不以文言小说作为衡量自己的标准,而现代通俗小说却越来越趋向与新文学小说尊奉同样的美学准则,只是滞后一些而已。于是,二者之间又渐渐产生"过渡地带",如张资平、叶灵凤等人的作品和40年代的一些小说。

广义与狭义

时代尽管变迁,但通俗小说始终有几个可以把握的标准,一是"与世俗沟通",二是"浅显易懂",三是娱乐消遣功能。由此出发,通俗小说这一概念,在普遍具备娱乐消遣功能的前提下,可以在广义、狭义两个层次上来理解。在广义层次上,凡是具有"与世俗沟通"或"浅显易懂"两类特性之一的,便是通俗小说。

即是说,只要思想性或艺术性二者中任一方面不具备作品产生时代的公认的高雅品位,便是通俗小说。例如《金瓶梅》、《红楼梦》,在思想性上显然高于同期的文言小说,但其白话和章回体在当时属于"浅显易懂"的标志,所以它们是通俗小说。再如赵树理的小说,在思想上具有当时最进步的先锋性,但它出于"与世俗沟通"的文学策略,有意采用最为"浅显易懂"的民间故事形式,所以也算广义上的通俗小说。而礼拜六派早期的骈文小说及后期吸取了许多欧化技巧的小说,尽管文本的"形式"不那么"浅显易懂",但其思想风貌的趋时媚俗性质决定了它们是通俗小说。

广义层次上的通俗小说覆盖面很大,但并不能消除"过渡地带"。作品实际的复杂性决定了任何理论界定都难以天衣无缝。例如金庸的小说从类型上看无疑属于通俗小说中的武侠家族,但在美学品位上它却超越了武侠、超越了通俗,实为当之无愧的高雅文学。再如王朔的小说,从其反抗正统、消解价值的一面看,颇具先锋性,但其艺术趣味和语言模式却明显迎合文化水平不高的都市青少年,故也有论者列其为通俗小说。可见,广义上的通俗小说,其中的一部分很可能同时也是广义上的高雅小说,这一部分,便是"过渡地带"。

从狭义层次来看,则必须是"与世俗沟通"和"浅显易懂"两大特征兼备的小说,才是通俗小说。即是说,这些作品无论思想性或艺术性都不具备其产生时代的公认的高雅品位,它们的存在意义主要是以其娱乐性和模式化为读者提供精神消费,有的学者因此称之为"市场文学"。这里主要包括那些可以批量生产和包装的类型化小说:武侠、言情、涉案、科幻、纪实等。狭义的通俗小说与所谓先锋小说、探索小说,恰好各据一端,中间则是广义的高雅小说和广义的通俗小说。

所以,从不同的意义,不同的角度来看,《红楼梦》、《茶花女》、《林海雪原》,都可看做通俗小说。而《废都》、《白鹿原》则不然,尽管他们的发行方式利用了畅销书机制,但畅销书不等于通俗小说,非通俗小说也有自己的市场,由于强调的方面不同,通俗小说产生了不同的对立面。强调大众化品位时,与"高雅小说"相对;强调消遣娱乐功能时,与"严肃小说"相对;强调形式技巧的模式化与稳定性时,与"先锋小说"、"探索小说"相对;强调商品性、功利性时,与"纯小说"相对;强调传统性、民族性时,与"新文学小说"、"新文艺体小说"相对……需要注意,不能根据这些对立面的字面含义反过来指责、贬低通俗小说"不高雅"、"不严肃"、"不先锋"、"不进步"、"不纯",那是文不对题的"跨元批评"。通俗文学与非通俗文学之根本区别并不在艺术水准和美学品位上,二者都存在高雅与低俗、精华与糟粕。正像李清照强调"词别是一家",不能认为词就比诗庸俗,词有自己的艺术规律一样,通俗小说相对于非通俗小说,也当然"别是一家"。

总之,"与世俗沟通","浅显易懂",娱乐消遣功能,是判断和界定通俗小说的三大试金石。三者结合比例的不同,造成了通俗小说的千姿百态。

二 现代文学的雅俗互动

民国初年的雅俗风貌

从民国建立的 1912 年,到文学革命开始的 1917 年,是中国文学史上空前绝后的通俗文学独踞文坛中心的五年。这是旧的规则礼崩乐坏,新的规则尚未草创的五年。代圣人立言的话语权威突然隐没,而强大的学院知识分子集团还未成气候,主流话语出现了相对的"真空地带"。于是,被压抑了多年的文学自身的意识一时间得到极大的夸张。不用载道,不用启蒙,不用致力于文学以外的任何鹄的,甚至连"为艺术而艺术"的废话都不用说,文学就自顾自地投入到忘我的娱乐中去了。通俗文学作为近现代工业社会的精神商品的力量,第一次让人们感到了震惊。一部《玉梨魂》,竟然销售达几十万册,使成千上万的痴男怨女一掬同情伤心之泪。复制带来了统一的消费模式,通俗文学的市场规则一步步完善起来。

鸳蝴派的出现,在如下几个方面充分体现出了它的现代性。

一、类型齐全。民初五年的通俗文学,虽然以徐枕亚《玉梨魂》、吴双热《孽冤镜》、李定夷《霣玉怨》为代表的哀情小说是其主力,但此外还有沿续晚清传统的社会小说和新兴的黑幕小说,多种类型并存,构成了一个比较成熟、比较丰富的市场,作品不靠类型取胜,而依靠自身的质量和"时尚"来竞争,这样的生存姿态无疑是"现代性"的。

二、文学宗旨的变化。鸳蝴派的文学观念已然从晚清的工具论脱离出来,他们淡化文学的功利性,相对更注重文学本身。文学艺术的最基本功能长期受到正统文学的压抑,在民初五年突然得以释放,这恰是鸳蝴派作品大受欢迎的根本原因。另一方面,注重游戏娱乐的文学基本功能,有助于提高文学创作技巧,使作家尊重作者的期待视野,从而产生艺术上的精品。

三、技巧的革新探索。鸳蝴派小说走的不再是三言二拍或红楼水浒的老路,而是广泛采用和实验西洋小说技巧,为下一阶段的通俗小说和五四新文学都做好了技术上的准备。在中短篇小说中,出现了许多"生活横断面的裁取",这种实验到了五四时期,被新文学小说水到渠成地据为己有了。至于倒叙、插叙、补叙和人称变换等新式手法,运用相当普遍,这些都标志着中国小说叙事模式已经步入了现代化的门槛。

四、充分商业化。通俗小说在古代就已经具备了一定的商业化特征,书商们通过刊刻风行的小说牟利。晚清民初以后,通俗文学与现代新闻、出版、印刷业结合起来,出现了专以写作谋生的职业作家,他们因职业的要求,更加注重读者反应,并由此而导致批量复制与摹仿,这便进一步促进了类型化的发展。

在鸳鸯蝴蝶派如鱼得水的民国初年,正是中国的民族工业迅速繁荣的"黄金时代"。一方面是兵荒马乱,军阀连年混战,天灾人祸频仍,另一方面却物价低廉、供大于求。正在这时,兴起了声势浩大的五四新文化运动。这是一个理论先行、批判为纲的运动。新文化先驱们对鸳蝴派的口诛笔伐人们耳熟能详。从今天的角度看来,五四新文化运动带有相当的"反现代"意味。这里的所谓"反现代"不是说"封建"、"保守"、"落后",而是"超前"、"先锋",五四新文化运动对礼拜六派的批判,主要锋芒即是指向它的商业化和娱乐化,而这正是现代工业社会的特征。鸳蝴派文学对传统社会持否定态度,对现代社会持合作态度,它推崇一夫一妻制,赞美现代爱情,相信法制和劳动致富,欣赏个人奋斗,不反对劳资关系,趣味上靠近小市民、小家庭、小知识分子。而五四新文学不但否定古代封建社会,而且否定现代"金钱",它冷静地站在历史河道之岸,敏锐地洞察出现代化进程中的种种弊端,所以它提倡个性解放,却不沉迷于爱情的甜蜜,反对劳资间的雇佣剥削关系,多写个人奋斗的悲剧与幻灭,斥责法律的虚伪,最重要的,它揭露现代文明对人性的摧残,要求挣脱一切束缚人类美好天性的枷锁,从而具有一份执著的理想激情。这是五四新文学与西方各种流派的先锋文学相通之处,也即是它对现代化的超越之处。作为现代社会中的"异己因素",五四新文学实质上是新的"雅文学",这与它的初衷——人的文学、平民文学——存在着相当大的矛盾,为了解决这一矛盾,新文学后来付出了沉重的代价。而通俗文学随着中国现代化进程的曲折起伏,也发生了白云苍狗的嬗变。

五四时期的雅俗对峙

新文化运动带来的五四文学革命,打破了通俗小说的一统天下。

五四小说是以对民初旧小说的批判姿态开始的。在猛烈的理论炮火之下,通俗小说形象大损,虽勉力招架还手一番,但意识形态辩论究非所长,重创之余,只能保持沉默,一方面以创作实绩表明自己的生命力和价值观,另一方面则试图寻找新途径,调整自己的艺术风貌,自觉不自觉地暗暗接受了来自新文学界的苦口良言。在1917—1927年的"调整期"内,通俗小说总的姿态是处于守势,总的风貌是偏于旧式,但在长篇小说领域的成就和影响仍然是大于新文学的。

与上一时期相比,通俗小说第一个明显的变化是,哀情小说在"淫啼浪哭"的批判声中,开始"节哀",言情小说不再以哀情为主旋律,欢情、艳情乃至色情的比重有所上升。随着白话文学的彻底胜利,文言小说失去了最后的市场,故而《玉梨魂》式的骈四骊六体小说也就寿终正寝了。

新文化运动开始之际,正是黑幕小说甚嚣尘上之时,故而首撄其锋、损伤最剧的黑幕小说刚刚兴盛了一阵便难以为继。但是那种"揭秘发微"的精神却在社会小说和武侠小说中得到了继承。对黑幕小说的文学史意义还应加以客观而深入的研究。

这一时期通俗小说的最大成就在于社会小说。作为大众传播媒介的报刊业发展迅猛,既为长篇社会小说提供了创作资金和发表阵地,也助长了读者对于长篇社会小说的需求。在新文化运动的排击之下,通俗文学的市场非但没有萎缩,反而不断稳步扩大。原因在于,现代社会的读者需要的不仅是五四式的批判文学和启蒙文学,更需要既不标榜"为人生"也不标榜"为艺术"的以精神消费为指向的文学。不理解这一点,就会造成对"现代性"的片面认识。

社会小说的大部分,如李涵秋的《广陵潮》、张春帆的《九尾龟》、叶小凤的《如此京华》,包天笑的《上海春秋》、毕倚虹的《人间地狱》,海上说梦人的《歇浦潮》、《新歇浦潮》、江红蕉的《交易所现形记》等名作,均表现出"大规模描写中国社会"的气魄,这是中国古代、近代的通俗小说所没有的"现代性"极强的一种气魄。这种气魄对于当时尚处于幼年期的新文学无疑会产生强烈的压迫和刺激,到30年代,新文学才开始创作出《子夜》等一批"大规模描写中国社会"之作。

在这类描写细致,讲求写实,但对主题和结构不够重视并不时夹有"黑幕"气息的社会长篇小说与30年代崛起的新文学社会长篇小说之间,存在一些过渡性的作品,最典型的要数张恨水《春明外史》和《金粉世家》。

与通俗小说中《春明外史》、《金粉世家》为代表的"调整之作"相映成趣,新文学界的长篇小说,此时一方面找不到合适的感觉和姿态,在短篇的拉长中摸索,另一方面不免亦吸吮通俗小说的乳汁,其代表作家是张资平。他这一时期的长篇小说《冲积期化石》、《飞絮》、《苔莉》、《上帝的儿女们》等,不但叙述手法与旧小说不分轩轾,而且艺术格调也向通俗小说看齐。这一时期新文学界推出的长篇小说仅有十部左右,除了张资平的作品外,老舍的《老张的哲学》和《赵子曰》,与通俗文学阵营里"滑稽大师"程瞻庐的作品格调手法都差不多,王统照的《一叶》、《黄昏》以及杨振声《玉君》、张闻天的《旅途》,都不能称得起严格意义上的长篇,与动辄百万言,充满大全景的通俗长篇相比,它们显得十分幼稚。所以在长篇小说领域,通俗小说尽管总的姿态仍然偏旧,但却充满自信,稳步地调整着自己的方向。

通俗小说的调整策略是在两个方向上展开的。除了《春明外史》、《金粉世家》这类面向新文学"改革开放"的一路外,另一路则坚持"独立自主",发展自己的特长,开拓新文学永远夺不走的"自己的园地",这便是武侠和侦探。

自从晚清的侠义公案小说渐渐走入死胡同后,武侠小说一直在低谷徘徊达三十年之久。民初五年,仅叶小凤《古戍寒笳记》稍有成就,但它并非纯粹武侠小说。至调整期,在哀情小说全面衰退和社会小说大多依旧的局面下,武侠创作渐有起色。到 1923 年,兀然掀起大波,几部名垂武侠小说史的大作一齐问世,它们是平江不肖生(向恺然)的《江湖奇侠传》,《近代侠义英雄传》,《江湖怪异传》,赵焕亭的《奇侠精忠传》,姚民哀的《山东响马传》。大波过后,继浪滚滚,一时之间,通俗小说阵营内几乎无人不写,无报不登武侠小说,新闻界、影剧界群起助威,使武侠小说成为与新文学小说抗衡的主力类型,并初步奠定了一个崭新的武侠小说时代的艺术风貌。

侦探小说可说是一问世便火爆,尤其在通俗小说处境不利的调整期内,与武侠小说一道,大助通俗文坛声威。而且,由于侦探小说是舶来品,从内到外都散发着西化味道,故而新文学界对其攻击相对较少,多是采取视而不见的冷漠态度而已。

通俗小说界在组织形式上与新文学界隐隐抗衡的举动,是成立了两个与文学研究会、创造社完全异趣的文学社团,即 1922 年 7 月在上海成立的青社和 1922 年 8 月在苏州成立的星社。两社没有宣言、没有章程,没有正式的机关刊物,成员交插,组织松散,主要活动是茶话和聚餐。这种默默无言、顺其自然的方式,也许正是通俗小说对新文学界汹汹声讨的一种回答。在平和无言中,通俗作家们勤勉地耕耘着自己的苗圃,度过调整期,迎来了现代通俗小说的中兴时代。

30 年代的雅俗齐飞

新文学进入自己的第二个十年之后,兴奋点由"破"向"立"转移,开始发现和反思自身的问题。从 1930 年到 1934 年,开展了三次文艺大众化问题的讨论,承认了在与旧文学争夺读者上的失败。大众化方向的确定,对新旧两派的发展是极富建设性的。

新文学最擅长的短篇小说,逐渐消减先锋姿态,增加人物、情节因素来扩大阅读面。长篇小说则大获丰收,出现了茅盾、老舍、巴金等长篇小说艺术大师。这意味着新文学小说由注重抒情的时代进入注重叙事的时代。通俗小说由此亦获得了对叙事性创作的一种自信。

通俗小说在 30 年代,推出了成就明显高于前一时期的大批优秀作品。

在社会言情小说领域,首推张恨水和刘云若。张恨水从 1929 年《啼笑因缘》开始,加快了改良章回小说的步伐。《啼笑因缘》的巨大成功使他实现了少年时代的名士之梦,进而使他思索如何让自己的创作更上一层楼。在此后的《燕归来》、《小西天》、《满城风雨》、《似水流年》、《太平花》、《东北四连长》、《现代青年》、《如此江山》、《中原豪侠传》、《鼓角声中》、《夜深沉》等作品中,他的创作态度越来越严肃,越来越密切联系时代风云,灌注现代意识。在写作方法上也进行了各种改革尝试,虽然也有失败,但总体上是成功的,为通俗小说开辟了一条充满诱惑力的新路。[2]

刘云若也是 30 年代通俗小说界的一颗巨星。1930 年第一部长篇言情小说《春风回梦记》一炮走红后,他一发而不可收,接连推出《红杏出墙记》、《小扬州志》等力作。社会、言情小说的著名作家还有写《故都秘录》的陈慎言,写《春水微波》、《神秘之窟》的王小逸等,他们的创作都还方兴未艾,到了下一个时期尚有力作问世。

武侠小说自从 1928 年顾明道开写《荒江女侠》之后,进入了一个八仙过海,各显其能的繁盛时期。顾明道擅写侠与情的结合,外加冒险异闻,并有感时忧国之愤。"南向北赵"的影响仍在延续。1928 年春,上海明星电影公司将平江不肖生的《江湖奇侠传》改编为《火烧红莲寺》第一集,至 1931 年,共拍二十八集,掀起了武侠影片的狂潮。顾明道的《荒江女侠》在文坛轰动后,也被改编为十三集电影搬上银幕,声冠一时。新文学界对此有过激烈的批判。赵焕亭此期的作品有《侠骨红妆》、《鸿燕恩仇录》和《江湖侠义英雄传》,其特点是善写世态人情,并对传统的"说书语气"有所革新,叙述者开始展示自身的性格和立场,这对后来的白羽等人颇有影响。姚民哀这一时期成为"党会武侠小说"专家,他的《四海群龙记》、《箬帽山王》等作品,成功地将武侠与党会组织结合起来,既有纪实性的资料价值,又开拓了武侠小说的另一块新大陆。姚民哀所开创的党会武侠一途,经朱贞木、郑证因,一直影响到金庸、温瑞安,至今仍在通俗小说和影视领域具有强大的生命力。

以"碧血丹心"系列闻名的文公直则是历史武侠小说创作中的佼佼者,他接连写了《碧血丹心大侠传》、《碧血丹心于公传》和《碧血丹心平藩传》。写作历史武侠小说的人并不少,文公直一方面努力写出历史的真实和深度,另一方面针对民族危亡的现实,抒发侠烈的民族大义,沉痛慷慨,充满阳刚之气。尤其描写大场面厮杀,有点有面,张弛明快。这些都对后来新派武侠作家梁羽生、金庸等人产生了一定影响。并一直影响到新文学中的战争题材作品。

还珠楼主李寿民的《蜀山剑侠传》,篇幅之浩大,结构之宏伟,文采之绚烂,幻想之雄奇以及融会中国传统文化之广博,其炫目光芒辐射到此后几乎每一个武侠作家身上。没有还珠楼主的《蜀山剑侠传》、《青城十九侠》等作品,不仅三四十年代的武侠小说成就要大打折扣,后来的新派武侠小说也难以创造出那般耀眼的辉煌。在30年代通俗小说的中兴期,《蜀山剑侠传》还只出版了一小半,便风靡海内,大壮通俗文坛之声威。相比之下,新文学界虽然已有《子夜》、《家》、《骆驼祥子》等杰作问世,但从气魄上,从文本意义的丰富性上以及对各自小说类型发展的推动力上,持平而论,尚不能与《蜀山剑侠传》相比。《蜀山》系列运用现代小说技巧已经比较自如,但它长年连载的方式必然带来人物、情节庞杂混乱等大量通俗小说的通病,这也是新文学界对其攻击的所在之一,但它毕竟成为中国文学史上一幕抹之不去的奇观。

在通俗小说的中兴期,与社会言情小说、武侠小说的长足进展形成对照的是,侦探小说没有明显的突破。没有产生新的知名作家,原有的作家俞天愤、陆澹安都停了笔,程小青、孙了红则主要是吃老本。这说明侦探小说在通俗小说园林里是一个很特殊的品类,它离西化的新文学最近,来到中国时间不长,扎根不深,还不能连年不断地大量生产、上市。

其他种类的通俗小说在中兴期均有不同收获。如滑稽小说类南有程瞻庐《唐祝文周四杰传》，北有耿小的《五里雾》。历史小说类有张恂子、张恂九父子分别写的《红羊豪侠传》和《神秘的上海》，以及程善之《残水浒》、姜鸿飞《水浒中传》等。不大为人注意的短篇小说这一时期已基本完成了陈平原所讲的"叙事模式的转变"，如果单从叙事学的角度分析，总体上与新文学小说已没什么两样，区别惟在精神而已，像徐卓呆、胡寄尘的作品明显是为消遣而创作。当然也有一些刚露头角的作者，风貌更近于新文学，为通俗小说下一时期的新变化，埋下了伏兵。

总之，现代通俗小说发展到抗战前夕，一方面在与新文学阵营壁垒分明的情况下，度过艰辛的调整，迎来了繁茂的中兴，涌现出并不少于新文学阵营的名家名作，另一方面也在新文学映照下表现出严重制约自身发展的弊端和局限。成就与不足结合起来，使通俗小说产生了与新文学进一步融合的可能性。

三　雅俗大融合
新文学小说的雅俗调适

抗战时期前后，中国小说的雅俗融合达到了一个崭新的阶段。

先看新文学小说。它们的艺术掘进深度各不相同，有创新也有回归，有求雅也有随俗，从而使得不同的类别有了不同的面貌和不同的命运。

讽刺揭露小说是抗战时期特别醒目的一个类别。与战前相比，讽刺性大为增强。此类小说在俗化的浅滩稍作游弋，又驶回渊雅的深水。讽刺、暴露小说在雅俗平衡木上的调适似乎总难赢得所有的评委和观众，太俗则底蕴不足，太雅又锋芒不够。

七月派是所有 40 年代小说中"拒俗"态度最坚决的。他们坚持对人的灵魂进行最复杂、最冷酷的解剖。茅盾、巴金、沈从文等老字号小说大家，抗战期间继续保持高雅创作姿态。老舍在抗战期间,身为文协主要负责人,是文艺通俗化最积极的实践者。他此时把主要精力投向戏剧创作和各种曲艺创作,企图将自己塑造成一个"无体不通"甚至"无体不精"的文坛全能冠军。而在小说方面只完成了一个长篇《火葬》和为数不多的几个短篇,末期还创作了《四世同堂》的第一部《惶惑》。《火葬》是包括作者在内公认的失败之作,原因在于出发点不是生活而是理念。《四世同堂》的立意和格调都相当高雅,老舍是瞄着但丁的《神曲》展开这一浩大工程的。但作品宣扬依靠传统美德来赢得战争胜利,对敌寇采用漫画式的简单处理等,充分说明雅文学受俗文学的影响并非只表现在形式层面。雅俗互动到一定程度,彼此已经钻入了对方的肺腑。对40年代文学中传统道德观、家庭观、妇女观的回归,学术界均有同感。

40年代后期,产生了大批通俗化、大众化的优秀之作,如《新儿女英雄传》、《虾球传》这样的新式传奇,也包括《太阳照在桑干河上》、《暴风骤雨》、《高干大》这样的"翻身小说",人们只注意到了它们在文学史上的独特意义,而没有思考雅俗互动对于雅文学小说带来的结果是多重的。一方面雅文学小说获得了一股新鲜的活力,形式上增强了可读性,另一方面也无形中接纳了许多通俗形式中所包含的思维模式。这样,雅文学小说从内到外,总体上放低了品位,并使七月派这样不肯放低品位的小说显得鹤立鸡群、木秀于林了。

国统区雅文学小说的通俗化移动实际是从初期的抗战小说就开始了。抗战小说中通俗化成绩最高者当推姚雪垠的《差半车麦秸》和《牛全德与红萝卜》。《差半车麦秸》的成功说明雅文学小说的通俗化不一定要机械地采用通俗形式。"与世俗沟通"要通在精神上而不是单纯的形式上。如果没有对中国世俗大众的深刻了解和同情,大众化只能是闭门造车,民族形式的探索也会无疾而终。

在解放区的高雅小说中,丁玲代表了客观写实一派,孙犁代表了抒情浪漫一派。丁玲的创作道路有过不止一次的雅俗调适。从《莎菲女士的日记》

到《水》，都引起过理论界的高度重视。她抗战后写了表现土改运动的《太阳照在桑干河上》，与以前作品的最大不同，是叙事主体由一个知识分子变为一个革命工作者，一个能通过故事深刻揭示阶级斗争复杂性的革命工作者。孙犁的小说受到普遍欢迎并在以后发展成荷花淀派，此中最重要的原因是他准确地把握到了民族审美心理。与七月派恰恰相反，孙犁不写复杂人性、多重心理，而专致力于单纯美、清新美。七月派绞尽脑汁，要直面和揭破人生最残酷、最血腥的真相，而孙犁则一心一意对世俗生活进行雅化、诗化，以求达到"美的极致"。这种单纯的艺术观念是深深植根于民族传统艺术的。孙犁的小说与年画和剪纸艺术有着风格上的酷似，对人物的白描，对情节的浪漫化处理，对战争的诗意提纯，以及风俗的融入和通俗简练的口语，都体现出幼年所接受的传统通俗小说熏陶在呼唤"民族形式"的时代条件下对其文体风格的全面影响。

沦陷区的严肃小说，既有新文学精神深化的一面，也有融入通俗色彩的一面。通俗色彩主要有两点表现，一是普遍重视故事性，二是题材的刺激性，而加强"故事"和"趣味"，并不意味着审美价值的降低，这是时代和环境所决定的必然选择。

总之，抗战时期高雅小说在若干方面发生的错综复杂的向通俗的移动，主要表现为：一、人物类型化增多，典型化减少。二、情节性得到加强。悬念、陡转、重复、误会等技巧被普遍运用，戏剧性冲突、影剧化场面、小品式处理俯拾皆是。新文学似乎越来越会"讲故事"，正由一个倾诉自我的抒情时代走向一个评点世界的叙事时代。

三、语言大众化。除七月派外，口语化、方言化的倾向成为风格的一种标志。四、趣味的融入。这些移动不是全面和匀速的，它们受到高雅小说"本性"——高雅性、严肃性、先锋性的抵抗和抵消。高雅小说的趋俗无害于雅，但它表明了对俗的认同和对雅俗融合的悬赏。

通俗小说的雅化

再看通俗小说的雅化。抗战时期,传统意义上的狭义通俗小说主要在沦陷区,而国统区只有张恨水一支孤军。与战前相比,此期的通俗小说不可阻挡地走向了成熟。成熟的重要表征之一,是雅化。

张恨水的"雅化",从他走上创作道路之初就开始了。他的整个创作道路,就是一个曲折的"雅化"进程。最后,张恨水走向了新文学。而缺少了张恨水的沦陷区通俗小说的雅化与张恨水不同,在创作宗旨、思想观念以及题材选择上,仍保持着市民文学的本色。它们的雅化,是通俗小说本身的自然演进与深化,既有受新文学潜移默化影响的一面,也有适应时代发展要求的一面。它们主要表现为从艺术手法到艺术趣味的现代性调适。

社会言情类通俗小说是新文学关系最密的近邻,早在战前的调整期和中兴期,就在雅化方面取得了较高成就。张恨水的《啼笑因缘》,刘云若的《红杏出墙记》是其中的杰出代表。沦陷时期,刘云若不是像张恨水那样无止境、无保留地向新文学靠拢,而是进一步巩固自己的风格。他并非不重视新文学,但他采取的是以我为主的"拿来主义"立场。这使刘云若的作品始终保持了纯正的"通俗味"。

南方沦陷区都市的现代性一般高于北方,作为大众精神消费品的通俗小说也相对更加趋新求变。予且、丁谛、谭惟翰等新一代作家,已经完全抛弃了章回体,而采用灵活多变的新文艺笔法。他们努力在都市题材中加入人生、社会意义,而这些"意义",如都市的罪恶,成长的艰辛,教育的失败等,都是新文学开发出来、业已推向社会的"名牌系列"。而他们所采用的一些创新手法,如蒙太奇句式、变幻叙事视角、现代心理分析等,也是新感觉派等留下的遗产。通俗小说的及时推广,起到了提高广大读者审美鉴赏力的积极作用。

此外的冯蘅、徐晚苹、王小逸、陈亮等人,以娴熟的新文艺笔法,写作刺激性较强的都市文学,实际是片面发展了新文学中张资平的一路。

南方沦陷区社会言情小说的擎天之作,当推秦瘦鸥 1942 年出版的《秋海棠》。这部小说跳出素材本身的新闻性、玩赏性,围绕人的命运、人的尊严这样的大问题展开凄婉深挚的笔墨,歌颂了高尚的爱情、友谊、事业心和牺牲精神等人类品质中的真善美,控诉和鞭挞了对这真善美的摧残玩弄。在写作手法上,删繁就简,条理清晰,重描写,轻故事,情节密度小,以塑造性格为主,注重环境、气氛和特定境况下的人物心理,具有很强的话剧感、电影感,假如没有新文学小说二十多年的开拓,通俗小说在 1942 年恐怕是产生不出如此精美之作的。

武侠小说抗战以来"豪杰并起",几大巨头联袂称雄,这不仅仅意味着又一轮武侠热的到来,更重要的是,武侠小说至此完成了从近代化向现代化的转型,其中新文学思想的影响和技法的渗透具有相当重要的作用。

还珠楼主沦陷时期的《蜀山剑侠传》从第六集起,突出正邪两道的斗法,一边是妖魔横行,杀人如草,民不聊生,另一边是正道剑仙苦修正果,拯救苍生。作品贬斥了弱肉强食、尔虞我诈、欲壑难填的邪魔外道,颂扬生命的伟大、道德的尊严。这些固然不能简单看成"抗战思想",但起码可以说明,这位神仙世界的缔造者的内心是十分"入世"的,他以特有的方式表达了自己的"时代性"和"人民性"。

还珠楼主作品的另一雅化之处是其"文化味"。作者并不掉书袋、卖典故,却到处谈玄说偈、指天论地,涉及到中国传统文化的方方面面,这与四十年代新文学小说的新趋向存在着一定的呼应。

白羽的武侠小说虽也是章回体,但人物和结构都已是新文学式的。他所写的人物,没有神不神人不人的所谓剑仙奇侠,也没有飞檐走壁杀富济贫的夜行人,更没有为什么忠臣保镖的"义士",而是活生生的有血有肉的人,反英雄化、反理想化,甚至反武侠本身,是白羽创作精神的核心。他冷峻地刻画出一个世态炎凉、人心险恶、坏人当道、好人受罪、想救人者反被所救者伤害的现实社会。他的作品每每令人联想到鲁迅。王度庐多年旁听于北京大学,熟读中西文学名著,深通弗洛伊德心理分析理论,他笔下的爱情悲剧多是人物自身造成的性格悲剧,人物在可以自掌命运的情况下,由于某种心理情结而放弃了幸福。这种爱情观念比之五四时代的新旧冲突模式已经有了相当明显的发展,业已接近了爱情和悲剧的本体,王度庐的武侠小说在语言层面上成为"雅化"之最。朱贞木向新文学靠拢突出表现在一些具体方面。一是抛弃传统章回体的对仗回目,改用新文学式的随意短语。二是喜用现代新名词。这对武侠小说的发展是利弊兼有的。

在武侠小说衰落的南方,侦探小说填补了市场空缺。沦陷时期的程小青,以《龙虎斗》为题,写了两篇福尔摩斯与亚森罗苹斗法的探案。作品动作性强,人物性格略呈复杂性,特别是开放式收场,打破了传统侦探小说"发生在封闭的环境中的神秘事件"的惯例,留给接受者联想的余地。

孙了红当时被誉为"中国仅有之'反侦探小说'作家"。可以注意到,同一时期言情小说出现了反言情,武侠小说出现了反武侠,侦探小说出现了反侦探。这"三反"都与新文学现实主义精神的影响有关,都旨在打破定型落伍的乌托邦,重新与发生剧变之后的世俗沟通。孙了红笔下的主人公鲁平是中国式的亚森罗苹,属于"硬汉派侦探",他的形象表达了对现存秩序的嘲弄与否定,与新文学小说中的讽刺暴露派存在精神渊源。在技巧上,程小青保持纯正的古典特色,而孙了红更多地汲取西方现代派营养。孙了红的那些心理描摹确有新感觉派的影子。孙了红的叙事语言自由明快,经常用第二人称"你"或"你们"召唤叙述接收者加入,缩短阅读距离。从人物、布局,到情调、文体,孙了红之作都显示出卓尔不群的个性化,已经是现代色彩很浓的侦探小说了。

沦陷区滑稽小说的最高水平可以北方耿小的和南方徐卓呆为代表。耿小的早年曾致力于新文学,故后来成为通俗作家后,眼界较高,眼光亦敏。他广泛批判各种不良风气和社会黑暗,探讨大量人生"问题",多方尝试改良章回体。他说:"打倒章回体小说,非从章回体里面工作不可。"他比较成功的作品一般都能看出高雅文学的影响。如《滑稽侠客》完全是摹仿《唐吉诃德》的格局和人物配置，主题思想也是新文学的反武侠精神。《时代群英》主人公高始觉则是老舍《老张的哲学》主人公的再世。

徐卓呆所刻划的小人物不时有契诃夫的味道。沦陷时期，他的代表作《李阿毛外传》，完全可视为纸上的卓别林电影。徐卓呆的艺术观念和创作技法比予且等人还要接近新文艺，只是他死死抱定"趣味"，在每一个字眼中找笑料，整个生活都是滑稽化的。所以有人认为"他应该与新文艺工作者为伍"，滑稽小说至徐卓呆，实已超越了讽刺、谴责小说的美学境界，而带有若干黑色幽默气息，倘能继续与新文学交流，必会更放异彩。

当代文学的雅俗交错

由于新中国的建立，中国的现代化进程改变了方针，由一点一滴的民间积累、先民后国，改为集中策划、先国后民。市场机制被极度压缩以至取消，文学也由市场调整彻底变为计划供应。因此50—70年代的文学既非纯先锋文学，也非纯通俗文学，而是满蓄着纯先锋的现代化使命、又采用通俗文学形式的一种人类文学奇观。通俗文学就寄身在这些严肃文学体内得以延续。如《青春之歌》之于言情小说，《林海雪原》之于武侠小说等等。

50年代中期以后，中国内地地区的文学市场机制很快消失。在"计划文学"的体制下，通俗小说以特殊的形态生存下来，主要方式是寄生在严肃文学的体内，如《敌后武工队》、《铁道游击队》、《万山红遍》、《大刀记》、《平原枪声》等。到"文革"时期，更以地下文学状态存在，如《梅花党》、《一双绣花鞋》、《李飞三下江南》等，这时，它的姿态实际是对专制的"高雅"、"严肃"文学一统天下的反抗和破坏。

而在港台新马等华文地区，通俗小说一直在持续发展。沿着原来路径继续发展的通俗文学，与当地的经济起飞一道，完成了现代化的航程。尤其突出的是产生了新派武侠小说和琼瑶为代表的言情小说，对重新开放后的中国内地新时期文学带来了冲击和影响。这些通俗小说的艺术水准较之几十年前已经不可同日而语,比现代文学史上一般化的新文学小说还要技高一筹。从这里可以看出五四新文学和西方文学的滋养大大促进了通俗小说的现代化。

70年代末开始,中国的现代化重心移到市场经济的轨道,文学也由计划体制逐渐过渡到市场体制,雅俗分野又趋明朗。中国内地新时期的通俗小说在舶来品的刺激和润泽下,很快恢复起步,80年代已形成市场规模,进入90年代,更对"严肃文学"造成压迫,逼使高雅、严肃文学向通俗靠拢。例如"陕军东征"中的《废都》虽然标榜是"纯文学",却利用市场效应,采用通俗小说的发行方法。内容十分严肃的《白鹿原》,推销广告中也充斥着商业气。另两部《骚土》、《媾疫》则径可视为通俗小说。在纯粹类型化的通俗小说尚不发达的情况下,大量雅俗混血的小说填补了市场空缺。这些小说一个新的时代特点是,能够很快改编成影视作品,从王朔的作品到曹桂林的《北京人在纽约》。连苏童、刘恒等最具文体先锋色彩的小说家,都被谑称为"著名被改编作家",至于洪峰写《苦界》、柯云路写《大气功师》系列,均为文化市场所驱使。凡此种种,均表明现代通俗小说很可能正在经历着一个新的转变阶段。

进入21世纪,中国通俗小说的市场需求空前加大,但创作供给却并不乐观。通俗小说的一部分功能正被电视连续剧所取代,而另一部分又由"纯文学"所代庖。网络上兴起的大量介于雅俗之间的小说,也令人对传统的通俗小说产生反思。当今通俗文学所面临的问题是,角色意识尚不够自觉,有时以充当"主流话语"的帮闲为荣,而不知道自己就是这个时代的主流。相对于世界上的发达国家,中国的现代化事业还属任重道远,广大俗众心理上的现代化图景还存在着极大的不平衡,其中包括对现代化社会中的文学艺术的定性还缺乏起码的认知。这些都导致新世纪之初通俗文学总体水平的徘徊不进。通俗文学直接映现着社会心理结构,20世纪通俗文学的每一发展阶段,都与中国的现代化进程存在着表里互动。对照现代化程度较高国家的通俗文学,中国的差距十分醒目,"入超"额大于任何一种其他商品。缩小这个差距的前景并不是令人乐观的,因为它需要意识形态领域相当复杂的操作,而首先有赖于全体读书界以现代知识分子的立场摆正对通俗文学的认识。但所有这些,都可以看做是通俗小说继续前进的动力和诱因,新时代丰富的社会生活和艺术积累,应该孕育出更加繁荣的通俗文学景观。

注　释

〔1〕　参见陈大康:《通俗小说的历史轨迹》,湖南出版社 1993 年版。

〔2〕　参见本书第六讲《打通雅俗的张恨水》。

【思考题】

1. 怎样理解通俗涵义的不断变迁?

2. 抗战以后的通俗文学有哪些雅化的表现?

3. 根据对以上十五讲内容的理解,谈谈中国通俗文学与新文学的关系。

【知识点】

雅、俗、通俗的概念

【参考书】

1. 刘扬体:《流变中的流派》,中国文联出版公司,1997 年。

2. 孔庆东:《超越雅俗——抗战时期的通俗小说》,北京大学出版社,1998 年。

后 记

本书应该说是苏州大学和北京大学合作的结晶。

苏州是中国通俗文学的大本营,而苏州大学则是中国通俗文学研究的大本营。范伯群教授几十年如一日地在通俗文学这片广阔的田野上辛勤耕耘,他不仅自己推出了一大批丰硕的研究成果,更重要的是培养了一大批通俗文学研究人才。这不仅使苏州大学拥有了一支实力雄厚、梯次分明的研究队伍,也为整个中国现当代文学研究贡献了一个广博与专深结合的特种兵集团。

我从本科到博士都是在北京大学修行的,但是我很早就受益于范伯群教授的学术论著。后来又在严家炎、钱理群老师的指导下专攻过一段通俗文学,那时对范伯群先生精深又儒雅的学风便有了更深一层的体会。我的博士论文得益于苏州大学研究团体之处甚多,我自己也不揣身单力薄,有意在北方树立一面小旗,与苏州大学众豪杰遥成犄角之势。其实,我跟范伯群先生的弟子如刘祥安、陈子平等早就是朋友,我去苏州时,他们也不把我当客人。我内心一直视范伯群先生为导师,始终对他执弟子礼的。

这次,温儒敏老师亲自点将,要我跟范伯群先生及其弟子们合作,共同写出这本《通俗文学十五讲》,这使我和苏州大学的朋友们都很兴奋。范伯群先生亲自排兵布阵,众哥们摩拳擦掌,誓要赶在这套教材的第一批完成任务。范先生年纪最大,却承担工作量最多,而且完成最早,质量最优。这使我们年轻人不禁微微汗颜。陈子平兄以他惯有的名士气度最后交稿,给我这个统稿人玩了个有惊无险。我已经决定改日到苏州罚他唱一天评弹以示惩戒。众位弟兄各显神通,都使出了自己的看家绝活,把我也带挈着显得水平不那么低了。我想这次愉快的合作应该成为中国通俗文学研究展开一个更加繁荣局面的里程碑吧。

顺便交代一下各讲的炮制人。

第一讲　俗文学概说——范伯群

第二讲　通俗文学的源流——范伯群

第三讲　通俗文学的现代化——范伯群

第四讲　社会小说——范伯群

第五讲　社会言情小说——范伯群

第六讲　张恨水——孔庆东

第七讲　武侠小说——刘祥安

第八讲　金庸——孔庆东

第九讲　侦探小说——汤哲声

第十讲　历史小说——陈子平

第十一讲　滑稽文学——汤哲声

第十二讲　科幻小说——孔庆东

第十三讲　通俗戏剧——陈龙

第十四讲　通俗期刊——汤哲声

第十五讲　雅俗融合——孔庆东

最后由孔庆东负责统稿,主要是做些搬弄章节、炮制标题、偷换概念以及篡改粉饰文字的工作,琐碎辛苦又默默无闻,特此提出表扬。

本书虽由专家联袂出手,但作为从学术专著过渡而来的素质教育教材,还一定存在很不成熟之处。望阅读及使用本书之广大师生和各界人士,踊跃批评。孔庆东先生郑重承诺,凡表扬本书者,赠打油诗一首。批评本书者,免于刑事处分。公证人,高秀芹。

北京大学　孔庆东

公元 2002 年尾

《名家通识讲座书系》第一批
选目(52 种)

*《西方哲学十五讲》 中国人民大学哲学系 张志伟

*《现代西方哲学十五讲》 复旦大学哲学系 张汝伦

*《哲学修养十五讲》 吉林大学哲学系 孙正聿

*《美学十五讲》 东南大学艺术系 凌继尧

*《宗教学基础十五讲》 清华大学哲学系 王晓朝

*《生物伦理十五讲》 北京大学生命科学学院 高崇明 张爱琴

《艺术哲学十五讲》 北京大学比较文学所 刘 东

《文化哲学十五讲》 黑龙江大学 衣俊卿

《科技哲学十五讲》 南京大学哲学系 林德宏

*《政治学十五讲》 北京大学政府管理学院 燕继荣

*《口才训练十五讲》 清华大学政治学系 孙海燕

《社会学理论方法十五讲》 北京大学社会学系 王思斌

《公共管理十五讲》 北京大学政府管理学院 赵成根

《西方经济学十五讲》 中国人民大学经济学院 方福前

《比较教育十五讲》 北京师范大学教育系 王英杰

*《道教文化十五讲》 厦门大学宗教所 詹石窗

*《周易哲学与易文化十五讲》 清华大学思想文化所 廖名春

*《美国文化与社会十五讲》 北京大学国际关系学院 袁 明

《佛教文化十五讲》 中国佛教文化研究所 何 云

《中国文化史十五讲》 北京大学古籍研究中心 安平秋 杨忠 刘玉才

《儒家文化十五讲》 中国社会科学院哲学所 郑家栋

《文化研究基础十五讲》 北京大学比较文学所 戴锦华

《企业文化学十五讲》 武汉大学政治与行政学院 钟青林

《现代性与后现代性十五讲》 厦门大学哲学系 陈嘉明

《日本文化十五讲》 北京大学中文系 严绍璗

*《汉语和汉语研究十五讲》 北京大学中文系 陆俭明 沈 阳

《语言学常识十五讲》 北京大学中文系 沈 阳

*《唐诗宋词十五讲》 北京大学中文系 葛晓音

*《中国文学十五讲》 北京大学中文系 周先慎

*《中国现当代文学名篇十五讲》 复旦大学中文系 陈思和

*《西方文学十五讲》 清华大学中文系 徐葆耕

*《通俗文学十五讲》 苏州大学 范伯群 北京大学中文系 孔庆东

*《鲁迅作品十五讲》 北京大学中文系 钱理群

《红楼梦十五讲》 文化部艺术研究院 刘梦溪 冯其庸 周汝昌等

《当代外国文学名著十五讲》 吉林大学文学院 傅景川

*《西方美术史十五讲》 北京大学艺术系 丁 宁

*《戏剧艺术十五讲》 南京大学文学院 董 健 马俊山

*《音乐欣赏十五讲》 中国作家协会 肖复兴

《中国美术史十五讲》 中央美术学院 邵 彦

《影视艺术十五讲》 清华大学新闻传播学系 尹 鸿

《书法艺术十五讲》 北京大学中文系 王岳川

*《中国历史十五讲》 清华大学 张岂之

*《欧洲文明十五讲》 中国社会科学院欧洲研究所 陈乐民

《科学史十五讲》 上海交通大学文学院 江晓原

《清史十五讲》 中国人民大学清史研究所 张 研

*《文科物理十五讲》 东南大学物理系 吴宗汉

《思维科学十五讲》 武汉大学哲学系 张掌然

《现代天文学十五讲》 北京大学物理学院 吴鑫基 温学诗

《青年心理健康十五讲》 清华大学教育研究所 樊富珉

《环境科学十五讲》 北京大学环境科学中心 张远航 邵 敏

《医学人文十五讲》 华夏出版社 王一方

《心理学十五讲》 西南师范大学心理系 黄希庭

(全套系列教材 100 种,其他 48 种选目正在策划运行中。其中,画 * 者为已出)